für Papa, der Abend für Abend
„Und schreib das bloß alles auf

und für den Ehemann, der Abe
„Das glaubt dir sowieso kein Menscn!

Inge Adams, geboren 1950 in Bonn, seit 1975 verheiratet, zwei erwachsene Kinder, ein Hund, lebt in Bad Godesberg.

Nach dem Sprachenstudium an der Universität Heidelberg tritt sie ihre Arbeitsstelle als Übersetzerin an der italienischen Botschaft in Bonn an. Als die Botschaft im Zuge der Verlegung der Hauptstadt nach Berlin umzieht, wechselt sie an das italienische Generalkonsulat in Köln. Nach dreiundvierzig Jahren im italienischen Staatsdienst wird sie Ende 2016 pensioniert und macht sich an das Verfassen ihrer Erinnerungen.

Inge Adams

Ach, Italien!

Diplomazia all'italiana

Impressum

© 2019 Inge Adams
Herstellung und Verlag:
BoD – Books on Demand, Norderstedt.
ISBN: 9783748141211

Inhalt

1

Assessment-Center auf Italienisch

Bonn, Sommer 1973. Ein mächtiger Jugendstilbau dicht am Bad Godesberger Bahnhof. Durch das gewaltige Oberlicht scheint die goldene Septembersonne unerbittlich auf den dunkelblauen Anzug meines schneidigen Wegbereiters und lässt den verschlissenen Stoff an Ellenbogen und Hemdkragen erglänzen. Und merkwürdig: Nach dem Aufgang durch das imposante Treppenhaus mit schmiedeeisernem und goldverziertem Geländer und schweren Ölgemälden an den meterhohen Wänden hätte ich auch keine Trennwände in Leichtbauweise auf dem piano nobile dieser einst großbürgerlichen Villa erwartet. Zwei blecherne Vorkriegsschreibtische in einem mit Aktenordnern und Regalen vollgestopften Raum, ein wackliges Tischchen mit einer kleinen, etwas schmutzigen Heizplatte und einem alten Espressomaschinchen, fornello und moka, seit Generationen unverzichtbare Bestandteile eines jeden italienischen Haushalts; bodentiefe Sprossenfenster, die zu einem breiten Balkon mit Blick auf die Godesburg führen; in unregelmäßigen Abständen Erschütterungen des gesamten Gebäudes durch vorbei rauschende D-Züge.

Der schöne Diplomat weist mir wortlos und mit angemessen ernster Miene einen Platz an einem der Schreibtische zu, legt mir einen Text vor und verschwindet. Ich bin sehr beeindruckt von seiner Erscheinung, und auch der Mann selbst ist geradezu ergriffen von der eigenen Person – ob aufgrund seiner bemerkenswerten Ähnlichkeit mit Alain Delon, seiner Herkunft oder seines Dienstgrades als Erster Botschaftssekretär hat sich mir damals nicht erschlossen. Ich war gerade mal dreiundzwanzig Jahre alt und habe noch eine ganze Weile gebraucht, bis ich erkannte, dass – nach Jean Giono – nicht immer die Stillen auch die Weisen sind, sondern dass es auch verschlossene Truhen gibt, die leer sind.

In dem Augenblick aber besteht mein konkretes Problem erst mal darin, eine elektrische Schreibmaschine zu bedienen. Der schöne Diplomat hat mir nur eine knappe Frist gegeben, um den deutschen Text zu lesen, ins Italienische zu übersetzen und die Übersetzung zu tippen, fünfzehn oder zwanzig Minuten. Als ich schon die Hälfte der vorgegebenen Zeit damit verbracht habe, den Schalter zu suchen, mit dem man das Gerät einschaltet, steckt irgendjemand seinen Kopf in das Zimmer, auf der Suche nach irgendwem. Er ist jung, ein bisschen hässlich und anhand seines nicht nur verschlissenen, sondern auch schlecht sitzenden Anzugs als irgendeine niedere Charge zu erkennen.

„Signorina? Ah, la prova scritta!" Ja, in der Tat, die schriftliche Prüfung. Übersetzen kann ich. Aber eine elektrische Schreibmaschine habe ich noch nie gesehen, geschweige denn benutzt.

„Wo ist denn bloß dieser verdammte Knopf?!"

Mit einem strahlenden Lächeln, das lange, unregelmäßige Zähnen enthüllt, hilft der junge Mann mir aus meinem Dilemma, indem er rechts an mir vorbei ausgreift, dabei meinen Busen leicht streift, scusi, und schließlich mit vollendeter Grandezza die Stromzufuhr einschaltet.

Nach Ablauf der mir gesetzten Frist baut sich der Botschaftssekretär wieder vor mir auf und nimmt schweigend und mit strenger Miene die Übersetzung entgegen, ohne diese zu überprüfen. Das ist nicht seine Aufgabe. Seine Deutschkenntnisse sind nur rudimentär oder gar nicht vorhanden. Mitsamt dem getippten Text geleitet er mich zur Überprüfung der Übersetzung und meiner Tippfähigkeiten sowie zur allgemeinen Begutachtung meiner Person zu seinem Vorgesetzten. Wir laufen wieder durch das prächtige Treppenhaus, vorbei an einer hohen, doppelflügeligen Türe (hinter der sich das Arbeitszimmer Seiner Exzellenz des italienischen Botschafters befindet), an einer dunklen Bretterwand entlang (dahinter der Gesandte). Weiter geht es durch mehrere Büros hindurch in das letzte Zimmer am Ende des Ganges, wo bis zum Umzug der Botschaft von Bonn nach Berlin der jeweilige Erste Botschaftsrat und Chef der Politischen Kanzlei residierte.

Dieser hier ist hochgewachsen, hat eine etwas gebeugte Haltung (ein Bandscheibenleiden), leicht schütteres, fussiges Haar, ein spöttisches Lächeln auf den Lippen und wirkt ganz und gar nicht italienisch, aber – als Tochter aus gutem Hause hat man ein sicheres Gespür für so was – irgendwie nicht ungefährlich. Als ich ihm meinen Text reiche, verharrt seine Hand wenige Sekunden zu lang auf meiner. Er lächelt, schaut flüchtig auf meine Übersetzung, parliert ein wenig auf Französisch mit mir – völlig problemlos. Französisch war mein zweites Studienfach und – wichtiger – meine erste Liebe.

Ich hatte Michel am Strand von Folkstone kennengelernt, wohin Papa meine Schwester und mich zur Verbesserung unserer Englischkenntnisse geschickt hatte. Er war ein paar Jahre älter als ich, schmal, zerzauste dunkle Haare, lächelnde hellbraune Augen, ein

Grübchen rechts, Gauloise zwischen den schmalen Lippen, witzig, lebhaft und der schönste Mann, dem ich bis dahin begegnet war.

Vier Wochen Englischunterricht, Strand, Coffee Shop, Strand und spätestens um 22 Uhr per Taxi in mein englisches Zuhause: Papa hatte meinen Gastgebern zuvor leider präzise Angaben zu meinen Ausgehzeiten zukommen lassen. Nach einem glückseligen Sommer reisten ein Jahr lang wöchentlich, fast täglich, handgeschriebene Briefe zwischen Bonn und Paris hin und her: „Ma pétite chérie!" Paris Match wurde meine bevorzugte Lektüre, ich lernte „Le Métèque", „Les Bicyclettes", „Ma Liberté" quasi auswendig und rauchte heimlich im großen Garten des Elternhauses Gitanes. Meine Französischnote kletterte binnen einen Jahres von ungenügend auf sehr gut.

Im folgenden August reiste ich nach Le Torquet an der Kanalküste, um bei einer französischen Familie mein Französisch weiter zu verbessern – völlig überflüssig, aber darum gings gar nicht mehr: Michel holte mich heimlich nach Paris. Mein Freund zeigte mir stolz seine Stadt, nicht ohne zuvor mein Outfit für la Capitale de la mode geprüft zu haben: mohnrotes Kostüm, ausgestellter Rock, kurzes Jäckchen: „Jolie, très jolie." Ein endlos langer, warmer Tag im Wollkostüm zu Fuß durch Paris, Sainte Chapelle, Montmartre, Sacré Coeur, Bateaux mouches. Erschöpft fuhren wir in der Dämmerung mit der Metro nach St. Cloud zu dem eleganten, leeren Elternhaus. Die Mutter weilte am Strand von Deauville, der Vater, Filmproduzent, drehte in Angoulême, das Personal hatte Urlaub. Essen hatten wir den ganzen Tag über total vergessen, im Kühlschrank ein einsamer Käse und ein paar Weintrauben. „Und was hat dir von der Stadt am besten gefallen?" Müde: „Bof?" „Was? Du hast einen ganzen Tag PARIS angeschaut – und bof?!"! „Also, la Sainte Chapelle: ja, eindeutig das Schönste, was ich je gesehen habe." (Da hatte ich die Capella Palatina in Palermo noch nicht gesehen). Sofa, Käse, Trauben. Unversehens wurde die Situation kritisch: Der Franzose wollte faire l'amour,

„C'est normal, quoi?" Die Deutsche hatte allergrößte Bedenken: streng erzogen, protestantisch, 16 Jahre alt. Michel sah in dem Alter nun gar kein Problem: Umgekehrt stieg er ja bisweilen mit den Freundinnen seiner Mutter ins Bett, allesamt fast doppelt so alt wie er. „Faire l'amour, donc, das ist normal, wie essen und atmen und schlafen." Irgendwie haben die Franzosen in diesem Bereich des Lebens offenbar einen vollkommen anderen Ansatz. Mir gingen die Argumente aus, zumal ich mit mohnroter Unterwäsche vermutlich auch ein völlig falsches Signal gesetzt hatte.

Da kam die Erlösung buchstäblich von oben: nicht gerade vom Himmel, aber vom Dach des Hauses, an dem sich zwei Einbrecher lautstark zu schaffen machten. „Paris au mois d'aout" haben die wohl gedacht: keiner im Haus, aber ein Picasso an der Wand! Mein Held vertrieb die Verbrecher, im Morgengrauen fuhren wir zurück nach Le Torquet, belanglose Nachmittage am Strand mit den Freunden meiner Gastfamilie. Abschied: Michel reiste zur Mutter und deren Freundinnen zum Baden oder zu was auch immer nach Deauville, ich zu Papa und Mutti zum Wandern ins Berner Oberland.

Wir sahen uns nicht wieder. Viel später erinnerte er mich via Facebook an unsere sweet memories. Noch ein wenig später las ich in der Provence entsetzt in der Tagespresse, dass Michel, ancien Président de Viacom France, im Urlaub in Bayonne auf seinem Motorroller tödlich verunglückt war:

„Michel était un très grand professionnel connu et respecté qui débordait de vitalité. Éminemment sympathique et dynamique, aucun événement ne pouvait entamer son enthousiasme". In der Tat: überschäumende Vitalität, enorm sympathisch und dynamisch, nichts konnte seinen Enthusiasmus hemmen. Erst kurz vorher seine letzte Nachricht mit einem Foto beim einsamen Aperitif auf einer Hotelterrasse in Biarritz: „Pimm's and birds à l'Hôtel du Palais – on a les spectateurs que l'on mérite."

„Allora, Signorina?!" Der italienische Botschaftsrat holt mich abrupt aus meinen Erinnerungen zurück und legt mir als abschließende Prüfung ein kleines Heftchen mit zwei Seidenbändchen in den italienischen und chinesischen Landesfarben vor: das protokollarische Programm für einen Staatsbesuch des italienischen Präsidenten in China. Vielleicht irre ich mich, ein Besuch auf Präsidentenebene zu Zeiten der Ping-Pong-Diplomatie wäre eigentlich verwunderlich. Doch die italienische Außenpolitik war ja bisweilen gern Vorreiter, wenn es darum ging, die politische und insbesondere die wirtschaftliche Isolation einer von der Staatengemeinschaft geächteten Nation aufzubrechen. Genützt hat das am Ende weder Fidel Castro noch Muammar al-Gaddafi, aber vermutlich zu allen Zeiten der ENI. Das ist das größte, halbstaatliche italienisches Erdöl- und Gasunternehmen, dessen wirtschaftliche und politische Bedeutung für die Nation vergleichbar ist mit der russischen Gasprom.

Aber hic et nunc gilt es, die Tischrede des Präsidenten der Italienischen Republik im Stegreif aus dem Italienischen ins Deutsche zu übersetzen. Und trotz eines eklatanten Fehlers, aufgrund dessen ich den Präsidenten in meiner Interpretation von mio personale auch im Namen seiner Belegschaft seinen Dank aussprechen lasse, bekomme ich einen Arbeitsvertrag als Übersetzerin an der italienischen Botschaft in Bonn.

Ich war der einzige Bewerber.

Diese Form des Anheuerns hat vermutlich über viele Generationen hinweg Heerscharen von Staatsbediensteten in Italien mehr oder minder verdient in Lohn und Brot gebracht.

Behördensitze in Rom erkennt man in der Regel ziemlich leicht daran, dass ganze Horden von Männern mit schlichten Gesichtern und glänzenden Anzügen vor dem Eingang herumlungern, um diesen oder jenen Diener des Staates in einem der auto blu durch den römischen Verkehr zu chauffieren. Denn einstmals galt die Regel, dass für jedes der immerhin rund 80.000 Dienstfahrzeuge zwei Fahrer eingestellt werden mussten. Dies war eine bewährte Methode der Entlohnung williger, aber unterbelichteter Parteihelfer, bis Matteo Renzi Jahrzehnte später während seiner kurzen Amtszeit als italienischer Ministerpräsident ein paar dieser Karossen publikumswirksam bei Ebay verhökerte.

Einige Jahre nach meiner Einstellung wurde die Rekrutierung von Personal durch komplizierte Auswahlverfahren streng reglementiert, um Transparenz herzustellen und Klientel- und Vetternwirtschaft Einhalt zu gebieten – mit zweifelhaftem Erfolg. Jahrzehnte später konnte ich mich des Verdachts nicht erwehren, dass die eine oder andere Kraft am Kölner Konsulat womöglich in jungen Jahren frisch vom Trottoir weg engagiert worden war.

Der Schein eines ganz und gar objektiven Verfahrens musste jedoch immer und unter allen Umständen gewahrt bleiben: Im Gespräch mit dem späteren, sehr vertrauten Botschafter Luigi Vittorio Ferraris habe ich in den Achtzigerjahren mal eine bevorstehende Veranstaltung als concorso finto, bezeichnet, ein getürktes Auswahlverfahren. Er wies diese Unterstellung mit höchster Empörung zurück – obwohl wir nur zu zweit in seinem Arbeitszimmer saßen und nicht nur wir beide, sondern auch sonst jedermann in der Botschaft wusste, dass es bei dem aktuellen Verfahren lediglich darum ging, einer seit Jahren bewährten, aber im unsicheren Anstellungsverhältnis bei der sehr italienischen Institution zur Förderung italienischer Schulkinder namens CoAsScIt befindlichen Kraft einen sicheren Arbeitsplatz in der Sozialabteilung der Botschaft zu verschaffen, für den sie zweifelsohne bestens qualifiziert war. Und genau dieses Ergebnis hatte eben schon vor der umständlichen Prozedur des Ausschreibungsverfahrens festgestanden.

2

Lehr- und Wanderjahre

Die folgenden dreiundvierzig Jahre meines Lebens verbrachte ich tagsüber auf exterritorialem Gebiet, sozusagen in einem fremden Land, das ich am Ende des Studiums in Heidelberg eigentlich schon zu kennen geglaubt hatte. Denn Professoren und Dozenten hatten sich redlich bemüht, uns Studentinnen die italienische Sprache, Geschichte, Landeskunde nahezubringen. Jungens gab es unter den vierzig Erstsemestern exakt zwei. Die Kommilitoninnen waren allesamt Töchter aus solidem Elternhaus, wo man die Universität vorrangig als Heiratsmarkt betrachtete. Während der Suche nach einem passenden Akademiker sollten die Mädchen „irgendwas mit Sprachen" machen. Tatsächlich waren wir Mädchen im Examenssemester nur noch zu sechst.

Nichts ist so wirkungsvoll wie full immersion, das hatten mir meine Erfahrungen in England und Frankreich gezeigt. Nach dem ersten Heidelberger Studienjahr mit miserablen Prüfungsergebnissen entschloss ich mich, ein halbes Jahr als Au-Pair-Mädchen in Italien zu verbringen. Ich landete auf einem weitläufigen, alten

Landsitz in der Nähe von Turin, bei einem Ehepaar der guten Gesellschaft mit zwei fein gekleideten, völlig verzogenen Gören im Alter von drei und fünf Jahren, denen ich Französisch beibringen sollte. Die Erziehung beziehungsweise Nicht-Erziehung italienischer Kinder ist ein notorisches Phänomen, das jeder Reisende kennt und das auch durch regelmäßige Umfragen unter europäischen Hoteliers bestätigt wird, deren Ergebnisse sodann unter italienischen Bloggern heftig diskutiert werden. Als Erklärung für die Erziehungsresultate deutscher Eltern wird dabei mitunter der Film „Das weiße Band" angeführt.

Papa schickte mir viele Briefe nach Turin, darin wiederholt die Mahnung „Lehrjahre sind keine Herrenjahre!", aber vor allem ein Paket Aachener Schokoladenprinten als Trost, dessen ich vor allem in den ersten Wochen wirklich bedurfte.

Zum Haushalt gehörten eine alte Araberin als Tata und Mädchen für alles, die offenbar schon den Hausherrn in Jerusalem großgezogen hatte und ihn und die Kinder buchstäblich anbetete; die beiden sprachen Arabisch untereinander, und manchmal wurde Couscous serviert, das, in Salatblätter gerollt, mit der Hand zu essen war; aber nach den Tripes à la mode Caen konnte mich das nicht aus der Fassung bringen. Weiteres Personal war ein Ehepaar: Die Frau war für die Sauberkeit des Hauses verantwortlich, ihr Ehemann fungierte als Diener. Wenn er nicht gerade mit weißen Handschuhen servierte, polierte er im Innenhof des Hauses seinen Ferrari Dino, was der Signora ausgesprochen unangenehm war, nicht wegen der Tätigkeit, sondern wegen des Fahrzeugs, das einträchtig neben dem bescheideneren Mercedes des Hausherrn und dem noch bescheideneren Mini Cooper der Hausherrin im Hof stand.

Entgegen der Verabredung hatte ich kein eigenes Zimmer, sondern bekam einen Schlafwinkel im großen Kinderzimmer zugewiesen. Und das zuvor schriftlich vereinbarte monatliche Taschengeld von 100 DM wurde erst nach mehrmaligen und hartnäckigen Bitten gewährt. Freie Nachmittage hatte ich in den sechs Monaten insgesamt zwei. Den ersten verbrachte ich im Februar in der Innenstadt von Turin unter grauem, regenverhangenem Himmel, um mir für die anstehende Reise in die Schneealpen ein Paar safrangelbe Steghosen und als seelischen Trost zwei Päckchen KitKat-Riegel zu kaufen; den zweiten habe ich im Juni genutzt, um ziellos auf der eleganten Piazza Cavour herumzulaufen. Den Mut, bei strahlendem Sonnenschein eine Bar für einen Campari oder ein Tramezzino aufzusuchen, hatte ich nicht. Schließlich habe ich mir eine deutsche Tageszeitung und für die Sommermonate am Meer ein weißes T-Shirt mit verlaufenden blauen Farbschlieren gekauft: Schick der Siebzigerjahre.

Wenige Tage nach meiner Ankunft fuhr die Signora mit den Kindern und mir zum Wintersport in die Berge. Für mehrere Wochen quartierten wir uns in einem feinen Hotel in Sestrière ein. Die Signora lief Ski, die Kinder besuchten einen Kinderskikurs, den der kleine Simone meist heulend und mit vollgepinkelter Hose absolvierte, und ich strich in meiner knapp bemessenen Freizeit um die örtliche Pasticceria herum, aus deren Türen und Lüftungen der köstliche Duft frisch gebackener Bignès und anderer Köstlichkeiten waberte, von denen deutsche Konditoren bis heute keine Ahnung haben. Die Mahlzeiten im Hotel waren jedes Mal ein Alptraum: Die Kinder verweigerten regelmäßig das Essen, rannten im Restaurant herum, heulten, brüllten.

Zurück im Landhaus bei Turin verbrachte die Hausherrin viel Zeit in der Badewanne, mit Mode-Einkäufen und bei Freundinnen. Die Kinder und mich hat sie hin und wieder auf einen Spielplatz in Turin und später, während eines mehrwöchigen Aufenthalts in Rom, an einem Sonntagmorgen zum Pincio Park begleitet. Der Hausherr war ein vielbeschäftigter Mann in der Textilindustrie, der meist daheim blieb, wenn der gesamte Haushalt im Frühjahr in die Alpen, im Frühsommer in die Hauptstadt und anschließend ans Mittelmeer verlegt wurde: eine prächtige Villa hoch über der

Bucht von Gaeta, wo es nichts als Meer und Sonne und völlig unbekannte Verlockungen wie Mandelmilch, Meeresfrüchte und Mozzarella gab. Derweil verbrachte der capo famiglia, der den ganzen Spaß vermutlich erwirtschaften musste, seine freie Zeit am hellen Tag müde vor dem Fernseher in Piemont und schaute Pferderennen oder Fußballspiele. Um die Kinder Simone und Francesca kümmerte auch er sich nicht weiter, obwohl er sie, ebenso wie die Signora, innig liebte.

Wir drei aber hatten es nach den ersten schauderhaften Wochen, in denen die Bambini gern ihre Schuhe nach dem Au-Pair-Mädchen schmissen, fertiggebracht, zunächst ein paar wenige, gemeinsame Regeln aufzustellen, uns dann ein bisschen gegenseitigen Respekt entgegenzubringen und schließlich dicke Freunde zu werden.

Erst in der Rückschau fällt mir auf, wie unendlich isoliert diese beiden Kinder aufwuchsen. Sie besuchten keinen Kindergarten und keine Freunde. Kontakt mit Gleichaltrigen hatten sie nur, wenn die Kinder aus dem gesellschaftlichen Umfeld ihrer Eltern Geburtstag feierten. Dann wurden die Signora samt Kinder und Au-Pair-Mädchen in die Häuser der Turiner Gesellschaft eingeladen, wo jeweils getrennt gefeiert wurde: Die Damen saßen elegant im salotto, wo sich auf den Tischen antikes Silber und feine Torten türmten (die nichts gemein haben mit einer Schwarzwälder Kirschtorte), und machten Small Talk, die Kinder spielten oder zankten, und die Au-Pair-Mädchen schwatzten in einem lustigen Mix aus Italienisch, Französisch und Englisch. Solche Besuche haben mir überraschende Einblicke in italienische Haushalte eröffnet, zu denen auch der Palazzo einer veritablen Principessa gehörte, dessen Bäder zu meinem Staunen mit den sprichwörtlichen goldenen Wasserhähnen ausgestattet waren.

Ich habe eine Menge gelernt über italienisches Leben und italienisches Essen und natürlich Italienisch – was ja Zweck der ganzen Übung war, denn die vorangegangene Abschlussprüfung des Propädeutikums hatte ich wegen meiner miserablen Grammatikkenntnisse nur mit Ach und Krach bestanden.

Das italienische Essen daheim nachzukochen, stellte übrigens eine größere Herausforderung dar als die Bewältigung der italienischen Klausuren, und zwar nicht allein wegen des Mangels an Zutaten, die heute jeder Edeka oder Aldi anbietet, sondern in erster Linie wegen der fehlenden Anleitung. Die heutige, überwältige Vielfalt an Kochbüchern, vorzugsweise von Männern für Männer geschrieben (einen davon habe ich zu Hause), kam erst später. Die deutsche Hausfrau schöpfte ihr Wissen aus „Dr. Oetkers Schulkochbuch"; eine „Henriette Davidis"-Ausgabe hat sich erst der spätere Ehemann aus dem Sperrmüll angeeignet. Wie viele vergebliche Versuche habe ich unternommen, auf dem Elektrokocherchen in meinem Heidelberger Studentenzimmer einen Risotto milanese zu fabrizieren, unter anderem unter Zuhilfenahme von Eigelb, in der irrigen Annahme, dass es die gelbe Farbe und cremige Konsistenz bewirken würde!

Die ganze Pracht der geschichtsträchtigen Hauptstadt Piemonts habe ich an den beiden freien Tagen während meines langen Aufenthalts nicht annähernd ermessen können. Im folgenden Sommer aber gab mir ein mehrwöchiger Sprachkurs an einer Scuola Superiore für Irgendwas di Torino die Gelegenheit, Versäumtes nachzuholen.

Für völlige Verblüffung sorgte das Verhalten sämtlicher Verkehrsteilnehmer – Autofahrer, Fahrradfahrer, motociclisti und Fußgänger gleichermaßen – auf meinem kurzen Fußweg quer durch das Stadtzentrum von einer kleinen Pension zur Schule.

„Aber die halten sich ja überhaupt nicht an die Verkehrsregeln?!"

Nach einer Weile habe ich festgestellt, dass die Hinweise von Ampeln und Verkehrszeichen vermutlich erkannt, aber eher als freundliche Empfehlungen betrachtet und nur dann befolgt wurden, wenn das dem Verkehrsteilnehmer in der aktuellen Situation tatsächlich sinnvoll schien. Ein ähnliches Gebaren hat übrigens viele Jahre später unser italienischer Schäferhund an den Tag gelegt und sich damit ganz erheblich vom Verhaltensmuster sämtlicher deutschen Kollegen abgesetzt.

Und es funktionierte! Wessen Ampel Grün zeigte, überquerte trotzdem mit Vorsicht und Bedacht die Kreuzung, denn er konnte ja nicht davon ausgehen, dass die rote Ampel den anderen Verkehrsteilnehmer wirklich zum Stoppen brachte. Und selbst dort, wo sich sechs Autofahrer auf drei Spuren nebeneinander ihren Weg suchten oder in einem Kreisverkehr der Lenker eines motorino einen Maulesel am Zügel hinter sich herzog, rollte der Verkehr störungsfrei. Meine italienischen Freunde, welche dieses rücksichtsvolle Verkehrsverhalten in Italien vermutlich von Kindesbeinen an verinnerlicht haben, schockiert bei der Ankunft in Deutschland wenig so sehr wie das Fahrverhalten der Radfahrer – insbesondere im so toleranten Köln: immer voll drauf, allzeit und allerorts vorfahrtberechtigt, im Bewusstsein der eigenen zwar nicht körperlichen, doch zumindest moralischen Überlegenheit und vermeintlichen Unverletzbarkeit.

Womöglich habe ich seinerzeit einige italienische Praktiken adaptiert, denn der spätere Ehemann sieht bis heute vielerlei Anlass, das, was er einen „mediterranen Fahrstil" nennt, zu bemängeln. Unsere Kinder vermuten eher eine genetische Belastung. Ihre mittlerweile vierundneunzigjährige Großmutter chauffiert seit Jahrzehnten ihre schweren BMWs mit Höchstgeschwindigkeit und halb durchgetretener Kupplung über Autobahnen und durch Innenstädte, wobei es nicht an ungeduldigen Kommentaren über die saumselige Fahrweise anderer Automobilisten mangelt:

„Die Überholspur ist nur für die ganz großen Autos gedacht!" oder „Da vorne sitzt bestimmt eine Frau am Steuer! Oder ein Neger!" Langjährige Nachbarn sehen jedenfalls Veranlassung, sich beim Herannahen eines älteren BMW-Modells vorsorglich auf dem Bürgersteig in Sicherheit zu bringen.

Im Klassenzimmer der Turiner Sprachschule, die im ersten Stockwerk eines Altbaus untergebracht war, saßen inmitten einer bunt gewürfelten Schülertruppe ein Schweizer Medizinstudent mit bernsteinfarbenen Augen und eine deutsche Sprachstudentin mit grünen Augen dicht nebeneinander, hielten unter der Schulbank verstohlen Händchen und schwänzten ab der ersten Pause den Unterricht, um auf der Terrasse des traditionsreichen Caffè Torino an der Piazza Cavour bei Aperitif und Kartoffelchips Zeitung zu lesen und sich über den Rand der Zeitung hinweg verstohlene Blicke zuzuwerfen. Wobei die Konzentration auf die politische (in meinem Fall) und die sportliche (in seinem Fall) Berichterstattung natürlich ganz und gar flöten ging.

Was für eine Stadt! Und erst der mächtige Strom – der damals völlig harmlos dahinfloss, bis ihn Jahrzehnte später die politische Formation Lega Nord mit padanischem Symbolgehalt und separatistischem Gedankengut schwer befrachtete. Manchmal, in der Dämmerung, liefen wir zum Flussufer, um ein kleines Ruderboot zu mieten. Während die künftige Übersetzerin und Presseattachin im letzten Licht der untergehenden Sonne Kommentare aus der Neuen Zürcher Zeitung vorlas, griff der künftige Spitalratspräsident beherzt in die Riemen, um seine Muskeln zu trainieren. Und doch hatte damals keiner von uns beiden auch nur eine leise Ahnung davon, wohin unser späteres Berufsleben uns jeweils führen würde.

Für die gemeinsame Rückreise von Turin in die Schweiz beziehungsweise nach Deutschland hatten wir einen romantischen Zwischenaufenthalt in Lugano eingeplant. Aber daraus wurde nichts. Zwar saßen wir unter Palmen am malerischen Ufer des Luganer Sees, aber meinen Begleiter plagte ganz banal der Weisheitszahn. Unsere Wege trennten sich deshalb noch am selben Abend beim ersten Zughalt hinter der Grenze zur Schweiz, wo der Mediziner sich wenig später daran machte, die Klassenarbeiten seiner Verlobten, einer Lehramtsanwärterin, zu korrigieren und darüber in unbeschwerten Briefen zu berichten. Die Übersetzerin hingegen hatte mittlerweile das Gewissen gepackt, und sie zog sich in den hintersten Winkel des elterlichen Gartens zurück, um am wackeligen Gartentisch ein sehr verantwortungsvolles Schreiben zu Papier zu bringen, in dem sie umständlich darlegte, dass es ihr als langjährige Verlobte eines anderen Mannes unmöglich sei, das Techtelmechtel fortzusetzen (anzufangen natürlich auch nicht).

Meine letzte Studienreise nach Italien dauerte nicht viel länger als achtundvierzig Stunden. Als Thema meiner Diplomarbeit hatte ich „Das Bild der berufstätigen Frau in italienischen Frauenzeitschriften" gewählt, das ich aus redaktionellen Texten, Anzeigenwerbung und Zuschriften von Leserinnen herausfiltern und analysieren wollte: Amica, Noi Donne und eine dritte Zeitschrift, deren Namen ich vergessen habe. Vielleicht war es Famiglia Cristiana, denn deren Redaktion schickte mir auf mein Anschreiben, in dem ich mein Projekt erläutert hatte, eine Menge Handarbeitsrezepte, Häkelanleitungen, Strickmuster und so weiter. Vielleicht hatte ich das Thema mit „La Donna lavoratrice" nicht richtig übersetzt. Ich machte mich mit dem Zug auf nach Italien, wo ich mir in Mailand und Rom während jeweils kurzer Aufenthalte die Ausgaben eines halben Jahres aus den Archiven von Amica und Noi Donne besorgte und zusammen mit vier Kugeln Mozzarella und einem Viertel Pfund Mailänder Salami nach Heidelberg transportierte.

Da saß ich dann viele Nachmittage auf meinem Balkon am Neuenheimer Neckarufer ratlos vor einem leeren Blatt und meiner Schreibmaschine: ein hohes, schwarzes Ungetüm, das ich für 40 DM gebraucht erworben hatte. Sie wurde nicht mit einer Druckerpatrone, sondern mit rot-schwarzem Farbband gefüttert und hatte auf der Rückseite eine Art Inspektionsfenster, eine kleine, rechteckige Glasscheibe. Irgendwann habe ich es geschafft, meine Erkenntnisse zu Papier zu bringen. Die Reinschrift der Arbeit tippte ich am Ende allerdings nicht auf dem schwarzen Monster, sondern sie wurde dank eines Zuschusses von Papa von einer Schreibkraft abgeschrieben – mit mehreren Durchschlägen. Für die jüngeren Leser: Das sind hauchdünne Papierblätter, die zusammen mit einem ebenfalls dünnen Kohlepapier hinter den eigentlichen Papierbogen gelegt wurden, sodass die Buchstaben beim Tippen auf ein zweites (manchmal auch drittes) Papier „durchschlagen". Fotokopien gab es noch nicht, USB-Sticks auch nicht und die Cloud schon gar nicht. Beim Transport der Arbeit samt Durchschläge im Bötchen über den Neckar von Neuenheim zum Buchbinder in der Heidelberger Altstadt habe ich deshalb inständig für die sichere Überfahrt (50 Pfennig) gebetet.

Die Note war nachher eher mäßig, befriedigend, glaube ich. Am ganzen Examen richtig hervorragend war nur die Diplom-Übersetzung (eigenhändig getippt), in die ich mich wirklich mit großer Leidenschaft hineingekniet hatte: Augen auf bei der Berufswahl!

Rückblickend kann ich heute, nach über vierzig überaus glücklichen Jahren, tatsächlich sagen, dass ich in zwei essenziell wichtigen Situationen meines Lebens – von wem auch immer gelenkt – die absolut richtige Entscheidung getroffen habe: bei der Wahl des Berufes und der des Ehemannes (das ist die chronologische Reihenfolge).

3

Ein italienischer Arbeitgeber

Nach dem erfolgreichen Abschluss der Studien in Heidelberg und Turin trat ich am 1. Oktober 1973 vereinbarungsgemäß meine Stelle als contrattista an der italienischen Botschaft an und war vom ersten Tag an begeistert. Der Job war völlig kurios, im heutiger Diktion spannend, fantastisch. Mein späterer Ehemann nannte mich unter Vernachlässigung vieler Aspekte meiner Tätigkeit „den bestbezahlten Spiegel-Leser von Bonn".

Der mir zugewiesene Schreibtisch im Sekretariat war bis auf ein paar Plätzchenkrümel in den Schubladen leer. Von meinem Stuhl fiel jedes Mal, wenn ich aufstehen wollte, die Sitzfläche zu Boden. Mutti gab mir später als Ersatz einen ausrangierten Bürostuhl aus unserem Betrieb mit. In meiner ersten Mittagspause ging ich ins Kaufhaus, um mir Schreibmaschinenpapier, Kohlepapier, Stifte, Aschenbecher und alles, was mir notwendig erschien, zu kaufen. Bei dem Blau-, Kohle- oder Pauspapier handelt es sich um die erwähnten beschichteten Bögen, dank derer man damals Kopien anfertigte.

Ein paar Tage nach meinem Dienstantritt wurde ich dem Botschafter vorgestellt. Das war Ludovico Luciolli, ein kleiner, dicklicher älterer Herr mit dicken Brillengläsern, von dem die Sekretärinnen sagten, er sei ein politischer Botschafter. Der Botschafter ist naturgemäß der Chef des Ganzen und wird, wie alle vom Außenministerium entsandten Beamten, in der Regel nach vier Jahren auf einen anderen Posten versetzt. Sein Stellvertreter und die Nummer zwei in einer Botschaft ist die Figur des außerordentlichen und bevollmächtigten Gesandten, der bei Abwesenheit des Botschafters zum Geschäftsträger ad interim wird. In jenen Jahren war das der freundliche und stille Girolamo Nisio, der während seiner gesamten Amtszeit in Bonn im Rheinhotel Dreesen logierte und viele Nachmittage damit verbrachte, in einer sanft whisky-aromatisierten Luft das Muster seines Teppichs zu betrachten, in Gang und Habitus dem das „Dinner for One" servierenden Butler James erstaunlich ähnlich. In der Hierarchie folgt sodann der sogenannte Erste Botschaftsrat. Davon kann es an einer größeren Botschaft mehrere geben; die Rangfolge richtet sich dann nach dem Dienstalter. Diese jeweiligen Ersten Botschaftsräte sind üblicherweise die Leiter der verschiedenen Abteilungen: Politische Abteilung, Wirtschaftsabteilung, Sozialabteilung, Kulturabteilung, Presseabteilung (nur die Militärabteilung ist außen vor, sie untersteht nicht dem Außen-, sondern dem Verteidigungsministerium und wird in der Regel von einem General geleitet). Den Ersten Botschaftsräten unterstellt sind die einfachen Botschaftsräte, Legationsräte, Erste Botschaftssekretäre und Zweite Botschaftssekretäre. Ziemlich weit darunter angesiedelt ist das Fußvolk, Sachbearbeiter (Männer), Sekretärinnen (Frauen), Büroboten (Männer), und am untersten Ende der Leiter befinden sich die vor Ort (und zeitlich befristet) eingestellten contrattisti. Das Ganze ist vergleichbar mit der Rangordnung in einem Krankenhaus, die man unschwer bei einer Visite erkennen kann: vorweg der alles beherrschende Chefarzt, danach die schon ziemlich selbstbewusst auftretenden Oberärzte, die strebsamen Stationsärzte, die noch unbedarften Assistenzärzte, die Oberschwester (in Auftritt und Erfahrung vergleichbar mit der Sekretärin des Botschafters), sodann Pfleger, Schwesternschülerin, Praktikant/in.

In den ersten Wochen war ich hauptsächlich damit beschäftigt, mich nicht nur hierarchisch, sondern auch fachlich und geographisch in der neuen Umgebung zu orientieren.

Gegenüber von meinem Arbeitsplatz im Sekretariat der Politischen Abteilung befand sich das Archiv. Da saßen aus Rom entsandte Kollegen des einfachen Dienstes vor zwei gigantischen Büchern, in denen die eingehende und ausgehende Post, mit fortlaufenden Nummern versehen, handschriftlich eingetragen wurde. Sie trugen schwarze Ärmelschoner wie in einem Heinz-Rühmann-Film. Im Archiv wurden alle Korrespondenzen, Depeschen, Verbalnoten, Aktenvermerke aufbewahrt, ob geographisch oder nach Themenkreisen geordnet, wusste ich nicht so genau. Das wussten womöglich auch die nicht sehr hellen archivisti auch nicht so genau – und zwar lange bevor Litauen und Lettland, Slowenien und Slowakei richtig Verwirrung stifteten. Es war fast unmöglich, von dort eine Akte oder eine Briefkopie wiederzubekommen, weshalb ich später eigene Durchschläge von all meinen Briefen, Reden, Übersetzungen angefertigt habe. Ja, ja, später traten Disketten an die Stelle der Durchschläge. Die Cloud kam noch viel später. Das Problem der Computer, welche in den Neunzigerjahren die Schreibmaschinen ersetzten, bestand nicht so sehr in einer intellektuellen Überforderung des Personals als vielmehr in der Beschaffungsmethode der Software. Diese wurde bis zur Jahrtausendwende nicht regulär mit Lizenz und Seriennummer erworben, sondern stammte in der Regel von einem Giorgio oder Antonello, der seinen Dienst als commesso, also Laufbursche, Bürodiener, im Büro des Militärattachés im Parterre der Botschaft tat und über einen Freund eines Vetters seiner Frau, der bei Olivetti arbeitete, geeignete Beschaffungsmöglichkeiten hatte.

Den damaligen Botschafter bekam ich nach meiner Vorstellung nie je wieder zu Gesicht. Arbeitsaufträge erteilte mir zunächst der junge Botschaftssekretär, der mich bei meiner Einstellung begleitet hatte. Seine Deutschkenntnisse waren miserabel, weshalb er bei den italienischen Texten und meinen deutschen Übersetzungen die einzelnen Wörter zählte, um mir dann empört vorzuwerfen:

„Da kann was nicht stimmen, der deutsche Text ist ja länger!"

So spärlich wie seine Deutschkenntnisse war auch sein politisches Gespür. In einer Depesche an das römische Außenministerium verortete er später die noch junge Bundestagsfraktion der Grünen unter den engagierten Befürwortern einer Exportgenehmigung für Leopard-Panzer nach Saudi-Arabien. Und eine Glosse der Süddeutschen Zeitung, deren Autor sich im Streiflicht auf der ersten Seite über ein in Italien offenbar unbekanntes Elftes Gebot „Du sollst nicht an deinem Sessel kleben!" ironische Gedanken machte, stürzte ihn in Ratlosigkeit:

„Ja, ist es denn möglich, dass dieses undicesimo comandamento in der italienischen Übersetzung tatsächlich verloren gehen konnte?"

Dessen ungeachtet machte er eine ansehnliche Karriere, bekleidete prestigeträchtige Posten sowohl im Ausland als auch in der Zentrale und viele Jahre später als Erster Botschaftsrat wieder in Bonn, wo ihm das schöne, nunmehr noch markantere und von silbernem Schläfenhaar gerahmte Gesicht bei den Godesberger Damen Tür und Tor und so weiter öffnete.

Mein nächster Vorgesetzter war der Erste Botschaftsrat und Leiter der Politischen Abteilung, der das Prüfungsgespräch mit mir geführt hatte. Nachdem ich durch Lernfreude, Tüchtigkeit und Freundlichkeit das Wohlwollen aller sechzigjährigen Sekretärinnen gewonnen hatte, durfte ich auch an deren Geheimnissen teilhaben. Sie vertrauten mir an, dass mein Chef sich des Nachts heimlich per Bettlaken aus der ehelichen Wohnung in der Amerikanischen Siedlung in Plittersdorf abzuseilen pflege, um sich in das Godesberger Nachtleben oder sonst wohin zu stürzen. Und man habe ihn mit meiner Vorgängerin Hand in Hand durch Abano Terme (die Bandscheibe) spazieren gesehen.

Auch er gab mir die Arbeitsaufträge. Zu meiner Überraschung waren das nicht nur oder vorwiegend Übersetzungen, sondern jede Menge privater Korrespondenz und Telefonate. Ich hatte seine Rechnungen zu bezahlen, Heizöl zu bestellen, Arzt- und Friseurtermine zu vereinbaren, Verhandlungen mit seinem spanischen Hausmädchen zu führen und handschriftliche italienische Texte abzutippen. Eine meiner vorrangigen Aufgaben bestand darin, unter allen Umständen den Vorsitzenden der lokalen deutsch-italienischen Gesellschaft Dante Alighieri am Telefon abzuwimmeln. Den Grund dafür habe ich erst viele Jahre später bei einer Feier im italienischen Generalkonsulat in Köln erkannt.

In Unkenntnis der möglichen Bandbreite italienischer Flexibilität fand ich die Situation an meinem Arbeitsplatz in der Botschaft bisweilen vollkommen unmöglich. Ich war manchmal trotz der anfänglichen Begeisterung ehrlich indigniert.

Sekretärin?

Tippse?

Mit einem abgeschlossenen Hochschulstudium?

Aber ich hielt die Luft an und tat, was mir aufgetragen wurde – getreu Papas' Mahnung: „Lehrjahre sind keine Herrenjahre".

Vermutlich war es diese weitgehend widerspruchsfreie und sehr tatkräftige Arbeitshaltung, die mir im Laufe der Zeit den Ruf eines mostro di efficienza eintrug. Denn manches italienische Personal war und ist weitaus schwieriger zu lenken oder zu motivieren. Das zeigte sich auch bei einem Botschaftsrat, der an seinem ersten Arbeitstag nach seiner Versetzung aus der römischen Zentrale an die Spitze unserer Presseabteilung den internen Telefonanschluss unserer Pforte wählte, um dem Angestellten am Empfang kundzutun:

„Ich nehme meinen caffé stets um 9 Uhr."

Der Mann an der Pforte wiederholte für die zahlreich um ihn herumstehenden Bürodiener kichernd „Il Consigliere prende il suo caffé alle nove", woraufhin die ganze Bande in prustendes Gelächter ausbrach und nicht im Traum daran dachte, dem Herrn Botschaftsrat zu welcher Uhrzeit auch immer einen Espresso zu servieren. Tatsächlich ist es mir in all den Jahren weder an der Botschaft noch am italienischen Konsulat in Köln gelungen herauszufinden, was die Bürodiener ihrer eigenen Einschätzung nach für ihren Aufgabenbereich halten – außer den Türöffner zu betätigen. Der Diplomat jedoch war, wie manch einer seiner Kollegen, zutiefst beeindruckt von seiner eigenen Wichtigkeit und pflegte sich am Telefon auch weiterhin als „der Botschaftsrat" zu erkennen zu geben: „Sono il Consigliere", was die Identifizierung des Anrufers angesichts der Vielzahl von Botschaftsräten schwierig machte.

Am Ende meines ersten Arbeitsmonats in der Botschaft ruft mich der Kanzler zu sich in den 2. Stock. Bis dahin wusste ich nicht einmal von dessen Existenz deshalb auch nicht, dass er als Leiter der Verwaltung Herr über Papier, Stifte, Farbbänder, Toilettenpapier, die Zentralheizung, die Auszahlung der Gehälter und auch über die Verträge der contrattisti ist.

Er eröffnet mir, dass mit dem wöchentlichen Kurier mein Arbeitsvertrag aus Rom eingetroffen sei.

„Aha."

Ich müsse ihn noch unterschreiben.

„Aha."

Er sei auf den 19. Oktober datiert.

„Aha." (Die doofe Deutsche hatte immer noch nicht kapiert.)

„Na, das heißt, das Gehalt wird auch erst ab dem 19. Oktober bezahlt!"

„Ach was?! Aber ich bin doch schon seit dem 1. Oktober hier."

„Und wenn schon, viel Arbeit werden Sie ja in den paar Wochen nicht geleistet haben ....".

Da fehlen dir die Worte.

So erkenne ich schon sehr früh, was Jahrzehnte später Umberto Eco quasi ex cathedra oder besser ex tomba bestätigte, nämlich dass Flexibilität im weitesten Sinne – oder, um mit Mario Monti zu sprechen, precisione elastica – eines der prägenden Kriterien im Verhalten nicht nur meines Arbeitgebers, sondern des ganzen Landes ist: Nach seinem Tode wurde Umberto Ecos „Videoguida dell'Italia" aus dem Jahre 2012 dem Publikum zugänglich gemacht, wo gleich zu Beginn das Erste italienische Gebot aufgeführt wird: flexibel sein.

„Primo, essere flessibili: il comandamento italiano."

Tatsächlich versprach man mir im Gegenzug für das folgende Jahr drei zusätzliche Urlaubswochen, doch als ich – ziemlich gewitzt, wie ich fand – das Versprechen in schriftlicher Form erbat, platzte meinem Chef der Kragen.

Ob ich seiner mündlichen Zusage etwa nicht traue?

Na ja, eher nicht, oder?

Aber auf einmal schien es mir angebracht, den für alle Zukunft wichtigsten und vor allem relativ einfachen Rat der mütterlichen Seite zu beherzigen: Immer freundlich! Im Laufe meines Lebens hat sich mir nicht nur am Arbeitsplatz bestätigt, dass Freundlichkeit die beste Gabe schlechthin ist. Man muss nicht vom lieben Gott mit einem strahlend glücklichen Herzen bedacht worden sein, das manchen Kollegen zu einem dieser unnachahmlich italienischen Komplimente: „Wenn diese Deutsche das Zimmer betritt, geht die Sonne auf" hinreißt. Eigentlich reichen ein Minimum an Selbstbeherrschung und die Basiselemente einer guten Erziehung aus, um den Mitmenschen mit einem liebenswürdigen Lächeln gegenüberzutreten, anstatt grämlich als Dürers Mutter durchs Leben zu schlurfen – auch wenn die

Arbeitslast groß oder die Verdauung unregelmäßig, der Rücken malade oder der Sohn renitent, der Arbeitgeber schlecht oder das Leben ungerecht sein mag.

Also strahlte ich meinen Chef an.

„Selbstverständlich, Consigliere! Welch ein Fehler meinerseits!" und reiste im Frühjahr – ohne dass ein schriftlicher Antrag in mehrfacher Ausfertigung an die Personalverwaltung in Rom geschickt wurde, was verboten war und verboten ist – mit meinem langjährigen Verlobten im Frühjahr für drei Wochen nach Griechenland.

Das war zu Beginn der Siebzigerjahre ein geradezu waghalsiges Unternehmen. Den gefährlichen Autoput durch Jugoslawien haben wir trotz der abenteuerlichen Geschichten, die man uns erzählt hatte, völlig schadlos überstanden. Belgrad war nicht viel anders als die DDR. Die kannte ich recht gut von regelmäßigen Besuchen bei Verwandten in Thüringen, von denen sich zu Papas Entsetzen die meisten für eine in diesem Umfeld buchstäblich brotlose Kunst im evangelischen Kirchendienst entschieden hatten.

Allerdings war der Autoput, je näher wir der Hauptstadt kamen, immer dichter von schwerbewaffneten Soldaten gesäumt. Ob das ein Dauerzustand oder einem anstehenden hohen Besuch aus einem sozialistischen Bruderland geschuldet war, weiß ich nicht, denn für die Rückkehr nach Bonn haben wir eine Route von Patras über Bari durch Italien gewählt.

Das Griechenland der Obristen war zwar wie zuvor das kommunistische Jugoslawien etwas einschüchternd, aber insgesamt atmosphärisch heiterer. Saloniki, Sparta, Athen, Olympia, Salamis, Mistra. Hotellerie und Gastronomie waren eher rudimentär entwickelt, und kulinarisch hatte ich den Bogen schnell raus. Brot + Tsatsiki + Fisch = keinerlei Risiko.

Der langjährige Verlobte hingegen gab sich gern ein wenig weltmännisch (er war Fernsehjournalist), ging meist mit dem

Kellner in die Küche, um sich die vorbereiteten Speisen zeigen zu lassen und mit dem Personal zu palavern. Er schaute in die Töpfe und ließ sich die Gerichte erklären, darunter etwas, das nach der pantomimischen Vorstellung des Kellners ein Hühnchen sein mochte. Da wir als seltene ausländische Gäste in jedem Lokal unter erhöhter Beobachtung standen, verfolgte die gesamte Dorfbevölkerung, wie der Verlobte angesichts des servierten Tellers vollkommen seine Contenance verlor:

„Das esse ich nicht. Das kann ich nicht essen. Nein, auf keinen Fall." Ich schaute zufrieden von meinem gegrillten Fisch, äußerst sparsam dekoriert mit jeweils einer Zitronen- und Gurkenscheibe, auf:

„Mann, was ist denn los? Du hast das Hühnchen doch selbst bestellt?!"

Der Verlobte blickte entsetzt in eine andere Richtung, jedenfalls nicht auf seinen Teller. Ich musste eine Weile konzentriert hingucken, um zu erkennen, dass es sich um ein komplettes Vögelchen handelte, gnädig mit Sauce zugedeckt.

Für den Sommer desselben Jahres konnte ich dank des Arrangements mit meinem Chef großzügig einen zweiten Urlaub planen, der auch ordnungsgemäß in den Akten vermerkt wurde. Dem Verlobten fiel es deshalb leicht, mich zu einer mehrwöchigen Segeltour mit einer Schar von Freunden auf einem alten Zweimaster zu überreden, den ein langjähriger Freund als Skipper in Sanary sur Mer für den August gechartert hatte.

Eigentlich wird mir auf Booten immer schlecht, und der langjährige Freund, der gerade sein Examen in Germanistik, Philosophie und Pädagogik abgelegt hatte und deshalb ziemlich aufgekratzt war, stellt (bis heute) schon zu normalen Zeiten eine gewisse nervliche Belastung dar. Er sprüht ständig vor Initiativkraft und Begeisterung für irgendwas oder irgendwen. Aber am Ende der fünfwöchigen Segeltour von Sanary nach Calvi,

Ajaccio, Bonifacio, Lavezzi, La Maddalena, Portovecchio und zurück nach Sanary hatte sich das Tableau komplett geändert, woran die Umrundung von Capu Rossu einen nicht unerheblichen Anteil hatte.

Nach der Überfahrt von Sanary nach Calvi schaukelt die Aicetan II sanft in der heißen Augustsonne auf spiegelglattem Meer westlich vor Korsika; die Segel schlackern lustlos herum, von weniger als einer leichten Brise angetrieben. Dösige Langeweile.

„Ich komme um das Cap auf diesem Schlag herum. Wetten?!"

„Schaffst du nie, nicht ohne eine Wende, nicht ohne Wind!"

„Schaffe ich!"

Der Skipper spricht mit dem Boot, mit den Segeln, immer wieder, mit tiefer, eindringlicher Stimme. Der alte Holzkahn (Baujahr 1920, 70 Fuß) schwankt ächzend im nicht vorhandenen Wind. Die Takelage knarzt. Fock, Genua, Großsegel, Besan scheinen sich leise mit einem Hauch von Wind zu füllen. Oder doch nicht? Langsam bewegt sich die schwere Yacht. Oder bewegt sie sich nicht? Der Skipper führt sanft die 2-Meter-Pinne und flüstert unentwegt:

„Komm, komm, komm, schieb, schieb! Voran!"

Das dauert. Und dauert. Zum Zeitvertreib macht irgendjemand Fotos. Auf einer dieser Aufnahmen stehe ich mit beiden Händen gegen die Reling gelehnt, in jugendlicher Schlankheit, sonnenbraun, blonder Bob, knapper Bikini, weiße Turnschuhe und weiße Söckchen, scheinbar arg gelangweilt. In Wahrheit zeigt das Foto exakt den Moment, als vollkommen unerwartet mein Herz für den Skipper entflammt.

Plötzlich heult der alte Motor auf.

„Mann, Paul, verdammt noch mal, KEIN Motor! Was soll das denn, du Esel! Wieso startest du den Motor, Herrgottsakra?!"

„Na ja, ich dachte, die Felsen sind wirklich nahe, und da hab ich halt gedacht ...." (Paul ist Arzt bei der ESA und denkt immer irgendwas).

„Oh Mann! Das war's dann mit der Wette." Der Skipper steckt sich zornig eine Pfeife an und drückt missmutig die Pinne. Schwerfällig schiebt sich die alte Yawl weiter und umrundet nach fast einer Stunde endlich matt und langsam das Cap. Dümpeln. Rudolf, Maschinenbaustudent aus Aachen, gesellt sich zu dem enttäuschten Skipper ins Cockpit und meint, dass man zur Hebung der allgemeinen Stimmung doch jetzt mal richtig Gas geben und unter vollem Motor Tempo machen könne. Kurz darauf brüllt er über den ganzen Kahn:

„He, hört mal, der läuft ja im Leerlauf! Der ist im LEERLAUF! Der Paul hat überhaupt keinen Gang eingelegt! Wir haben das Cap umSEGELT!"

Am Ende des Törns bin ich entschlossen, nicht den langjährigen Verlobten, sondern den Skipper zu heiraten.

So einfach, wie sich das jetzt anhört, war die Sache aber keineswegs. Muttis Herz hing unverbrüchlich an dem langjährigen Verlobten, der im Fernsehen auftrat, Trompete spielte und auch Klavier (zugegebenermaßen besser als ich), „die Knie beim Gehen durchdrückte" (das taten nach ihrer Erfahrung eigentlich nur Offiziere) und ihr zu meinem zwanzigsten Geburtstag zwanzig Tulpen schenkte, weil sie mich ja zur Welt gebracht hatte. Die hatte er vorher aus einem städtischen Blumenbeet geklaut – eine verwegene Tat, die mir 1968 aufrichtig imponierte.

Papa dagegen war ein Mann von Grundsätzen, der zwar geduckte Kinder und Korinthenkacker verabscheute, aber für uns Kinder neben diversen anderen Regeln drei Dogmen aufgestellt hatte:

1. Jedes Kind erlernt ein Instrument.

2. Jedes Kind übt eine Sportart aus.

3. Jedes Kind schließt eine Berufsausbildung ab, und zwar verbunden mit der Drohung: „Sonst könnt ihr später bei HARIBO in Bonn-Kessenich die Lakritzbonbons rundlutschen!"

Unsere kulturelle Erziehung begann mit den Märchen aus Tausendundeiner Nacht und den Geschichten von Wilhelm Busch, und die Träume von uns Kindern wurden von Sindbad der Seefahrer, Lehrer Lämpel und Witwe Bolte bevölkert, von Hans Huckebein dem Unglücksraben und der kühnen Müllerstochter, die besonders meiner Schwester ungeheuer imponierte. Später las Papa uns Gedichte von Joachim Ringelnatz, Christian Morgenstern und Theodor Fontane vor: über den „Seemann Daddeldu", den „Lattenzaun mit Zwischenraum", „Das Einsame Hemmed", „unseren Steuermann John Maynar: noch 10 Minuten bis Buffalo" und über die Birnen des „Herrn von Ribbeck auf Ribbeck im Havelland". Noch später nahm er uns mit ins Kino: „Goldrausch" mit Charlie Chaplin, „Mein Onkel" und „Die Ferien des Monsieur Hulot" mit Jacques Tati, „Die Brücke am Kwai" mit Alec Guiness und „In Achtzig Tagen um die Welt" des Philcas Fogg. Alles andere sei kompletter Mist, „Ben Hur" mit Charlton Heston auch und die von uns so geliebten Mickymaus-Heftchen, die wir heimlich bei den Nachbarskindern ausliehen, sowieso.

Der Umstand, dass er nicht etwa nur den Sohn zum Medizinstudium nach Tübingen schickte, sondern auch den Töchtern in den Sechzigerjahren ein Wirtschaftsstudium in Köln beziehungsweise ein Sprachenstudium in Heidelberg finanzierte, hat ihm allerdings am wöchentlichen Stammtisch Bonner Honoratioren viel Hohn eingetragen. Beim Genuss dicker Zigarren und süßer Spätlese im feinen Hotel Esplanade waren die Gestalter des deutschen Wirtschaftswunders einhellig der Überzeugung, dass es sehr viel vorausschauender wäre, tüchtig in die Garderobe der Töchter zu investieren.

Auch unsere langen Sommerurlaube in der Schweiz unterlagen präzisen Regeln: zwei Tage Schwimmen im Strandbad Neuhaus bei Interlaken am Thuner See, am dritten Tag Bergwanderungen ab Grindelwald, Lauterbrunnen, Kandersteg, Bettmeralp rauf und runter durch das gesamte Berner Oberland.

Papa hatte also feste Prinzipien. Was den Verlobten betraf, so erschien es ihm schlichtweg nicht anständig, jemandem nach so langer Zeit die Türe zu weisen.

Den wirklich harten Kern des elterlichen Widerstandes erkannte der Segler allerdings ziemlich schnell in der Mutter. Und so hielt er es für angeraten, diesen Stier bei den Hörnern zu packen. Für einen förmlichen Besuch zog er ein frisches Hemd, Krawatte und Jackett an, rasierte sich sauber um das 68er Bärtchen herum, kündigte ihr kurzfristig telefonisch seinen Besuch an, woraufhin sie sofort nach dem Beistand des Ehemannes rief:

„Er kommt! Der Student kommt!"

Und während ich in Bad Godesberg an meinem Arbeitsplatz saß und – im Unterschied zu dem, was der Cancelliere unserer Verwaltung dachte — durchaus etwas leistete für ein Anfangsgehalt von 2.000 DM (es kamen danach über zehn Jahre hinweg Nullrunden, aber das wusste ich damals noch nicht), feilschten in Bonn meine Eltern über meine Zukunft.

„Sie lassen in den kommenden drei Monaten die Finger von unserer Tochter. Während dieser Zeit hat der Verlobte freien Zugang. Wenn unsere Tochter sich dann noch immer für Sie entscheidet, sind wir einverstanden!"

Dem eher an Kabuler Verhältnisse gemahnenden Bazar setzte der Segler an dieser Stelle unmissverständlich ein Ende.

„Also, ich werde hier nun mit Sicherheit keinem Vorschlag zustimmen, der meinen eigenen Interessen zuwiderläuft."

Nachdem auf diese Weise der sozusagen gesellschaftliche Teil der Reise abgehandelt worden war, ging Papa zum sportlichen Teil über und forderte den neuen Schwiegersohn begeistert auf:

„So, aber jetzt erzähl mal. Wie war denn der Törn? Hattet ihr viel Wind? Das Mittelmeer ist doch eher was für Kaffeekränzchen-Segler, oder?"

Papa war ein leidenschaftlicher Segler, der dem bedürftigen studentischen Mieter schon zuvor immer wieder den eindringlichen

Rat gegeben hatte: „Segel' was dein Geldbeutel hergibt!" und diesen an sich wohlfeilen Rat, als flankierende Maßnahme sozusagen, stets mit dem Angebot verknüpft hatte, gut entlohnte Handwerksarbeiten an einem seiner Mietshäuser zu verrichten.

Mutti schniefte kreuzunglücklich ins Taschentuch und hörte weg. Für die Segelei hat sie sich sowieso nie erwärmen können: „Der Wind macht mir immer meine Dauerwelle kaputt."

Die ganze Geschichte gab der evangelische Pfarrer ein knappes Jahr später bei der ökumenischen Trauung in seiner Predigt über die „Fährnisse der Seefahrt" zum Besten, nachdem er sich vorher mehrfach versichert hatte: „Aber in die Kirche kommt der andere nicht, oder?" Das Foto in der Bonner Universitäts-Schlosskirche dokumentiert ein grinsendes Brautpaar.

Ein anderes Foto, aufgenommen während einer lustigen Feier mit Freunden und Familie exakt fünfunddreißig Jahre später in einem italienischen Gasthaus am Rhein, zeigt die strahlende Fast-Schwiegermutter, bei einem Glas Spritz endlich vereint mit dem Fast-Schwiegersohn – beide mit schlohweißen Haaren und fast ohne erkennbaren Altersunterschied.

So schulde ich Italien beziehungsweise der Corte dei Conti oder der Ragioneria dello Stato oder welcher italienischen Institution auch immer, die für die verspätete Datierung meines Arbeitsvertrages verantwortlich war, bis an mein Ende Dank für diese wichtigste und richtige Entscheidung meines Lebens.

Nachdem der geneigte Leser meinen sehr persönlichen Geschichten bisher, hoffentlich einigermaßen geduldig, gefolgt ist, gelangt er nun endlich zum Thema: l'Italia!

4

Zwischen zwei Stühlen

Die Flexibilität, mit der die Vertrags- und auch Urlaubsfrage gelöst worden war, kennzeichnete mein Arbeitsverhältnis in den folgenden vierzig Jahren. Es war eine sagenhafte Sache, denn sie konnte negative, aber durchaus auch positive Folgen haben.

Das Gehalt beispielsweise traf während der ersten drei Jahrzehnte eigentlich fast immer mit Verspätung auf dem Konto ein, manchmal erst nach drei bis vier Monaten (machen Sie das mal dem Filialleiter einer deutschen Sparkasse klar, die Ihr Eigenheim finanziert!). Anders als von mir vermutet, hatte das nichts mit der Umrechnung der Wechselkurse zu tun. Denn auch nach Einführung des Euro erreichten die Gehälter für Januar und Februar meist nicht vor März mein Konto.

Andererseits saß unsere Verwaltung oft schon im September auf dem Trockenen – was zur Folge hatte, dass ich in den letzten Monaten des Jahres stets einen gewissen Vorrat an Toiletten- und Schreibmaschinenpapier aus meinem eigenen Haushalt ins Büro mitbrachte.

Gehaltserhöhungen gab es für nicht italienische Angestellte höchstens in einem 10-Jahres-Rhythmus, und wenn, dann folgten sie einem vollkommen undurchsichtigen Muster. Dabei trat zutage, dass es drei unterschiedliche Kategorien von Bediensteten an einer Botschaft oder an einem Konsulat gibt:

– zunächst die auch in Deutschland geläufigen Kategorien der entsandten Beamten des höheren (Botschafter), gehobenen (Sachbearbeiter), mittleren (Sekretärin) und einfachen Dienstes (Bürobote);

– sodann die Gruppe der italienischen Ortskräfte, deren Verträge nach italienischem Recht geschlossen werden, allerdings nur in den Kategorien des gehobenen, mittleren und einfachen Dienstes;

– an letzter Stelle stehen die nicht italienischen Ortskräfte, ebenfalls in den drei genannten Kategorien, deren Verträge jedoch nach lokalem Recht geschlossen werden.

Und während die Bezüge der italienischen contrattisti regelmäßig parallel zu den prächtigen Gehältern der entsandten italienischen Beamten erhöht wurden, gestaltete sich die Entlohnung der deutschen Ortskräfte sozusagen frei schwebend. Die entsprechenden italienischen Vorschriften sahen eigentlich vor, dass sie sich an den Gehältern des öffentlichen Dienstes des Gastlandes oder, so dieser nicht vorhanden ist, an den anderen diplomatischen und konsularischen Vertretungen orientieren sollten. Nun ist der Bundesangestellten Tarif ja durchaus vorhanden, aber er wurde schlichtweg ignoriert. Die Ungleichbehandlung der Ortskräfte an der italienischen Botschaft und den Konsulaten allein dem Bel Paese anzulasten, wäre allerdings nicht gerecht, denn sie war über Jahrzehnte Usus bei allen ausländischen Vertretungen, trotz der etwas scheinheiligen Rundnoten des Auswärtigen Amtes, mit denen immer wieder Mindeststandards für die Beschäftigung von Ortskräften und Hauspersonal der ausländischen Diplomaten angemahnt wurden.

Meines Wissens saßen die Ortskräfte der deutschen Vertretungen in Italien ebenso wie ich zwischen zwei Stühlen, nämlich dem deutschen BAT und dem italienischen Dekret „DPR 5 gennaio 1967 n.18".

Es spricht wirklich nicht für meine Fähigkeiten, dass ich erst nach fast vierzig Jahren eher zufällig mitgekommen habe, wie diese Art der Ungleichbehandlung äußerst konsequent fortgesetzt wurde – ungeachtet sämtlicher Anti-Diskriminierungsvorschriften und vor allem auch sämtlicher Wirtschaftskrisen: Eine kuriose Konstruktion, die angesichts der grotesken Verschuldung des italienischen Staatshaushaltes durchaus kabaretttauglich war, nannte sich „Einheitlicher Fonds für die Verbesserung der Wirksamkeit und der Effizienz der institutionellen Dienste für die an den Vertretungen im Ausland mit unbefristeten Verträgen eingestellten Ortskräfte". Sie erlaubte nach Ablauf des Haushaltsjahres die großzügige Umverteilung von „Restgeldern" in Millionenhöhe auf die italienischen Ortskräfte als Belohnung dafür, dass sie im jeweiligen Jahr zur Performance ihrer Behörde beitragen hatten – was in nicht wenigen Fällen bedeutete, dass sie gerade mal vorschriftsmäßig auf ihrem Arbeitsstuhl gesessen hatten, Seit an Seit mit ihren nicht italienischen Kollegen. Damit waren alle Bestrebungen, manche Kollegen zu größerem beruflichen Engagement zu ermuntern, mit einem einzigen Streich zunichte gemacht:

„Visto – Siehste?!"

Eine italienische Kollegin, die selbst in den Genuss dieser Manna kam, mault über meine Formulierung: „Das mit dem vorschriftsmäßig auf dem Stuhl gesessen ist übertrieben. Wir haben hier ja welche, die noch nicht mal das schaffen!" Ihre neapolitanischen Eltern haben sie und den Bruder auf die Namen Schmerzensreiche und Rosenkranz getauft, was in rheinischen Volksschulkreisen womöglich ein Handikap sein kann, aber zu honetten Menschen erzogen.

Über Bonuszahlungen nach dem Gießkannenprinzip weiß auch der hochgeschätzte Oliver Meiler in der Süddeutschen Zeitung (01.03.2016) verblüfft aus Sizilien zu berichten, „dem Land der Wunder, der Insel voller Mythen und barocker Geschichten, deren dirigenti der autonomen Regionalverwaltung ihre Arbeit so unerhört tadellos, ja so herausragend gut verrichten, dass sie alle, allesamt ohne Ausnahme und jedes Jahr zu ihrem Gehalt noch einen Bonus erhalten", maximal 17.000 Euro. Die jeweiligen Aufgabenstellungen lauteten „behandelte Dossiers registrieren und archivieren" oder „Internet und E-Mail benutzen" – was den höheren Beamten jeweils perfekt und ohne Beanstandung gelungen war. Allerdings sind diese Boni geradezu lächerlich angesichts der fabelhaften Gehälter der leitenden Mitarbeiter des sizilianischen Regionalparlaments, wo der Segretario generale der Assemblea Regionale Sicilia im Jahre 2014 beispielsweise 650.000 Euro kassiert hat. Wie der Corriere della Sera errechnete, erhielt er damit dreimal so viel wie der Generalsekretär der UNO und fünfmal so viel wie leitendende Beamten des Weißen Hauses, die auf lumpige 172.200 Dollar kommen. Die deutsche Bundeskanzlerin erhält 240.000 Euro.

In der italienischen Botschaft wurde die deutsche contrattista also notgedrungen alle paar Jahre beim jeweiligen Botschafter vorstellig und bat um eine Gehaltserhöhung. Die meisten Botschafter kamen dieser Bitte bereitwillig nach und unterbreiteten der zuständigen Abteilung des Außenministeriums entsprechende Vorschläge, meist erfolglos, was auch durchaus nachvollziehbar ist. Die metropolitana, das Grundgehalt der Heerscharen des römischen Außenministeriums, ist miserabel und kann nur über die Entsendung ins Ausland und die damit verbundenen Ortszuschläge ordentlich aufgebessert werden. Vorschläge zur Aufstockung der für römische Verhältnisse guten Gehälter der contrattisti im Ausland wurden deshalb von den Kollegen in der

Zentrale generell nicht wohlwollend aufgenommen und – wo nur möglich – torpediert.

Also kam es durchaus vor, dass man dem Effizienzmonster im Treppenhaus der Botschaft auf Anweisung des Botschafters beträchtliche monatliche Sonderzahlungen anbot.

Aber es gibt Angebote, welche die Tochter eines ehrbaren deutschen Kaufmanns nicht annimmt. Hätte Christian Wulff mal so einen Papa gehabt! Dann wäre ihm vermutlich ein Prozess wegen der Entgegennahme von Sachwerten in Höhe von 753,90 Euro erspart geblieben, der übrigens – ebenso wie die Causa Guttenberg – in ganz Italien auf blanke Verständnislosigkeit gestoßen ist. Wie Giovanni di Lorenzo treffsicher angemerkt hat, „kann bei uns ein Nichts eine politische Karriere ruinieren, dort kann nichts sie beschädigen". Ich habe mich also sehr deutsch und korrekt gegen diese Sonderzahlungen gewehrt und später zu meiner großen Überraschung aus der Presse erfahren, dass ebendiese Art der Entlohnung nicht nur an einer italienischen, sondern auch an der prachtvollen deutschen Botschaft in Paris zumindest ein möglicher Weg war, die Überstunden der dortigen Ortskräfte aus einer veritablen Schwarzgeldkasse zu vergüten.

Jahrzehnte später wurde der verblüfften contrattista tedesca plötzlich ein Vertragszusatz zur Unterschrift vorgelegt, der besagte, dass das Gehalt sich in Bälde praktisch verdoppeln werde.

Über ein Angebot ganz anderer Art hat mir eine deutsche Kollegin aus der Sozialabteilung berichtet. Ihre Bitte um eine Gehaltserhöhung habe ihr Vorgesetzter, der Erste Botschaftsrat der Emigrations- und Sozialabteilung, ein sehr viriler Typ, der sich gern in etwas zu blaue Anzüge kleidete, in seinem Arbeitszimmer mit dem lapidaren Hinweis beantwortet:

„Ecco il sofà!"

Die Kollegin war nur mäßig empört. Hashtags waren damals gottseidank noch völlig unbekannt, außerdem war die Kollegin Kölnerin und als solche nicht leicht zu erschrecken.

Unterschiedlich war über viele Jahre hinweg auch die Regelung des Erholungsurlaubs. Bei allen italienischen Kollegen wurde der Urlaub nach Arbeitstagen berechnet, bei den deutschen contrattisti waren es Kalendertage. Das hatte zur Folge, dass ich für unsere Segeltörns während der Osterferien die Feiertage komplett als Urlaubstage zu „bezahlen" hatte, während der italienische Kollege an Karfreitag, Ostersamstag, Ostersonntag und Ostermontag am Tiber oder am Rhein spazieren gehen konnte, ohne dafür einen einzigen Urlaubstag hergeben zu müssen.

Auch die Verteilung des Wochenenddienstes wies ein einseitiges Gefälle auf. Als der Samstag nicht mehr zu den Arbeitstagen zählte, erging Order, zumindest das Sekretariat der Politischen Kanzlei auch an Samstagen weiterhin stets zu besetzen. Männer, egal welcher Kategorie, kamen damals für solche Aufgabe nicht infrage; weibliche entsandte Beamte auch nicht, weil trotz der fürstlichen Entlohnung in der Regel weder sie noch ihre männlichen Kollegen die Landessprache beherrschten. Weibliche italienische Ortskräfte gab es in jenen Jahren noch nicht, da die Töchter der ersten Generation italienischer Gastarbeiter in der Regel keine Bürotätigkeit anstrebten. Also blieben nur die weiblichen deutschen Ortskräfte übrig, um diesen Wochenendjob zu machen.

Wer also das dreifache Pech hatte, 1. eine Frau, 2. eine Ortskraft und 3. eine Deutsche zu sein, hatte – wie meine Kinder es formulieren würden – eindeutig die Arschkarte gezogen.

Ich bin nicht politisch korrekt. Tatsächlich ist mir wenig so zuwider wie die mittlerweile etablierte, selbstgefällige Sprache des Justemilieu, die uns in vollkommener Verkennung des Unterschieds zwischen Sexus und Genus Ergebnisse beschert hat wie die „Bibel in gerechter Sprache". Zumal hier auch noch die Berufsehre des Übersetzers ins Spiel kommt, denn „dass eine Übersetzung immer auch Interpretation enthält", wird hier – nach Wolfgang Huber – umgedreht: „Die Interpretation wird als Übersetzung ausgegeben". An dem Punkt waren wir übrigens schon 1968 in meinem ersten Heidelberger Seminar, als die beiden (einzigen) männlichen Kommilitonen in nächtelanger Diskussion in der Gaststätte Mainzer Rad, weniger kulinarisch als ideologisch gespeist, bei jedem zu übersetzenden Satz erst mal die Vereinbarkeit des Inhalts mit der marxistischen Lehre hinterfragten. Einige Kommilitoninnen übrigens auch, bis sie sich nach einer Wende in der Liebe dem Tiefseetauchen oder dem Motorradfahren zuwandten.

Ich kann Ungleichheit und ungleiche Behandlung durchaus hinnehmen, auch zum eigenen Nachteil. Das Leben ist nicht gleich. Die Menschen sind es auch nicht, allen „Dekategorisierungsbestrebungen im Paradiesgärtlein der Inklusion" (Christian Geyer) zum Trotz. Aber wenn Fleiß zum Äquivalent für Doofheit wird, dann setze ich mich zur Wehr. Also schrieb ich mich bei der ÖTV ein. Nachdem ich meinen mühsam übersetzten Arbeitsvertrag den Mitarbeitern der örtlichen ÖTV-Niederlassung vorgelegt hatte, erntete ich erst schweigende Verwunderung und dann großes Gelächter, und ich habe die Mitgliedschaft umgehend gekündigt.

Irgendwann ergab sich die Gelegenheit, einem meiner Botschafter die Unsinnigkeit der Urlaubs- und Samstagsregelung an einem Beispiel anschaulich zu erläutern: „Ersetzen Sie doch einfach mal das Kriterium der Staatsangehörigkeit durch ein Attribut wie hinkend oder blond oder doof!?" Der Botschafter war Luigi Vittorio Ferraris, ein ausgesprochen hellsichtiger und vor allem sehr tatkräftiger Mann. Er hat veranlasst, dass die Regelung sowohl für den Urlaub als auch für die Samstagsdienste umgehend geändert wurden.

Um das Ende des leidigen Themas gleich vorwegzunehmen: Nach zwanzig Dienstjahren habe ich – der ständigen kleinen Rangeleien um Anerkennung und Anwendung des deutschen Arbeitsrechts müde – die italienische Staatsangehörigkeit beantragt. Beschleunigt wurde das normalerweise sehr langwierige

Prozedere übrigens durch die freundliche Intervention einer höher gestellten Persönlichkeit in Gestalt des damaligen Koordinators der italienischen Geheimdienste. Zum besseren Verständnis der prinzipiellen Notwendigkeit des Eingreifens einer „höher gestellten Persönlichkeit" in italienische Verwaltungsabläufe empfiehlt sich die Lektüre der brillanten Erzählung von Umberto Eco: „Wie man einen verlorenen Führerschein ersetzt".

Dank des Eingreifens dieser höher gestellten Persönlichkeit konnte ich nach nur sehr wenigen Jahren Wartezeit das entsprechende Dokument aus den Händen des damaligen Botschafters im unerwartet festlichen Rahmen des ehemaligen Kurfürstlichen Palais La Redoute in Bad Godesberg entgegennehmen. Aber damit war ich mitnichten aus dem Schneider. Denn kaum hatte ich als italienische Staatsbürgerin den für solche Fälle vorgesehen förmlichen Antrag auf riconversione, also auf Umschreibung beziehungsweise Anpassung meines Arbeitsvertrags an italienisches Recht, zur römischen Zentrale gesandt, kam umgehend der Hinweis, dass ich einen ganz neuen Arbeitsvertrag schließen müsse.

„Aber ihr hattet mir doch vor ein paar Jahren gesagt, dass ich sämtliche, in zwei Jahrzehnten erworbene Dienstalterstufen und Gehaltszuschläge behalten würde!"

„Ja, das tut mir jetzt auch leid, meine Auskunft war falsch. Der Abteilungsleiter hat mich korrigiert."

„Also, ihr behandelt mich jetzt so, als hätte ich von 1973 bis 1993 als Verkäuferin für Rinascente oder Kellnerin in einer Trattoria gearbeitet?"

„Nein, das stimmt nicht. Sie bekommen ja die buonuscita für die vergangenen zwanzig Jahre."

Die telefonisch zugesagte Abfindung wurde dann auch nicht ausgezahlt, und zwar mit der Begründung, dass eine solche im deutschen Regelwerk für derartige Fälle nicht vorgesehen sei. Wie gesagt, ich saß immer zwischen zwei Stühlen, die unsere

Verwaltung mit großer Geschicklichkeit und je nach Gusto vertauschte.

Ich habe kapituliert und bin die folgenden zwanzig Jahre das geblieben, was ich von Anfang an war:

die contrattista tedesca – mit deutschem Arbeitsvertrag und beiden Staatsangehörigkeiten.

Während des Studiums in Heidelberg hatte ich geglaubt, als Übersetzerin würde ich übersetzen. Aber im Verlaufe vieler Dienstjahre konnte ich eine schier unendliche Bandbreite italienischer Flexibilität erleben:

Eine Übersetzerin tippt. Eine Übersetzerin kocht Espresso für die übergeordneten Diplomaten, vereinbart für sie private und dienstliche Termine. Eine Übersetzerin macht Telefondienst: öde bis an die Schmerzgrenze.

Aber: Eine Übersetzerin übersetzt. Eine Übersetzerin dolmetscht. Eine Übersetzerin organisiert Staats- und Ministerbesuche und große Publikumsveranstaltungen, stellt Pressebulletins zusammen und formuliert politische Berichte für das italienische Außenministerium, begleitet italienische Minister, Parlamentarier, Konsuln zu Gesprächen und TV-Teams bei Dreharbeiten: phantastischer Job!

Gegen den einen oder anderen Arbeitsauftrag habe ich im Laufe der über vierzig Arbeitsjahre aufbegehrt. Vergeblich. Jedes Mal wurde der Protest mit demselben Argument vom Tisch gewischt: „Aber keiner macht das so gut wie Sie!" Mein eigentlich schlüssiger Einwand: „Ich bügele daheim auch ziemlich gut Oberhemden", wurde mit nachsichtigem Grinsen ignoriert.

Der Knüller allerdings war die Steuerfrage. Nicht nur Gerhard Schröder, auch jeder gute Italiener hat eine ganz eigene Vorstellung davon, wer wo Steuergelder verbraten dürfen sollte – oder eben nicht. Offenbar völlig berechtigt, wie die „spese pazze e fondi faraonici" italienischer Abgeordneter der Kammer, des Senats sowie mancher Regionalparlamente zeigten, über welche die italienische Presse dem staunenden Staatsvolk im zweiten Jahrtausend berichtete, ohne den hier durchaus angebrachten Hinweis auf Anzeichen spätrömischer Dekadenz zu vergessen:

Bei den „verrückten Ausgaben und märchenhaften Geldtöpfen", aus denen man sich bedient, handelt es sich um Fraktionskassen, die auch in Italien sämtlich vom Staat alimentiert werden. So brachten es beispielsweise die sizilianischen Abgeordneten auf circa 12 Millionen pro Kalenderjahr: für Abendessen, Blumen, Friseurbesuche, Schmuck, Aperitifs, Telefonate, iPads oder, im Falle eines sardischen Abgeordneten, für den Kauf mehrerer Schafe und eines Kalbs. Im Latium waren es in einem Jahr 21 Millionen Euro für Hostessen, Austern, Gucci-Taschen, Sardinien-Urlaube, Apple Store. Gegen 62 Abgeordnete der Lombardei wurde wegen Veruntreuung von Steuergeldern ermittelt, die sie für Bier, Brötchen, Videospiele, iPads, private Abendessen verwendet hatten. Auch im stolzen Piemont standen 56 Abgeordnete im Verdacht der Veruntreuung, angeführt vom Governatore, der sich unter anderem ein Paar in den USA erworbener Unterhosen in der Parteifarbe Grün,„Chappytrunk, kiwi, L", hatte erstatten lassen. In Mussolinis Prachtanlage Foro Italico vergnügten sich PDL-Abgeordnete des Regionalparlaments Latium auf einer 38.000-Euro-Party, spaßigerweise in Dionysos- und Schweine-Kostüme gewandet.

Mein erster Chef gab mir also recht bald den Rat:

„Zahlen Sie bloß keine deutschen Steuern!"

„Ja, also dann zahle ich meine Steuern in Italien?"

„Nein, in Italien brauchen Sie auch keine Steuern zu zahlen, und das ist auch ganz einfach."

Tatsächlich: Aufgrund einer gedanklich etwas schrägen Konstruktion wird das Gehalt – auch der Ortskräfte – in ein fiktives Grundgehalt, die erwähnte metropolitana, und den dazugehörigen Ortszuschlag aufgeteilt. Da der italienische Staat lediglich das lausige Grundgehalt besteuert, ist diese Abgabe tatsächlich eine quantité négligeable. Mit dem deutschen Finanzamt allerdings habe ich über Jahre hinweg über die Interpretation des deutsch-italienischen Steuerabkommens von 1925 gestritten – erfolgreich.

Und jetzt kommt es: Natürlich musste das alte Abkommen überarbeitet und den modernen Verhältnissen angepasst werden. Mich oder die Ortskräfte allgemein meinte man dabei natürlich gar nicht. Und als in den Achtzigerjahren die italienische Delegation wieder zu Verhandlungen mit dem Bundesfinanzministerium anreiste, beförderte der damalige Botschafter Ferraris für so nichtige Fälle, wie ich einer war, eine sozusagen biologische Sonderklausel in den Anhang des Abkommens, der zufolge das neue Abkommen nur auf Verträge angewandt werden sollte, die nach dem Jahr 1992 geschlossen wurden. Kurz gesagt, ich wurde als aussterbende Spezies klassifiziert und brauchte in Deutschland auch weiterhin keine Steuern zu zahlen. Und das hatte weitreichende Folgen, denn da ich „kein in Deutschland zu versteuerndes Einkommen" hatte, war ich das, was der Ehemann als „eine Ehefrau, die auf dem Sofa sitzt, Brigitte liest und Pralinen isst" bezeichnet.

Anders formuliert, er wurde in die Steuerklasse III eingruppiert, und mich beziehungsweise mein Einkommen gab es gar nicht.

5

Gewerkschaftliche Umtriebe

Mein zweiter Botschafter traf an einem Karnevalsdienstag auf dem Bonner Hauptbahnhof ein.

Der Bonner Bahnhof macht in keiner Epoche einen groß- geschweige denn hauptstädtischen Eindruck. So mancher Reisende, der nicht wie unsere Exzellenz sogleich fürsorglich nach Bad Godesberg chauffiert wird, wo die meisten Botschaften und Residenzen in den alten Villen der Ruhrbarone am Rhein untergebracht waren, glaubt deshalb bei der Erwähnung einer Rheinbrücke, dass sich jenseits des Flusses endlich das richtige Stadtleben finden lässt; doch landet er nur auf der „schäl Sick". Das ist rheinisch und bedeutet so viel wie falsche Seite.

Einen Karnevalisten hat es nie je in unserer Familie gegeben. Ausgesprochen peinlich war mir daher, dass ich genau an jenem Karnevalsdienstag aus völlig unkarnevalistischen Gründen un- pässlich war und an einem so wichtigen Tag nicht zum Dienst erscheinen konnte. Und niemand im Köln-Bonner Raum, dessen Bevölkerung von Weiberfastnacht bis Aschermittwoch in einem

Delirium aus Spaß an der Freud' und Alkohol taumelt, hat mir damals die Geschichte mit der Pilzvergiftung geglaubt.

Zu Beginn des langen Karnevals-Wochenendes hatte ich eingekauft, unter anderem Champignons, mit denen ich Papas bewährtes Boeuf Stroganoff zubereiten wollte. In der kleinen Mansardenwohnung (4 Zimmer auf 50 Quadratmetern) am Bonner Talweg hatten wir kurz nach der Hochzeit zwar die Wände der winzigen Diele mit einer kostbaren Tapete aus der französischen Fabrikation Zuber, die Fenster mit Vorhängen des feinen Bonner Einrichtungshauses HesBo, das Wohnzimmer mit zwei klatschmohnroten Sofas von den Vereinigten Werkstätten und das Arbeitszimmer mit einem gewaltigen englischen Schreibtisch aus der Antikenabteilung des Möbelhauses Graff ausgestattet – immer getreu des Statements unserer seligen Tante Milly „Wat nix koss, is nix" (von wegen „Geiz ist geil!"). Für eine Küche oder auch nur für einen Kühlschrank war allerdings irgendwie nie genug kein Geld vorhanden. Die sorgfältig gewaschenen und geputzten Pilze habe ich deshalb gut in einer Plastikdose verschlossen auf den kleinen Balkon gestellt, wo sie in der Frühlingssonne standen, bis sie am Sonntagabend im Boeuf Stroganoff Verwendung fanden, von dem mein Ehemann (der Segler) wie üblich eine dreifache Portion verspeiste.

Am frühen Rosenmontag, Höhepunkt des närrischen Frohsinns, fühlte der Ehemann sich sterbenskrank.

Nach meiner Diagnose handelte es sich um eine harmlose Magen-Darmverstimmung, und ich servierte ihm fürsorglich ein paar Mexaform-Tabletten zusammen mit einer Tasse Kamillentee. Zur Aufmunterung stellte ich auch ein Sträußchen Schneeglöckchen ans Bett und machte mich sodann zur Unterhaltung des Patienten daran, vor seinen Augen ein hölzernes Schlüsselkästchen zu basteln.

Wir waren noch am Anfang unserer Ehe, und damals glaubte ich, mit einem so praktischen Ding der ständigen Schlüsselsucherei vorbeugen zu können. Abgesehen davon, dass die Produktion des Holzkästchens als Beleg für meine Ungeschicklichkeit im Umgang mit Werkzeug in die Familiengeschichte einging, erfüllten weder das Holzkästchen noch später die eigens zu diesem Zweck gekauften Schlüsselhaken und Schlüsseltellerchen ihren Zweck. Unzählige Male in den folgenden über vierzig Ehejahren sah sich der Hausherr gezwungen, in sein Eigenheim einzubrechen, wobei er immer wieder persönliche Bestzeiten erzielen konnte. Fast ebenso häufig wurde der Schlüssel gar nicht erst vermisst und am frühen Morgen, zu unserer Überraschung, außen im Schloss der schweren, doppelflügeligen Haustüre unseres späteren, stattlichen Hauses steckend vorgefunden.

Trotz meiner eigentlich ziemlich lustigen Darbietung wollte sich beim Patienten keine Besserung einstellen. Dabei wartete in seinem Arbeitszimmer auf dem gewaltigen englischen Schreibtisch ein gewaltiger Berg Papierschnipsel darauf, zur 2. Staatsexamensarbeit verarbeitet zu werden.

Karnevalsdienstag. Jetzt war auch mir ganz schlecht. Langsam dämmerte es mir. Gefährliche Pilzvergiftung, lautete nun meine Diagnose.

Aber alle Arztpraxen waren geschlossen, die Nachwuchsmediziner unter unseren Freunden sturzbesoffen rheinisch am Feiern, also hofften wir auf die Selbstheilungskräfte des Körpers.

Am Aschermittwoch setzte sich der Ehemann an seinen Schreibtisch, und ich ging stellvertretend für uns beide zum Arzt. Der Mann schüttelte ratlos den Kopf:

„Eigentlich sollten Sie sich beide den Magen auspumpen lassen. Aber vermutlich ist es dafür schon zu spät. Einen Rat kann ich Ihnen aber geben: Kaufen Sie sich schleunigst einen Kühlschrank!"

Meinem zweiten Botschafter Corrado Orlandi Contucci, einem großen, ungemein eleganten Mann mit dunkelbraunen Augen und ergrautem Haarkranz, wurde ich also erst am späten Aschermittwoch vorgestellt. Nach einheiliger Meinung aller Sekretärinnen un vero signore. Und so wurde es allgemein als Zeichen größter Wertschätzung meiner Person betrachtet, als der neue Gesandte mich in sein Büro bat, um mir feierlich das Angebot des Botschafters zu übermitteln, nach der bevorstehenden Pensionierung der Chefsekretärin deren Posten zu übernehmen. Meine Reaktion war Verblüffung, die sich in meinem Kopf so artikulierte:

„Ja, verdammt noch mal, hört das denn gar nicht mehr auf? Immer noch Sekretärin? Okay, Chefsekretärin. Aber braucht man dafür etwa ein Universitätsstudium?"

Als ich den Mund öffnete, kam heraus:

„Oh, vielen Dank, Signor Ministro. Und bitte richten Sie Seiner Exzellenz auch meinen Dank aus. Ich fühle mich sehr geehrt und hoffe aufrichtig, sein Vertrauen in meine Person nicht zu enttäuschen."

Eine solche Antwort ist ein eindeutiger Beweis für eine gewisse Lernfähigkeit, nicht nur im sprachlichen, sondern auch im diplomatischen Bereich. Spätere Botschafter vertrauten dieser „Mehrzweckwaffe" gern nicht nur die Handhabung schwieriger Texte, sondern auch das an, was sie una manovra abile, ein geschicktes Manöver, nannten.

Von der amtierenden Dame wurde ich erfolgreich eingearbeitet. Aber kurz bevor ich den Posten vollständig übernehmen konnte, setzte man unversehens eine italienische Ortskraft aus dem Stuttgarter Generalkonsulat auf den für mich gedachten Stuhl. Ich war aufrichtig erleichtert und konnte die Verlegenheit gar nicht nachempfinden, mit welcher der neue Leiter der Politischen Abteilung – nicht mehr der Gesandte – mir diese in aller Augen ausgesprochen unangenehme Nachricht überbrachte. Er bat mich nicht förmlich in sein Büro, sondern passte mich eher beiläufig in einem kleinen Kabuff neben dem Personal-WC im Dachgeschoß ab, wo die Fernschreiber der Nachrichtenagenturen und später auch die Fotokopiermaschinen untergebracht waren.

„Ja, also, eine ausgesprochen peinliche Sache", murmelte er in dem Getöse der ratternden Fernschreiber. „Es tut mir auch persönlich sehr leid .... Na ja, es ist so .... von Gewerkschaftsseite meint man .... also, das Problem ist die Staatsangehörigkeit."

„Aber ich habe doch einen regulären Arbeitsvertrag, den das italienische Außenministerium genehmigt hat?"

„Natürlich, das ist richtig, aber es handelt sich hier ja um einen Vertrauensposten."

„Und da bin ich als Deutsche .... nicht vertrauenswürdig?"

„Die hiesige Vertreterin der Gewerkschaft hat Einwände erhoben, und die römische Gewerkschaft hat sich daraufhin gemeldet, und, nun ja ...."

Schließlich rannte er erleichtert die Treppe runter in sein Büro. Vor meinem inneren Auge sah ich quasi unseren Hund, wie er nach der frühmorgendlichen Erledigung seines Geschäfts in fröhlichen Sprüngen über das Rheinufer jagte.

Im Grunde meines Herzens fühlte ich mich genauso wie die beiden, doch über meine Erleichterung verkannte ich die Gefahr, die sich aus der Geisteshaltung der Gewerkschaften womöglich für meinen Arbeitsplatz entwickeln konnte.

Und in der Tat. Wenig später vertrauten mir nicht die gar nicht mehr so gesprächigen Sekretärinnen, sondern der Hausmeister an, dass die betreffende Gewerkschaftlerin in der gesamten Botschaft eine Unterschriftenliste gegen die Beschäftigung von Ortskräften mit nicht italienischer Staatsangehörigkeit in Umlauf gebracht hatte.

Die einzige nicht italienische Angestellte war damals ich.

Mein subjektiver Eindruck, dass sich der Eifer dieser sindacalista mehr auf Agitation und Intrige statt auf ihren Arbeitsbereich konzentrierte, fand wenige Jahre später eine schöne Bestätigung durch eine (nicht klassifizierte) Depesche des damaligen Botschafters Ferraris an das übergeordnete italienische Außenministerium. Im Unterschied zu sämtlichen vorangegangenen und nachfolgenden Kollegen hatte er die Traute, die ständige Abwesenheit der Arbeitnehmervertreterin von ihrem Arbeitsplatz (immerhin 137 Tage im Jahr) aktenkundig zu machen: „.... auch wenn diese Abwesenheit keine nachteiligen Auswirkungen auf den Dienstablauf der Botschaft gehabt hat, da die Arbeitsleistung der Beamtin nachweisbar praktisch null ist". Diese Tat kann gar nicht genug gewürdigt werden, denn wie ich im Laufe meiner langen Dienstzeit erfahren sollte, sind sindacalisti praktisch unantastbar. Noch im zweiten Jahrtausend wusste die Frankfurter Allgemeine Zeitung ihrer Leserschaft verwundert zu erklären, „dass in Italien selbst Mitarbeiter, die krankfeiern oder stehlen, nicht einfach entlassen werden können", weil, wie ich dann am italienischen Generalkonsulat in Köln verblüfft registrierte, die römische Gewerkschaft rechtzeitig am 443. Krankheitstag die betreffende Angestellte daheim telefonisch darauf aufmerksam macht, dass ein Erscheinen zum Dienst am 444. Tag ratsam sei, da anderenfalls eine Kündigung durch den Dienstherrn rechtlich zulässig sei.

Tatsächlich hat die unermüdliche Agitationslust einiger Arbeitnehmervertreter in der Botschaft und später im Konsulat dazu beigetragen, ein festes Vorurteil zu zementieren. Im Laufe meiner langjährigen Dienstzeit habe ich nicht ein einziges Mal Anlass gefunden, meine Meinung ernsthaft zu hinterfragen, der zufolge es sich bei den sindacalisti mehrheitlich um Leute handelt, die sich, womöglich aus privatem oder beruflichem Frust heraus, besonders wichtig fühlen, wenn sie in der minestra anderer herumrühren und diese Suppe dann dem Missionschef mit großer und vor allem fordernder Geste auftragen können – dagegen jedoch nicht das mindeste, aber auch nicht das allergeringste Interesse daran haben, den Laden am Laufen zu halten.

Sergio Marchionne, damals leuchtender Stern der Sanierung des italienischen Nationalheiligtums FIAT, und andere italienische Wirtschaftskapitäne sahen deshalb guten Grund zur Flucht vor den in einer Klassenkampfmentalität der Siebzigerjahre verharrenden italienischen Gewerkschaften. Dem in vielerlei Hinsicht durchaus tadelnswerten Bettino Craxi kommt hier das Verdienst zu, den Sachverhalt kristallklar, wenn auch etwas drastisch, auf den Punkt gebracht zu haben: „I sindacalisti quando fanno i sindacalisti sono dei grandissimi rompicoglioni, quando entrano in politica restano dei grandissimi coglioni." Frei übersetzt hat Craxi, immerhin Sozialist, in der Quintessenz gesagt, dass Gewerkschaftler – mit Verlaub – Arschlöcher sind, die anderen – mit Verlaub – auf die Eier gehen.

Und die Kategorie der Ortskräfte mit der Staatsangehörigkeit des jeweiligen Gastlandes scheint bis heute Opfer einer veritablen Apartheidpolitik italienischer Gewerkschaften zu sein. Als im Jahre 2012 ein Gesetz erlassen wurde, demzufolge auch der verachteten Kaste der contrattisti a legge locale das aktive und passive Wahlrecht bei Betriebswahlen zugestanden wurde, fassten die großen italienischen Gewerkschaften in ungewohnter Einigkeit den Beschluss, die Vertragsangestellten mit nicht italienischem Vertrag aus den Berechnungen der Stimmen für die Arbeitnehmervertretungen auszuschließen.

So was nennt der Fachmann interessi di bottega. Die eher banale Übersetzung lautet Eigeninteressen. Aber die Konnotation von Theke, Laden, Bude macht den italienischen Terminus der bottega irgendwie reizvoller, finde ich: Die Italienische Kommunistische Partei, PCI, war in Rom in der Straße der Finsteren Läden, nämlich in der Via delle botteghe oscure untergebracht. Und die Democrazia Cristiana residierte an der Piazza del Gesù.

Selbst Jahrzehnte später, an meinem Arbeitsplatz im Kölner Generalkonsulat, verfolgte mich die sindacalista meiner Bonner Anfangsjahre, die sich trotz einer offensichtlichen Aversion gegen Deutschland, Deutsche und überhaupt alles Deutsche immer wieder an italienische Vertretungen in Deutschland hat versetzen lassen: Bonn, Stuttgart, Bonn und dann Berlin. Zusammen mit dem amtierenden Generalkonsul sollte ich zu einer Versammlung aller Konsuln und Handelsattachés in der Botschaft nach Berlin anreisen, als mich wenige Tage vor Reiseantritt der Gesandte aus Berlin anrief. Er war ein Freund aus alten Bonner Zeiten, der sich seinerzeit als junger Diplomat über mein sozusagen systemisches Zahlenproblem gräumt hatte. Er berichtete mir zerknirscht von einer neuerlichen Aktion der Gewerkschaftlerin: Sie habe vorgetragen, dass meine Anwesenheit als Ortskraft bei dieser Versammlung von Beamten nicht erwünscht sei. Im Unterschied zu der Kollegin konnte ich mit und ohne Versammlung problemlos leben. Der rechtschaffene Konsul, der damals gerade sein Amt angetreten und sich ein wenig Beistand von meiner Begleitung erwartet hatte, erstattete mir das Flugticket aus seinem persönlichen Portefeuille, und ich reiste mit dem Segler an den Tegernsee, um einen Katamaran zu kaufen.

Eine letzte Begegnung mit meiner speziellen sindacalista ergab sich exakt dreißig Jahre nach meinem Dienstantritt in Bonn, als ich auf Einladung des Botschafters zur Einweihung unserer Berliner Botschaft zusammen mit meiner Tochter für wenige Stunden nach Berlin gereist war. Die prächtige Botschaft war über viele Jahre hinweg renoviert worden und wurde nun endlich – obwohl 60 Jahre zuvor fertig gestellt – ihrer Bestimmung zugeführt. Die Staatspräsidenten beider Länder waren angereist, der Rahmen glanzvoll, Botschafter Silvio Fagiolo ein Freund, die Schar der festlich gestimmten Gäste unübersehbar, das Wiedersehen mit alten Weggefährten herzlich, die Tochter an meiner Seite jung, schön, strahlend, schlagfertig und klug – als

wir einander erblickten und wie verabredet aneinander vorbei-
schauten. Eine eigenartige Traurigkeit kroch in mir hoch, die
nach einem kurzen Moment hinweg geschwemmt wurde von
einer überwältigenden Welle der Dankbarkeit für denjenigen,
der meine Geschicke geleitet und das Glück meiner Familie
beschützt hat.

Während meiner gesamten Dienstzeit beim italienischen
Staat habe ich mich allerdings im Interesse einer gedeihlichen
Zusammenarbeit oder sogar des schieren Überlebens innerhalb
der Struktur gehütet, meine Abneigung gegen gewerkschaftliche
Umtriebe nach außen zu tragen. Eine gewisse Ranküne mir
gegenüber verspürte ich im Laufe der Jahrzehnte trotzdem auch
bei einem weiteren Kollegen, ebenfalls ein militanter Gewerkschaftler. Verraten hat mich vermutlich, dass ich dem Rat von
Karl Valentin gefolgt bin: „Net amoi ignoriern!"

6

Der Mann mit
der Lupara

Nach einigen Monaten verkündeten die Sekretärinnen ihr Urteil, demzufolge der vero signore keine politica, sondern pranzi mache. Auf Letzteres, nämlich elegante Abendessen, verstand er sich nach vielen Jahren als Protokollchef bei den Staatspräsidenten Giuseppe Saragat und Giovanni Leone durchaus. In die vergleichsweise kleine Residenz, eine rosa-grau verputzte klassizistische Villa auf einem weitläufigen Parkgrundstück, das bis zum Rhein hinunter reicht, strömten beinahe täglich die Gäste an die Tafel, wo sie nach den strengen Regeln des Protokolls platziert wurden, und ich mittendrin.

Ein knappes Jahr nach meiner Einstellung fand ich mich im Speisesaal der Residenz in der Gesellschaft von Hans Dietrich Genscher und Giovanni Spadolini wieder, mit vermutlich hochrotem Kopf nach der italienischen Übersetzung für das Wort „Spucknapf" suchend. Das gehörte in den Zusammenhang der Ping-Pong-Diplomatie: Genscher erzählte dem italienischen Minister für Kulturgüter eine lustige Geschichte über seinen ersten Besuch in China, der überhaupt nur stattfinden konnte, weil er als Bundesinnenminister auch für den Sport zuständig war. Die Pointe der Geschichte war jedenfalls die Treffsicherheit des chinesischen Sportministers im Umgang mit dem Spucknapf. Aber Spadolini war überhaupt nicht amüsiert, brachte noch nicht mal ein höfliches Lächeln zustande. Womöglich hatte ich die Pointe vermasselt.

Genscher war – auch was den Umgang mit Dolmetschern anbelangt – ein richtiger Profi. Er sprach zwei, drei Sätze, schaute mich an, ich schloß kurz die Augen, übersetzte ins Italienische. Spadolini saß breit und bräsig auf einem beängstigend kleinen, goldenen Stühlchen, aß ohne Unterlass von seinem Teller, den er – offenbar zu Sicherheit – ganz dicht an seinen dicken Bauch geschoben hatte, und murmelte schwer verständliche, womöglich tiefsinnige Worte vor sich hin. Ich bastelte aus den Wörtern, die aufzuschnappen mir gelang, ganze deutsche Sätze, die ich zum Bundesaußenminister gewandt formulierte. Der ließ sich von den nicht sehr aussagekräftigen Worten nicht beirren, antwortete heiter, den Blick immer fest auf mich gerichtet, bis ich wieder kurz die Augen schloss. Er hielt inne, lächelte, ich übersetzte sauber seine Ausführungen. Das Gespräch zog sich gut zwei Stunden hin – der blanke Horror für einen Dolmetscher, zudem wenn er gar keiner ist! Aber es hat sich als vollkommen aussichtslos erwiesen, meinem Arbeitgeber darzulegen, dass an drei deutschen Universitäten jeweils zwei verschiedene Studiengänge zum Diplom-Übersetzer und zum Diplom-Dolmetscher angeboten werden. Und dass ich mich nach reiflicher Überlegung entschlossen hatte, eben nicht die Laufbahn als Diplom-Dolmetscher einzuschlagen, sondern meinen Lebensunterhalt mit der weniger stressreichen, aber sorgfältigen schriftlichen Übersetzung von Texten zu verdienen. Das Gegenargument lautete bis zu meinem letzten Arbeitstag:

„Ja, wo ist denn das Problem, Sie sprechen doch Italienisch, oder?" Sicher, und ein Gynäkologe ist ebenso ein Mediziner wie ein Orthopäde. Und doch ....

Meist kurz nach 19 Uhr, wenn ich gerade daheim in unserer kleinen Dachwohnung angekommen war, erreichten mich die gefürchteten Anrufe aus dem Vorzimmer des Botschafters, mit denen ich für 20 Uhr in die Residenz zitiert wurde:

„Alle ore 20 in Residenza!" Die dann unvermeidlich ausbrechende Panik wurde nicht nur von meiner fehlenden beruflichen Qualifikation, sondern auch durch die mangelhaft ausgestattete Garderobe ausgelöst. Ungefähr fünfzehn Jahre lang bin ich – sommers wie winters – in demselben schwarz-weißen Leinenkostüm von Féraud aufgetreten, das ich bei meiner Eheschließung getragen hatte. Nur die weiße Bluse wechselte oder musste rasch aufgebügelt werden. Das kann man durchaus positiv sehen. Andere Hochzeitskleider amortisieren sich weniger oder gar nicht.

Probleme ganz anderer Natur warfen solche Einsätze in protokollarischer Hinsicht auf. Natürlich war ich in der Rangfolge das unwichtigste aller Würstchen, gehörte also fraglos ans äußerste Ende der Tafel. Aber selbst für einen richtigen Dolmetscher ist es aus akustischen Gründen schwierig, das Gespräch der beiden in der Tischmitte einander gegenüber platzierten Ehrengäste zu übersetzen. Beim nächsten Mal saß ich schräg hinter dem italienischen Ehrengast. Das wiederum empörte die deutschen Gäste – sozialdemokratische Abgeordnete –, die es einfach herzlos fanden, dass diese junge Dolmetscherin dem Essen nur zuschauen durfte. Was mir im Grunde aber sehr recht war, denn zum Kauen kommt man als einziger Dolmetscher für zwei Dutzend Gäste sowieso nicht. Außerdem ist man dann außerhalb der Reichweite der zahlreichen Gläser und läuft nicht Gefahr, den engagierten Vortrag mit ausholenden Handbewegungen zu unterstreichen und dabei ein volles Rotweinglas über das weiße Damasttuch zu kippen – bei einem Abendessen zu Ehren des italienischen Landwirtschaftsministers. Trotz der signorilen Reaktion meines feinen Botschafters (ein leichtes Wackeln mit einer Augenbraue in Richtung Dienerschaft) war dieser einer der drei Momente in den langen Jahrzehnten meines Dienstes, in denen ich hätte sterben mögen vor Scham.

Gar keine Scham empfand ich hingegen, wenn ich dem zu dolmetschenden Gespräch einen persönlichen Deu (das ist rheinisch und steht für Schubs oder Dreh im Sinne von ein bisschen nachhelfen) gegeben habe. Ein veritabler Dolmetscher könnte das vermutlich mit seiner Berufsehre nicht verbinden, aber ich finde, bisweilen nützt es der Sache ungemein, wenn man ein wenig korrigiert. Der Deu beschränkte sich meist darauf, dass ich – sofern mit der Materie vertraut – einfach Dinge hinzufügte, die im Gespräch womöglich vergessen oder nicht hinreichend berücksichtigt wurden. Das war natürlich immer eine gewisse Gratwanderung, denn es konnte leicht geschehen, dass die Dolmetscherin mit Verve, Sachkenntnis und Überzeugungskraft dem deutschen Gesprächspartner ein italienisches Anliegen vortrug und darüber fast die Präsenz des vorgesetzten Diplomaten vergaß, dessen Worte sie eigentlich hätte dolmetschen sollen.

Bisweilen war mein Deu auch eher atmosphärischer als inhaltlicher Natur. Bei dem Abendessen mit dem italienischen Landwirtschaftsminister erlebte ich ungeahnte Pein, aber nicht nur wegen des verschütteten Rotweins. Das italienische Pendant zum damaligen Landwirtschaftsminister Josef Ertl war einfach unglaublich ungezogen, ein richtiger Lümmel. Während des Essens plänkelten belanglose Worte hin und her, die ich mit Bravour übertrug – vom Deutschen ins Italienische, vom Italienischen ins Deutsche. Nach dem Essen jedoch ging es zur Sache, und zwar zu strittigen landwirtschaftlichen Themen. Vermutlich hätte jeder Bayer dem ungehobelten italienischen Klotz prima Paroli bieten können, aber Ertl war, aus welchen Gründen auch immer, bei Grappa, Espresso und Zigarre ungemein freundlich, heiter, angenehm. Da brachte ich es einfach nicht übers Herz, ihm die Unfreundlichkeiten seines italienischen Gegenübers – es ging irgendwie um Milchwirtschaft in der Po-Ebene und in Bayern – getreulich zu übermitteln. Inhaltlich blieb ich, auch aufgrund meiner mangelnden terminologischen Kenntnisse, ein bisschen vage und in der Tonlage sehr viel freundlicher. Folgen hatte das, glaube ich, nicht.

Terminologisch hätte ich mir zudem ein wenig Beistand vom Ersten Botschaftsrat der Handelsabteilung erwartet, einem kleinen, dicken, kahlköpfigen älteren italienischen Herrn, der irgendwo zwischen Wien und Triest aufgewachsen war und dessen Wiener Caféhaus-Stil auch seine deutsche Diktion prägte. Die Botschaft betrat er meist in Begleitung eines freundlichen, dicken Chow-Chows und eines jungen, schwarzen Dieners, von denen einer oder alle beide auf den Namen „Burschi" hörten. In der Residenz jedoch schaute er mich nur hin und wieder wortlos schnaubend an, was ich als Unzufriedenheit mit meiner Leistung interpretierte.

Nicht mal einen Hauch von Sachkenntnis hatte ich, als der Direktor des Ausschusses für die Koordinierung der italienischen Geheimdienste SISMI und SISDE, Paolo Fulci, an einem dunklen Herbstabend im Jahre 1986 mit einem kleinen Flugzeug in Köln landete und sich mit mir in das Büro des Präsidenten des Bundesamtes für Verfassungsschutz begab. In Gegenwart einer ziemlich attraktiven Italienerin in duftigem Kleidchen und mit kleinem Handtäschchen, deren Funktion mir vollkommen schleierhaft war, bis man mir viele Jahre später im Kölner Konsulat grinsend erklärte, es habe sich um die italienische „Null Null Sex" gehandelt, übersetzte ich das Gespräch zwischen Holger Pfahls und Paolo Fulci. Ich tat das sehr sorgfältig, ohne auch nur ansatzweise zu begreifen, worüber die beiden sprachen.

Trotzdem war der Geheimdienstdirektor offenbar von meinen Fähigkeiten oder meiner Rechtschaffenheit überzeugt, denn er war die hochgestellte Persönlichkeit, die später meinem Antrag auf Erwerb der italienischen Staatsbürgerschaft den notwendigen Schub geben sollte.

Während Holger Pfahls im folgenden abtauchte, bis er in Paris verhaftet wurde, machte sein italienischer Gesprächspartner eine bemerkenswerte Karriere. Fulci war von Haus aus Diplomat, was man angesichts seiner eher robusten Vorgehensweise nicht hätte vermuten können. Mitmenschen oder Mitbewerber auf dem Felde der Diplomatie pflegte er nach einem überschaubaren Schema in Freund und Feind einzuteilen. In diesem Zusammenhang fiel bei den Erzählungen stets das Stichwort lupara, einer im Sardischen gebräuchlichen Schrotflinte mit abgesägtem Lauf, die aber, wie ich vermute, eher symbolische Anwendung fand.

Er hatte eine großartige Fama, die mich über Jahrzehnte tief beeindruckt hat. So erzählte man sich, dass er als italienischer Botschafter in Paris das Funktionieren der ihm unterstellten Konsulate, unter anderem in Marseilles, in der Rolle des armen Emigranten geprüft habe, der sich von den hochmütigen Konsulatsangestellten herumschubsen ließ, bis er in einer dramatischen Geste den schäbigen Mantel fortzuwerfen und sich mit dem Ausruf zu erkennen geben pflegte:

„Sono l'Ambasciatore!"

Dabei ist er – wie ich viel später zu meiner großen Enttäuschung herausgefunden habe – nie als Botschafter in Paris auf Posten gewesen. Die Karriere führte ihn an die italienische Vertretung bei der Nato in Brüssel und in den Neunzigerjahren zu den Vereinten Nationen in New York, wo ihm später höchstes Lob von der US-Vertreterin Madeleine Albright zuteil wurde: „Your diplomacy is legend."

Dabei verhieß das erste Zusammentreffen der beiden nichts Gutes. Albright, so berichtete ein Augenzeuge, legte ihm in hohem Tempo dar, welche Positionen sie von ihm bei welchen Sachthemen und gegenüber welchen Ländern erwarte, während sich der Gesichtsausdruck unseres selbstbewussten Italieners immer mehr verfinsterte. Schließlich platzte er heraus:

„Madam, Sie sprechen mit dem Botschafter der Italienischen Republik und nicht mit einem Sergeanten des Marine Corps der USA!"

Weniger legendär als berüchtigt war im Auswärtigen Amt seine Kampagne als Wortführer des Coffee Clubs und sein Einsatz für einen ständigen Sitz Italiens und gegen einen ständigen Sitz Deutschlands, Indiens, Japans und Brasiliens im Sicherheitsrat. Allein durch die bloße Erwähnung seines Namens konnte man beispielsweise dem Leiter des Referats Vereinte Nationen im Auswärtigen Amt einen bis dato heiteren Abend in der Bonner Oper vermiesen.

Fulci selbst hingegen störte nachhaltig das Vorgehen des Kollegen eines anderen EU- und Nato-Partnerlandes, der ihm immer wieder diplomatische Steine in den Weg legte. Unser Mann wusste sich seiner elegant zu entledigen. Lange Jahre, bevor man sich in Deutschland über die NSA aufregte, verfasste er in dem Bewusstsein, dass nicht nur seine Telefongespräche in seiner römischen Privatwohnung, sondern auch seine verschlüsselten Nachrichten von Lauschern ganz unterschiedlicher Provenienz aufgezeichnet wurden, ein ausführliches Telegramm an das römische Außenministerium, in dem er detailliert darlegte, wie sehr dieser totale cretino seinem eigenen Land bei dieser oder jener Aktion geschadet habe. Er klassifizierte die Depesche als segretissimo, streng geheim, was in den großen Ohren aller großen Brüder sämtliche Alarmglocken schrillen lassen musste, und konnte wenig später die Früchte seiner Tat einheimsen: der Widersacher wurde aus New York abberufen.

Sein Ruf hallte auch über die Pensionsgrenze hinaus. Viele Jahre später richtete er als Vorsitzender des Aufsichtsrates von

Ferrero S.p.A. an die Italienische Botschaft in Berlin energisch das Ansinnen, die Düsseldorfer Kunstsammlung K21 dazu zu bewegen, das Gemälde „La Fanciulla dell'Ovest" von Carlo Carrà für eine Ausstellung in Italien auszuleihen.

Die Botschaft leitete das Ersuchen an das zuständige italienische Generalkonsulat in Köln weiter, wo ich inzwischen für Politik, Presse, Wirtschaft und Kultur zuständig war.

Selten habe ich so zahlreiche und wirklich trickreiche Geschütze aufgefahren – vergebens.

7

Cocktails

Während für mich die Residenz unseres Botschafters als Synonym für Momente höchsten beruflichen Stresses eher eine Kammer des Schreckens blieb, war sie für meine Kollegen zweimal im Jahr, jeweils im Sommer und im Winter, festlicher Höhepunkt italienischer Geselligkeit.

Die Veranstaltung zum 2. Juni war Pflicht, denn im Rahmen eines Empfangs wurde zusammen mit einer Vielzahl von Gästen aus Politik, Wirtschaft, Kultur und Presse der Gründung der Italienischen Republik gedacht. Anfangs hatte ich den hohen politischen und moralischen Stellenwert der Veranstaltung nicht erkannt und die Veranstaltung einfach geschwänzt. Zumal ich es gewohnt war, dass die gesamte Familie am Tag der Deutschen Einheit (das war damals noch im Frühsommer, nämlich am 17. Juni) zu einer Wochenendreise an die holländische Küste aufbrach: Nordsee, Sandstrand, Krabbenbrötchen ...

Am folgenden Tag bekam ich wegen meines Fehlens bei der Feier einen regelrechten Anpfiff vom Assistenten des Botschafters:

„Ja, was denken Sie sich denn dabei, am Nationalfeiertag einfach nicht zu erscheinen? Haben Sie etwa gedacht, das sei ein Ferientag?! Wir gedenken der Gründung unserer Republik! Das ist der wichtigste Tag überhaupt für eine diplomatische Vertretung im Ausland! Merken Sie sich das!"

Unser Arbeitsverhältnis war damals ein ganz klein wenig, aber nicht nachhaltig getrübt, allerdings nicht wegen des Nationalfeiertags, sondern weil er partout nicht verstehen wollte, dass ich bei Zahlen immer und immer wieder Fehler in die ihm vorzulegenden Schreiben einbaute. Und das konnte in jenen fernen Zeiten nicht einfach korrigiert und neu ausgedruckt werden. Entweder man versuchte, mit der weißen Substanz aus dem kleinen Tipp-Ex-Fläschchen nicht wirklich protokollgerecht auf dem Originalbogen und den Durchschlägen Abhilfe zu schaffen, oder es mussten neue Papierbögen in die Maschine eingespannt und beschrieben werden – was mir regelmäßig Gelegenheit bot, beim Tippen der Zahlen neue Fehler einzubauen.

Der Assistent des Botschafters glaubte allen Ernstes, dahinter stecke eine provokatorische Intention meinerseits. Das war aber gar nicht der Fall. Im Laufe meiner langen Dienstjahre bin deshalb nicht nur ich zu dem Schluss gekommen, dass es sich um einen immanenten Defekt handeln muss, den aufmerksame Vorgesetzte aber ziemlich schnell erkannten. Einmal hörte ich, wie ein scheidender Leiter der Politischen Kanzlei seinem Nachfolger nach langen und bunten Lobeshymnen auf meine Arbeit und Person den Rat ab:

„Nur bei den Zahlen musst du mit der höllisch aufpassen. Wenn du ihr den 3.3. sagst, schreibt die glatt den 29.10."

Bei der winterlichen Veranstaltung in der Residenz ging es an Weihnachten darum, di farsi gli auguri. Das ist etwas sehr Italienisches und erschöpft sich eigentlich darin, dass jedermann zu jedermann immer wieder sagt: auguri auguri! Die Steigerung ist auguri e figli maschi, womit man seinem Gegenüber zusätzlich männliche Nachkommen wünscht.

Botschafter und Gattin, die bei uns Botschafterin genannt wird, luden das gesamte Personal samt Ehepartnern kurz vor Heiligabend (der übrigens ein Arbeitstag war und ist ebenso wie der 31. Dezember!) für die auguri zu Panettone und Spumante ein. Botschafter Orlandi Contucci beschränkte sich aber nicht auf diese traditionelle Form der auguri, sondern ließ zunächst winzige, unwahrscheinlich köstliche Canapés und Beignets und sodann ein Buffet mit traditionellen italienischen Weihnachtsspeisen anrichten, wozu zum Entzücken des Ehemannes, den die ländliche Heimat der Eifel kulinarisch geprägt hat, auch gefüllter Schweinsfuß mit Linsen gehörte. Noch heute erinnern wir uns mit Wehmut an die herzliche Gastfreundschaft des vero signore, der es sich nicht nehmen ließ, im weihnachtlich geschmückten Speisesaal der Residenz seine Mitarbeiter persönlich zu bewirten.

In den Achtzigerjahren weitete das Botschafterpaar Ferraris die alljährliche Weihnachtsveranstaltung in der Residenz erheblich aus, allerdings eher quantitativ als qualitativ. Zusammen mit den Mitarbeitern wurden auch deren Kinder eingeladen, was den ganzen Charakter der Veranstaltung deutlich veränderte, zumal das Buffet irgendwie karger geriet. Statt der feinen Cocktail-Canapés gab es Geschenke für die zahlreichen Bambini, allesamt Prinzeßchen und Prinzleins, die fröhlich oder quengelig, in jedem Fall laut krakeelend, die drei Empfangsräume der Residenz bevölkerten.

Ich muss gestehen, dass es bei diese Veranstaltungen zwei-, dreimal Momente gab, in denen ich mich gegrämt habe – denn dienstliche Dissonanzen gehen nicht ans Herz. Aber in jenen Jahren sah ich in einem festlichen, vorweihnachtlichen Rahmen unter einer ausgelassenen, jolenden und kreischenden italienischen Kinderschar meine beiden kreuzbraven deutschen Exemplare, die tatsächlich mit glänzenden Kinderaugen auf den Weihnachtsmann schauten. Der überreichte ihnen mit feierlichem Gestus jeweils ein verpacktes Geschenk. Sie lösten aufgeregt und vorsichtig Bändchen und Papier, und Jahr für Jahr kam ein Buch mit italienischem Text heraus. Unbeschreibliche Enttäuschung meiner beiden Kinder, die ratlos auf die bunten Bücher sahen, während die italienischen Kinder einen Roller oder eine Puppe auspackten, für deren Handhabung es keinerlei Sprachkenntnisse bedurfte. Das hat mich wirklich geschmerzt. Schließlich habe ich die Botschafterin, eine kluge und elegante Dame mit einer für damalige Zeiten ungewöhnlichen, nämlich eigenständigen, beruflichen Laufbahn als Jugendrichterin, beim Abschied vorsichtig darauf angesprochen:

„Ambasciatrice, auch im Namen meiner Familie danke ich Ihnen sehr herzlich für das schöne Weihnachtsfest und die Geschenke. Es ist leider so, dass meine Kinder des Italienischen nicht mächtig sind und deshalb die Bücher gar nicht verstehen können."

„Appunto – Eben!", lautete die lakonische Antwort.

Ein einziges Mal mussten Haus und Garten unserer Residenz einem überwältigenden Journalistenansturm standhalten, und der Empfangssaal der Residenz wurde mit langen Reihen von Klappstühlen zum Schauplatz einer veritablen Pressekonferenz umfunktioniert. Der Grund für dieses nach dem Mauerfall und der Implosion von Democrazia Cristiana und Eurocomunismo ausgesprochen selten spektakuläre Medieninteresse an der italienischen Politik war der erste Deutschlandbesuch des neu gewählten italienischen Ministerpräsidenten Silvio Berlusconi Anfang der Neunzigerjahre. Dabei befand der Mann sich damals noch ganz am Anfang seiner politischen Laufbahn, und von der „Nichte Mubaraks" auf der Polizeistation, den „eleganten Abendessen" in der Präsidentenvilla Arcore und den „bösen Richtern in den roten Roben" und so weiter war noch gar nicht die Rede.

Unsere gesamte Crew verfolgte staunend den ganz und gar ungewohnten Auftritt des Presidente und seiner unkonventionellen Mannschaft. Gebaren und Vorstellung haftete durchaus etwas von einer messa in scena an, Inszenierung, die dadurch noch unterstrichen wurde, dass sich in unmittelbarer Nähe des Ministerpräsidenten immer ein eher unscheinbares Männchen mit einem kleinen, hölzernen Köfferchen aufhielt, das sich jedoch mit einer sehr selbstsicheren Aura bewegte. Entgegen aller Vermutungen erfahrener Thriller-Leser barg dieses Köfferchen keine geheimen Dokumente und auch kein rotes Telefon, sondern ein reichhaltiges Schminksortiment, das jeder Diva zur Ehre gereicht hätte.

Das gesamte Spektakel dieses Besuchs war übrigens das Ergebnis eines beeindruckenden doppelten Bluffs des damals amtierenden Botschafters Umberto Vattani.

8

Kriegsverbrecher und Kanzlerwitze

Nach einigen Jahren wurde ich aus dem Politischen Sekretariat im 1. Oberschoss zur Presseabteilung im Dachgeschoß versetzt, die zu diesem Zeitpunkt noch durchaus die Bezeichnung Abteilung verdiente: ein Botschaftsrat, unterstützt von zwei Sekretärinnen, zwei Sachbearbeitern, einem Bürodiener und einer Vervielfältigungsmaschine. Die Diener hießen damals wirklich so. Später gab es komplizierte Dienstbezeichnungen wie 2.AF1 oder B2, deren Bedeutung sich mir einfach nicht erschließen wollte, weil sie auf Zahlen basierte.

Der Arbeitstag begann hier nicht wie in den übrigen Abteilungen der Botschaft um 9 Uhr, sondern um 6 Uhr, allerdings im Wechsel mit dem anderen Sachbearbeiter. Wer Frühschicht hatte, musste täglich die deutsche Presse sichten und die Überschriften der wichtigsten Artikel und Kommentare auf Italienisch fabrizieren, die, auf Matrize getippt, vom Bürodiener vervielfältigt und als Rassegna della stampa italiana innerhalb der Botschaft verteilt wurde – kein Fotokopierer, kein PC, kein WLAN. Die

Spätschicht, die um 9 Uhr eintraf, hatte sämtliche Italien betreffende Artikel auszuschneiden, zu übersetzen und donnerstags mit dem wöchentlichen diplomatischen Kurier nach Rom zu schicken – kein Fax, kein Scanner, keine E-Mails. Außerdem mussten die Unmengen von Nachrichten gelesen werden, die von den Fernschreibern der dpa, der italienischen ANSA und der britischen Reuters auf endlosen Papierrollen unablässig ausgespuckt wurden.

Den Kollegen, der während seiner Arbeitsstunden schwer und mit schwerer Miene wie gemeißelt auf seinem Stuhl saß, den er mehr als reichlich ausfüllte, und mich einte eine leise, unausgesprochene gegenseitige Abneigung.

Für ihn war ich – nur – eine contrattista tedesca, allerdings laureata, also mit einem akademischen Abschluss: „lorbeerbekränzt". Das führt im Italienischen dazu, dass man dottore genannt wird, wozu manchmal allerdings auch das Tragen einer Brille reicht, jedenfalls bei einem Mann. Den in Italien nach recht kurzen Studium überaus leicht erworbenen dottore setzen manche italienische Konsuln, Unternehmer, Ärzte und Sekretärinnen gern mit der deutschen, zumeist hart erarbeiteten Promotion gleich und handeln sich damit den Spott der deutschen Presse über den sogenannten „Brennerdoktor" ein. Ungeachtet der Ausbildung und des Titels wird in italienischen Kreisen wiederum auf die Anrede dottoressa oder dottore verzichtet, wenn die betreffende Person auf unterer oder mittlerer Ebene tätig ist – was natürlich auf die contrattisti zutrifft. Ein Philosophieprofessor wird trotz Promotion und Habilitation mit Signore angesprochen, wenn er als Sachbearbeiter tätig ist. In dieser logischen Konsequenz wurde jeder Gast, den man für würdig befand, in die Residenz des Botschafters eingeladen zu werden, automatisch zum deutschen Dr. befördert; wogegen sich der eine oder andere deutsche Gast allerdings mit deutlichen Worten zur Wehr setzte und dabei beim italienischen Gastgeber auf völliges Unverständnis stieß.

Meinerseits störte mich an meinem Pressekollegen eine gewisse Selbstgefälligkeit. Denn für das Ausschneiden und Aufkleben der Zeitungsartikel, das Tippen der Texte, den Transport von Papieren von einem Büro ins andere beanspruchte er eine persönliche Sekretärin, während ich, als Frau, diese Verrichtungen zusätzlich zu unserer eigentlichen Arbeit selbst zu erledigen hatte. Mit derselben Selbstverständlichkeit beanspruchte er als Vater eines Schulkindes auch die kompletten Sommerferien stets für sich allein.

Überhaupt blieb die Ferienplanung fast bis zu meiner Pensionierung ein Diskussionsthema. Grundsätzlich verbringt der Italiener seine Ferien im August am Meer – in drangvoller Enge zusammen mit all seinen Landsleuten am Strand beziehungsweise im Nichtschwimmerbereich des Meeres: Tutti al mare! eben. Ich hätte da meinerseits eine gewisse Flexibilität gehabt, deren Bandbreite sich an den Vorgaben des nordrhein-westfälischen Schulministeriums orientierte. Es verordnete meinem Mann, der an einem privaten Gymnasium in Bad Godesberg unterrichtete, Ferien im Juni, im Juli oder im August. Dieselbe Regelung galt später natürlich auch für die dreizehn Schuljahre unserer Kinder. Mein Kollege hatte – aus welchen Gründen auch immer: Er war ein Mann; er war älter; er war dienstälter; sein Schulkind war älter als meine Schulkinder – grundsätzlich Vorrang und ich das Nachsehen.

Hocherfreut reagierte ich deshalb, als später die Anweisung erging, meine Urlaubsplanung fortan mit der Sekretärin des Botschafters abzusprechen. Die war ein paar Jahre jünger als ich und ledig. Prima, dachte ich, nun bin ich älter, dienstälter, habe einen Ehemann im Schuldienst, habe schulpflichtige Kinder! Aber auch hier erwies sich die italienische Logik als überraschend flexibel.

Kurz vor Beginn der Sommerferien rief mich der Personalchef zu sich.

„Also, Sie wollen übernächste Woche in den Urlaub fahren? Das geht nicht. Sie können nicht im August verreisen, denn die Chefsekretärin wünscht, im August Urlaub zu nehmen. Und in der Zeit müssen Sie sie im Vorzimmer des Botschafters vertreten."

Aha. Für die Vertretung dieser Vertrauensposition ist die deutsche Staatsangehörigkeit offenbar ausreichend.

„Ja, aber ich habe den Urlaub doch schon vor fast einem Jahr beantragt. Es sind die Ferien an den Schulen des Bundeslandes, an die mein Mann und die Kinder ja gebunden sind!"

„Seien Sie glücklich! Sie haben einen Ehemann! Sie haben Kinder! Die sehen Sie ja das ganze Jahr über."

„Schon, aber Ferien würde ich auch gern mit meiner Familie machen!"

„Das verstehen Sie nicht. Sie haben Familie, aber die Kollegin hat keinen Ehemann und keine Kinder! Natürlich muss sie deshalb zur Hauptreisezeit in den Urlaub fahren! Die Signorina fährt im August, Sie suchen sich einen anderen Termin. Basta."

Darauf muss man erst mal kommen. Die Kollegin ist zwangsläufig auf der Suche, folglich hat sie unter allen Umständen zur Hauptferienzeit zu reisen, denn wie sonst soll sie einen geeigneten Ehemann finden, um eine Familie zu gründen, was das naturgegebene Streben einer jeden Italienerin ist! In Wirklichkeit hatte sie den zum damaligen Zeitpunkt lange gefunden, allerdings nicht am Strand von Rimini, sondern am italienischen Konsulat in Stuttgart, wo er im Begriff war, seine vorherige Ehe abzuwickeln.

Spätestens zu dem Zeitpunkt konnte ich allerdings ermessen, welches Potenzial der von mir seinerzeit eigentlich verschmähte Posten der Chefsekretärin barg.

Bei der jahrzehntelangen täglichen Auswertung von vierzehn Tageszeitungen und drei Wochenzeitschriften (der Focus existierte damals noch nicht, aber der Rheinische Merkur/Christ und Welt) lernte ich eine Menge über die deutsche und die italienische Politik.

Und ich lernte, mit größtem Widerwillen und unter lautem Protest, Übersetzungen zu fälschen. Das war nun wirklich eine Sache, die gegen meine Berufsehre ging, aber bisweilen ließ man mir keine Wahl, und ich fügte mich. Nach ein paar Jahren passierte das nicht mehr, und ich hätte dann auch den Mut gehabt, mich konsequent zu weigern. Denn wenn ich später mit den Korrekturen meines jeweiligen Chefs nicht einverstanden war und es mir nicht gelang, ihn von meiner Auffassung zu überzeugen, habe ich die Übersetzung verweigert oder bei Depeschen meinen Namen in der Rubrik Redaktion herausgestrichen. Damals wurden die Verfasser nicht namentlich aufgeführt (die Übersetzer sowieso und bis heute nicht), und die Berichte trugen allein die Unterschrift des Missionschefs – egal, wer den Text geschrieben hatte.

Die Fälschungen betrafen natürlich nicht Briefe oder Verbalnoten oder Non-Papers, sondern Presseartikel über Italien – so sie denn negativ waren. Und das waren sie eigentlich immer, bis zu dem Augenblick, da Mario Monti sich fast vierzig Jahre später anschickte, für nur wenige Monate die italienische Politik zu lenken. Vorher und danach sah und sieht das ganz anders aus: Die deutsche Presse mokiert sich seit Jahrzehnten über die Wankelmütigkeit der italienischen Politik und ihrer Protagonisten.

Irgendwann in den Siebzigerjahren übersetzte ich brav und vermutlich ein wenig unbeholfen in einem Kommentar, ich glaube, der Frankfurter Rundschau, einen Satz über den damaligen Ministerpräsidenten Giulio Andreotti. Es hieß da sinngemäß: „Andreotti ist mit der Mafia im Bunde". Als ich meine Übersetzung „Andreotti collabora con la Mafia" oder „Andreotti alleato della Mafia", irgendwas in der Richtung, dem Chef der Presseabteilung zusammen mit dem Ausschnitt des deutschen Originaltextes vorlegte, zeigte der sich entsetzt:

„Nein, so geht das nicht!"

Es folgte ein Gewitter über meine „cattiva traduzione". Ich überlegte und gelangte, sehr feinfühlig, wie ich heute noch finde, zu der abgeänderten Version: „Andreotti potrebbe avere relazioni con ambienti mafiosi", wonach er also lediglich verdächtigt wurde, sich im Dunstkreis der Mafia zu bewegen. Mein Vorschlag wurde verworfen: „völlig inakzeptabel". Nach langem Überlegen – unser Pressespiegel wurde an diesem Tag mit deutlicher Verspätung ausgeliefert – und ohne mein Zutun wurde die Übersetzung geändert in eine durch und durch weißgewaschene Aussage über die totale Rechtschaffenheit des Mannes: „Andreotti é un esponente onesto della scena politica italiana" – von Mafia war garnicht mehr die Rede.

Diese damals wie heute völlig verfehlte Interpretation der Aufgaben einer diplomatischen Vertretung erreichte natürlich ihre technische Grenze just mit dem legendären Titelbild von Der Spiegel mit einer Pistole auf einem Teller Spaghetti. Der Aufmacher war der erste Höhepunkt eines veritablen deutsch-italienischen Pressekriegs, dem weitere folgen sollten und von dem manche Titelseiten des Hamburger Magazins bis ins Jahr 2018 hinaus beredt Zeugnis ablegen.

Im Unterschied zur Zurückhaltung der späteren Kanzlerin befeuerte der damalige Bundeskanzler mit der von mir so bewunderten Schmidt-Schnauze die Debatte ausgerechnet an einem Samstag (prompt wurde ich in die Botschaft zitiert „Subito in Ambasciata!"). Der Herr Bundeskanzler hatte bei einem Truppenbesuch zu scherzen beliebt:

„Also, warum sind italienische Panzer mit drei Rückwärts-, aber nur einem Vorwärtsgang ausgestattet?"

Verhaltenes Gelächter.

„Weil auch ein Angriff von hinten nie gänzlich ausgeschlossen werden kann!"

Brüllendes Gelächter bei den Soldaten

Kurze Zeit später holte der Corriere della Sera zum Gegenschlag aus, als er das deutsche Nationalheiligtum Steffi Graf brutta ma imbattibile – hässlich, aber unschlagbar – nannte.

Wenn Helmut Schmidt Witze über italienische Panzer zum Besten gab, machte er womöglich einem tieferen Groll gegen die südlichen Freunde Luft, die ihn in den dunkelsten Tagen seiner Kanzlerschaft im Stich gelassen hatten. Denn 1977, während der dramatischen Entführung der Lufthansa-Maschine Landshut auf ihrem Weg von Mallorca nach Deutschland haben „die Italiener getrickst", wie Der Spiegel schrieb.

Kaum war die Landshut in Fiumicino gelandet, rief Werner Maihofer seinen Kollegen Francesco Cossiga an und bat eindringlich darum, „die Maschine durch Schüsse in die Reifen am Start zu hindern". Unterdessen wurden die eilig herbeigeeilten Diplomaten der deutschen Botschaft und der Vertreter der Lufthansa im Flughafengebäude absichtlich oder unabsichtlich durch Konfusion vor Ort und Kompetenzgerangel zwischen Flughafendirektor und Generaldirektion für Zivilflugwesen im italienischen Verkehrsministerium so lange ausgebremst, bis plötzlich der Flughafendirektor mitteilte, dass die Maschine bereits wieder in der Luft sei. Der Spiegel schrieb: „Ausrede der Italiener: Die Weisung Cossigas, den Abflug ‚um jeden Preis zu verhindern (sei) erst zweieinhalb Minuten nach dem Start beim Kommandanten der Polizeieinheit eingegangen'. Cossiga stellt die Notlüge am nächsten Tag gegenüber Botschafter Arnold richtig: Er habe sich zu einem Schießbefehl ‚nicht entschließen können, weil das mit höchster Wahrscheinlichkeit ein Blutbad verursacht hätte'".

Und noch einmal gab es in Sachen Landshut Ärger mit den südlichen Verbündeten. Nachdem die Maschine auf ihrer Odyssee in Mogadischu angekommen und die GSG-9 bereits im Anflug war, wollte Helmut Schmidt am frühen Abend des 18. Oktober erneut mit dem Präsidenten Siad Barre telefonieren, da funktionierte die über Rom laufende Telefonverbindung plötzlich nicht mehr. Die Angestellten des staatlichen italienischen Fernmeldeamtes hatten Feierabend gemacht.

Jahrzehnte später empfahl die inzwischen hochbetagte und allseits verehrte Lichtgestalt allen politischen Daseins dem deutschen Wahlvolk einen Kanzlerkandidaten, der ihm in puncto ökonomischen Sachverstands, hanseatischen Selbstbewusstseins und forschen Mundwerks durchaus ebenbürtig war. Steinbrück ließ keinen Fettnapf aus, gerade auch im Verhältnis zu unseren italienischen Freunden. Mit seiner Äußerung zu den „Clowns in der italienischen Politik" – damit waren Silvio Berlusconi und der Gründer der politischen Formation 5-Sterne, Beppe Grillo, gemeint – sorgte er prompt für Verärgerung. Nicht nur sagte der italienischen Staatspräsident Giorgio Napolitano umgehend das im Rahmen seines Staatsbesuchs geplante Gespräch mit dem SPD-Kanzlerkandidaten ab, sondern auch der Dachverband Deutscher Clowns protestierte gegen den beleidigenden Vergleich seines Berufsstandes. Der weise Alte allerdings sah sich in seiner Auffassung bestätigt: „Steinbrück kann Kanzler". Ich war übrigens derselben Meinung.

Wortgetreu übersetzen musste ich hingegen das Urteil, mit dem ein italienisches Gericht den deutschen Wehrmachtsoffizier Herbert Kappler 1948 wegen der Ermordung von 335 Menschen in den Fosse Adreatine während des Zweiten Weltkrieges zu lebenslanger Haft in der Festung Gaeta verurteilt hatte. In den Siebzigerjahren war eine Begnadigung durch ein Militärgericht wegen der Proteste der italienischen Bevölkerung von einem ordentlichen Gericht wieder kassiert worden. Aus diesem Grund trafen zu jener Zeit Woche für Woche viele Schreiben deutscher Wutbürger in der Botschaft ein – die gab es auch damals schon, allerdings weniger grüner als brauner Couleur – welche sich mehr oder weniger vehement für seine Freilassung einsetzten. Sie griffen gern zur Feder, nicht nur zur Verteidigung Kapplers, sondern zur Beschimpfung Italiens aus unterschiedlichsten Gründen, die sich aus drei weiteren Problemkreisen speisten.

Das waren nach Kappler die Themen 2. Südtirol, 3. Vogeljagd und 4. überhaupt.

Die Kappler betreffenden Briefe wurden von mir übersetzt und per Kurier wöchentlich nach Rom geschickt. Weil sich der Erste Politische Botschaftsrat vermutlich der Mühe einer individuellen, langatmigen, juristisch und politisch korrekten Argumentation für die Antwortschreiben entledigen wollte, bekam ich den Auftrag, das vollständige Urteil zu übersetzen, um es den deutschen Bürgern zu schicken.

Ich hatte vielleicht gerade ein Zehntel des Urteils übersetzt, als am allitalienischen Feiertag Ferragosto 1977 der WDR über mein Autoradio meldete, dass Kappler mit der tätigen Hilfe seiner Ehefrau aus dem römischen Militärkrankenhaus Celio geflohen war. Ein Alarmruf seitens der Botschaft war gar nicht nötig – zumal es noch gar keine Handys gab. Ich machte mich mit meinem Cinquecento eilig auf den Weg zur Botschaft. Es gab viel zu tun.

Später berichtete die italienische Presse, dass die logistisch diffizile Flucht aus dem bewachten Krankenzimmer im Innern eines Koffers, den Ehefrau Anneliese, eine stämmige, blonde Krankenschwester, zunächst über ein Seil aus dem Krankenhaus und sodann in einen roten Fiat Mirafiori verbracht habe, unmöglich ohne Mitwirkung eines gewissen Adalberto Titta vonstatten gegangen sein konnte. Signore Titta war in jungen Jahren ein Fliegerass der Aviazione Aeronautica Repubblicana di Salò und in der späteren Karriere operativer Chef des sagenumwobenen, weil supergeheimen Dienstes Anello, den ein betagter General des Mossad gegründet haben soll. Die Mitglieder dieses Anello sollen sich in jenen Jahren zwischen italienischen und amerikanischen Agenten, Rechtsextremisten, Mafiagruppen, Logen und dergleichen in der italienischen Politik getummelt und für reichlich Unheil gesorgt haben.

Das Auswärtige Amt unterrichtete unseren Botschafter noch am selben Abend darüber, dass Kappler sich bereits in der Lüneburger Heide befand: „Sofort übersetzen!" Das Auslieferungsersuchen, das die italienische Regierung drei Tage später –"Sofort übersetzen!" – an die Bundesregierung richtete, wurde abgelehnt, und zwar mit einer durchaus kuriosen Begründung: Bei der Verlegung Kapplers aus dem Militärgefängnis in Gaeta ins Militärkrankenhaus in Rom habe sich sein Status von dem eines verurteilten Kriegsverbrechers in den eines Kriegsgefangenen gewandelt. Und der Kriegsgefangene habe sein Recht auf Nutzung von Fluchtmöglichkeiten wahrgenommen. Nur lagen Italien und Deutschland ja nun keineswegs im Krieg miteinander.

Der italienische Verteidigungsminister Vito Lattanzio trat zurück, der eigentlich früher geplante Deutsch-italienische Gipfel fand erst im Dezember in Verona statt. Herbert Kappler starb im Februar in Soltau an einer Krebserkrankung, und ich habe den bis dahin mühevoll und vermutlich miserabel übersetzten Text mitsamt der Kopie des Urteils in die Tonne geschmissen und mir damit einen milden Tadel meines Chefs eingehandelt.

Anderthalb Jahrzehnte später stieß ein italienischer Staatsanwalt, der mit dem Prozess gegen das SS-Mitglied Erich Priebke befasst war, in einer Abstellkammer im Palazzo Cesi der italienischen Militärgerichtsbarkeit in Rom eher zufällig auf einen alten Schrank, in dem sich 695 Akten über Kriegsverbrechen der deutschen Besatzung befanden, darunter auch ein Elaborat des britischen Geheimdienstes mit dem Titel „Atrocities in Italy". Aus Gründen der politischen Opportunität hatte man die Akten in den frühen Sechzigerjahren „vorläufig archiviert" und den Beschluss sehr pragmatisch umgesetzt, indem man diesen armadio della vergogna, Schrank der Schande, in einer Besenkammer abstellte, die Türen zur Kellermauer gerichtet.

Nach der Schließung der italienischen Botschaft in Ostberlin im Zuge der Wiedervereinigung kam von der Ostberliner Botschaft ein ganz hervorragender Kollege zu uns in die Presseabteilung: schlank, kluge graue Augen, modische Hornbrille, graumlierter Bart, gebildet, tüchtig. Wir verstanden uns auf Anhieb prächtig und haben in höchster gegenseitiger Wertschätzung völlig geräuschlos und glänzend zusammengearbeitet. Seine Übersetzungen aus dem Deutschen ins Italienische waren brillant und ein deutlicher Beweis für die These des Ehemannes, der zufolge aus einem Kopf nur das herauskommen kann, was vorher auch hineingegangen ist.

Der hoch sympathische und hoch gebildete Kollege war offenbar während seines Studiums in Leipzig, „nella nostra DDR", wie er sie voller Wehmut nannte, sozialisiert worden. Und die kommunistische Umwelt schien auf seine Gesinnung abgefärbt zu haben. Denn im Laufe eines belanglosen Gesprächs – ich weiß gar nicht mehr genau, worum es eigentlich ging – hat er ganz unerwartet und mit großer Vehemenz die These verfochten, dass Bader, Ensslin und Konsorten selbstverständlich im Auftrag der Bundesregierung ermordet worden seien. Ich war baff, denn das Hamburger Wochenmagazin hatte den Sachverhalt ganz anders dargestellt. Als jemand, der jahrzehntelang unerschütterlich für die Liberalen gestimmt hat (und das will wirklich was heißen), hielt ich es im Interesse einer Fortsetzung der guten Arbeitsatmosphäre für angeraten, inhaltlichen politischen Diskussionen fortan sorgfältig aus dem Weg zu gehen.

Bis dahin hatte diese Regel nur für meinen Mann gegolten, so wir uns denn gemeinsam auf diplomatischem Parkett italienischer Gastgeber bewegten. Ihn hatte ich gleich nach der Hochzeit buchstäblich vergattert, beim Small Talk nicht nur die Politik, sondern auch das Thema Fußball unter allen Umständen zu meiden.

Im Laufe der Zeit wurde in der Botschaft allenthalben Personal eingespart, und unsere Presseabteilung schrumpfte immer mehr, bis Ende der Neunzigerjahre nur noch der brillante Kollege und ich übrig waren. Ich schaute im Morgengrauen die abonnierten Zeitungen durch, kennzeichnete die Artikel, die der Kollege später für den Pressespiegel kopieren, zusammenheften und vervielfältigen und – soweit sie Italien betrafen – in seinen unübertrefflichen Übersetzungen wiedergeben würde. Parallel notierte ich mir die wichtigsten Passagen der politischen Berichte, Kommentare und Analysen zur deutschen Innen- und Aussenpolitik, europäischen und internationalen Politik für eine zweiseitige, sehr eng gedruckte italienische Zusammenfassung der deutschen Tagespresse. Auf diese Arbeit war ich wirklich sehr, sehr stolz, weil sie ein beträchtliches sprachliches, aber auch politisches Wissen und Verständnis voraussetzte und für den politischen Beobachter der deutschen Landschaft wirklich von großem Nutzen war: „.... denn eine ordentliche Presseumschau ist durchaus geeignet, umfängliche Abhörpraktiken unserer angelsächsischen Verbündeten obsolet zu machen", wie die Frankfurter Allgemeine Zeitung 2015 im Zuge des „Abhörskandals unter Freunden" lakonisch kommentiert hat.

Später wurde der Pressespiegel von den Kollegen an der italienischen Botschaft in Berlin zeitweise nach anderen Kriterien und in einem Umfang erstellt, der eine vollständige Lektüre durch die Adressaten etwas unwahrscheinlich machte. Nicht allein der politische Gehalt und die Kommentierung eines Ereignisses war bestimmend, sondern die Vollständigkeit ihrer pressetechnischen Wiedergabe. Das führte manchmal dazu, dass eine in allen deutschen Zeitungen verbreitete Meldung aus jeder Zeitung ausgeschnitten und kopiert beziehungsweise gescannt und versandt wurde. Und zum Thema Italien entging den Kollegen fast nichts: Ausgeschnitten beziehungsweise gescannt und versandt wurden sämtliche Artikel, in denen Italien oder Italienisches Erwähnung fand – sei es in einer Aufzählung sämtlicher Schengen-Länder, sei es die Nachricht über Sebastian Vettel, der Regenreifen von Pirelli testet, die Erwähnung einer Prada-Boutique als Synonym für luxuriöses Shopping oder der Bericht über einen jungen Indonesier, der in einem Karlsruher Hotel ein ..... Carpaccio zubereitet, oder ein Artikel über die deutsche Marke Etienne Aigner, der allerdings eine „italienische Seele" zugeschrieben wird.

Pressepflege, also der Kontakt mit deutschen oder italienischen Journalisten, war fast immer Chefsache – völlig zu Recht, wie ich bis heute finde. Denn im Unterschied zu amerikanischen Gepflogenheiten, wo bisweilen ein Partei- oder Scheckbuch als Qualifikation für die Nominierung zum Botschafter ausreicht, sind italienische Botschafter allesamt gebildet, qualifiziert, intelligent bis brillant. Anders als Botschafter Luigi Vittorio Ferraris es später formulierte, kann in Italien eben nicht jeder Dummkopf Botschafter werden – Regierungschef, Minister, Konsul vielleicht schon eher. Tatsächlich waren alle Botschafter der Italienischen Republik, die ich kennenlernte, echte Profis, die sich meist auch als ausgesprochen geschickt und sensibel im Umgang mit der Presse zeigten.

Ferraris selbst eroberte bei seinen zahlreichen Redaktionsbesuchen und Auftritten in TV-Sendungen die jeweiligen Redakteure und Zuschauer durch sein temperamentvolles und unkonventionelles Auftreten im Sturm.

Einer seiner Nachfolger, Umberto Vattani, wollte eigentlich gar nichts dem Zufall überlassen und formulierte manchem Journalisten den gewünschten Text gleich in die Maschine. Kaliber wie Der Spiegel und Economist – der zu Vattanis großer Empörung die damalige italienische EU-Ratspräsidentschaft mit einem von den Marx Brothers chauffierten Autobus verglichen hatte – entzogen sich natürlich weitestgehend seinem Einfluss, aber er übernahm beharrlich zumindest die Hauptstadt-Berichterstattung.

Wenn der hierarchisch korrekte Weg über unseren Pressesekretär nicht sofort oder vollständig den gewünschten Erfolg zeitigte, griff er spät abends oft selbst zum Telefon, um die geplagte Redakteurin der Lokalzeitung von der Bedeutsamkeit einer Meldung zu überzeugen. Seine Arbeitsweise war im Grunde von einem ganz einfachen Prinzip geprägt: Ein Nein wird nicht akzeptiert. Ausgesprochen hat er das jedoch nie – im Gegensatz zu einem späteren, überaus gefürchteten Nachfolger.

In Berlin wußte ein vergleichsweise junges Botschafterpaar die lokalen Usancen nicht nur durch prächtige Homestorys in der Zeitschrift Bunte und im Fachblatt Architectural Digest hervorragend zu nutzen. Unter dem Titel „Basta mit der Pasta" berichtete dpa, wie Michele und Elena Valensise sich erfolgreich darum bemühten, ein neues Bild von Italien und den Italienern zu bieten. Dank der zahlreichen und glamourösen Society-Veranstaltungen war die Hauptstadtpresse dem „Diplomaten-Traumpaar" ausgesprochen gewogen.

Ziemlich unprofessionell, weil eher kontraproduktiv, erschienen mir später der umstandslose Ratschlag einer selbstbewussten Botschaftsrätin für Presse, „di mandare in quel Paese", den in seinen Anfragen ein wenig ruppigen Redakteur der Frankfurter Allgemeinen Zeitung zum Teufel zu schicken. Als wiederum Der Spiegel die Italiener im Zuge ihrer chaotischen Regierungsbildung der populistischen Parteien von Cinque Stelle und norditalienischer Lega samt und sonders als Schnorrer bezeichnete, fand ich den flammenden Protest unseres Botschafters Pietro Benassi gegen „die Art und Weise, wie diese Kritik gegen ein ganzes Volk gerichtet wird", durchaus angebracht.

9

Der Italo-Ossi

Mein dritter Botschafter war Luigi Vittorio Ferraris, der als „einer der brillantesten Köpfe des italienischen Außenministeriums" galt (Repubblica 05.02.1989). Er kam wie ein Sturm über uns und blieb sieben statt der üblichen vier Jahre. Kennengelernt hatte ich ihn bereits einige Jahre vor seinem Amtsantritt, als er mit einer Delegation zu Gesprächen in die kleine Bundeshauptstadt gereist war. Es war einer dieser schauerlichen Momente, da ich im leichten Féraud-Kostüm mit meinem Fiat 500 frühmorgens bei Nieselregen und dichten Nebelschwaden über dem Rhein zu dem so ungeliebten Dolmetschen in der Residenz am Rheinufer eintraf, bewaffnet mit zwei gewaltigen Wörterbüchern (Italienisch-Deutsch, Deutsch-Italienisch), denn es ging um Sachverhandlungen, ich glaube, zur Bildungspolitik.

Unter den anderen Delegierten fiel mir unser späterer Botschafter gleich zu Beginn durch ein irgendwie behändes Auftreten auf, oder, wie Nina Grunenberg später formulieren sollte: „Wo er auftaucht, fängt es an zu knistern. Die Atmosphäre lädt sich auf…, weil ihn von Natur aus ein leichter Hauch von Chaos umweht…"

Wann immer man mich später fragte, wie man Seine Exzellenz bei einem Termin am Bahnhof/Flughafen/Hotel erkennen könne, habe ich stets geantwortet: „Warten Sie einfach ab, bis jemand mit einem Stapel Unterlagen und flatterndem Mantel an Ihnen vorbeihastet, auf der Suche nach einem Telefon: das ist er!"

Diesen Tipp muss übrigens viele Jahre später ein Insider an einen am Mailänder Hauptbahnhof geschäftigen Kleinkriminellen weitergereicht haben. Nach seinem Ausscheiden aus dem diplomatischen Dienst wurde unserem ehemaligen Botschafter dort bei jedem Zwischenstopp die Aktentasche geklaut. Der Kleinkriminelle, von dem wir alle vermuteten, dass er durch die überaus rege Reisetätigkeit des Ambasciatore a riposo eine ganze maghrebinische Großfamilie ernähren konnte, war allerdings immerhin so fair, die für ihn nutzlosen Unterlagen und Dokumente des Staatsrats in den nächsten Papierkorb zu schmeißen.

Anfang der Siebzigerjahre aber war Ferraris in seiner Eigenschaft als Generaldirektor für Bildungswesen im italienischen Außenministerium an den Rhein gereist. Er schien deutlich umstandsloser und unkonventioneller als andere italienische Diplomaten. Angesichts des Blondchens im dünnen Kostümchen mit den beiden gewaltigen Wörterbüchern vor dem Bauch brach er in schallendes Gelächter aus. Und er erwies sich vom ersten Moment an als das, was man heute ergebnisorientiert nennt. Als die Gespräche in einem Salon der Residenz begannen, nahm er mir kurzerhand die dicken Wörterbücher ab, setzte sich ein wenig abseits von der restlichen Delegation auf ein Sofa, wo er die Wörterbücher neben sich ausbreitete. Und sobald sich im Gespräch das Auftauchen eines womöglich schwierigen Terminus abzeichnete, machte er sich daran, ihn im Wörterbuch für mich zu suchen.

Eigentlich stellt sich der Deutsche den Italiener ja ohnehin als quirlig, temperamentvoll und den Frauen zugeneigt vor. Aber dieser Mann war selbst für italienische Verhältnisse ein Phänomen. Blitzgescheit, unermüdlich und den Frauen sehr, sehr zugeneigt. Er hat Deutschland kreuz und quer, von Ost nach West, von Nord nach Süd bereist und bei jeder Begegnung und jedem Besuch ein an Neugierde grenzendes Interesse entwickelt – egal ob es sich um den Ertrag eines Milchbauern in Plön oder um eine Verkehrsumgehung in Wangen handelte. Weder die Kanzlei noch die Residenz liefen Gefahr, während seiner vielen Reisen in einen Dornröschenschlaf zu verfallen, denn alle Reisen waren sehr dicht getaktet, und außerdem rief er unterwegs ständig in der Botschaft an (ohne Handy) oder verschickte Expressbriefe (ohne Blackberry) mit Dienstanweisungen. Die gesamte Reiseplanung besorgte er (ohne Internet) übrigens selbst. Mit Leidenschaft hat er das riesige Kursbuch der Deutschen Bundesbahn studiert und sich wie ein Zwölfjähriger gefreut, als er dort einen Fehler entdeckte. Auch das Frankieren seiner Post erledigte er gern persönlich beim örtlichen Postamt, denn in den Posttarifen kannte er sich besser aus als seine Angestellten, und die Dame am Schalter war blond und attraktiv und im Begriff, sich von ihrem angetrauten Apotheker zu trennen. Im Unterschied zu all seinen unterstellten Diplomaten und manchem Angestellten war er sogar in der Lage, eigenhändig das Farbband einer Schreibmaschine auszuwechseln – umstandslos und ergebnisorientiert.

Den Arbeitstag begann er – so er sich in der vorläufigen Bundeshauptstadt aufhielt – kurz vor 8 Uhr. Das Erscheinen seiner Vorgänger gegen 10 Uhr in der Kanzlei hatte der Chauffeur stets durch diskretes Hupen angekündigt, woraufhin der jeweilige commesso von seinem Stuhl an der Pforte aufsprang, um sein Arbeitspensum zu erfüllen, indem er Seiner Exzellenz Tor und Tür öffnete.

Später wurde im Zuge von umfangreichen Sicherungsmaßnahmen ein Portal mit schussfesten Glastüren und elektronischen Schleusen eingebaut, die durchschritten und vom Pförtner jeweils per Knopfdruck freigegeben werden sollten. Dieser entledigte sich des zusätzlichen Arbeitsaufkommens, indem er ein Stöckchen zwischen die Türen postierte, sodass jedermann freien Zutritt zu unserer hochgesicherten Vertretung hatte.

Auf der Straße vor unserer Vertretung gab es zum Kummer aller Botschafter keinen für sie reservierten Parkplatz. Es konnte also geschehen, dass der Wagen Seiner Exzellenz um einen dort abgestellten klapprigen Studenten-Käfer herum gesteuert und ein paar Meter weiter geparkt werden musste. Für einen Mann wie Ferraris konnte das kein Dauerzustand sein. Nach einem längeren Geplänkel zwischen dem städtischen Ordnungsamt und dem Auswärtigem Amt, in dessen Verlauf auch der Hinweis auf die längsseitig gesperrten Flächen vor der amerikanischen Botschaft und Residenz die deutschen Behörden nicht hatten zum Einlenken bringen können, handelte unser Mann wie immer zielführend. Er gab dem tuttofare, einem männlichen Mädchen für alles, aus der Verwaltungsabteilung Anweisung, einen Eimer Fassadenfarbe und einen dicken Pinsel zu kaufen und drei schöne, große Rechtecke auf den Straßenabschnitt vor dem Portal der Botschaft aufzumalen. Problem gelöst.

Dabei legte er die paar Schritte zwischen der Residenz und der Kanzlei meist zu Fuß zurück und war dabei womöglich schneller als wenn er sich im Dienstwagen hätte chauffieren lassen. Seine Ankunft im Kanzleigebäude war stets bis hinauf in mein Dachzimmer spürbar, weil mit ihm irgendwie ein verstärkter Luftzug durch das gesamte Treppenhaus fegte.

Sehr gern überprüfte er zu dieser frühen Stunde den Diensteifer der ihm unterstellen zahlreichen italienischen Konsuln in Deutschland, wobei er die jeweilige Telefonnummer eigenhändig anwählte, denn das protokollkonforme Vorgehen war ihm einfach zu lästig.

Das geht so: Ein Botschafter ruft seine Sekretärin an, um sie anzuweisen, ihn mit dem jeweiligen Konsul zu verbinden. Die Sekretärin des Botschafters ruft die Sekretärin des Konsuls an, welche wiederum den Konsul fragt, ob er zu sprechen sei (wenn er überhaupt schon im Dienst ist), und sodann der Sekretärin des Botschafters mitteilt, dass der Konsul das Gespräch übernehmen werde; daraufhin fordert die Sekretärin des Botschafters die Sekretärin des Konsuls auf, den Konsul zu ihr durchzustellen, sodass sie, sobald der (rangniedrigere) Konsul in der Leitung ist, den Botschafter anruft, um ihm anzukündigen, dass sie nun den Konsul durchstellen werde.

Es hat ein paar Monate gedauert, bis die Konsuln, die Konsulngattinnen und die Konsulnsekretärinnen die knappe, bellende Stimme des höchsten Chefs erkannten, denn ein Display mit Anruferkennung existierte noch nicht.

„Su, su, si svegli!" wurde der jeweilige Gesprächspartner oft zum Aufwachen und schnellerem Denken angeregt, nicht immer erfolgreich. Eine eigenartige Mitarbeiterin unseres Militärattachés, die sommers wie winters mit Pelzmütze und -stiefeln zum Dienst erschien und deren Alter ich in den Jahrzehnten meiner Bonner Dienstzeit konstant auf circa sechzig Jahre schätzte, hat auf die Anrufe unseres Chefs sieben Jahre lang, und manchmal mehrmals täglich, stets mit verstörter Stimme nachgefragt, wer denn am Apparat war:

„Chi parla?"

Zusätzlich zu seinem Amt in Bonn hatte der Mann noch einen Lehrauftrag an der Universität Neapel, wo er regelmäßig Examina abnahm. Mit seiner doppelten Qualifikation, zu der auch noch ein Adelstitel kam, brachte er protokollarisch nicht ganz versierte Gesprächspartner bisweilen ins Schwimmen. Dabei löste sich das Dilemma ganz leicht, wenn man seine Prioritäten kannte:

„Adelig geboren zu werden ist kein Verdienst; Botschafter kann jeder Dummkopf werden, Professor nicht." Copy and paste gab es ja noch nicht.

In meinem erlernten Handwerk als Übersetzerin kam ich auch bei diesem Botschafter nicht vorrangig zum Zuge – lediglich wenn es um die Übersetzung offizieller Schriften ging. Ansonsten waren die Deutschkenntnisse des Botschafters ausreichend, um Texte zu verstehen, Vorträge zu halten und Gespräche zu führen. Der damalige Leiter der Politischen Abteilung Marco Colombo – wässrig blaue Augen, silberne Haare, Hakennase, etwas plattfüßig, aber mit beachtlichem Embonpoint und ebenso beachtlichen Deutschkenntnissen ausgestattet –, beurteilte die grammatikalischen Kenntnisse des Chefs allerdings ziemlich ungnädig („Er kann noch nicht mal einen Teller Suppe bestellen, ohne fünf Fehler zu machen!") und verzweifelte bisweilen in seiner Ohnmacht, Ferraris' leidenschaftlichen Tatendrang zu bremsen oder zu kanalisieren. Beispielsweise als der Botschafter nach einer Karnevalsveranstaltung mit Caterina Valente, die ihn über die Maßen begeistert hatte, die alternde Stimmungskanone stante pede für irgendwas engagieren wollte.

„Manchmal möchte man ihn an den Rockschößen festhalten!"

Auch die Diktion unseres Botschafters zeugte von eigenwilliger Kreativität. Ein gern benutztes Adverb lautete „hintertückisch". Aber es waren weder die Grammatik noch das Vokabular, welche den Dialog befeuerten, sondern die Person. Der Ehemann kann nach dem Studium der Germanistik, Philosophie und Erziehungswissenschaften ausführlich über Autorität kraft Amtes, Autorität kraft Persönlichkeit und Autorität kraft Kompetenz referieren. Ich hatte es hier jedenfalls eindeutig mit allen drei Varianten in einer Person zu tun.

Zu meiner Erleichterung wurden die gefürchteten Dolmetsch-Aufträge nun seltener. Nur weil Ferraris unbedingt den Inhalt der Gespräche kennen wollte, stellte er mich einer Delegation italienischer Abgeordneter verschiedener Fraktionen zur Seite, die zu einem Treffen mit Heiner Geißler angereist waren. Nach dem Besuch amüsierten sich die italienischen Parlamentarier königlich bei der Vorstellung, dass der Generalsekretär der deutschen Christdemokraten vermutlich zum ersten und letzten Mal in seinem Leben nicht nur das Wort an einen leibhaftigen Kommunisten gerichtet, sondern ihm auch noch die Hand gereicht hatte.

Italienische Abgeordnete unterschiedlichster Couleur dagegen haben, wie wir aus TV-Übertragungen mancher im Wortsinn zupackender Parlamentsdebatte wissen, keinerlei Berührungsängste untereinander, zumal sie allesamt – getreu der Forderung von Daniel Cohn-Bendit „Austern für alle!" – die Freude am behaglichen Luxus eint. Wie ein Massimo D'Alema, seinerzeit Vorsitzender der Kommunistischen Partei Italiens und heute alternde Primadonna der italienischen Politikbühne, mit dem für sportive Italiener obligatorischen roten Pullover über den Schultern am Ruder seiner 18-Meter-Segeljacht zu posieren – das wäre hierzulande für den Vorsitzenden nicht nur einer kommunistischen oder linken, sondern auch sozialdemokratischen oder grünen Partei vollkommen unvorstellbar. In Deutschland erweist sich ja schon das Bekenntnis zum Konsum von Weinsorten zum Preise von 5 Euro aufwärts als karriereschädigend. Selbst Christdemokraten und sogar besserverdienende Liberale würden ein derartiges Bild in der deutschen Öffentlichkeit tunlichst vermeiden.

Ausgenommen Wolfgang Kubicki, vermutlich.

Zu meinen Aufgaben gehörte es nun, die deutschen Texte unseres Botschafters in geordnete Bahnen zu lenken beziehungsweise seine Gedanken schriftlich zu interpretieren. Im Grunde hatte ich carta bianca und erlebte wieder mal eine fantastische Facette der Flexibilität meines italienischen Arbeitgebers.

Bei der Formulierung der Vorträge, die Ferraris landauf, landab an beinahe jeder deutschen Universität und sonst wo hielt, entwickelte sich eine exzellente Zusammenarbeit mit dem Chef der Politischen Abteilung, Silvio Fagiolo. Der Mann war alles andere als ein stromlinienförmiger Diplomat, sondern ein brillanter und, wie ich glaube, auch politisch eigenwilliger Kopf, der Jahre später mein achter Botschafter werden sollte. Ich fühlte mich sehr geehrt, dass gerade der von mir so hochgeschätzte Fagiolo von uns beiden stets als dem „besten Team von Bonn" sprach. Der Ehemann fand eine praktischere und allgemeinere Formulierung für den Sachverhalt:

„Die Intelligenz eines italienischen Diplomaten misst sich an der Geschwindigkeit, mit der er dich in deinem Dachzimmerchen entdeckt."

Auch die Beantwortung sämtlicher Zuschriften von Bundesbürgern war meine Aufgabe. Im Unterschied zu seinen Vorgängern und manchen Nachfolgern legte Ferraris allergrößten Wert darauf, dass jedes einzelne Schreiben beantwortet wurde, ebenso wie er darauf bestand, dass alle Strafzettel, welche die deutschen Behörden seinen diplomatischen und nicht diplomatischen Mitarbeitern ausstellten, von diesen bezahlt wurden. Prioritäten und Tenor der Briefe hatten sich inzwischen etwas verschoben. Der Fall Kappler war in Vergessenheit geraten. Die Kritik unserer Wutbürger konzentrierte sich nun auf

1. den italienischen Service im Hotel (wahlweise auch bei der Autobahnpolizei, am Strand und beim Wetter),

2. Südtirol und

3. die Vogeljagd.

Im Falle konkreter Beschwerden mit präzisen Angaben wurde von der jeweiligen italienischen Seite eine Stellungnahme eingeholt. Das dauerte zwar seine Zeit, aber eine Antwort kam immer .... irgendwann. Und nicht selten ließ die stets sehr umständliche und bürokratische Darstellung des Sachverhalts seitens der italienischen Behörden oder Unternehmen die erbosten Vorwürfe der Bundesbürger in einem vollkommen anderen Licht erscheinen.

Einem besonders engagierten „Itaker"-Hasser unter ihnen war es gelungen, in einer etwas waghalsigen Konstruktionskette einen Betriebsunfall im Baseler Werk der Badischen Anilin & Sodafabrik, die Vogeljagd und die Südtirol-Frage in einen kausalen Kontext zu setzen.

Auslaufende chemische Substanzen hatten den Rhein – durch eine rötliche Färbung auch noch deutlich sichtbar – verunreinigt, was den Bundesbürger veranlasste, dem Botschafter vorzuwerfen, dass diese Bedrohung den Anrainern erspart geblieben wäre, würden die Italiener nicht aus purer Mordlust Vögel jagen, sodass diese nicht mehr ihrer natürlichen Aufgabe, nämlich Insekten fressen, nachkommen könnten, woraufhin der bedauernswerten deutschen Chemie-Industrie quasi gar nichts anderes übrig blieb, als Insektenvernichtungsmittel herzustellen, wozu es zweifellos niemals gekommen wäre, hätte man Südtirol nicht Italien zugeschlagen, sondern bei Deutschland (sic) belassen.

Grundsätzlich hatte ich bei der Beantwortung solcher und ähnlicher Schreiben freie Hand. Dafür hatte ich mir vier Kategorien erstellt:

1. neutral und eher nichtssagend im Inhalt;

2. korrekt in der Form, aber kritisch im Inhalt;

3. ironisch in der Form, sodass sich dem Adressaten der eigentlich polemische Inhalt erst beim zweiten (oder dritten) Lesen erschloss.

Die vierte Kategorie, mit der ich den gröbsten Beschimpfungen begegnete, war die Retourkutsche – nämlich wenn der

Chef meine Frage „Darf ich auch die Juden reinbringen?" positiv beantwortet hatte. Das sozusagen finale Argument wurde natürlich fein umschrieben, beispielsweise mit warnenden Worten vor „der verhängnisvollen Wirkung einer Spirale der Vergeltung".

Als Andreotti 1984 auf einem Fest der kommunistischen Parteizeitung Unità vor dem Pangermanismus und der deutschen Wiedervereinigung warnte, kam das zur Unzeit: Der Botschafter wurde am folgenden Samstag im Morgengrauen ins Privathaus von Hans Dietrich Genscher nach Pech beordert, wo der Bundesaußenminister dem in Bonn hochbeliebten Vertreter Italiens in aller Deutlichkeit sagte, was er von seinem italienischen Kollegen hielt. Ferraris verfasste daraufhin einen Bericht an das übergeordnete Außenministerium, der in aller Deutlichkeit das Handeln eines Diplomaten aufzeigte, welcher seine Arbeit und sein Land mehr liebt als seine Vorgesetzten.

Was mich betraf, so hatte ich die Beantwortung des anschließend eintreffenden Schwalls an Protestbriefen vom Krankenhausbett aus zu erledigen, wo ich seinerzeit öfters einquartiert war. Diese Praxis hatte sich schon ein paar Jahre zuvor beim Staatsbesuch von Präsident Sandro Pertini bewährt. Der kleine Mann mit der Pfeife zwischen den Zähnen hat damals einen tiefen Eindruck bei der deutschen Bevölkerung hinterlassen – und zwar nicht nur in Berlin, wo er sich zum Entsetzen seines Begleitschutzes in eine Kneipe aufmachte, um bei Eisbein und Erbspüree mit der Berliner Bevölkerung zu plaudern. Mich hatte dieser erste Staatsbesuch auf dem falschen Bein, oder besser gesagt auf gar keinem Bein, sondern liegend erwischt. Angesichts einer drohenden Risikoschwangerschaft war ich für zwei Wochen an Bett und Tropf gebunden. Die Reden des Präsidenten wurden per Chauffeur ins Krankenhaus geliefert, handschriftlich übersetzt und hernach in der Botschaft abgetippt.

Genauso verfuhr man mit den Protestbriefen gegen Andreotti, die mir zur Beantwortung ebenfalls ans Krankenbett geliefert wurden. Damals sprach man noch nicht von Shitstorm, aber die Kriterien für einen solchen erfüllte die Flut von 600 bis 700 Protestschreiben durchaus. Nein, immer noch kein WLAN und auch noch kein iPad.

Wenige Jahre später meldete sich Andreotti im Zuge der deutschen Wiedervereinigung übrigens erneut und mehrfach zu Wort, unter anderem mit dem Bekenntnis:

„Ich liebe Deutschland so sehr, dass ich glücklich war, zwei davon zu haben." Mir ist damals kein einziger Protestbrief deutscher Bürger untergekommen. Aber ich bezweifle, dass es keine gegeben hat.

Für die nachgeborenen Generationen zum besseren Verständnis des „Divo", wie er in einem Film von Paolo Sorrentino genannt wird, hier noch ein Einschub zum sagenhaften Ausmaß der Macht eines Giulio Andreotti. Dem Mann war es in den Siebzigerjahren gelungen, vier arbeitsfreie, katholische Feiertage abzuschaffen, um den für die italienische Volkswirtschaft schädlichen Auswirkungen der Praxis des ponte, des Brückentages, entgegenzuwirken. Und das in einem Land, dessen Bevölkerung zu 80 Prozent katholisch ist, immerhin den Vatikanstaat beherbergt, außerdem seinerzeit annähernd zur Hälfte sozialistisch oder kommunistisch wählte und dessen machtvolle Gewerkschaften damals wie heute von Klassenkampfmustern geprägt sind.

Deutsche Arbeitnehmer hingegen haben sich inzwischen zu wahren Meistern des Brückenbaus entwickelt, und die Abschaffung des evangelischen Buß- und Bettages im Zuge der Einführung der Pflegeversicherung hat trotz hallender Leere protestantischer Kirchen fast zu einem Volksaufstand geführt. Im Zuge der Mediterranisierung Deutschlands oder zumindest des Rheinlandes, das sich ja gern seiner langen römischen Geschichte rühmt, konnte die Stadt Bonn später eine Spitzenstellung als Super-Brückenbauer erreichen. Die Stadtverwaltung machte es sich zur Gewohnheit, den kompletten Betrieb „zwischen den Jahren" einzustellen, und zwar mit der Begründung, man könne auf diese Weise „Krankenständen vorbeugen".

„Ma manco a Reggio di Calabria sarebbe possibile!" Genau. Das würden sie ja nicht mal in Kalabrien hinkriegen, wunderte sich ob dieser Nachricht der damalige, mit allen italienischen Wassern gewaschene stellvertretende Chef des Kölner Konsulats, der im Konsulat stets im Dufflecoat unterwegs war, weil es nicht der Mühe wert war, sich zwischen den häufigen Erholungspausen am Kaffeewägelchen vor dem Konsulat seines Mantels zu entledigen.

Die „Bundesstadt", die sich so gern ihres internationalen Charakters rühmt und zu diesem Behufe 2008 auch eine eigene Dachmarke entwickeln ließ, die da lautet: „Freude – Joy – Joie", war übrigens zur Verblüffung der Pensionärin im Jahre 2017 nicht willens oder fähig, ein zweisprachiges Dokument der Lebensbescheinigung zu unterzeichnen, da die „Anweisung bestehe, Unterschriftenbeglaubigungen nur zur Vorlage bei deutschen Behörden vorzunehmen". Ich nahm schamvoll alle über Jahrzehnte gehegte und geäußerte Kritik an italienischen Verwaltungsabläufen zurück.

Allerdings war ich weder fähig noch willens, ein solch büro-kratisches Verhalten in einem vereinigten Europa zu akzeptieren. Für mich, eine einigermaßen juvenile Pensionärin, ist es kein Problem, einmal pro Jahr fröhlich mit einem Saab Cabrio Turbo nach Köln zu brettern, um dort im italienischen Generalkonsulat bei einem launigen Wiedersehen mit den ehemaligen Kollegen eine Lebensbescheinigung einzuholen. Für betagte oder ge-brechliche Landsleute aber ist diese jährliche, vom italienischen Rententräger INPS eingeforderte bürokratische Prozedur weit beschwerlicher und einfach nicht akzeptabel. Also startete ich im Herbst 2017 einen breit angelegten Feldzug über den Integ-rationsbeauftragten, das Innenministerium und den Landtag des

Landes NRW sowie das Büro des Bonner Oberbürgermeisters. Nach einem Dreivierteljahr Bearbeitungszeit der komplexen Materie gelangte das Innenministerium zu einer Antwort:

„Das Bundesmeldegesetz und damit das Melderecht insgesamt kennt den Begriff der Lebend-/Lebensbescheinigung nicht und enthält hierzu keine Regelungen. Die Meldebehörden sind nicht zur Ausstellung solcher Bescheinigungen verpflichtet, insbesondere auch dann nicht, wenn sie ihnen als mehrsprachiges Formular vorgelegt werden....". Aber immerhin gab es einen Lichtblick: „.... Aktuell befasst sich der Bund mit der Umsetzung einer EU-Verordnung (Nr. 1024/2012) mit dem Entwurf eines Gesetzes zur Förderung der Freizügigkeit von EU-Bürgerinnen und -Bürgern .... Das Thema ‚Mehrsprachige Formulare' (u. a. das Formular ‚Leben') ist Gegenstand dieser EU-Verordnung (s. Artikel 7)...."

Ich habe die Antwort des Innenministeriums an das Bürgerbüro der Stadt Bonn weitergeleitet und wurde am selben Tag vom Amtsleiter telefonisch darüber informiert, dass die Stadt Bonn selbstverständlich Lebensbescheinigungen ausstellen wird.

Vittoria!

Zurück in die Achtzigerjahre und in das Arbeitszimmer des italienischen Botschafters. Während des siebenjährigen Mandats von Luigi Vittorio Ferraris hatte der zentrale Raum im 1. Stock der Kanzlei den Charakter einer Piazza, auf der sich mehr oder weniger alles Geschehen der Botschaft abspielte – meistens noch untermalt von lauter Opernmusik aus einem Kassettenrecorder. Alle Botschafter residierten in der Bad Godesberger Karl-Finkelnburg-Straße in dem weitläufigen Raum direkt oberhalb des Eingangsportals, mit zwei breiten, hohen Fenstern zur Straße und zwei seitlichen Türen, von denen eine ins Vorzimmer, die andere ins Büro des Ersten Botschaftssekretärs führte. Bei Bedarf konnten sie per Knopfdruck durch besondere Stahlriegel automatisch verschlossen werden. Ich hatte den Eindruck, dass das in jenen Jahren meist dann der Fall war, wenn der Botschafter mit dem damaligen Gesandten und späteren Chef des Außenministeriums, dem sizilianischen Baron Ferdinando Salleo, manovre di palazzo besprach (und mit Palast ist nicht das Gebäude an der Karl-Finkelnburg-Straße gemeint). Oder wenn die eine oder andere Angestellte Ehe- oder anderweitige Probleme vor Seiner Exzellenz ausbreitete. Nach solchen privatissime seufzte er bisweilen nicht frei von Selbstgefälligkeit: „Ach, ich hätte in den Kirchendienst eintreten sollen."

Zentrum des Geschehens war ein mächtiger Schreibtisch, rechts und links an den Wänden Stiche, Erinnerungsstücke, gerahmte Bilder, darunter auf der rechten Seite ausladende Polstermöbel in Lindgrün und ein moderner Glastisch mit schweren Bildbänden. Auf der linken Seite ein langes Bücherregal mit weiteren Erinnerungsstücken, Büchern, gerahmten Fotos, Nippes, einem Wimpel der IG-Metall, dem lila Tuch der Friedensbewegung, einem Orden italienischer Gastronomen und eine winzige Figur aus kostbarem Capodimonte-Porzellan. Das kleine Männchen mit sehr dickem Bauch und silbernen Löckchen ums kahle Haupt hatte eine bemerkenswerte Ähnlichkeit mit Giovanni Spadolini.

Das Figürchen habe ich eines Tages, als ich in Abwesenheit des Botschafters ein Papier auf seinem Schreibtisch deponieren wollte, mit einer allzu schwungvollen Bewegung von seinem Sockel geholt, und es zerbrach. Verzweifelt habe ich sämtliche Porzellanstückchen und -krümelchen aufgelesen und in einem Taschentuch nach Hause getragen. Denn der Ehemann kann, auch außerhalb seines eigentlichen Metiers, alles, wirklich alles: alte Häuser restaurieren, handgearbeitete Messer herstellen, winzige Seepferdchen züchten, vielköpfige Tischgesellschaften unterhalten, große Schiffe durch schwere See steuern, dicke Steinpilze finden (kleine Pfifferlinge auch), historische und moderne Motorräder perfektionieren, Damen jeden Alters in Entzücken versetzen (nachhaltig), High Heels reparieren, vor denen der Schuster kapituliert hat. Vor allem aber versteht er sich aufs Bauen, wobei ihm alles unerwartet groß gerät: zwei mannshohe Lautsprecherboxen, mehrere schwere Modellschiffe, ein riesiges Puppenhaus, ein ebenso großes Weihnachts"krippchen", ein enormer antiker Steinkamin und ein gewaltiger hochmoderner Edelstahlgrill, mit dem man im Sommer ganze Tiere braten und im Winter vier Weihnachtsgänse auf einmal grillen kann oder, wie die Tochter vorschlägt, auf einer Kirmes anzuheuern vermag.

Und so stand die winzige Figur am nächsten Tag wie unversehrt wieder an ihrem Platz. Falls man nicht inzwischen versucht hat, das ursprünglich wertvolle Stück zu verkaufen, weiß bis heute kein Mensch von dem Malheur.

Vor dem Schreibtisch versammelte sich des Morgens üblicherweise ein Teil der Crew im Halbkreis und versuchte mehr oder weniger unauffällig, sich bei dem Feuerwerk an Anweisungen Notizen zu machen oder zumindest sehr gut zuzuhören. Der Leiter der Kulturabteilung, ein soignierter professore, empfand den Auftritt mit Blöckchen und Kugelschreiber irgendwie als unwürdig, und so versteckte er verbotenerweise in seinem Jackett ein Aufnahmegerät, das die Worte des Botschafters aufzeichnete. Derselben Methode bediente sich viele Jahre später in Köln auch ein Generalkonsul bei wichtigen Gesprächen, weil er sich erstens zu fein zum Mitschreiben war und zweitens die berechtigte Sorge hatte, die auf Deutsch geführten Gespräche gar nicht protokollieren zu können.

Unter dem Schreibtisch hat es mal einen Disput zwischen meinem damals einjährigen Sohn und dem betagten Hund des Botschafters gegeben. Ferraris hatte mich nach der Geburt meiner Tochter aus dem Mutterschutz gerufen, um eine besonders wichtige Übersetzung oder ein Interview zu besprechen, und ich hatte den

Erstgeborenen notgedrungen mitgebracht (wo derweil das Baby war, weiß ich heute nicht mehr). Ich habe es als Zeichen großer Wertschätzung empfunden, dass mir der Botschafter oft Texte nicht nur zur sprachlichen, sondern manchmal auch zur inhaltlichen Kontrolle übergab. Bei Presseinterviews durfte ich als deutsches Auditorium meist schräg hinter dem Interviewer Platz nehmen und dem Chef meinen mimischen Kommentar zu den Fragen des Journalisten und seinen eigenen Antworten signalisieren. Oft war ich als „Stimme des deutschen Volkes" gefragt und musste als solche meinen Chef oft enttäuschen. Denn im Unterschied zu dem Bild, das seine klugen oder gebildeten oder vorsichtigen Gesprächspartner ihm vermittelten, gaben meine Berichte von größeren Treffen im weiteren Familien- und Freundeskreis der Kriegsgeneration einen durchaus niederschmetternden Eindruck von den „neuen Deutschen" wider.

Bei der damaligen Besprechung hatte sich zu dem üblichen Auftrieb im Arbeitszimmer des Botschafters nun auch noch mein krabbelnder Sohn gesellt, der hocherfreut auf den Jagdhund zusteuerte, um ihn zum Spielen zu animieren. Der Hund mit dem Namen Promi – ein Geschenk an den Sohn des Botschafters nach dessen mühsam errungener promozione (= Klassenversetzung) war alt und müde und überhaupt nicht zum Spielen aufgelegt; er zog sich immer weiter unter den Schreibtisch des Botschafters zurück, unermüdlich verfolgt von dem krabbelnden und bellenden Kind. Der Botschafter war aufrichtig irritiert:

„Also, ich hätte nun wirklich gedacht, man muss das Kind vor dem Hund in Sicherheit bringen und nicht umgekehrt!"

Mittlerweile bedurfte es nicht mehr der Erfahrungen der sechzigjährigen Sekretärinnen, die inzwischen sowieso allesamt pensioniert waren, um zu der Erkenntnis zu gelangen, dass dieser Botschafter sowohl politica als auch pranzi machte. Und nicht nur das.

Er entwickelte auch einen intensiven Dialog mit seinen in Deutschland lebenden Landsleuten, den sogenannten Gastarbeitern, die er landauf, landab besuchte, was deren Vertrauen in die Strukturen des italienischen Staates vermutlich nachhaltig verbesserte. In Wolfsburg beispielsweise wurde er bei seinem ersten Auftritt im VW-Werk noch mit bösen Pfiffen und beleidigendem Flugblatt begrüßt. Später, nach vielen Besuchen und Gesprächen, erkannten und begrüßten ihn die Wolfsburger connazionali schon auf der Straße. Nicht zuletzt weil er in der Stadt die Einrichtung eines Italienischen Kulturinstituts ermöglicht hatte, das sich bis heute größter Beliebtheit erfreut. Bei seinem letzten Besuch verabschiedeten ihn junge Arbeiter mit baci und abbracci am VW-Fließband, und zu Küsschen und Umarmungen gab es obendrein Blumen.

Neben einem engagierten Einsatz für die Belange der italienischen Emigranten in Deutschland und den üblichen Aufgaben in Politik und Wirtschaft organisierte Ferraris mit demselben Elan große gesellschaftliche Veranstaltungen, die tatsächlich geeignet waren, ein wenig Glanz in die kleine Bundeshauptstadt zu bringen: Rauschende Modenschauen mit der lombardischen Seidenfabrikation Como Foulard, bei denen die Mannequins in fantastische, große Seidentücher gehüllt auf der Bühne paradierten und zum Abschluss der Vorstellung in der Beethovenhalle unzählige Foulards von großen Modehäusern wie Prada, Balmain und Dior in das kamelle-erprobte Publikum warfen. Opernaufführungen, Konzerte mit Maurizio Pollini und Uto Ughi, jeweils mit opulentem italienischem Buffet, wo – wie der Ehemann interessiert beobachtete –, Damen der vermeintlich feinen Bonner Gesellschaft mit mäßigem Erfolg versuchten, fragile Grissini, feuchte Mozzarellabällchen oder klebrige Eclairs als Wegzehrung in elegante Abendtäschchen zu verstauen.

Für uns galt das Kommando Ferraris': „Die Botschaft sitzt nicht, trinkt nicht, isst nicht!" Aber das wurde nicht durchweg befolgt. Am Ende eines dieser Gala-Abende hielt sich unser Gesandter quasi als unser allerletzter Gast mit Mühe auf den langen, wackeligen Beinen, beide Ellenbogen fest auf einen eleganten Stehtisch gestützt, und rauchte mit einem hochzufriedenen, sturztrunkenen Grinsen eine Zigarette nach der anderen.

Spektakulär die Präsentation einer neuen Parfüm-Kreation des Hauses Gucci, die für das unverwöhnte Bonner Publikum zu einem echten Knüller geriet. Ein überdimensionierter Flakon wurde vor der staunenden Gästeschar per Hubschrauber im großen Garten der Residenz am Bonner Rheinufer von jungen Männern in historischen Kostümen in Empfang genommen.

Wie Nina Grunenberg in ihrem sehr eindrücklichen Porträt unseres Botschafters seinerzeit anmerkte, ließ in jenen Jahren kein geladener Gast ohne triftigen Grund seinen Platz an der Tafel in der italienischen Residenz frei – zumal in einer ausgeklügelten Zusammensetzung Künstler, Intellektuelle, Hausfrauen(!), Kabarettisten und sogar Grüne in das übliche Klientelbecken des Protokolls gemischt wurden. Manch wackerer Christdemokrat wie der alte CSU Kämpe Hans Graf Huyn fand sich bei Tisch unversehens dem Gottseibeiuns in Gestalt von Otto Schily gegenüber, der seinerzeit vermutlich selbst nicht ahnte, dass er sich dereinst zu einem strammen Bundesinnenminister entwickeln würde: „Eine für Bonner Verhältnisse überraschende Mischung, von der Luigi Vittorio Ferraris vergnügt sagt: ‚Ich als Neutraler darf das, ich soll das sogar. Für den italienischen Geschmack muß eine Gesellschaft bunt sein.'...'Man soll mit jedem reden', ist ein Vorsatz von ihm, den er auch seinen Untergebenen ans Herz legt, ‚aber man soll auch etwas zu sagen haben.' Diplomaten halten dezidierte eigene Meinungen oft für viel zu gefährlich bei der Pflege der zwischenstaatlichen Beziehungen. Ihrem Plädoyer für Vorsicht setzt Ferraris den donnernden Appell an ‚Intelligenz und Kraft' entgegen: ‚Das müssen die Prioritäten des Diplomaten sein.'" (Die Zeit, 01.11.1985)

Staatsbesuche aber waren und sind ganz großes Theater und großes Protokoll. Für den Besuch des Präsidenten der Italienischen Republik Francesco Cossiga wurde unter Berücksichtigung aller höchst präzisen Anweisungen des Präsidialamtes („der Herr Präsident isst keine getrockneten Aprikosen") ein glanzvolles Programm aufgestellt, dessen besondere Höhepunkte ein Universitätsvortrag („Verfassungsrechtliche Grundzüge des Rechts auf Auswanderung") und eine Operndarbietung waren (Teatro di San Carlo: Giovanni Battista Pergolesi, „La Serva Padrona"). Bei der Ortsbesichtigung des Bonner Theaters hatte ich die Gespräche der italienischen und deutschen Sicherheitsbeamten zu dolmetschen und war zutiefst beeindruckt von den Sicherheitsvorkehrungen, beispielsweise bei unserer Einfahrt in die Tiefgarage der Oper: Nicht nur die Insassen unseres Fahrzeugs, sondern auch das Fahrzeug selbst wurde penibel kontrolliert, sogar mithilfe von Spiegeln, mittels derer die Unterseite des Fahrzeugs überprüft wurde.

Zum Opernabend wurden die Spitzen der Republik, das heißt alles, was die kleine Stadt an feiner oder wichtiger Gesellschaft aufzubieten hatte, geladen. Vergeblich drang der Gesandte darauf, seine Freundin in großer Robe zu dem großen Ereignis mitnehmen zu dürfen. Der Botschafter antwortete knapp und drastisch, dass man die Dame zwar ins Bett, nicht aber in die Oper mitnehmen könne: „Con la signora X su va al letto, ma non all'opera."

Und jedes der vielen Worte, die bei solchen Ereignissen gesprochen werden – Grußworte, Tischreden, Festvorträge – mussten übersetzt werden. Vom wirklich sorgfältigen Feilen am Text konnte bei diesen Gelegenheiten oft nicht die Rede sein, denn die italienischen Originaltexte wurden stets in der allerletzten Minute geliefert, sie trafen zusammen mit dem Staatsgast auf dem militärischen Teil des Köln-Bonner Flughafens ein. So saßen in der Bonner Botschaft spätabends zwei Übersetzerinnen am Werk, um als letzten Text den Universitäts-Vortrag zu übersetzen, und leisteten trotz der knappen Zeit handwerklich saubere Arbeit. Dabei ergänzten die beiden einander perfekt: Während die Übersetzerin der Politischen Kanzlei den hölzernen Text in griffige Formulierungen verfrachtete, wachte die Kollegin der Wirtschaftsabteilung über die inhaltliche Konvergenz von Original und Übersetzung, korrekte Interpunktion und saubere Form. Bei der verfassungsrechtlichen Rede ging es ständig um das profilo della libertà in der italienischen Verfassung. Nach langer, höchstkonzentrierter Arbeit stolperten beide beim Korrekturlesen immer wieder über das Wort Freizeit, wo eigentlich Freiheit hatte stehen sollen – Wunschdenken.

Die Übersetzung war richtig gut. Bis ich sie allerdings dem Präsidenten im Arbeitszimmer des Botschafters in der Residenz übergeben konnte (eine bemerkenswerte Geste meines Botschafters: Denn wann je durfte eine kleine contrattista einem Staatspräsidenten eine Übersetzung überreichen?!), war nach der Kopfarbeit noch Beinarbeit zu leisten. Wir waren von der Karl-Finkelnburg-Straße zur Konstantinstraße gerast (wenn man bei den 23 PS meines kleinen Fiats überhaupt von Rasen sprechen konnte, aber ich gab mein Bestes), als wir von allenthalben bereitstehenden Ordnungskräften gestoppt wurden, das Auto abstellen und zu Fuß weiterhasten mussten, die kostbaren Textseiten unterm Arm. Die Achse zwischen Bonn und Mehlem war für den gesamten Verkehr gesperrt. RAF und Rote Brigaden hatten das Klima verändert. Von den Specially Designated Global Terrorists des IS, die später im südlichen Bonner Stadtteil Mehlem dank der „politischen" Entscheidung des Bundesaußenministers Klaus Kinkel zugunsten der Gründung der saudischen König-Fahd-Akademie bis zu deren Schließung im Jahre 2017 auf saftigem Nährboden heranwachsen konnten, ahnte man in jenen Jahren noch nichts.

Von den beiden adretten Übersetzerinnen aber schien keine Gefahr auszugehen, jedenfalls fand sich die Besatzung eines gepanzerten Wagens des Bundeskriminalamtes bereit, uns zur Residenz zu chauffieren, was – wie man uns mit wichtiger Miene erklärte – strikt verboten war. Aber die coolen Jungs vom BKA sind eben Jungs, die sich bei rasanter Fahrt mit viel Hubraum, einer Menge schwerer Waffen im Kofferraum und blinkendem Blaulicht auf dem Dach quer durch Godesberg noch cooler vorkommen, wenn junge Blondchens staunend und auf knappster Tuchfühlung zwischen ihnen im Fond sitzen.

Der Abschied unseres langjährigen Botschafters Ferraris löste vor allem bei der Damenwelt großes Bedauern aus. Dabei entsprach der Mann äußerlich nun wirklich nicht dem gängigen Bild des Latin Lovers: leichter Bauchansatz, blasse Gesichtsfarbe, flinke braune Augen hinter einer nie ganz sauberen Goldrandbrille, grauer oder dunkelblauer Anzug in sehr bequemer Größe, hastig umgeworfene Krawatte. Im Gegensatz zu den meisten seiner Kollegen pflegte er sein Äußeres tatsächlich eher nachlässig. Auch auf die äußeren Attribute seines Standes legte er kaum Wert. Zu Abendveranstaltungen in Bonn, die vor allem die Repräsentanten afrikanischer Länder zum großen Auftritt mit schwerer Limousine und Chauffeur nutzten, wobei sie, protokollarisch nicht ganz trittsicher, gern auch auf Verwendung des Landesstanders am Kotflügel beharrten, pflegte unser Botschafter mit dem zerbeulten 126er Fiat der Ehefrau aufzukreuzen.

„Das merkt kein Mensch. Ich komme eh später als die meisten, und früher als die anderen gehe ich sowieso."

Bei einem Besuch auf seinem Landgut in den Marken, wo er sich während einer rasanten Fahrt über seine ausgedehnten, trockenen Felder im staubigen, ramponierten Fiat Kombi rasierte, hat Ferraris meinem Mann ziemlich glaubhaft und nicht ohne Stolz versichert, dass er im Auto alles außer Duschen erledigen könne.

Manche Dame der Bonner Gesellschaft fühlte sich durch das eher feurige als galante Auftreten dieses Freundes aller Frauen hoch geschmeichelt. Bei einem gemeinsamen Abendessen hat er wiederum meinem Mann einen seiner Kniffe auf diesem Felde erläutert: Er pflege Damen stets Bücher anstelle von Blumen zu schicken, was der Eitelkeit der Damen umso mehr schmeichele, als ihnen damit sozusagen eine gewisse intellektuelle Kompetenz unterstellt würde.

Nach dem Ende seiner langen Bonner Amtszeit verzichtete er auf den Posten in Moskau. Washington stand als Alternative nicht zur Verfügung, und so schied er aus dem diplomatischen Dienst aus und ließ sich im heimischen Rom zum Mitglied des Staatsrates ernennen.

Auf Vorschlag eines sehr kleinen Münchner Verlags verfasste er ein sehr kleines Büchlein über seine Bonner Jahre. Mir fiel dabei die gewohnte Aufgabe zu, seine Worte in verständliches Deutsch zu fassen. Das war alles andere als einfach. Außerdem ging er in seinen Erzählungen nicht über wolkige und vage Andeutungen hinaus, was den Sensationswert der Erlebnisse und Erkenntnisse leider erheblich minderte.

Zum Abschluss der Redaktionsarbeiten in München wurde ein Treffen mit dem Inhaber des Printul Verlags vereinbart. Wir reisten an, die Übersetzerin per Zug aus Bonn, der Botschafter per Flugzeug aus Rom. Auf Vorschlag des Verlegers, dem am Gelingen des Werkes und einer förderlichen Atmosphäre gelegen war, verbrachten wir drei einen wunderbaren Abend mit köstlichem bayerischen Essen im Gasthof der Brauerei Aying vor den Toren Münchens – gegen den Protest unseres kulinarisch nicht sehr interessierten Botschafters:

„Was? Ich soll dreißig Minuten fahren, bloß um ein Wiener Schnitzel zu essen?!"

Zurück in München, kehrten wir in eine Weinstube ein. Es wurde ein sehr langer Abend. Weit nach Mitternacht bezogen wir Quartier im feinen Hotel Vier Jahreszeiten, das der darbende Verleger vermutlich in der Hoffnung auf glänzende Absatzzahlen gebucht hatte. Aber der Verkauf des Büchleins hat keinem von uns Reichtum beschert. Der Botschafter bekam 2 DM oder vielleicht 3 DM für jedes verkaufte Exemplar, wovon er mir die Hälfte abgab, was ich völlig in Ordnung fand, denn die Aufteilung entsprach auch dem jeweiligen Arbeitsaufwand. Verkauft wurden ungefähr 3.000 Exemplare, was nicht nur mit dem Mangel an sensationellen Enthüllungen zu begründen ist, sondern vermutlich auch mit dem sehr kleinen Werbeetat des sehr kleinen Verlags.

Im Hotel erwartete mich dann allerdings eine handfeste Überraschung. Kaum hatte ich das Zimmer bezogen, meine Reisetasche ausgepackt, das Bad verlassen und mich weinschwer ins Bett fallen lassen, da öffnete sich in der eleganten Kirschbaumholz-Verkleidung eine versteckte Verbindungstüre zwischen dem Zimmer der Exzellenz und dem Zimmer der contrattista. Ich war vollkommen sprachlos und zu keinerlei verbalen oder erotischen Reaktion fähig und schlief – dank des erheblichen Weinkonsums – einfach ein.

Die Lokalpresse kündigte zwei Jahre nach seiner Amtszeit die Vorstellung unseres Büchleins durch den „unverwüstlichen italienischen Botschafter" an. Wenige Tage nach der Pressemeldung erreichte ihn das handgeschriebene Brieflein der Gattin eines christlich-demokratischen Oberbürgermeisters im Rheinland. Die Dame, der er Jahre zuvor bei einer Karnevalsveranstaltung im Rathaus nähergekommen war, schlug ihm ein abendliches Stelldichein unter einer Laterne am Bonner Rheinufer vor.

Bei der festlichen Veranstaltung in der feinen Villa der Parlamentarischen Gesellschaft sagte Hans Dietrich Genscher in seiner Laudatio: „...... All das zeichnen Sie mit leichter und sicherer Hand in einem Deutsch nach, dessen Eleganz und

Treffsicherheit das schönste und überzeugendste Zeugnis Ihrer Freundschaft zu unserem Lande ablegen."

Wenn das mal kein Kompliment für den Übersetzer ist!

Nach der Wiedervereinigung erweiterte Ferraris seinen Wirkungskreis um die Neuen Bundesländer mit Lehraufträgen an den Universitäten Jena und Dresden. Obschon gar nicht mehr im aktiven Dienst, hatte er sich unmittelbar nach dem Mauerfall aus purer Neugierde in die DDR aufgemacht, wo er sich von dem bestens informierten contrattista der italienischen Botschaft in Ostberlin, später mein hochgeschätzter Kollege in Bonn, durch den Dschungel von Gruppierungen und Grüppchen von Bürgerrechtlern, Parteien und Runden Tischen führen ließ, Freundschaften schloss und sich nach kurzer Zeit einen gewissen Ruf als Italo-Ossi erwarb. In einem Interview mit der taz hat er erklärt, dass ein „Ossi ein sensibles, zartes Pflänzchen" ist, das aber „wie Unkraut behandelt" wird. (taz 23.10.1993)

Übrigens hat er mir Jahrzehnte später als Neunzigjähriger noch kurz vor seinem Tod den Niedergang der SPD in den Jahren Gabriel-Schulz-Nahles schlüssig erklärt: „Die SPD hat es einfach nie verstanden, die Bürger der ehemaligen DDR für sich zu gewinnen."

Von der Politik seines eigenen Landes hatte er sich da schon lange und mit Grausen abgewandt.

Sehr beliebt waren in der Bonner Republik Essen und Empfänge in einem italienischen Restaurant namens Cäcilienhöhe, damals Treffpunkt dessen, was man etwas hochfahrend le tout Bonn nennen konnte. Der Chef war ein gewisser Signore Bruno. Jahrzehnte später habe ich eher beiläufig von einem alteingesessenen Bonner Bürger, der seine in den umliegenden Wäldern gesammelten Steinpilze an hiesige italienische Restaurants zu verhökern pflegte, erfahren, dass dieser Bruno bis zu seinem vergleichsweise frühen, aber natürlichen Tode der capo dei capi aller italienischen Gastronomiebetriebe in der Region war und von diesen das in solchen Kreisen übliche Schutzgeld zu kassieren pflegte.

Signore Bruno erfuhr seinerzeit eine und vermutlich einzige Kränkung durch unseren Botschafter a.D., den mein Mann und ich zu einem Abendessen eingeladen hatten. Nachdem er mit der gewohnten Galanterie und Grandezza die ausgesprochen unattraktive Bundesjustizministerin begrüßt hatte, machte er sich an den bestellten Lammrücken, um nach dem ersten Bissen empört zu rufen:

„Nein, bitte zurück in die Küche! Das soll ein italienischer Lammrücken sein? Mit Knoblauch zubereitet? Die italienische Küche kennt überhaupt keinen Knoblauch!" Allerdings gab er später in einem Fernsehgespräch mit Wolfram Siebeck freimütig zu, alles andere als ein Feinschmecker zu sein.

Nach seinem Ausscheiden aus dem diplomatischen Dienst war Ferraris über lange Jahre hinweg ein in Deutschland gefragter Gesprächspartner. Er verfasste Zeitungsartikel zu aktuellen Themen, schrieb wissenschaftliche Aufsätze und Bücher, trat im Fernsehen und Radio auf und benötigte für diese vielfältigen Engagements natürlich einen logistischen Stützpunkt in Deutschland. Das war in jenen Jahren ein vom Ehemann fachgerecht ausgebautes Dachzimmer in unserem großen Plittersdorfer Heim, wo ein zusätzlicher Telefonanschluss, ein lahmer Computer der ersten oder zweiten Generation, ein riesiges Paket Endlosdruckpapier und die Übersetzerin bereitstanden.

Alle paar Wochen fiel der Staatsrat in unseren Haushalt ein, wo zwei Kinder, ein Hund und ein Ehemann schon für reichlich ausgefüllte Feierabende und Wochenenden sorgten. Hinzu kam eines Tages Ende der Achtzigerjahre noch eine mir völlig unbekannte Tante aus Kolumbien in unseren Haushalt. Ihre Mutter, Schwester meiner Großmutter, lag in Deutschland im Sterben, ein kleines, tragisches Kapitel deutscher Geschichte:

Sie war mit einem Juden verheiratet gewesen und hatte es ihrem Bruder, einem strammen, schönen Nationalsozialisten, zu verdanken, dass sie noch rechtzeitig mit dem Ehemann und dem kleinen Töchterchen vor den furchtbaren deutschen Gräueln nach Südamerika auswandern konnte. Anfang der Sechzigerjahre war sie nach Deutschland zurück gekehrt, um in ihrer Heimatstadt Köln zu sterben. Die sehr alte, sehr zierliche, sehr lebhafte Großtante trug eine silberne Perücke und hohe Absätze, hielt stets eine Zigarette mit langer Zigarettenspitze in der einen und ein Sektglas in der anderen Hand, wobei sie die Bläschen mit einem kleinen, silbernen Quirl zu vertreiben pflegte: „Dat is nit jut för de Majen!" An Sonn- und Feiertagen war sie steter Gast in meinem Elternhaus, und insbesondere unseren Heiligabend im Familienkreis hat sie mit grandiosen Tango-Einlagen bereichert. Einmal hat Papa, der wackere Protestant und Presbyter, diese Art der Weihnachtsfeier spätnachts ziemlich erschöpft kommentiert:

„Also, man soll ja Freude empfinden am Heiligabend. Und die hatten wir wirklich!"

Nun lag sie, über neunzigjährig, in einem Spital in Köln, und ich hatte über Tage verzweifelt versucht, ihre einzige Tochter Edith in Südamerika ausfindig zu machen, was mir dank der deutschen Botschaft in Bogotà schließlich auch gelang.

Edith sollte um 23 Uhr mit einem Lufthansa-Express auf dem Bonner Bahnhof eintreffen. Ich hatte an dem Abend, wie so oft, Ferraris in meinem kleinen Fiat zu chauffieren, fand keinen Parkplatz, blieb im Halteverbot stehen, der Botschafter a.D. rannte über die Bahnsteige und sprach schließlich eine kleine, lebhafte Dame an: „Sind Sie Edith?" Es war Edith. Ich verfrachtete beide in mein Auto, lud Ferraris an seinem Hotel ab und brauste mit Edith nach Köln ins Krankenhaus, wo wir um 1 Uhr nachts eintrafen. Der Großtante ging es sehr schlecht, sie hatte trotz Morphiums starke Schmerzen. Ich weiß nicht, ob sie ihre Tochter erkannte. Anschließend chauffierte ich Tante

Edith in die Kölner Wohnung ihrer Mutter und war am frühen Morgen endlich wieder zuhause in Bonn. Die Großtante starb eine knappe halbe Stunde nach unserem Besuch.

Am nächsten Tag rief Edith an, um ihren Besuch anzukündigen. Sie wollte den Tag nach dem Tode der Mutter nicht allein in deren Wohnung, sondern bei uns in Bonn verbringen. Natürlich war sie herzlich willkommen, und die Trauer war tatsächlich in kurzer Zeit wie weggeblasen. Es war ein Samstag. Ferraris arbeitete bereits in „seinem" Arbeitszimmer im Dachgeschoß und schimpfte lautstark mit dem Computer. Wenig später klingelte mein Bruder freudestrahlend an der Haustüre. Er hatte ausnahmsweise keinen Wochenenddienst im Krankenhaus und machte es sich im Wohnzimmer bei dröhnender Musikbeschallung bequem. Der Ehemann korrigierte in seinem Arbeitszimmer Abiturarbeiten, der Sohn lag malade mit einem Heizkissen über dem Bauch auf dem Sofa, die Tochter spielte in ihrem Zimmer leise vor sich hin. Ich servierte in allen Zimmern den Gesunden und dem Kranken ostfriesischen Tee: Denn „Tee geht immer", hatte mir in Heidelberg eine ostfriesische Kommilitonin beigebracht. Nach einer knappen Stunde kam Ferraris polternd wieder runter in meine Küche, er war in Eile (er war immer in Eile), denn er musste einen Artikel für den römischen Messaggero fertigstellen und am Nachmittag mit dem Zug nach Baden-Baden zu einer Talkshow reisen: „Lesen Sie hier mal eben meinen Artikel, was halten Sie davon?"

In dem Moment klingelte das Telefon, die Tante rief an: „Kannst Du mich bitte nochmal vom Bahnhof abholen?" Auf zum Bahnhof. Einkaufen und Kochen war nun wirklich nicht mehr drin. Also verfrachtete ich die ganze Mannschaft in die benachbarte Dorfgaststätte „Zur Alten Post". Im Restaurant flirtete die südamerikanische Tante mit dem italienischen Tischnachbarn, das Essen wurde serviert, mein Bruder fand es völlig blöd, schon um 12 Uhr 30 zu Mittag zu essen, der Sohn musste fast erbrechen und kehrte zum Sofa zurück, die Tochter wollte aus Solidarität ihr bestelltes Essen nicht verspeisen, sondern beim kranken Bruder bleiben. Ich schickte die Teller der beiden Kinder in die Küche zurück, der Botschafter und die Tante diskutierten mittlerweile engagiert die Ursachen der Kriminalität in Bogotá und kamen sich ein wenig näher, der Ehemann widmete sich genussvoll seinem Strammen Max. Dank langjähriger Lehrtätigkeit ist er darin trainiert, Geräuschkulissen vollkommen auszublenden. Ich nicht.

Die Nachfolge von Ferraris an der Spitze unserer Botschaft anzutreten wäre für jeden schwer gewesen, selbst für einen Herzog, der seinem Titel durchaus Ehre machte. Raniero Vanni d'Archirafi war ein erfahrener Diplomat und eleganter Mann, der sein Amt vollkommen anders als der Vorgänger versah – und mir Ärger bescherte.

Ich wurde zweimal förmlich vom Botschafter „einbestellt". Er hielt mir einen langen Vortrag über das nicht korrekte Verhalten seines Vorgängers. Es sei absolut ungebührlich, dass ein Diplomat sich im Lande des vorherigen Postens ständig zu Wort melde und auch noch vor Ort sei. Mir kam die Argumentation nicht ganz schlüssig vor, denn Ferraris war ja aus dem diplomatischen Dienst ausgeschieden und nunmehr in seiner Eigenschaft als Staatsrat, Professor und Journalist unterwegs. Bei der zweiten Ansprache verlangte der Botschafter rigoros von mir, sämtliche Kontakte zu Ferraris abzubrechen.

Aber ich habe die freundschaftlichen Verbindungen zu Kollegen und Vorgesetzten nie mit deren Abreise gekappt, sondern über Jahrzehnte treu aufrechterhalten und gepflegt.

Ich fiel in Ungnade.

Mit seinem Vorgänger teilte Vanni d'Archirafi allerdings eine besondere Schwäche für Damen. Eine Wissenschaftlerin der Deutschen Gesellschaft für Auswärtige Politik berichtete eines

Tages höchst verwundert, dass sie sich nach einer entsprechenden Einladung zum Dinner in unsere Residenz begeben und dort nicht, wie erwartet, eine illustre Tischgesellschaft, sondern lediglich unseren strahlenden Herzog angetroffen habe. Offenbar hatte an jenem Abend nicht nur die Ehefrau des Botschafters, sondern auch das gesamte Personal Ausgang, denn der Gastgeber schlug einen „gemütlichen Abend" vor. Die Dame ergriff vorzeitig die Flucht.

Nach einem reichlich kurzen Zwischenspiel kehrte Vanni d'Archirafi wieder an seinen vorherigen Posten in Spanien zurück. Der Spiegel meinte, er habe „das Handtuch geworfen", weil „die Fußstapfen des Vorgängers zu groß" gewesen seien. Aber ich meine mich zu erinnern, dass es ganz andere und durchaus attraktive Gründe gab, die ihn zur vorzeitigen Rückkehr bewegten.

11

Sizilien!

In jenen Jahren, als unsere kleinen Kinder noch bei der tüchtigen Großmutter geparkt werden konnten, haben wir einmal einen längeren Landurlaub unternommen. Unser Ziel war Sizilien, das wir per Segelboot mehrfach vergeblich angesteuert hatten. Sizilien! Sollte die Insel wirklich der Schlüssel zu allem sein, wie Goethe gemeint hatte?

Wir waren jung und hatten kein Geld. Bei der Entscheidung für meinen kleinen Fiat als Transportmittel waren praktische Überlegungen ausschlaggebend. Denn mein Fahrzeug war zwar mindestens so anfällig wie der alte Morris Minor des Ehemannes, aber potenziellen italienischen Mechanikern vermutlich vertrauter. Angesichts der knappen Platzverhältnisse wurde ein winziges 2-Mann-Zelt, eine canadese, angeschafft. Unser weiteres Gepäck bestand aus einem schmalen Lederbeutel für meine Garderobe, einer etwas kleineren Tasche für den Ehemann sowie verschiedenen Werkzeugen unter den Sitzen (der Ehemann liebt Werkzeug), darunter auch eine Axt. Man konnte ja nie wissen.

Tatsächlich erreichte uns auf manchen Zeltplätzen steinigen sizilianischen Bodens der Hilferuf:

„They say you have an axe?!"

In meinem Reisetagebuch (eine bescheidene Vorwegnahme der wunderbaren Aufzeichnungen von Andreas Rossmann „Mit dem Rücken zum Meer") sind die Stationen Palermo, Monreale, Erice, Marsala, Sciacca, Agrigent, Piazza Armerina, Caltanissetta, Enna – und Cefalù festgehalten, wo der Ehemann schließlich wegen ganz ungewöhnlicher und anhaltender Kopfschmerzen im Krankenhaus landete.

Der „Pronto Soccorso" war ein kleiner, zur Hauptstraße offener Untersuchungsraum mit griffbereiter Petroleum-Lampe und im Wind flatternden, langen Plastikstreifen im Zugang. Die mochten den Raum vielleicht vor Insekten schützen, nicht aber vor dem Verkehrslärm des Corso oder dem einen oder anderen Passanten, der im Schlafrock oder in Straßenkleidung vorbeischaute. Trotz der Kommentare aus dem Publikum, denen zufolge der Patient total gesund aussah: „Ma non ha niente, questo qua, ha l'aspetto tutto sano!", führte der Arzt eine überaus sorgfältige Untersuchung durch. Er zog sogar einen Kollegen hinzu, der die komplette Untersuchung ein weiteres Mal durchführte, noch einmal die Temperatur kontrollierte und sich schließlich nach unserer Unterkunft erkundigte.

„Campeggio?" Nein, nix da Camping, dieser Patient habe eine Stirnhöhlenentzündung und gehöre in ein ordentliches Bett!

Der Patient wurde in ein 6-Bett-Zimmer des Hospitals einquartiert, mit sehr großer, sehr rostiger Sauerstoffflasche und einem ebenso rostigen Nachtschränkchen daneben. Zimmergenosse war ein alter Opa mit unbestimmter Erkrankung, der, mit Maniküre beschäftigt, friedlich auf der Bettkante saß. Ich machte mich in den Ort auf, kaufte Schlafanzug, Handtücher, frisches Obst, vergaß jedoch Toilettenpapier und Besteck. Als die erste Mahlzeit serviert wurde und wir ratlos den Teller Nudelsuppe anschauten, bot uns der Bettnachbar freundlich einen Löffel an, den wir dankend annahmen. Glücklicherweise war nicht die Gabel gefragt, die bei der Maniküre zum Einsatz gekommen war ....

Wieder kam ein Arzt vorbei, wieder erkundigte er sich eingehend nach dem Befinden des Patienten, und wieder wollte er partout nicht begreifen, dass es sich bei ihm nicht um einen etwas begriffsstutzigen oder allzu fiebrigen italienischen Landsmann mit deutscher Ehefrau auf Heimaturlaub handelte, sondern um einen sehr schwarzhaarigen, bärtigen Deutschen, dessen blonde Ehefrau als Dolmetscherin fungierte. Die Verständigung war nicht leicht, hauptsächlich wegen des Radaus auf den Gängen des Hospitals. Hier herrschte ein Betrieb wie auf der Piazza: Familien, Opas, Freunde, Kinder, Babys bevölkerten Gänge und Krankenzimmer, bepackt mit vollständigen Mahlzeiten, Gemüse, Obst, Suppe, Schinken, Brot, Gewürzen. Auch Weinflaschen meine ich gesehen zu haben.

Ich bat eine Krankenschwester mit Erfolg um eine Decke für den fiebernden Patienten und machte mich auf den Weg zurück zum Campingplatz am Meer. Im winzigen Zelt fühlte ich mich einsam und allein und stellte zum Schutz gegen eventuelle amouröse Avancen aus Nachbarzelten meinen kleinen Lederbeutel auf die leere Luftmatratze neben mir. Als ich – zur Sicherheit – auch noch anfing, mit dem Lederbeutel eine Unterhaltung und somit die Präsenz des Ehemannes vorzutäuschen, kam ich mir total blöd vor und schlief ein.

Meiner schönen Omega De Ville war am Vortag ein Bad im Salzwasser gar nicht bekommen. Also krabbelte ich ohne Uhrzeit bei Sonnenaufgang am Strand von Cefalù aus dem Zelt und eilte ans Krankenbett. Am Eingang des Krankenhauses stand die große Uhr auf 6, daneben eine prächtige, farbenfrohe Madonna, umgeben von einem bunt blinkenden Lichterkranz. Der Patient berichtete noch etwas benommen, dass er eine gute

Nacht verbracht habe, da flog die Türe mit einem lauten Knall auf und eine energische Nonne brüllte lauthals in den Raum:

„In nomine patris et filii et spiritus sancti ....“

Der Opa schaute gar nicht erst auf und reinigte schon wieder seine Fingernägel.

Zur Bestätigung der Diagnose vom Vortrag sollte eine Aufnahme der Stirn- und Nebenhöhlen gemacht werden. Es folgte ein Spektakel alla siciliana: Der junge Röntgenarzt, in weißer Hose und nacktem Oberkörper, zerzauste das dichte, dunkle Haar und stöhnte gequält „Santa Rosalia!“. Wir interpretierten das als Erklärung für seinen derangierten Zustand nach erheblichem Alkoholkonsum anläßlich des Festes der Stadtpatronin am Vorabend und warteten darauf, dass er sich selbst und seine Technik sortierte. Unvermittelt übertönte schrilles Gejammer den Verkehrslärm, der durch die offenen, von schwarzen Rollos abgeschirmten Fenster in den Untersuchungsraum drang. Das laute Wehklagen kam durch die Gänge des Krankenhauses immer näher, bis eine mittelalte, vollkommen schwarz gekleidete Signora in den Raum schlurfte, laut heulend, in ihrer Furcht und ihrem Schmerz völlig gebrochen und nur mühsam aufrecht gehalten von zwei ziemlich großen, muskulösen, schwarzhaarigen Kerlen, die ihr unermüdlich, aber vergeblich zuredeten: Die Mamma sollte ihren Arm unter die Höllenmaschine (den Röntgenapparat) legen – tutto qua. Aber da war nichts zu machen, das Geschrei setzte erneut und in noch höherer Tonlage ein – drammatico! Das Trio verließ die Röntgenabteilung unverrichteter Dinge.

Nach drei Tagen Bettruhe war der Ehemann wiederhergestellt – getreu Wilhelm Busch: „Drei Tage war der Frosch so krank, jetzt raucht er wieder: Gott sei Dank!“ – und freute sich total auf ein Abendessen in der Trattoria an der Promenade von Cefalù, von deren Qualitäten uns der Bettgenosse, offenbar Vater des Restaurantbetreibers, überzeugt hatte. Vorher allerdings erlebte ich eine vollkommen surreale Verhandlung über die Entlassung des Patienten und die Bezahlung für seine Behandlung. Man führte mich zum Klinikdirektor, der mir in einem langen Gespräch über seinen Assistenten zu verstehen gab, dass nichts zu bezahlen sei, da die Rechnung an das deutsche Konsulat geschickt werde. Ich war nach dem Studium und mehreren Berufsjahren im Dienste des italienischen Staates der Landessprache durchaus mächtig und erklärte dem Herrn Direktor ausführlich, dass der Patient privat versichert sei und deshalb üblicherweise alle Kosten für Krankenhäuser, Ärzte, Apotheken zunächst selbst bezahlen werde. Der Direktor wandte sich zu dem links von ihm stehenden Assistenten: „Dica alla signora, che la fattura verrà saldata dal Consolato tedesco – Sagen Sie der Signora, dass die Rechnung vom Deutschen Konsulat bezahlt wird."

Der rechts von mir stehende Assistent wandte sich mir zu und sagte: „Il Signor Direttore dice che la fattura verrà saldata dal Consolato tedesco – Der Herr Direktor sagt, dass die Rechnung vom Deutschen Konsulat bezahlt wird."

Der genesene Ehemann schaute von einem zum anderen, grinste und kündigte vergnügt an:

„Umso besser! Dann können wir die ganze Kohle heute Abend in der Trattoria verfressen!"

12

Le ragazze della Farnesina

Nach der gesunden Heimkehr vom Sizilienurlaub wurde ich meinem fünften Botschafter vorgestellt: einem feinen, hochgewachsenen Mann, der die Residenz mit der gleichfalls hochgewachsenen, grau-blonden Ehefrau und einem ebenfalls hochgewachsenen, aber dunklen Diener bezog. Irgendwie sehe ich in meiner Erinnerung an Marcello Guidi stets ein Bild dessen, was meine Schwester mir bei einem Besuch in einem eleganten Stadtviertel von Sydney grinsend als Ladies who lunch präsentiert hat. Unser Botschafter spielte gern Bridge, gab sich stets freundlich, leutselig, unverbindlich. Herausragender Moment unserer Zusammenarbeit war sein Handkuss im Treppenhaus der Botschaft als Reaktion auf die Nachricht, dass es mir gelungen war, in der Zeit vom 9. November 1989 einen Artikel des damaligen Außenministers Gianni De Michelis unterzubringen – einen Tag später, und in keiner deutschen Zeitung wäre noch Platz für einen De Michelis gewesen.

Während seiner dreijährigen Amtszeit als Außenminister erwies De Michelis sich für mich persönlich als eine Plage, den Italienern offenbar auch. Sonst hätten sie in Zeiten, da Mailänder Staatsanwälte unter dem Stichwort „Saubere Hände" auch in Kreisen des politischen Establishments reihenweise Ermittlungen wegen Bestechlichkeit anstellten und damit die gesamte Parteienlandschaft Italiens durcheinanderwirbelten, nicht versucht, den Mann in Venedig in einen Kanal zu schubsen. Zwar war der Mann ausgesprochen hässlich: beleibt, mit langen, fettigen Locken und dicker Brille. Doch hatte er bei seinen Arbeitsbesuchen in Deutschland stets eine größere Anzahl von „Ragazze della Farnesina" im Gefolge. Bunga Bunga war damals noch völlig unbekannt, obwohl De Michelis bereits 1989 Gaddafi zum zwanzigsten Jahrestag des Revolutionsregimes seine Aufwartung in Tripolis gemacht hatte – dem Mann, der viele Jahre später seinen Freund Silvio Berlusconi in ebendiese Riten des Bunga Bunga einweihen sollte, nachdem der italienische Regierungschef ihm bei einem internationalen Treffen in Sirte in einer unerhörten Geste die Hand geküßt hatte.

Die zahlreichen Damen in den offiziellen Delegationen von De Michelis mussten akkreditiert und von unserer Botschaft mit Programmen versorgt werden; meist reichten Shopping- und Disko-Exkursionen, allerdings nach Düsseldorf. Bonn hatte und hat in der Beziehung wenig beziehungsweise gar nichts zu bieten. Diese „Ragazze della Farnesina" waren quasi Vorläuferinnen der mysteriösen Dama Bianca, einer knackigen Blondine in weißen Jeans und Bluse, die Jahre später zur Verblüffung von Wahlvolk und Presse den Ministerpräsidenten Berlusconi auf G-8-Gipfeln zu begleiten pflegte und noch später, nachdem der Cavaliere Berlusconi seiner Ämter verlustig gegangen war, auf dem Flughafen Fiumicino mit 24 Kilo Kokain im Trolley ertappt wurde und damit für reichlich Aufregung in der italienischen Presse und vor allem bei ihrer Kundschaft sorgte.

Politisch lancierte De Michelis unentwegt neue Initiativen: die Pentagonale (eine mitteleuropäische Zusammenarbeit Italiens mit Ungarn, Österreich, dem zerfallenden Jugoslawien und der gleichfalls zerfallenden Tschechoslowakei), die INCE (Iniziativa Centro Europea) oder eine Neuner-Zusammenarbeit mit Frankreich, Spanien, Portugal und den afrikanischen Mittelmeeranrainern. Projekte, die zwar allesamt eine Menge zu übersetzender Papiere, meines Wissens jedoch keine nachhaltige Wirkung zeitigten.

Den Italienern blieb De Michelis wegen anderer Dinge in Erinnerung: als Spesenkönig (er residierte auf Staatskosten von 400 Millionen Lire in einem Luxushotel am römischen Corso) und als Verfasser, zusammen mit fünf namentlich erwähnten Damen, eines 436 Seiten langen Führers durch 250 Diskotheken Italiens.

Zu jener Zeit rumorte es hinter den politischen Kulissen nicht nur in Deutschland heftig. Italien fühlte sich durch den von der unglückseligen Hannelore in Oggersheim getippten 10-Punkte-Plan Kohls zur Neuregelung der deutsch-deutschen Beziehungen vor vollendete Tatsachen gestellt und war damit keineswegs allein. Ministerpräsident Andreotti und Außenminister De Michelis gaben mehrfach ihrem Missfallen Ausdruck darüber, dass Italien aus dem Geschehen ausgeschlossen worden war und lediglich über den turnusmäßigen Vorsitz in der Europäischen Union und der KSZE bedingt Einflussmöglichkeiten hatte: eine für die italienische Außenpolitik geradezu traumatische Erfahrung. De Michelis forderte – parallel zu den Sowjets – einen 11. Punkt über den Ausschluss der Grenzen von 1937, und Andreotti meinte, der Plan komme überhaupt „zum falschen Zeitpunkt", denn eine deutsch-deutsche Konföderation oder gar Wiedervereinigung stehe aktuell nicht zur Diskussion. Zudem liebe er Deutschland so sehr....

Über das Zustandekommen der deutschen Einheit gibt es unterschiedliche Lesarten. Eine davon besagt, François Mitterand und Giulio Andreotti hätten eine gemeinsame Währung unter Einbeziehung Italiens zur Bedingung für ihre Zustimmung zur Wiedervereinigung gemacht – wahrhaftig eine Ironie der Geschichte, wenn man bedenkt, dass fast vierzig Jahre später die Gründung der „Dritten Republik" in Italien mit dem Antritt der Regierung des rechten Matteo Salvini von der Lega und des 5-Sterne-Anführers Luigi Di Maio vorwiegend durch Wahlkampfparolen gegen Brüssel, gegen den Euro und gegen Deutschland zustande kam.

Übrigens hat sich ein Leiter unserer Politischen Abteilung beharrlich geweigert, mir zu glauben, dass der Inhalt des 10-Punkte-Plans eben nicht zuvor mit der Bush-Regierung abgesprochen worden war, was aber genau der Coup des Kanzlers gewesen ist. Manchmal versagt meine Überzeugungskraft. Auch meinem allerersten Chef habe ich nicht klarmachen können, dass das Wort „Jude" kein deutsches Schimpfwort ist, das in einem deutschen Text politisch korrekt durch „Hebräer" zu ersetzen sei. Er hielt mich für entweder zu jung oder für politisch zu blöd, um es besser zu wissen. Heute ist das erschreckenderweise anders.

Trotz der gewaltigen politischen Umbrüche herrschte eine heitere, gelassene, freundliche Atmosphäre in der Botschaft, die von dem leutseligen und entspannten Wesen des Botschafters geprägt war. Der karge Büroalltag wurde immer wieder aufgelockert durch Veranstaltungen auf der großzügigen Terrasse unserer Residenz, deren weitläufiger Garten mit einem mächtigen Kirschbaum sich bis hinunter zum Rheinufer erstreckt. Bei solchen Gelegenheiten verwickelte der Missionschef den Ehemann, der hier weniger als Segler denn als Professore di Lettere gefragt war, gern in literarische Gespräche, die stets mit der jovialen Ankündigung

„Darüber müssen wir unbedingt beim Lunch plaudern!" beendet wurden und den Fachmann reichlich ratlos zurückließen, denn die Auswahl der angesprochenen, in eher seichten Gewässern angesiedelten Werke war ihm bis dato völlig unbekannt.

13

Mord in bester Gesellschaft

Eines Tages steckte der Erste Sekretär der Emigrations- und Sozialabteilung Kopf und Arme durch die halb geöffnete Stahltüre zum Büro des Botschafters und versuchte mit heftigen Gesten und dramatischem Gesichtsausdruck das morgendliche Meeting zu unterbrechen. Der Botschafter war sichtbar ungehalten, der junge Mann genauso sichtbar eingeschüchtert, aber hartnäckig. In seiner Verzweiflung platzte er schließlich laut mit der Nachricht heraus, die er dem Botschafter eigentlich allein und diskret hatte überbringen wollen:

„Die deutsche Polizei hat unseren contrattista X am Bahnhof von Nürnberg mit Falschgeld verhaftet!"

Allgemeine Überraschung. Allerdings nicht etwa, wie ich verblüfft feststellen musste, ob des Ereignisses an sich, sondern bezüglich des Schauplatzes. „Come mai Norimberga – Wieso Nürnberg?", kam unisono die Frage.

Ich bin bis heute ziemlich sicher, dass die jeweiligen Diplomaten fast ausnahmslos honorige Bürger waren, denen man nicht den Hauch von Unredlichkeit hätte vorwerfen können. Anders verhielt es sich bei einigen wenigen elementi unserer Belegschaft. Eine Sekretärin in der Presseabteilung, ungemein attraktiv, stets hoch elegant und – wie mein Ehemann voller Anerkennung feststellte – mit einer bemerkenswerten schauspielerischen Begabung gesegnet, hat später auch vor Publikum immer wieder mit Begeisterung meine Fassungslosigkeit nachgespielt, mit der ich auf folgende Nachricht reagiert hatte: An unserer Pforte könne man nicht nur Panini mit Salami und Mortadella erstehen – die übrigens ein sehr schöner, aber etwas doofer Bürobote zubereitete, der zunächst das Metzgerhandwerk erlernt, dann eine kurze Karriere als Komparse in „Ben Hur" gemacht, bevor er sich für den sicheren Posten im italienischen Staatsdienst entschieden hatte –, sondern auch Rolex Uhren (echte und gefälschte).

Das war vermutlich eine eher harmlose Variante der Aktivitäten aus dem Dunstkreis unseres Personals. Eingeweihte Kollegen wussten von verschwundenen zollfreien Waren zu berichten, welche der entsprechende Lieferant in großen Mengen in einer Botschaftsgarage deponiert hatte, von Carabinieri, darunter immerhin ein Maresciallo, die sich nicht nur mit unser aller Sicherheit, sondern auch mit einem ertragreichen Zigarettenhandel beschäftigten, von einem wertvollen Kunstwerk, das spurlos aus dem alten Berliner Botschaftsgebäude verschwunden war, von einer Ordensverleihung als Gegenleistung für einen jahrelang Freitisch in einem Kölner Gourmetbetrieb, vom nächtelangen Einsatz eines Aktenvernichters im 1. Stock unseres Gebäudes kurz vor einer Visitation aus Rom, von Verhandlungen in einer schäbigen Eisdiele gegenüber dem Bad Godesberger Bahnhof über die Verschiebung zollfrei und mit Diplomatenrabatt erworbener Pkws.

Mächtig ins Brodeln kam die Gerüchteküche, als unsere Botschaft im Zuge einer veritablen Mordermittlung ins Visier der Bonner Polizei geriet. Die Ehefrau eines Handwerkers im Bonner Stadtteil Meßdorf war eines Abends im Flur ihres Einfamilienhauses mit Handschellen gefesselt und tödlichen Messerstichen aufgefunden worden. Die lokale Presse berichtete von den Ermittlungen, denen zufolge es Kontakte zwischen einem Diplomaten der italienischen Botschaft und dem Ehemann der Toten gegeben habe.

Das war richtig großes Theater mit hohem Spannungspotenzial, zumal anfangs niemand wusste, wer von uns denn nun in Verdacht geraten war.

Who dunnit?

Der nächtliche Anruf des Hauptstadtkorrespondenten der Bild-Zeitung auf meinem Privatanschluss war ganz und gar vergebens. Denn ich wusste rein gar nichts.

Es folgten, ebenfalls nächtens, mehrere Anrufe vom Leiter unserer Sozialabteilung, der Warnungen oder Drohungen gegen einen David und/oder einen Goliath aussprach, verbunden mit irgendwelchen vagen Andeutungen. Aufgrund seiner ganz offensichtlichen Formulierungsschwierigkeiten kam in mir der Verdacht auf, der Mann habe entweder generell einen an der Waffel oder sich zu später Stunde von allzu viel Alkohol inspirieren lassen.

Aber das war eher unwahrscheinlich. Italiener jedweden Alters und jeder Gesellschaftsschicht nehmen in der Regel mittags wie abends ein wenig Wein und Wasser zum Essen zu sich, nach dem Mahl einen Espresso, spätabends vielleicht noch einen fingerbreit Whisky und Schluss. Im Gegensatz zur deutschen Bevölkerung können Italiener ganz ohne oder mit nur wenig Alkohol nächtelang Partys feiern, Fernsehsendungen verfolgen, Fußballspiele gucken, Straßenfeste veranstalten und dabei eine Menge Spaß haben. Sie geleiten dann am späten Abend oder am frühen Morgen des folgenden Tages ihre deutschen Kumpane durchaus hilfsbereit nach Hause, aber vollkommen verständnislos angesichts deren Trunkenheit.

Ob bizarr oder betrunken – den nächtlichen Anruf des Kollegen aus der Sozialabteilung habe ich nicht ernst genommen. Was ein Fehler war, denn der Mann hatte mir einen nur wenig verschlüsselten Hinweis auf den Vornamen des Täters geben wollen.

Um nicht zu offenbaren, dass sie wie alle anderen im Dunkeln tappte, führte die Bild-Zeitung das geneigte Publikum mit falschen Angaben auch noch auf eine völlig falsche Fährte. Anhand der Hinweise „zweite Spitzenposition", „elegante Kleidung", „bekannte Erscheinung" wurde einhellig der feine, vornehme und zurückhaltende Gesandte identifiziert. Der war womöglich nicht wirklich glücklich mit seiner Gattin, deren fast ausschließliches Gesprächsthema auch bei gesellschaftlichen Anlässen das Erscheinungsbild ihrer Oberschenkel war, neigte aber nach unser aller Einschätzung keineswegs dem homosexuellen Lager zu. Dieses Kriterium wiederum war aber als „einzig gesicherte Erkenntnis aus Ermittlerkreisen" durchgesickert.

Immerhin war unter diesem Aspekt nun wiederum unser damaliger Botschafter nicht ganz auszuschließen. Botschaftsinternen Gerüchten zufolge deckte der äthiopische Hausdiener gewisse Tätigkeiten in diesem Bereich ab.

Aber ein Botschafter nimmt nun unbestritten nicht die zweite, sondern die erste Spitzenposition ein.

Welcher der Hinweise war also falsch?

Vor lauter Spekulationen und Verdächtigungen verloren wir zeitweise fast unsere Arbeit aus den Augen.

Dabei kam mir nach Tagen gespannten Ratens bei der Enthüllung schließlich doch mein Arbeitseifer zugute. Eines Sonntags war ich wieder einmal eilig zur Botschaft unterwegs, um eine dringende Übersetzung zu erledigen, als ich auf meinen Schleichwegen quer durch das Bad Godesberger Villenviertel an einer Kreuzung plötzlich unserer Botschafterlimousine die

Vorfahrt gewähren musste, die, wie ich dann richtig vermutete, auf dem Weg zur Bonner Staatsanwaltschaft war. Im Fond saß neben einer freiberuflichen Dolmetscherin ein Kollege namens Davide. Die Offenbarung war geradezu enttäuschend, denn die „elegante, stadtbekannte Erscheinung" entpuppte sich als unser Kanzler, also der Verwaltungschef und Herr über Toilettenpapier, Farbbänder, Zentralheizungen und dergleichen. Offenbar hatte es geschäftliche Kontakte zwischen dem Handwerksbetrieb des Ehegatten der Getöteten und unserer Botschaft gegeben. Der Verwaltungschef war ein mittelgroßer, fülliger Mann mit schütterem Blondhaar, getönter Brille und leichtem Hinkefuß. Er pflegte ständig in banca zu sein, was bedeutet, dass er fast nie an seinem Arbeitsplatz anzutreffen war, weil er stets in wichtigen Geldgeschäften unterwegs zu sein vorgab. Das stimmte manchmal sogar – vor allem in jener Zeit, als das Botschaftsgebäude für ein Auftragsvolumen von circa 2 Millionen D-Mark renoviert wurde und unser Kanzler viele Gewerke nicht westeuropäisch und EU-konform, sondern nach einem eher orientalischen Geschäftsmodell vergab, wie mir fünfundzwanzig Jahre später ein Geschäftsmann aus Bad Godesberg nur mäßig amüsiert bestätigte. Unser damaliger Verwaltungschef hatte tatsächlich die Gewohnheit, jede Auftragsvergabe an örtliche Handwerker oder Lieferanten rigoros mit sehr konkreten Vorleistungen zu verknüpfen, die dazu beitrugen, seinen privaten Haushalt nicht nur mit Bargeld, sondern auch mit Stereoanlage, Waschmaschine, TV-Gerät, Kaffeemaschine und Ähnlichem auszustatten.

Als ich diese neu gewonnene Erkenntnis später bei einem inoffiziellen Lunch in launiger Runde zum Besten gab, zischte Pietro Benassi, mein letzter Botschafter, zornbebend:

„Der Mann kann dem Himmel danken, dass seinerzeit nicht ich Botschafter war."

Elegant an der Erscheinung unseres damaligen Verwaltungschefs konnten wohl nur in den Augen des Bild-Korrespondenten seine Accessoires sein wie ein enorm breiter, lilafarbener Schal und ein übergroßer kamelhaarfarbener Hut, mit denen der Mann sich zu schmücken pflegte. Und etwas dämlich war er offenbar auch noch. Die Polizei war nämlich auf seine Spur gekommen, weil sie im Zuge der Ermittlungen an einer Wand in seinem Appartement die gerahmte Zeichnung eines liegenden, gefesselten Mannes gefunden hatte. Position und Fesselung waren identisch mit der in der Presse ausführlich geschilderten Auffindsituation des Opfers, zu dessen Ehemann unser Verwaltungschef offenbar nicht nur geschäftliche Beziehungen unterhalten hatte.

Was immer sich bei dem Verhör an jenem Sonntag ergeben hat – einen rauchenden Colt gab es nicht, die Sache verlief im Sande, der Mann wurde postwendend nach Rom versetzt.

Die in die Jahre gekommene Dolmetscherin machte übrigens den Fehler, sich im Zuge ihrer ungewöhnlich aggressiven Eigenwerbung in einem Schreiben an den Botschafter wortreich dessen zu rühmen, dass der seinerzeit Verdächtige allein dank ihrer exzellenten Beziehungen zur Bonner Justiz aus den Fängen der Staatsanwalt habe befreit werden können. Der Plaudertasche hat die Botschaft fürderhin keine Arbeitsaufträge mehr anvertraut.

Jahrzehnte später erwies sich unser Mann als unschuldig, jedenfalls was den Mord an der Hausfrau betraf. Ein fünfundfünfzigjähriger Autofahrer, den man in Wolfenbüttel sechsundzwanzig Jahre später gleich zweimal innerhalb einer Nacht wegen Trunkenheit am Steuer erwischt hatte, machte bei seiner Festnahme reinen Tisch und gestand völlig überraschend den damaligen Mord in Bonn.

14

Ein Armenier, eine Schwiegermutter und ein Esel

Botschafter Marcello Guidi wurde derart unversehens ins Abseits befördert, dass er sich verärgert entschloss, vorzeitig den diplomatischen Dienst zu quittieren. Tatsächlich hatte das italienische Außenministerium seinen Nachfolger Umberto Vattani, seinerzeit diplomatischer Berater des Ministerpräsidenten Giulio Andreotti, bereits ein Jahr vor dem geplanten Wechsel öffentlich ernannt, ohne Marcelli Guidi vorher zu informieren: ein gänzlich unübliches Prozedere.

Den neuen Mann hatte ich Anfang der Neunzigerjahre beim G8-Gipfel in München als Sherpa des italienischen Ministerpräsidenten sehen und erleben können – denn er war in der Tat ein überraschendes Erlebnis. Äußerlich wirkte er eher unscheinbar – klein, karg, wenige Haare, spitze Nase, schmale Lippen – aber wie viel Power und steckte in diesem Männchen, dem unter Kollegen wegen seines sagenhaften Verhandlungsgeschicks der Ruf eines Armeniers vorauseilte und das sich nun anschickte, nicht nur dem Protokollchef im Auswärtigen Amt manch schlaflose

Nacht zu bereiten. Über die Verhandlungen in München hat er übrigens später gern und oft von einer schriftlichen Notiz des US-Delegierten berichtet, die zu später Stunde um den ganzen Tisch der Sherpas bis zur italienischen Delegation herumgereicht worden war, wo der Empfänger hocherfreut das Kompliment des amerikanischen Kollegen für die schönsten Suspenders der ganzen Runde entgegen nehmen durfte.

Bei der Konferenz in München war unsere Botschaft personell gut vertreten. Während die erste Riege mit großem Gepäck per Zug oder Flugzeug anreiste, wurde ich zusammen mit zwei Sekretärinnen und zwei Chauffeuren im nachtblauen Lancia Tema des Botschafters nach München gefahren. Die Sekretärinnen (Ortskräfte) waren bei Weitem nicht so unterhaltsam wie die Chauffeure (aus Rom entsandte Beamte). Es muss tatsächlich so was wie ein italienisches Komödianten-Gen geben. Die Fahrt jedenfalls war alles andere als eine Strapaze, sondern eine enorme Bereicherung von geradezu philosophischem Wert.

Die Botschaft hatte klug daran getan, unser Personal in doppelter Stärke nach München zu entsenden. Eine der beiden Sekretärinnen hat noch am Abend unserer Ankunft die Liebe ihres Lebens gefunden, den Mann kurzerhand in ihr Hotelzimmer verfrachtet und das Zimmer für die Dauer der Konferenz nicht mehr verlassen. Einer der beiden Chauffeure hat am selben Abend ein Rostbratwürstel verzehrt, was ihm nicht bekommen ist, und sein Zimmer wegen Unwohlseins während der Dauer der Konferenz ebenfalls nicht verlassen – mit einer klitzekleinen Ausnahme, als er rasch ins Stadtzentrum rannte, um sich ein paar cognacfarbene Budapester zu kaufen. Un sopramobile, war der geknurrte Kommentar seines Kollegen, eines ehemaligen Boxers: ein Möbelaufsatz, Nippes, schön und nutzlos.

So gesund die mediterrane Küche auch sein mag, italienische Mägen sind erfahrungsgemäß hochsensible Organe, die durch die Zufuhr unsachgemäßer Kost vergleichsweise leicht Schaden nehmen. Dann gibt es von jedermann und jederzeit einen einzigen Rat: riso in bianco, Wasserreis, essen! Ich habe von vielen Fällen gehört, in denen eine italienische Leber – im Widerspruch zur wissenschaftlichen Erkenntnis – heftig geschmerzt hat und allein durch riso in bianco vollständig kuriert werden konnte.

In der bayerischen Hauptstadt traf ich mich jeden Tag im Morgengrauen mit unserem tüchtigen Pressechef in seinem Hotel (das diplomatische Personal war in einem besseren Haus untergebracht als das nicht diplomatische Personal), um den Pressespiegel zu basteln. Danach begaben wir uns in unser Pressezentrum, das im Gebäude des Spanischen Kulturinstituts untergebracht war. Bis auf eine einzige, schlecht besuchte Pressekonferenz eines italienischen Ministers war da aber nix los, also verbrachte ich die Tage meist im Konferenzraum der italienischen Delegation in der Münchner Residenz. Da war es eindeutig interessanter, insbesondere die Gesellschaft unserer ragazzi di Palazzo Chigi. Die Jungs aus dem Amt des Ministerpräsidenten waren unentwegt zu Scherzen aufgelegt und meist auf Streifzügen zu unbekannten Zielen unterwegs. Einmal, als kurzfristig eine wichtige Programmänderung anstand, wusste ich mir nicht anders zu helfen, als die beiden über das allgemeine Informationssystem, das die deutsche Präsidentschaft für alle Delegationen eingerichtet hatte, ausrufen zu lassen. Das hat geklappt. Atemlos kamen sie von Gott weiß woher angerannt: „Was ist los?!"
Dank einer sehr jungen und schönen Diplomatin war unsere Delegation außerdem die eleganteste von allen. Wenn sie – in einem ganz einfachen, aber engen grauen Kleid mit breiter, smaragdfarbener Schärpe und schlichten schwarzen Schuhen mit hohen Absätzen – den Raum betrat, schien sogar das allgemeine Informationssystem für Minuten zu verstummen.

Unterdessen hatte der Leiter unserer Handelsabteilung seinen Arbeitsauftrag auf eigene Weise interpretiert, indem er mit weitsichtigem Marktstudium und taktischem Geschick den Counter der Ausgabe der Give-Aways frequentierte, bis er ein ganzes Bündel von großen, weißen Regenschirmen mit der bunten Aufschrift „G8 Summit Munich" heimtragen konnte.

Ansonsten blieben von den G8-Gesprächen in München (mir jedenfalls) nur der italienische Sherpa, der ja unser neuer Botschafter in Bonn sein würde, und zähflüssige Debatten zwischen Japan und der UdSSR in Erinnerung. „Kurilen, Kurilen, Kurilen", stöhnte der Erste Botschaftsrat Pierandrea Magistrati auf der Heimreise entnervt.

Und das harte Vorgehen der Polizei gegen die zahlreichen Demonstranten, das Ministerpräsident Max Streibl in würdiger Nachfolge zu Franz Josef Strauß mit den Worten erklärte:

„Wenn einer glaubt, sich mit Bayern anlegen zu müssen, dann muss er wissen, dass hartes Hinlangen bayerische Art ist."

Was im Jahre 2017 vielleicht eine Empfehlung für die Freie und Hansestadt hätte sein können.

Umberto Vattani ist ein erfahrener, machtbewusster, gebildeter und intelligenter Mann mit schier unerschöpflicher Dynamik, viel Sinn für Ästhetik und – vor allem – für den ganz großen Wurf. Er wirkte immer absolut beherrscht und sprach stets leise, dezidiert und fast ununterbrochen, übrigens auch gern mal an zwei Telefonen und mit einem realen Gegenüber gleichzeitig. Die komplette Botschaft hatte er fest im Griff. Es herrschte vielleicht keine wirkliche Furcht, aber doch sehr großer Respekt.

Ein-, zweimal rief die Exzellenz mich als Presseverantwortliche schon frühmorgens um 7 Uhr im Kanzleigebäude an, um sich nach Details der Abonnementprämie der Tageszeitung Die Welt in Form eines Rennrades zu erkundigen oder mich auf Warren Christopher aufmerksam zu machen, der ohne offizielle

Funktion, aber als Mitarbeiter im präsidentiellen Übergangsteam von Bill Clinton nach Bonn gekommen war – völlig unnötigerweise, denn nachrichtentechnisch hatten die vielen Dienstjahre in der Presseabteilung und der Umgang mit den verschiedenen Botschaftern meine politischen Sinne geschärft. Jede lesenswerte Zeile über den Besucher war bereits im Pressespiegel dokumentiert.

Richtige Aufreger waren zu allen Zeiten sämtliche Nachrichten, die auch nur entfernt geeignet sein konnten, eine sich womöglich abzeichnende internationale Zusammenarbeit unter der Beteiligung von Bonn, Paris und London ohne Rom anzudeuten. Stichworte wie Direktorium, Kerneuropa, Europa à la carte, Europa der zwei Geschwindigkeiten beispielsweise wiesen auf eine solche Gefahr hin und lösten prompt Großalarm aus: für die Presseabteilung, die Politische Kanzlei, den Botschafter, den Außenminister, für die gesamte italienische Regierung. Die bittere Erfahrung der Zwei-plus-Vier-Gespräche über die deutsche Wiedervereinigung durfte sich nicht wiederholen.

Der US-Außenminister John Kerry nennt Deutschland „unser nicht ständiges Mitglied im Sicherheitsrat". Catastrofe!

Der von Lord Weidenfeld initiierte „Club of Three" unter Ausschluss Italiens? Incredibile – unglaublich!

Atomgespräche mit Iran in der Formel P5 + 1 in Genf? Inaccettabile – inakzeptabel!

Gespräche im Normandie-Format über den Ukraine-Konflikt? Worst case!

Doch dann, nach der jahrzehntelange Sorge, an den Katzentisch der Weltpolitik verbannt zu werden, öffnete der Brexit buchstäblich den Himmel:

Merkel, Hollande, Renzi auf dem italienischen Flugzeugträger Garibaldi.

Merkel, Hollande, Rajoy, Renzi im Schloß von Versailles.

„Merkel, Macron und Gentiloni – drei Wege, wie Europa Trump die Stirn bieten will", titelte die Wirtschaftswoche Anfang

2018 über ein Treffen im bis dahin unermüdlich bekämpften Direktoriumsformat, nun aber endlich in der richtigen Zusammensetzung: finalmente!

Verwundern konnte vielleicht den Korrespondenten der Frankfurter Allgemeinen Zeitung am 26.09.2016, nicht aber mich die italienische Präsenz bei der Abschiedsparty von John Kerry in Boston:

„Diesmal wollte Kerry eigentlich nur die europäischen Kollegen aus den Iran-Verhandlungen einladen, gleichsam als Erinnerung an den größten Erfolg seiner Amtszeit. Italien, das neuerdings ins informelle EU-Direktorium aufgestiegen ist, schmuggelte sich dann noch irgendwie in die Runde ...."

Die morgendlichen Anrufe des neuen Botschafters in der Presseabteilung waren nur leise Wehen. Nach wenigen Wochen kam richtig Bewegung in den Laden. Eines Nachmittags verließ Pierandrea Magistrati mit einem völlig zerfledderten Pressespiegel in der Hand schwitzend und stöhnend das Büro des Botschafters, wo dieser ihm ordentlich die Leviten gelesen hatte angesichts dieser (meiner) miserablen Arbeit und sodann dezidierte Anweisung für eine völlige Umgestaltung der Presseumschau gegeben hatte. Inhaltlich war an der Arbeit gar nichts auszusetzen, aber das Gestalterische und Ästhetische hatte für den neuen Botschafter einen hohen Stellenwert. Die Presseartikel wurden von nun an nicht mehr auf ein einfaches Blatt Papier kopiert mit handschriftlichem Vermerk des Namens der Zeitung, des Datums und der Seite, sondern es wurden Faksimiles geschaffen: Für jedes abonnierte Druckerzeugnis musste ein Bürodiener Vorlagen mit dem sorgfältig verkleinert kopierten Logo der Zeitung herstellen, auf welche sodann die ausgeschnittenen Artikel geklebt und per Stempel mit Datum und Seitenzahl versehen wurden. Das sah sehr schön und sehr professionell aus.

Ein Mal brachten diese design-technischen Vorgaben uns richtig in Schwierigkeiten. Während der Berlin-Etappe eines Staatsbesuches des Präsidenten Oscar Luigi Scalfaro wurde der Pressespiegel in den frühen Morgenstunden in telefonischer Abstimmung zwischen dem Pressechef unserer Botschaft, dem Pressechef unseres Berliner Generalkonsulats (beide in Berlin) und mir (in Bonn) fabriziert. Aus Berlin hatten die Kollegen mir per Fax einen Artikel der Berliner Zeitung geschickt, den ich in Bonn auf das übliche Faksimile geklebt und zusammen mit den anderen Artikeln kopiert und als komplette Presseumschau per Fax wieder nach Berlin geschickt hatte, wo sie dem Staatspräsidenten und seinem Gefolge sozusagen unter das Kopfkissen geschoben werden sollte.

Daraufhin entspann sich ein fast lautloses Drama. Die Berliner Zeitung hatte wenige Tage zuvor ihr Erscheinungsbild geändert. Über dem Berliner Bären im Schriftzug des Namens der Zeitung saß nun nicht mehr ein stilisiertes, sondern detailliert gezeichnetes Krönchen (oder umgekehrt), was dem Botschafter (vermutlich als Einzigem) nicht entgangen war. Ich weiß heute gar nicht mehr, worin das konkrete Problem bei der Beschaffung des neuen Faksimiles lag, aber mein Kollege am anderen Ende der Telefonleitung in Berlin schien der Verzweiflung nahe zu sein – bis es mir in Bonn endlich gelungen war, ihm das neue Logo handfabriziert zusammen mit dem aufmunternden Slogan der damals populären Toyota-Werbung (die mit dem Affen): „Nichts ist unmöööglich!" nach Berlin zu faxen.

Im Zuge der Neugestaltung wurde der Pressespiegel außerdem in getrennte Abschnitte unterteilt, welche jeweils durch Zwischenblätter in unterschiedlichen Farben kenntlich gemacht werden sollten (allerdings waren unsere Kopiergeräte gar nicht mit Farbpatronen ausgestattet): Außenpolitische, innenpolitische, wirtschaftspolitische und kulturelle Themen sowie, als letztes Kapitel, alle Italien betreffenden Presseberichte sollten farblich voneinander abgesetzt werden. Das nunmehr durchnummerierte Elaborat wuchs auf beträchtliche Dimensionen an. Und diese wurden nicht gescannt oder gemailt, sondern täglich fünfzigfach kopiert, mit den farbigen Zwischenblättern versehen, geheftet und verteilt und außerdem, Seite für Seite, per Fax nach Rom geschickt.

Das alles war im Grunde kein Problem.

Klare Vorgaben + präzises Arbeiten = Auftrag erfüllt.

Richtig viel Arbeit ist auch gar nicht schädlich. Im Gegenteil. Der Ehemann spricht in solchen Fällen von Eustress (er hat ein humanistisches Gymnasium besucht). Gebremster Schaum ist sowieso meine Sache nicht. Babypause, Teilzeitarbeit habe ich niemals auch nur in Erwägung gezogen. So entwickelte sich in der Presseabteilung eine perfekte Routine bei anstehenden Regierungsbesuchen oder internationalen Konferenzen, die es mir ermöglichte, jede denkbare Panne bereits im Vorfeld so weit wie irgend möglich auszuschließen. Zu Hause hatte ich, wie eine Schwangere, stets eine Art Notpack bereit für den Fall, dass ich unvorhergesehen zu einer Regierungsveranstaltung gerufen werden sollte. Es handelte sich dabei um einen kleinen Alukoffer aus dem überaus reichhaltigen Sortiment des Seglers, Motorradfahrers und Eigenheimbastlers, mit Faksimiles der Logos sämtlicher deutscher Zeitungen, Bögen mit dem Briefkopf der Botschaft und des Botschafters (ein Botschafter hat mir zu meinem Entsetzen sogar unterzeichnete Briefbögen überlassen), Telespresso-Vorlagen, Maschinenpapier, Kohlepapier, Heftmaschine, Locher, dem „Taschenbuch des öffentlichen Lebens" vom Festland Verlag, dem „Protokollarischen Ratgeber" des Grafen Finck von Finckenstein, Schere, Stifte, Klebstoff, Tipp-ex und so weiter.

Stand die Visite des Staatspräsidenten, Regierungschefs oder eines Ministers an, war ich am Besuchstag noch vor der Morgendämmerung gegen 4 Uhr mit meinem kleinen Fiat unterwegs, um die schweren Pakete mit den abonnierten Zeitungen direkt beim Pressevertrieb abzuholen und zusätzlich die nicht abonnierten Zeitungen am Bahnhofskiosk zu kaufen, damit die fertige Presseschau, zusammen mit den wichtigsten Meldungen der drei Nachrichtenagenturen, pünktlich zum Morgenkaffee den jeweiligen Besucher erreichte. Das einzige potenzielle Hindernis war die Freizeitgestaltung des Carabiniere, der in einem Appartement unter dem Dach der Botschaft untergebracht war und zu dessen wenigen Aufgaben es gehörte, in den frühen Morgenstunden das schwere Eingangstor und das Hausportal zu öffnen. Manchmal habe ich mich im Morgengrauen am Tor der Botschaft schwindelig geklingelt, erfolglos.

Ein neuer und junger Pressechef, für den Bonn der erste Auslandsposten war, fand zu seiner großen Überraschung eines Morgens um 7 Uhr in dem erwähnten Kabuff zwischen Fernschreibern und Fotokopierern einen mächtigen Hund und den fertigen Pressespiegel vor und glaubte – ohne Köln überhaupt zu kennen –, es mit Heinzelmännchen zu tun zu haben.

„Tutto già fatto? – Alles schon fertig? Ma come mai? – Wieso das denn?!"

„Wenn wir wichtige Besuche haben, muss alles um 7 Uhr fertig sein."

„Warum sagen Sie mir das denn nicht vorher?"

„Ich kann Sie ja schlecht für 4 Uhr morgens in die Botschaft bestellen."

Er war auf merkwürdige Weise jungenhaft und etwas ungelenk, aber aufrichtig lern- und arbeitswillig. Fortan stand er bei außergewöhnlichen Ereignissen ebenfalls schon frühmorgens auf der Matte, um mich zu unterstützen. Er legte im Laufe der folgenden Jahrzehnte übrigens eine bemerkenswerte Karriere hin.

Der mächtige Hund war unser unvergleichlicher Pastore Bergamasco, der an solchen Tagen im Pressekabuff geduldig auf seinen Morgenspaziergang am Rheinufer wartete. Als ich einmal nach getaner Arbeit endlich zum ersehnten Aufbruch blies, rannte er mit vollem Schwung gegen eine schwere, gläserne Sicherheitstür, die das allgemein zugängliche Stockwerk von dem sicherheitsbewehrten Stockwerk, wo Botschafter, politische Abteilung und Chiffrierabteilung residierten, voneinander trennte und die nur mit einem elektronischen Chip geöffnet werden konnte. Der dicke Schädel kam ohne Schaden davon, aber fortan bewegte mein Hund sich in allen Botschaftsräumen mit äußerster Behutsamkeit.

Nicht nur der junge Pressechef, auch die gesamte Botschaft hatte sich schnell auf den neuen, anspruchsvollen Chef eingestellt. Alle elementi validi arbeiteten mit erhöhter Drehzahl. Das sind die „nützlichen Mitglieder" des Personals. Es gab stets auch weniger nützliche Mitglieder, die als solche durchaus bekannt waren und deshalb in der Regel unbehelligt blieben. Das führte dazu, dass manch „entsandter" Faulpelz sich sowohl in der Bonner Botschaft als auch im Kölner Konsulat einfach besonders doof anstellte und fortan bei hohem Gehalt seine vier Jahre auf dem Auslandsposten absitzen konnte.

Richtig spannend wurde es für uns alle 1994 mit der Ernennung von Silvio Berlusconi zum italienischen Ministerpräsidenten. Der schwerreiche Unternehmer hatte zwei Monate vor den Parlamentswahlen die Bewegung Forza Italia ins Leben gerufen. Forza Italia hatte zwar kein klar definiertes Programm, dafür aber eine Hymne, die auf Versammlungen begeistert gesungen wurde, und deren leicht verständliche Kernaussage lautete: „Meno male Silvio c'è — Gottseidank gibt es Silvio!"

Unser Botschafter lief zu großer Form auf, und das bedeutete, dass er alle seine Begabungen zur Blüte brachte, um der neuen italienischen Regierung in Deutschland Gehör und Ansehen zu verschaffen. Er legte sich mächtig ins Zeug, die Vertreter der neuen politischen Elite nach Deutschland zu holen, und bewies dabei ein beträchtliches levantinisches Talent. Dabei ging er meist nach einem Prinzip vor, das kühn, aber simpel war. So erzählte er beispielsweise dem italienischen Ministerpräsidenten, der deutsche Bundeskanzler habe ihn eingeladen und dringend darum gebeten, Berlusconi möge seinen ersten Auslandsbesuch unbedingt Deutschland abstatten. Dem Außenpolitischen Berater des Bundeskanzlers Joachim Bitterlich wiederum erzählte er, der neu gewählte italienische Ministerpräsident habe den dringenden Wunsch geäußert, Deutschland als erstes Land nach seinem Regierungsantritt aufzusuchen.

Und der Witz war: Es hat geklappt! Dabei bin ich mir einigermaßen sicher, dass zumindest die deutsche Seite den Bluff durchschaut hat. Denn die protokollarischen Realitäten bringen die Wahrheit immer ziemlich schnell ans Tageslicht. Spätestens an der Zahl der begleitenden Motorrad-Eskorte erkennt der geübte Beobachter umgehend, ob es sich um den Besuch eines Staatsgastes oder um den Besuch einer Person handelt, die ungeladen oder in privater Mission anreist. Aber die Verhandlungen über solche Details waren nicht Sache des Botschafters, er gab lediglich in nimmer enden wollenden Telefonaten die Anweisungen. Unsere Nummer zwei stöhnte mehr als einmal über den disco rotto, die kaputte Schallplatte. Die Aushandlung der italienischen Wünsche mit der deutschen Seite wurde der deutschen contrattista aufgetragen. Da diese blieb, was sie war, und keine Karriereleiter hinauf- oder hinabsteigen durfte oder musste, konnte sie sich auch die Freiheit oder besser den Mut nehmen, die Flut der telefonischen Instruktionen unserer Exzellenz mit den Worten zu unterbrechen:

„Lieber Botschafter, wenn wir beide jetzt nicht bald den Telefonhörer auflegen, wird keine einzige der Anweisungen, die Sie mir seit nunmehr fünfundvierzig Minuten unentwegt erteilen, ausgeführt werden."

Die verwegenen Konstruktionen des Chefs jenseits aller diplomatischen Usancen waren der Schrecken eines jeden Protokollchefs. Und unser Botschafter setzte immer noch eins drauf. Üblicherweise wird ein Regierungschef am Flughafen vom deutschen Protokollchef begrüßt, der ihn auch bis zur Vorfahrt vor das Kanzleramt begleitet, wo der Gast sodann vom Bundeskanzler persönlich in Empfang genommen wird. Danach schreiten beide die Ehrenformation ab und so weiter. Das alles kennt man aus der Tagesschau.

Unser Botschafter aber wollte die Gelegenheit dieses Besuchs zu einem ersten persönlichen Gespräch mit dem neuen italienischen Ministerpräsidenten in einer Situation nutzen, aus welcher dieser nicht entkommen konnte. Also schubste er am Flughafen den deutschen Protokollchef vom Wagenschlag weg und nahm selbst neben dem Regierungschef Platz. Um wenigstens den Anschein protokollarischer Gepflogenheit zu wahren, stoppte die gesamte Wagenkolonne an der letzten Ecke vor dem Kanzleramt, der italienische Botschafter und der deutsche Protokollchef rannten los, um die Plätze in den verschiedenen Wagen zu tauschen, und die Kolonne fuhr in protokollgerechter Formation vor Helmut Kohl vor.

Seine Chuzpe führte auch bei ähnlichen Anlässen zum Erfolg. Es wurde berichtet, dass er bei einem 8-Augen-Gespräch, von dem er – nach seinem eigenen Ermessen jedenfalls – ganz und gar ungerechtfertigt ausgeschlossen worden war, kurzerhand einem Kellner den Badge vom Jackett riss, ihn sich selbst anheftete und sich auf diese Weise Zutritt zum Konferenzraum verschaffte. Die Methode des Sich-Einschmuggelns italienischer Diplomaten war also schon vor dem geschilderten Abschiedstreffen von John Kerry etabliert.

Am folgenden Tag hörte sich der Ehemann die Kümmernisse eines seiner Schüler an über die furchtbar schlechte Laune des in der Protokollabteilung des Auswärtigen Amts an höchster

Stelle tätigen Vaters und konnte schmunzelnd Verständnis für den geplagten Vater äußern. Denn die an Bonner Küchentischen ausgetauschten Informationen musste man manchmal nur miteinander verknüpften, um ein vollständiges Bild von einer Sachlage zu gewinnen.

Nach dem beschriebenen Verfahren wurden nicht nur der Ministerpräsident, sondern viele weitere Amtsträger der neuen politischen Kaste Italiens nach Bonn gelotst. Als richtig harter Knochen erwies sich Rita Süssmuth. Obschon ebenfalls christdemokratisch, zeigte die Bundestagspräsidentin nicht die geringste Bereitschaft, ihre römische Amtskollegin Irene Pivetti zu empfangen. Das ist einigermaßen verständlich, wenn man weiß, dass Frau Süssmuth einen eigenwilligen Kopf und zudem nichts im Sinn hat mit hergebrachter Herz-Jesu-Rhetorik – im Gegensatz zu ihrer römischen Kollegin, die ihre tiefe Gläubigkeit stets durch ein sehr großes Kreuz als wahrhaftige Monstranz auf der Brust vor sich hertrug. Doch Frau Süssmuth konnte womöglich in gewisser Weise Helmut Kohl, nicht aber unseren Botschafter verschrecken. Als gar kein Argument mehr wirkte, griff er zum einfachsten aller Mittel. Wir konnten aus der Ferne beobachten, wie er bei einem sehr langen Monolog den Arm der Bundestagspräsidentin mit festem Griff umklammert hielt und erst freigab, als ihre Mimik und Gestik ein resigniertes „Na gut" erkennen ließen.

Ich war bloß Zaungast, gleichwohl hat mir die Begebenheit eine circa zwanzigminütige, heftige Standpauke der Protokollchefs des Deutschen Bundestages eingetragen. Meinen schüchternen Hinweis auf meine Position als kleine Übersetzerin im Gefüge der Botschaft parierte er knapp:

„Aber Sie kennen doch die Sache mit dem Esel und der Schwiegermutter!" Die kannte ich überhaupt nicht, aber ich konnte vermuten, dass es dabei um irgendjemanden ging, der nicht den Mut gehabt hatte, seine Schwiegermutter zu verhauen und sich stattdessen den Esel vorgenommen hatte.

Übrigens bekam ich Grund zur Annahme, dass die deutschen Gastgeber ihrer Verärgerung durchaus Luft zu machen verstanden. Ein Redakteur des Spiegel erreichte mich spätabends unter meiner privaten Telefonnummer, weil ich über den Anschluss der Presseabteilung nicht richtig hatte mit der Sprache rausrücken wollen, was in meinem Fall zumindest ungewöhnlich war. Aber schließlich wollte ich nicht meinen Arbeitsplatz riskieren. Und obwohl der Privatanschluss mit ziemlicher Sicherheit nicht abgehört wurde, habe ich dem Journalisten die Aussage eines Kanzleramtsmitarbeiters, demzufolge „der Botschafter die Besucher aus Rom mit der Schubkarre herbeischafft" nicht bestätigt. Jedenfalls nicht explizit.

Innerlich war ich richtig aufgebracht und suchte Bestätigung für meine Empörung bei einem Freund und ehemaligen Schulkameraden des Ehemannes, der in jenen Jahren das Büro des Bundesaußenministers leitete. Der Experte reagierte aber vollkommen anders als erwartet: „Was soll's? Es zählt nur, was am Ende rauskommt. Wie das Ergebnis zustande gekommen ist, interessiert hernach keinen Menschen."

Also war mein Chef einfach bloß ein ausgebuffter Profi.

Seine schier unbegrenzte Energie zu jeder Tages- und Nachtzeit erschien mir irgendwie unnatürlich, und ich habe vorsichtig versucht, die Damen in seinem Sekretariat nach dem etwaigen Einsatz ungewöhnlicher Substanzen auszufragen. Denn viele Jahre zuvor hatte Botschafter Ferraris in der Hoffnung auf geistige Leistungssteigerung seiner Mitarbeiter unter seinen leitenden Beamten, den funzionari, ein Phosphorpräparat verteilen lassen. Den am Schwarzen Brett in seinem Sekretariat ausgehängten Beipackzettel hatte ich eines Tages ausgiebig studieren können, als ich während eines seiner strategischen Telefonate lange vor der Stahltüre warten musste. Bei der Gelegenheit habe ich einen wichtigen Passus, den unser Chef womöglich übersehen hatte, mit einem roten Textmarker hervorgehoben: Es hieß dort, dass das Präparat keine Intelligenz zu schaffen vermag, wo keine vorhanden ist. Tabletten und Beipackzettel wanderten noch am selben Tag in den Müll.

Der neue Mann aber trank nicht etwa einen caffé doppio, ja noch nicht mal Tee: Die Sekretärinnen berichteten mir ziemlich verwundert, dass er sich im Laufe des Vormittags jeweils eine Tasse heißen Wassers servieren lasse. Wasser!

Im Gefolge von Umberto Vattani wurde auch die Spitze der Politischen Kanzlei mit Mitarbeitern seines Vertrauens neu besetzt, die ihn schon während seiner Dienstzeit als Sherpa des Ministerpräsidenten um die Welt begleitet hatten. Einer seiner Vertrauten kam als Gesandter zu uns, ein anderer als Leiter der Politischen Abteilung. Letzterer, der – wie später der österreichische Bundespräsident Van der Bellen über den „irritierenden jungen Mann" Sebastian Kurz sagte – keinen Alkohol trank, weder Pfeife, noch Zigarren oder Zigaretten rauchte, nur wenig Kaffee zu sich nahm und auch sonst überhaupt nicht genussbereit wirkte, löste den fröhlichen Pierandrea Magistrati ab. Der Ehemann bedauerte den Wechsel, denn Magistrati pflegte mit whisky-geräucherter Stimme sehr unterhaltsam von seinen Erlebnissen als „Jager" in der Eifel und vielen heiteren Ausflügen zu den Weinbergen von Ahr und Mosel zu erzählen. Bei seinem Abschiedsempfang wurden den Gästen neben den üblichen Getränken und Häppchen im Garten des Hauses auch große Körbe mit hellroten Kirschen und rohen Bohnenkernen in langen, grünen Schoten sowie ein aufgeschnittener, riesiger Parmesanlaib serviert – ein kulinarisches Highlight, das insbesondere dem Ehemann bis heute unvergessen ist.

Mein kommunistischer Kollege in der Presseabteilung hielt es für seine Pflicht, mir den warnenden Hinweis zu geben, dass es sich bei meinem neuen Chef um den principe einer norditalienischen Fürstenfamilie handele. Mir erschien er smart, kultiviert, einigermaßen auf Zack, auch in modischer Hinsicht – wie man sich eben einen modernen Norditaliener vorstellt. Ich war hingerissen, und unser junger Pressechef vertraute seiner Sekretärin seine Befürchtung an:

„Wir werden sie verlieren: Die politici werden sie uns wegnehmen. Die beiden haben ein feeling!" In der Tat.

Von der Presseabteilung im Dachgeschoss wurde ich tatsächlich umgehend zurück in die Politische Abteilung im Ersten Stock beordert, wo ich hoffnungsfroh erwartete, nun wieder im inner circle mitmischen zu können. Stattdessen wurde mir – nur vorübergehend, wie man mir versicherte – das Sekretariat des neuen Gesandten Carlo Marsili anvertraut. Am Ende waren es vier Jahre, in denen ich mich auf Sekretariatsarbeit im traditionellen Sinne reduziert sah: copia + caffé. Welch ein Niedergang, welch eine Enttäuschung! Nur geringe Linderung bot das dritte „C" in dieser Reihe, das für Chauffieren stand, der Einsatz als Fahrerin meines Chefs zu Briefings im Auswärtigen Amt oder Veranstaltungen der politischen Parteien und Stiftungen.

Zu veritablen Lichtblicken im tristen Arbeitsalltag gerieten nun wenigstens die Übersetzungen von wichtigen politischen Texten aus Rom oder der großen Reden des Botschafters. Mit Hingabe konnte ich mich dann daransetzen, di trasformare in oro quello che oro prima non era (das war die fürstliche Formulierung für „aus Scheiße Gold machen"), wie selbst mein Chef angesichts der verquasten italienischen Originaltexte erkannte.

Das Prinzip ist eigentlich ganz einfach. Man übersetzt das italienische Original möglichst textnah, lehnt sich einen Augenblick mit geschlossenen Augen zurück, denkt über die Materie nach, überlegt sich, was der „Sender" dem „Empfänger" wohl mitteilen will, und macht sich dann konzentriert daran, einen ordentlichen deutschen Text zu schreiben.

Umgekehrt funktioniert das auch. Hält man sich an dieses Rezept, gerät beispielsweise auch das Enjoy it!, mit dem in amerikanischen Filmen Hamburger oder Cheese Cake oder sonst was serviert werden, nicht — wie in sämtlichen deutsch synchronisierten Filmen – zu einem blödsinnigen „Genieße es!", sondern wird mit „Lass es dir schmecken!" oder „Guten Appetit!" übersetzt. Und gallus clamat wird nicht, wie vom Lateinlehrer alter Schule verlangt, wortgetreu mit der Hahn ruft, sondern sinngetreu mit der Hahn kräht übersetzt. Ebenso wie die gallina che canta ha fatto l'uova nicht singt, sondern gackert, wie Hühner das eben so machen, wenn sie ein Ei gelegt haben.

In jenen Jahren verbrachte ich lange Nachmittage, oft bis nach Ladenschluss und ARD-Tagesschau, vor dem PC im Arbeitszimmer meines Chefs in Erwartung einzelner Wörter, die in quälender Langsamkeit diktiert wurden und schließlich, nach vielen Stunden, alle zusammen einen Bericht an das italienische Außenministerium und die italienische EU-Vertretung ergaben. Wobei es sich keineswegs um pfiffig formulierte, exklusive Insider-Kenntnisse über die deutsche Parteienlandschaft oder um eine zur Verärgerung des Auswärtigen Amtes im Kanzleramt erdachte, neue europapolitische Volte handelte, sondern um die deutschen Positionen bei der turnusmäßigen, stinklangweiligen Sitzung des Allgemeinen Rates in Brüssel, die ein Beamter des Auswärtigen Amts am Vormittag, ordentlich gegliedert, den Vertretern der EU-Botschaften entsprechend gelangweilt vorgetragen hatte.

Entsprechend der damals üblichen Ladenöffnungszeiten blieben mir in jenen Jahren meist nur Tankstellen, um den Haushalt zu versorgen, wobei meine Mutter mich mehr als einmal erwischte und empört zur Rede stellte – um mir natürlich sofort ihre Hilfe anzubieten. Sie hat immer und zu jeder Zeit bei allem geholfen. Im Alter von neunzig Jahren war sie ehrlich eingeschnappt, als ich mich weigerte, ihr meine Bügelwäsche zu überlassen.

Und selbst nach dem sehr späten Dienstschluss (in jenen Jahren war ein zehn/dreizehn-Stunden-Tag für mich die Regel) und sogar am Wochenende war Freizeit ein knapp bemessenes Gut, das heißt Freizeit war einfach nicht immer wirklich freie Zeit. Oft kam an Wochenenden oder zu später Stunde der Anruf: „Subito in cancelleria!" Immerhin nicht in die Residenz, weshalb bei nächtlichen oder sonntäglichen Einsätzen in der Botschaftskanzlei auf formelle Kleidung verzichtet werden konnte. Ich bin zwar ziemlich überzeugt von meinen Fähigkeiten, aber gewundert hat es mich schon, wieso ausgerechnet immer ich es war, die außerhalb der üblichen Arbeitszeit in die Botschaft gerufen wurde, und zwar nicht nur für brandeilige Briefe des Regierungschefs oder des Botschafters an deutsche Amtsträger, sondern auch für die Übersetzung von Texten der anderen Abteilungen. Bis mir eine Kollegin grinsend erklärte:

„Ja, was glaubst du denn, warum wir alle Anrufbeantworter haben?"

Bis dahin hatte ich gedacht, dass solche Apparate nur Menschen haben, die keinen einzigen Anruf versäumen möchten. Nein, Handys hatten wir immer noch nicht. Lediglich unser Botschafter und der diensthabende Beamte waren mit einem solchen monströsen Gerät ausgestattet. War mein jeweiliges Fiat-Modell also angesprungen, stand ich innerhalb weniger Minuten im Zimmer meines Chefs, den zumindest ein Mal mein nächtliches Outfit erkennbar verblüfft hat: langer Wollpullover über Strumpfhosen – nicht wirklich comme il faut, aber es ging ja nicht um Cocktails in der Residenz, sondern um die Übersetzung einer dringenden Mitteilung an den Kanzlerberater Joachim Bitterlich. Und übersetzen kann ich auch in Strumpfhosen. Die als UPAs (Urgente Priorità Assoluta = Äußerste Dringlichkeitsstufe) bezeichneten Mitteilungen waren sehr häufig in jenen Jahren, und nicht nur der Kanzlerberater hegte den Verdacht, dass sie weniger einer plötzlichen Eingebung des italienischen Ministerpräsidenten als einer der vielen Eingebungen unseres hyperaktiven Botschafters geschuldet waren, der den Kabinettschef des italienischen Ministerpräsidenten so lange gedrängt hatte, bis dieser dem Regierungschef ein Schreiben zur Unterschrift vorgelegt und uns dann nach Bonn gefaxt hatte.

Ähnliche emergenze gab es auch an Sonntagen. Emergenze sind Dringlichkeiten, und davon gab es in jenen Jahren sehr viele. Mehr als einmal saß ich zusammen mit meinem Chef am frühen Sonntagmorgen reichlich ratlos in der Botschaftskanzlei herum, weil der vom Amt des italienischen Ministerpräsidenten oder vom Bundeskanzleramt so dringend gesuchte Botschafter unauffindbar war und blieb.

Mein womöglich begrenztes Vorstellungsvermögen verharrte bei der Ursachensuche für sein Verschwinden stets bei zwei Alternativen: Geld? Eine Frau? Womöglich lag ich damit vollkommen falsch. Gesichert sind unerwartete nächtliche Fahrten der Botschafterlimousine nach Frankfurt und das ebenso unerwartete nächtliche Eintreffen einer Inspektion aus der römischen Zentrale.

Von der Aufgabenstellung her war die Arbeit im Politischen Sekretariat reichlich unersprießlich, denn sie ging nie je über die erwähnten drei „C"s hinaus. Aber das Ambiente war weitaus unterhaltsamer als in meinem Dachkämmerchen der Presseabteilung.

Unser fürstlicher Erster Politischer Botschaftsrat, dem gewandte Umgangsformen selbstverständlich geläufig waren, sah sich eines Tages gezwungen, einen ihm unterstellten Kollegen zu ermahnen, sich möglichst nicht wie ein contadino bulgaro zu kleiden und zu bewegen, denn ein „bulgarischer Bauer" sei des italienischen diplomatischen Dienstes nicht würdig. Umgekehrt sah sich ein viel jüngerer und rangniedriger Kollege bemüßigt, unserem principe das eines Gentlemans angemessene Verhalten angesichts einer Dame in gewagter Kleidung beizubringen.

Damit meinte er nicht meinen Auftritt in Strumpfhosen spätabends in der Botschaftskanzlei. Es war an einem anderen Abend, den wir in einer größeren Gesellschaft auf Einladung des Gesandten in seiner unmittelbar am südlichen Bonner Flussufer gelegenen Villa anlässlich der frühsommerlichen Veranstaltung „Rhein in Flammen" verbracht hatten. Mich hatten an dem lauen Frühsommerabend eigentlich weniger das traditionelle Feuerwerksspektakel und der lange Zug der festlich erleuchteten Schiffe der Rheinflotte beeindruckt als vielmehr eine hervorragende Lachs-Paté, elegant serviert in der Haut eines enorm großen Lachses. Meinen Chef hatte noch ganz etwas anderes beeindruckt. Seine Verwunderung und Neugierde beim Betrachten eines weiblichen, in ein vollkommen transparentes weißes Nichts gehüllten Gastes hatte er den ganzen Abend über nur schwer oder eigentlich gar nicht verbergen können. Die Dame war, glaube ich, eine Künstlerin aus der Bonner Südstadt und mit dem Bad Godesberger Kleidungscodex offensichtlich nicht vertraut.

Am nächsten Arbeitstag unterbrach der junge Legationssekretär unsere Arbeit und gab uns eine praktische Lehrvorführung, indem er mehrfach vor uns auf und ab ging, um das zu demonstrieren, was er unter „elegantem Desinteresse" an der imaginären, aufreizenden Dame verstand.

Der Unterhaltungswert eines italienischen Arbeitsplatzes ist unermesslich.

Der junge Diplomat war überhaupt sehr eifrig mit der Damenwelt beschäftigt. Nachdem ihn seine Verlobte gleich zu Beginn seiner Bonner Dienstzeit aus welchen Gründen auch immer verlassen hatte, studierte er die vom Auswärtigen Amt herausgegebene „Liste der Diplomatischen Vertretungen", wo diese stets mit ihrem gesamten akkreditieren Personal aufgeführt sind. Sodann vereinbarte er Vorstellungsbesuche bei den Kollegen aller anderen Botschaften im selben Rang eines Legationssekretärs – so sie denn weiblich waren. Einmal ist ihm dabei eine Panne passiert, und er sah sich überrascht einem männlichen Kollegen gegenüber, denn er hatte den Vornamen des Kollegen von der finnischen Botschaft irrtümlicherweise als weiblich interpretiert.

Dieses Schleppnetz-Verfahren mündete in die parallelen Beziehungen zu einer Kollegin der südafrikanischen und der bulgarischen Botschaft. Ich weiß nicht, ob diese Beziehungen besonders zeitaufwendig waren, jedenfalls sah sich der junge Diplomat eines Tages gezwungen, auf seinem Urlaubsantrag die Unterschrift des Gesandten zu imitieren. Was insofern bemerkenswert war, als er selbst als Personalchef der gesamten Botschaft für die Überprüfung der Urlaubsanträge sämtlicher Mitarbeiter zuständig war. Diesen unerhörten Vorgang habe ich eher zufällig mitbekommen. Tatsächlich wurde man, wenn man wie ich stundenlang im Zimmer des Ersten Politischen Botschaftsrates saß, so mancherlei gewahr. Ich habe ziemlich neugierig auf die Folgen dieser Missetat gewartet. Aber irgendwie passierte nix. Oder ich habe es dann doch nicht mitbekommen.

Heute werde ich dank des technischen Fortschritts beziehungsweise der nicht immer sicheren Handhabe neuester Techniken ganz anderer Dinge gewahr. Mein alter und neuer Familienname beginnt mit dem ersten Buchstaben des Alphabets und ist somit auch in virtuellen Telefonbüchern von Freunden, Kollegen, Vorgesetzten, Diensthandys stets an erster Stelle gespeichert. Hat der Betreffende die Tastensperre nicht aktiviert und sein Handy setzt sich durch eine Berührung ungewollt und unbemerkt in Bewegung, wird oft der erste Name im Adressbuch angewählt, und ich werde nicht selten zum ungewollten Zeugen von mal banalen, mal brisanten Situationen: ein temperamentvolles Fußballspiel eines italienischen Kollegen in Bonn, ein sehr informelles Essen in sehr kleinem Kreis in der Residenz des italienischen Botschafters in Berlin, der Check-in eines Freundes am Flughafen von Riad auf dem Weg zum International Monetary Found in Washington. Aber aus solchem Wissen schöpft man nicht. Niemals! Im Unterschied zur NSA oder zur italienischen Presse, die ihre Leserschaft gern mit Abschriften von vielfältigen Telefonabhörprotokollen unklarer Provenienz unterhält, in denen beispielsweise der nicht sehr edle Ritter Berlusconi das von ihm regierte Land als paese di merda, Scheißland bezeichnet.

Dem Gesandten, dessen Unterschrift gefälscht wurde, war zugute zu halten, dass er manchmal extremen Belastungen unterworfen war, nicht nur in seiner naturgegebenen Rolle als zweiter Mann der Botschaft und somit Prellbock für alles, was von unten nach oben und von oben nach unten ging oder gehen sollte. Es kam hinzu, dass die so wunderschön in unmittelbarer Rheinnähe gelegene Villa regelmäßig von Überschwemmungen heimgesucht wurde, in manchen Jahren mehrmals. Man könnte glauben, dass der Mieter dieser Immobilie im Laufe der Jahre eine gewisse Routine bei der Bewältigung solcher Naturereignisse entwickeln würde. Aber irgendwie hat das Hochwasser alle Bewohner der Villa jedes Mal vollkommen überrascht. Nie wurden Waschmaschine und Trockner rechtzeitig aus dem Keller geschafft, nie wurde das elektrische Tor vorher auf Handbetrieb umgestellt, nie wurde der Vorrat an italienischen Lebensmitteln vor den Wassermassen geschützt. Und wenn es zu spät war, war es zu spät. Dann fand sich unsere eigentlich mit großem Sinn für Humor ausgestattete Nummer zwei ziemlich missmutig im Süden Bonns an der Mehlemer Sammelstelle ein, um sich mit dem THW-Schlauchboot zu seinem Heim paddeln zu lassen.

Ein anderer Politischer Botschaftsrat – überhaupt nicht schön und nicht besonders elegant, aber hochintelligent, fachlich kompetent und ausgesprochen sympathisch – kam aus Athen zu uns. Entweder war er von Natur aus mit den praktischen Dingen des

Lebens grundsätzlich überfordert oder er hatte sich eine griechische Herangehensweise an den Alltag zueigen gemacht. Jedenfalls bescherte er mir – die er mich vermutlich in meiner Eigenschaft als Lebensstütze eines Mannes, zweier Kinder, zweier Omas (die mobile Mutter und eine hochgefährliche Schwiegermutter) und eines Hundes sogleich als Vertraute auserkor – unablässig kuriose Probleme. Bei der eiligen Rückkehr aus einer Mittagespause im Rüngsdorfer Schwimmbad hat er in der Karl-Finkelnburg-Straße die rechts-vor-links-Regel missachtet und einen Zusammenstoß verursacht. Was eigentlich nicht weiter tragisch gewesen wäre, denn wir befanden uns stets ziemlich weit hinten in der von der Stadt Bonn regelmäßig veröffentlichten Hit-Liste diplomatischer Verstöße gegen die deutsche Straßenverkehrsordnung. Den Spitzenplatz hatten immer die Mexikaner, während die Nuntiatur des Heiligen Stuhls stets Schlusslicht war, was nicht nur an der Personalstärke der beiden Vertretungen lag.

Aber irgendwie war ihm in all den Monaten nach seiner Ankunft in Bonn überhaupt nicht den Sinn gekommen, die griechischen gegen deutsche Diplomatenkennzeichen auszutauschen, sein Fahrzeug anzumelden oder gar zu versichern.

Vom nahegelegenen Godesberger Bahnhof kam die Meldung eines besorgten Rentnerehepaares, das sein inzwischen umgemeldetes Fahrzeug mit offenen Türen, offenem Handschuhfach und steckendem Zündschlüssel entdeckt und der örtlichen Polizei gemeldet hatte.

Auf Bahnhöfen und Flughäfen legte er – wie unser Ambasciatore a riposo Ferraris – ein geradezu viktimogenes Verhalten an den Tag: Immer und immer wurde er beklaut.

Nach der Umsiedlung der Botschaft nach Berlin blieb ich in Köln nicht nur für die wichtigen Übersetzungen des Botschafters, sondern auch für die Unbillen des Alltags des Botschaftsrates tätig, was zur Folge hatte, dass mich nach einem heftigen Schneesturm in der alten und neuen Hauptstadt zuhause in Bonn der Anruf eines Verwalters oder Hauseigentümers eines Berliner Wohn-komplexes erreichte, der sich erbost darüber beschwerte, dass mein Schützling sein klappriges Auto unter dem Torbogen der Einfahrt zum Gebäudekomplex geparkt und damit die Zufahrt eines Feuerwehrfahrzeugs behindert hatte. Die nachgelieferte Begründung verriet eine überraschende Nähe zu den praktischen Aspekten des Lebens: „Wenn mein Auto unter dem Torbogen steht, muss ich es morgens nicht vom Schnee freischaufeln."

Einen Besuch des in Deutschland ungemein populären Politikers Luciano Violante in Bonn ließ unser Botschafter weitgehend un-beachtet, zumal Leuten wie Violante, Petra Reski oder Roberto Saviano, die sich publikumswirksam der Mafia widersetzen, in Italien ein gewisser Ruch des Nestbeschmutzers anhaftet. Als Begleitung wurde deshalb nur die kleine contrattista abgestellt. Die Sachlage änderte sich aber schlagartig, als bei einem pro-tokollarisch notwendigen, kurzen Zusammentreffen zwischen Luciano Violante und Umberto Vattani Letzterer vollkommen überrascht und sichtlich beeindruckt der geballten Staatsmacht ansichtig wurde, die das Bundeskriminalamt zum Schutze des Politikers aufgeboten hatte: Dutzende von schwerbewaffneten Sicherheitskräften in voller Kampfmontur bewachten die Schritte und die Fahrten des Mannes, dessen gepanzerter Wagen in einer ganzen Kolonne von Begleitfahrzeugen schwarz und stumm mit Blaulicht und rasender Geschwindigkeit durch die für den rest-lichen Verkehr gesperrten Straßen jagte. Flugs reihte sich unserer Botschafter fortan in die Delegation ein und genoss erkennbar die spektakulären Auftritte im ZDF-Studio, im Pressezentrum des Regierungsviertels und später auf dem Flughafen. Dort verharrte die Linienmaschine mit allen Passagieren an Bord startbereit in Wartestellung, bis unsere Kolonne heranbrauste, das Sonderkommando mit Maschinenpistolen im Anschlag das Flugzeug umstellte und der von unserem Botschafter aufs Herzlichste verabschiedete Gast die Gangway hinaufkletterte.

Unserem Botschafter hat das Szenario derart imponiert, dass fortan Weisung an seine Sekretärinnen erging, bei anstehenden Flugreisen das Lufthansa-Personal anzuhalten, unsere stets auf den letzten Drücker eintreffende Exzellenz bei geöffneter Kabinentür zu erwarten. Funktioniert hat das aber nur selten.

Das Vorzimmer des Gesandten Marsili teilte ich in jenen Jahren mit einer aus Rom entsandten, hin und wieder alleinstehenden Kollegin, für welche das italienische Wort ufficio offenbar eine völlig andere Konnotation hatte, als die deutsche Übersetzung wiederzugeben vermag. Die Kollegin legte ausgesprochen großen Wert auf ihre äußere Erscheinung und überprüfte diese in ziemlich kurzen Abständen mithilfe eines Taschenspiegels, um sodann mit Kamm, Mascara, Make-up, Lippenstift und diversen anderen Utensilien nachzubessern. Nach jedem Sommerurlaub pflegte sie über mehrere Wochen täglich die am Strand erworbene Bräune durch großzügige Verwendung von Körperlotion – im Büro.

Zu ihren Aufgaben gehörten sämtliche Sekretariatstätigkeiten: Texte abtippen, Fotokopien anfertigen, Faxe verschicken, telefonieren. Mit dem Abtippen der italienischen Texte haperte es allerdings, weil die Handschrift der Diplomaten nicht immer leserlich war. Dem kundigen Betrachter erschloss sich der Inhalt jedoch häufig aus dem Kontext, was mich im Laufe vieler Jahre fast zu einer Expertin für italienische Handschriften gemacht hat.

Drucker, Fax- und Kopiergeräte hingegen haben, ebenso wie Autos, Fotoapparate, Wasch-, Espressomaschinen, so etwas wie eine Seele – behauptet jedenfalls der Ehemann. Zahlreiche Geräte, die seine magischen Hände wieder ins Leben zurückgerufen haben, untermauern diese Vermutung. Bei mir spricht er vage von einem Uri-Geller-Effekt, wenn Armbanduhren oder Fernbedienungen verrücktspielen und Alarmanlagen unvermittelt losplärren. Die eigenen Herzrhythmusstörungen und die des Hundes verortet er auch in diesem Bereich.

Unter den unsteten Händen der Kollegin hatte keine Büromaschine eine echte Chance: Schreibmaschine, Faxgerät, Fotokopierer gerieten immer wieder in Tilt. Unstet waren auch ihre privaten Umstände. Eine Verbindung mit einem Diplomaten der Botschaft war nicht von Dauer, vielleicht weil er sich – wie mein Chef meinte – nicht nur wenig elegant kleidete, sondern auch entsprechend verhielt. Danach warf sie ein Auge auf den Leiter der Handelsabteilung, der einen feineren Eindruck machte. Das Endziel all ihrer vergeblichen Bemühungen auf diesem Sektor offenbarte sich beim Betrachten des Dienstausweises der türkischen Gattin unseres Gesandten:

„Una turca? Come mai? – Eine Türkin? Wieso das denn?", wunderte sich die Kollegin.

„Ich glaube, die beiden haben sich an der Botschaft in Ankara kennengelernt, wo sie als Ortskraft angestellt und er als junger Diplomat auf Posten war."

„Ecco!"

Dieses „Ecco" bietet eine ebenso breite Palette an Bedeutungen wie das rheinische „Dä!":

„Siehste!" oder

„Also doch!" oder

„Die hats geschafft!" oder

„Ich wusste doch, dass das geht!"

Störender noch als die lautstarken Versuche, die Bürotechnik zu bezwingen, habe ich die lebhaften und ausführlichen Telefonate mit ihren zahlreichen Kollegen und Kolleginnen in der Heimat empfunden. Deutsche Gespräche führte sie nicht, weil sie der Sprache nicht mächtig war. Da es sich bei den italienischen Telefonaten meist um Anrufe von ufficio zu ufficio handelte, galten sie als nicht privat und die entsprechenden Kosten waren nicht erstattungspflichtig. Damit waren diese Gespräche schier unbegrenzt. Eine derart permanente Geräuschkulisse machte konzentriertes Nachdenken wirklich unmöglich. Bei schwierigen Textpassagen sah ich deshalb keinen anderen Ausweg, als mir die Ohren zuzuhalten, was mir den vorwurfsvollen Ausruf einbrachte: „Ma questo é un UFFICIO!" Die Vorstellung meiner Kollegin von einem Büro bewegte sich offenbar irgendwo zwischen Piazza und Wochenmarkt in Trastevere. Meine Assoziation dagegen waren schweigsame Männer, die in einem hanseatischen Kontor mit Ärmelschonern und ernster Miene verantwortungsvoll ihrer Pflicht nachgingen.

Hier prallten Welten aufeinander.

Die Kunde vom Abschied unseres hyperdynamischen Botschafters wurde in Hunderten von Abschiedsbriefen unters Volk gebracht, denn das bot ihm Gelegenheit, nicht ohne Stolz auf sein neues Amt aufmerksam zu machen: „Capo di Gabinetto dell'On.le Ministro – Kabinettschef des ehrenwerten Herrn Ministers". Nun mögen die Mittel des Übersetzers einigermaßen begrenzt erscheinen, denn sein einziges Werkzeug ist die Sprache. Aber Sprache kann eigentlich alles – man muss sie nur zu nutzen wissen. Und so habe ich die neue Dienstbezeichnung nicht zutreffend mit „Kabinettschef" übersetzt, was vor allem in mediterranen Ländern Assoziationen an prächtige Palastfluchten, livrierte Dienerschaft, rote Samtvorhänge und goldene Fauteuils weckt, und auch nicht mit „Chef des Planungsstabes", was immerhin eine gewisse Konnotation mit weitsichtiger Denkarbeit und Führung einer ganzen Gruppe hoch qualifizierter Mitarbeiter beinhaltet, sondern etwas boshaft mit „Büroleiter" = staubige Aktendeckel, billige Bleistiftspitzer.

Der Protokollchef des Deutschen Bundestages (das ist der Mann mit dem Esel und der Schwiegermutter) hat unser Schreiben postwendend beantwortet, mit feinen, ausgesucht höflichen Formulierungen, aus denen man herauslesen konnte, dass er sich meiner Interpretation des neuen Amtstitels angeschlossen hatte. Sachlich war das von mir auf diese Weise vermittelte Bild aber vollkommen falsch. Umberto Vattani war, wie die italienische Zeitung Panorama (07.10.2016) schrieb, über Jahrzehnte der „Deus ex machina della Farnesina".

15

Wenn Welten aufeinanderprallen

Nach der Verlegung von Bundestag und Bundesregierung von Bonn nach Berlin – welche wir zuvörderst den Stimmen von 17 PDS Abgeordneten des Deutschen Bundestages verdanken, woran sich aber niemand gern erinnern mag — machte sich auch die italienische Botschaft bereit für den Umzug. Im Unterschied zu manchen anderen Staaten verfügte Italien schon über eine prächtige Vertretung in Berlin. Der riesige Bau auf einer Grundfläche von 10.000 Quadratmetern im Berliner Tiergarten war noch zu Zeiten der Achsenmächte im Rahmen von Albert Speers Plänen für die Neugestaltung der Reichshauptstadt begonnen worden. Allerdings wurde der Bau trotz seiner Fertigstellung im Jahre 1943 damals nicht offiziell in Betrieb genommen.

Nach Kriegsende beherbergte ein relativ unbeschädigter Flügel des Gebäudes das italienische Generalkonsulat, in einem anderen Flügel sollte für eine symbolische Miete eine wissenschaftliche Einrichtung untergebracht werden. Der Mietvertrag wurde in den Achtzigerjahren zwischen dem Berliner Senat und dem damaligen Botschafter Ferraris unterzeichnet. Der hatte übrigens darauf bestanden, in den Vertrag eine Nichtigkeitsklausel für den Fall der deutschen Wiedervereinigung einzufügen und damit für große Heiterkeit in unseren Reihen gesorgt. Dagegen empörte er sich:

„Als Botschafter muss man nicht in Jahrzehnten, sondern in Jahrhunderten denken!"

Er lag insofern falsch, als es nicht eines Jahrhunderts, sondern exakt eines Jahrzehnts bedurfte, bis genau der Fall der Fälle eintrat und die Vereinbarung wegen der deutschen Wiedervereinigung aufgehoben wurde.

Die umfangreichen Renovierungsarbeiten waren zum Zeitpunkt des Umzugs von Bundesregierung und Bundestag noch im vollen Gange, sodass für die italienische Vertretung übergangsweise ein Dachgeschoß in der Dessauer Straße angemietet wurde. Dem Nachfolger von Botschafter Umberto Vattani – welcher übrigens während seiner Bonner Amtszeit den intakten Flügel des prächtigen Gebäudes für glanzvolle Gesellschaften zu nutzen pflegte, wofür Koch, Kochgeschirr, Porzellan, Kristall stets von der Bonner Residenz nach Berlin geschafft werden mussten – hat der ganze Umzug überhaupt nicht gepasst. Der letzte italienische Botschafter in Bonn war Enzo Perlot. Er hatte ein schwaches Herz und liebte das gemächliche Leben im unaufgeregten Bad Godesberg. Die Nachmittage verbrachte er hauptsächlich mit Golfspielen zwischen Pech und Wahn, sodass wir nachmittags in der Regel bis zum späten Abend auf den Dienstantritt des Chefs warten mussten, damit er die Depeschen absegnete und unterzeichnete. Die lustige Bezeichnung „zwischen Pech und Wahn" für das zwischen den Ortschaften Pech bei Bonn und Wahner Heide bei Köln gelegene Bad Godesberg habe ich von dem ehemaligen Gesandten Ferdinando Salleo gelernt, den ich viele Jahre nach seiner Amtszeit in Bonn in den Neunzigerjahren im Bonner Kanzleramt wiedertraf. Bei diesem Wiedersehen hat mir Salleo, in jenen Jahren Chef des Außenministeriums, völlig überraschend das größte Kompliment meiner gesamten Laufbahn gemacht:

„So qual'é il Suo problema: é Lei l'Ambasciatore d'Italia, ma non lo può dire – Ich kenne ihr Problem: Der italienische Botschafter sind Sie, aber das dürfen Sie nicht sagen!"

In den Jahren nach dem Hauptstadtbeschluss des Bundestages sondierten meine Kollegen den Berliner Immobilienmarkt und ich den Bonner Stellenmarkt. Denn gegenüber dem italienischen Außenministerium hatte ich mich gegen eine Versetzung nach Berlin ausgesprochen. Daraufhin ordnete die Personalabteilung des Ministeriums in ihrer verblüffenden Logik und Weisheit meine Versetzung an das italienische Konsulat in Stuttgart an. Anderenfalls würde man meinen Vertrag aus disziplinarrechtlichen Gründen kündigen. Nun habe ich keine besondere Präferenz oder Antipathie weder für Schwaben noch für Berliner, das sollen die ruhig untereinander ausmachen. Das Problem lag darin, dass ich hätte pendeln und ein Appartement in Berlin (oder Stuttgart) mieten müssen. Außerdem wäre ich nicht umhingekommen, für meinen Bonner Haushalt eine Ganztagskraft einzustellen. Finanziell wäre es auf dasselbe hinausgelaufen, wenn ich mein Gehalt am Monatsende in den Rhein geschmissen hätte.

Meine Bemühungen auf dem lokalen Arbeitsmarkt waren ganz und gar vergeblich. Für die Stelle als Presseattaché beim United Nations Volunteers Programme waren meine Englisch-kenntnisse womöglich nicht ausreichend; für einen Posten bei German Parcel war ich überqualifiziert; für die Aufgabe des Pres-sesprechers der Hochschulrektorenkonferenz nicht akademisch genug, und für das Amt der Integrationsbeauftragten der Stadt Bonn nicht parteipolitisch organisiert – so dachte ich jedenfalls. Bis mir die Mitarbeiterin des Bonn-Berlin-Jobcenters offenbarte, dass ich zwar sehr qualifiziert und für mein Alter erstaunlich lebendig und agil sei, aber eben zu alt.

Fortan hatte ich in meinen Bewerbungsschreiben potenzielle Arbeitgeber mit dem Argument zu ermutigen versucht, dass sie einer blondierten Mittvierzigerin gefahrlos Übersetzungen anvertrauen könnten, wenn die Mehrheit der deutschen Bevölkerung die Geschicke der ganzen Republik in die Hände eines kastanienbraun getönten Fünfundfünfzigjährigen legt. Was die Personalentscheider womöglich gänzlich verschreckt hat.

So blieb mir nur eine italienische Lösung. Ich richtete einen Hilferuf an Umberto Vattani, für den ich in weiser Voraussicht während der vier Jahre seiner Amtszeit in Bonn ja fast rund um die Uhr gearbeitet hatte. Inzwischen war er, wie nicht nur von mir erwartet, vom Posten des Kabinettschefs zum Generalsekretär und damit zum höchsten Beamten des gesamten Außenministeriums aufgestiegen.

Augenblicklich erging Weisung an das italienische Generalkonsulat in Köln, mich anzufordern.

Eben: ein flexibler Arbeitgeber (wenn man an der richtigen Stelle drückt)!

In Bonn hat Botschafter Perlot die vollständige Schließung der Botschaft so lange wie möglich hinausgezögert, bis er schließlich allein mit einem tüchtigen Büroboten in dem großen, nunmehr leeren Gebäude residierte. Das hat beiden ganz gut gefallen. Das gesamte Personal war mitsamt Akten und Inventar umgezogen. Etwas wehmütig habe ich für alle Kolleginnen einen riesigen Blumenstrauß als Willkommensgruß in ihr neues Berliner Büro geschickt. Für die aus Rom entsandten Kollegen war dieser Umzug allerdings keine aufregende Sache, schließlich wurden sie sowieso alle vier Jahre versetzt. Während das Außenministerium für diese Mitarbeiter nicht nur den gesamten Umzug, sondern auch eine großzügige Zulage für die prima sistemazione bezahlte — wobei prima nicht für prima, sondern für Erst(-einrichtung) steht, was aber dasselbe sein kann -, bekamen die Ortskräfte gar nichts, mit der Begründung, die Verlegung einer Hauptstadt sei im italienischen Regelwerk einfach nicht vorgesehen. Bei allen anderen Ländern – Deutschland eingeschlossen – natürlich auch nicht. Die jeweiligen Länder fanden höchst unterschiedliche Lösungen für das Problem: die französische Botschaft in Bonn hat die Verträge ihrer Ortskräfte einfach gekündigt, die Botschaften von Singapur und Kanada hingegen haben auf Hochglanzbroschüren detaillierte Regelungen erläutert, bei denen auch die Haushalte gleichgeschlechtlicher Partner sowie beispielsweise die Anschaffung eines neuen Herds berücksichtigt wurden.

Ich aber war mit der Versetzung an das italienische Generalkonsulat in Köln vollkommen glücklich und dankbar, trotz der zweimal vierzig Minuten Autofahrt – im Normalfall! Mit zunehmendem Verkehrsaufkommen dauerte die Fahrt zum und vom Arbeitsplatz später bis zu zwei Stunden.

Was sollte ein Konsulat schon anderes sein als eine Botschaft en miniature? Dabei hätte ich bloß das „Wiener Übereinkommen über konsularische Beziehungen" von 1963 zu lesen brauchen, um mir ein Bild von dem zu machen, was mich nun erwartete: im Grunde nichts anderes als ein Einwohnermeldeamt – mit vielen, vielen Italienern vor der Türe und hinter der Türe, Italiener der ersten, zweiten und dritten Einwanderergeneration, die zum Kummer der italienischen und zur Verwunderung der deutschen Behörden ebenso wenig integriert sind wie beispielsweise unsere türkischen Mitbürger. Natürlich hat jeder Deutsche „seinen Italiener" um die Ecke, mit dem er mehr oder weniger freundschaftlich verkehrt. Aber in puncto Schul- und Berufsbildung dieser Freunde sieht die Sache dramatisch aus. Ein rheinischer Oberbürgermeister hat beim Antrittsbesuch eines Generalkonsuls in seiner Verwunderung über die mangelhafte schul- und arbeitsmarktpolitische Integration der Italiener eher ungewollt eine Parallele gezogen: Wie ein Tayyip Erdoğan würden italienische Politiker ihre in Duisburg, Solingen oder Leverkusen lebenden Landsleute umwerben, statt sie zur aktiven Integration aufzurufen. Denn bei den Wahlen zu Abgeordnetenkammer und Senat in Rom sowie für das Europäische Parlament werden für die Landeskinder in der Diaspora eigene Kandidaten aufgestellt und über hoch komplizierte und vor allem sehr kostenaufwendige Verfahren gewählt.

Später hat mir ein Konsul, ein durchaus rechtschaffener Mann, tatsächlich verboten, die Aufrufe der Stadt Bonn zu den Kommunalwahlen, an denen alle EU-Bürger teilnehmen können und im Interesse der Eingliederung auch sollten, ins Italienische zu übersetzen, und zwar mit dem Argument: „Wir wollen unsere Landsleute mehr bei uns behalten."

Das nenne ich eine nun wirklich verfehlte Integrationspolitik.

Mancher Beobachter wie Roberto Giardina, Grandseigneur der italienischen Presse in Deutschland, der unter dem Titel „Lebst du bei den Bösen?" ein kluges Buch über das Verhältnis zwischen Italienern und Deutschen publiziert hat, führt die mangelhafte Integration der Italiener in den Arbeitsmarkt auch auf die geographische Nähe zur Heimat zurück. Viele Italiener haben den gepackten Koffer sozusagen unter dem Bett liegen – stets bereit, bei der einen oder anderen Schwierigkeit nach Italien zurückzukehren, um sich dort in der Pizzeria oder Autowerkstatt eines Verwandten durchzuwursteln. Andere sehen die Schuld beim deutschen Schulsystem, das die italienischen Kinder allzu häufig in die Sonder- oder Förderschulen abschiebe. Nach meinem sehr persönlichen Eindruck werden sich deren Leistungen aber im Zuge der Inklusion nicht automatisch verbessern, für deren Einführung die italienischen Konsuln in Köln der damaligen rot-grünen NRW Landesregierung bei jeder sich bietenden Gelegenheit in förmlichen Worten gedankt haben. Denn italienische Kinder sind ja nicht mehrheitlich unterbelichtet oder öfter als andere geistig oder körperlich behindert. Es hapert einfach daran, dass meine italienischen Landsleute den gesamten Erziehungsauftrag überaus entspannt interpretieren oder gleich an die Schule weitergeben und ansonsten auf die Hilfestellung der Schule, des Staates, des Konsulats vertrauen, wie der Korrespondent Udo Gümpel formuliert: „Un paese del generale transfer di responsabilità – Ein Land des generellen Transfers von Verantwortlichkeiten." Anders beispielsweise die spanischen Eltern: Sie organisieren sich energisch in vielen, kleinen Elternvereinen und betreiben dort nicht nur Brauchtumspflege, sondern auch Nachhilfestunden. Spanische oder kroatische Kinder haben mittlerweile bei der Gymnasialquote mit den deutschen Kindern gleichgezogen, während die italienischen und türkischen Schüler auf unterstem Niveau verharren. Auch die Politik des Gastgeberlandes war womöglich gar nicht förderlich für die Integration: Insbesondere Nordrhein-Westfalen bot in seinen Schulen umfassenden herkunftssprachlichen Unterricht an, während Bayern dem Erlernen der deutschen Sprache Vorrang einräumte.

Und es gibt glänzende Beispiele für gelungene schulische und berufliche Integration auch unter unseren Italienern. Aus einfachsten Verhältnissen sind aus kleinen italienischen Jungen und Mädchen erfolgreiche Kardiologen, CEOs, Unternehmer, Wissenschaftler geworden. Einer von ihnen hat mir in Düsseldorf, bei einem Abendessen der Wirtschaftsförderungsagentur NRW. INVEST für italienische Unternehmer, die Geschichte seines Erfolgs erzählt: Während der gesamten Schulzeit in Deutschland hatte er seine Hausaufgaben am heimischen Küchentisch unter der strengen Aufsicht der Mutter zu verrichten. Zwar hatte sie keine Vorstellung von Infinitesimalrechnung und „Faust II", wusste aber sehr genau, wo der Hebel anzusetzen war: Disziplin, Konsequenz, Kontrolle.

Eine Konsulin, die während ihrer Amtszeit in Köln ihr erstes Kind bekommen hat, kam dagegen eines Tages außer sich vor Empörung von einer der routinemäßigen Untersuchungen des Kinderarztes zurück:

„Ha detto che bisogna porre dei limiti al bimbo – Das Kind muss lernen, dass es Grenzen gibt! Ein Kinderarzt! Ja, was geht den das denn an?!"

Und mit einer Mischung aus stolzem Entzücken und gespieltem Entsetzen schaute sie weiterhin zu, wie der Bimbo immer wieder den Inhalt der Blumengießkanne ungerührt auf den empfindlichen Parkettboden im Sekretariat des feinen 1. Stockwerks unseres Konsulats auskippte, während sie mit zärtlichem Stimmchen und sanftem Lächeln flüsterte:

„No, amore, ti prego, non farlo. Amore mio. Senti la mamma? Tesoro. – Nein, Herzchen, ich bitte Dich, mach das nicht. Mein Herzelein. Hörst du, was die Mama sagt, mein Schätzchen?", ohne beim Bimbo auch nur die geringste Reaktion hervorzurufen.

Ein solcher Mangel an Disziplin, Selbstregulation, Contenance wird im Alter eher selten durch den Zugewinn an Weisheit kompensiert. Und so kann ein völlig belangloser Krankenhausaufenthalt einer betagten Kölner Italienerin zu einem Spektakel neapolitanischer Dramatik werden. Die gesamte Familie scharte sich mit Kindern und Kindeskindern um die Bettstatt, organisierte eine 24-Stunden-Präsenz zusätzlich zur Betreuung durch das effiziente Krankenhauspersonal und bemühte sich vergebens, die renitente Großmutter, die nach vierzig Jahren in der Domstadt kein deutsches Wort zu sprechen vermochte, zur Kooperation zu bewegen. Allein, sie scheiterte bereits beim Abendbrot:

„Mi avete mai vista mangiare alle cinque? – Habt ihr jemals gesehen, dass ich um 5 Uhr nachmittags esse?"

„Mi avete mai vista mangiare la sera una fetta di pane invece della pasta? – Habt ihr je gesehen, dass ich abends eine Scheibe Brot statt der Pasta esse?"

Die desolate Situation der italienischen Gemeinde, unserer collettività, und deren Ursachen hat später der luzide und furchtlose
Botschafter Antonio Puri Purini, ein Mann eher preußischer
Prägung, klar erkannt und benannt. Aus der Depesche, mit
welcher er zum Abschluss seiner Mission in Deutschland der
italienischen Regierung ihre verfehlte Politik für die Auslandsitaliener buchstäblich um die Ohren gehauen hat, soll hier zum
besseren Verständnis des Arbeitsalltags im Konsulat vorweg
zitiert werden.

Puri Purini hatte die Wahlen zum Europäischen Parlament
zum Anlass genommen, diese Politik in all ihrer Sinnlosigkeit
und Verschwendung zu sezieren. Die Stimmabgabe der im
Ausland ansässigen Italiener sowohl bei politischen Wahlen und
Referenden in Italien als auch bei Wahlen zum Europäischen
Parlament ist eine komplizierte und angesichts der geringen
Wahlbeteiligung total überflüssige Sache. Bei den Wahlen zum
heimischen Parlament geben die Auslandsitaliener ihre Stimme
nicht für die jeweiligen Kandidaten oder Parteien ihres ita-
lienischen Wohnsitzes ab, sondern für gesondert aufgestellte
Kandidaten von vier Auslandswahlkreisen: Europa, Amerika,
Ozeanien und Antarktis(!).

Auch bei den Wahlen zum Europäischen Parlament lässt
Italien im Unterschied zu anderen EU-Ländern und gegen den
expliziten Wunsch der Bundesregierung seine connazionali nicht
über die jeweiligen örtlichen Kandidaten abstimmen, sondern
verschickt aus Rom Hunderttausende von Stimmzetteln, oft an
falsche, weil nicht aktuelle Adressen der Auslandsitaliener.

In diesem Zusammenhang gibt es Stimmen, die von Stim-
menkauf sprechen: Im Zuge der Vorbereitungen zu einer solchen
Wahl landete die telefonische Anfrage eines Italieners auf meinem
Apparat. An sein präzises Anliegen kann ich mich heute nicht
mehr erinnern. Da ich jedoch immer sehr umgänglich und zu-
gewandt gegenüber allen Anrufern war, kam der Mann, der im

Schatten des Kölner Doms in einem schmalen Altbau ein kleines Hotel betrieb, ins Plaudern und platzte schließlich heraus:

„Aber wisst ihr denn im Konsulat gar nicht, dass eure Stimmzettel hier für 50 Euro das Stück aufgekauft werden?"

Ich berichtete die Ungeheuerlichkeit sofort meinem Konsul, der eigentlich ein durchaus rechtschaffener Mann war, erntete aber nur eine vage oder besser gar keine Reaktion.

Später machte eine italienische TV-Sendung Furore, die über den Ankauf von Stimmzetteln zu den italienischen Parlamentswahlen, allerdings zum Preis von lediglich 5 Euro, im Wahlkreis Köln berichtete. Der Zeuge, der im Film mit verzerrter Stimme diese Praktiken erläuterte, empörte sich allerdings weniger über diese, sondern über den Umstand, dass ihm die zuvor versprochenen 5.000 Euro Lohn für seine Tätigkeit als Stimmzettel-Eintreiber nicht ausgehändigt worden seien ....

In seiner Depesche hat Botschafter Puri Purini auch den enormen organisatorischen Aufwand für Vorbereitung und Durchführung dieser Wahlpraxis heftig kritisiert. Gemäß der Anweisungen des italienischen Innenministeriums müssen beispielsweise im Kölner Konsularbezirk 51 Wahllokale eingerichtet und mit einer Wahlkommission aus freiwilligen connazionali besetzt werden: Präsident, Sekretär, Beisitzer.

Vor dem Wahlwochenende werden jedem einsatzfähigen Konsulatsmitarbeiter mehrere Wahllokale zugeteilt, zu denen er sich am späten Freitagabend per Taxi begibt, um sie mit dem aus Rom in schweren Säcken eingetroffenen Material – Kandidatenlisten, Wählerregister, unzählige Formulare, Papier, Stifte, Spitzer, Radiergummi, Kordel, Schere, Tesafilm sowie jeweils ein Mobiltelefon – auszustatten. Am Sonntagabend fahren die Konsulatsmitarbeiter wiederum mit dem Taxi zu den Wahllokalen, wo die Wahlzettel verpackt und versiegelt werden. Dabei hat die Wahlkommission unter Beachtung der in einem dicken Handbuch zusammengefassten Vorschriften eine Vielzahl von Listen und

Formblätter in vielfacher Ausfertigung auszufüllen, welche der Botschafter in seiner Wut-Depesche als „Verbali ottocenteschi" (Protokollformulare des 19. Jahrhunderts) bezeichnet hat.

Im Siegburger Rathaus nahm ich von der hochkompetenten Wahlkommission (drei italienische Mitarbeiter der Bonner UN-Organisationen) zu später Stunde die vorschriftsmäßig versiegelten Säcke in Empfang. Darin befanden sich nicht nur die kostbaren Stimmzettel und in vielfacher Ausfertigung in über einem Dutzend sorgfältig verschlossenen, versiegelten und abgezeichneten Umschlägen auch die „Verbali", sondern wiederum das gesamte Arbeitsmaterial, Papier, Stifte, Spitzer und so weiter. Das Mobiltelefon mußte gesondert und per Quittung in Empfang genommen und später im Konsulat dem Vizekonsul persönlich überreicht werden

Ich warf die Säcke in den Kofferraum des Taxis. Weiter ins Bonner Stadthaus. Dort war die Wahlkommission allerdings vollkommen überfordert. Der Vorsitzende, ein grauhaariger, womöglich verdienter connazionale, verstand überhaupt nur Bahnhof. Er weigerte sich, auch nur eine Zeile der Anweisungen im Handbuch zu lesen, verschränkte die Arme vor der Brust und stolzierte im zugigen Eingangsbereich des Stadthauses herum.

„Ich bin hier der Vorsitzende, die Arbeit hat die Sekretärin der Wahlkommission zu machen!", murrte er.

Die Sekretärin der Kommission, eine junge Frau, vielleicht Friseuse oder Verkäuferin, war zwar gleichfalls überfordert mit der Bewältigung der erschreckend bürokratischen Prozedur, doch holte sie sich mit dem aus Rom gelieferten Mobiltelefon Hilfe über der Hotline des Innenministeriums. Ein bisschen schämte ich mich, aber ich war hier schließlich nur der tassista, der Mann/die Frau mit dem Taxi, stellte ich mich gleichfalls doof und rauchte vor dem Eingang des schauerlichen Gebäudes eine Zigarette mit dem Taxifahrer. Der guckte auf das Taxometer und grinste.

Stunden vergingen. Irgendwann weit nach Mitternacht wurden mir die Säcke ausgehändigt, mein Taxi machte sich auf den Weg ins Kölner Konsulat. Das gesamte Gebäude war hell erleuchtet, alle Portale sperrangelweit geöffnet, eine lange Schlange von Taxis und Lastwagen mit laufenden Motoren auf der Straße, eine nie gesehene Geschäftigkeit in unseren Amtsräumen: Die Angestellten, fröhlich bei Pizza und Dosenbier, sortierten in einem unglaublichen Chaos braune Kartons, dicke Umschläge, schwere Säcke, Berge von Papier, Unmengen von Stiften, Spitzern, Tesafilm.... Irgendwie herrschte bombige Stimmung. Ich übergab zwei Kollegen die schweren Säcke, dem Vizekonsul die Mobiltelefone und machte mich im Morgengrauen auf den Heimweg nach Bonn. Derweil schafften Angestellte aller italienischen Konsulate noch in derselben Nacht das gesamte Material in gemieteten Lastwagen in rasender Fahrt über die Autobahnen zu verschiedenen Flughäfen, wo schon gecharterte Flugzeuge warteten, um alles zum römischen Flughafen Fiumicino zu transportieren.

Die Kosten allein in Deutschland beliefen sich 2009 auf 1,5 Milliarden Euro. Die Wahlbeteiligung lag bei 6,69 Prozent. 2014 sank sie noch ein wenig tiefer und lag in unserem Konsularbezirk bei etwas über 4 Prozent. Nicht nur einige unserer Botschafter, auch die deutschen Behörden haben dieses System ausgesprochen kritisch gesehen. Und da letztlich nicht ersichtlich ist, welche Partei oder Gruppierung von dieser Praxis zu profitieren glaubt, zirkulieren Vermutungen darüber, whose money makes the world go round. Es heißt, irgendwer aus dem Vorstand des mit dem Druck und dem weltweiten Versand der Millionen Wahlzettel an Auslandsitaliener beauftragten italienischen Unternehmens verteile irgendwo tüchtige mazzette an irgendwen. Mazzette sind Schmiergelder.

In seiner Depesche hat Botschafter Puri Purini weiter ausgeholt und den jahrzehntelangen reichen Fluss an Geldern aus den

Haushaltstiteln der Generaldirektion für Auslandsitaliener des Außenministeriums beklagt, der mehr dazu beigetragen habe, die „notabili e professionisti dell'emigrazione – die Notablen und berufsmäßigen Verwalter der Emigration" zu alimentieren als tatsächlich die Integration der in Deutschland lebenden Italiener zu befördern.

So gibt es vor Ort die ComItEs (Comitati Italiani all'Estero). Das sind „Komitees der im Ausland gewählten Italiener", welche dem Landsmann im Kontakt mit seinen konsularischen Vertretungen und den lokalen Behörden sowie bei sportlichen Aktivitäten und Freizeitgestaltung zur Seite stehen sollen. Diese Comitati werden mit einem enormen Aufwand und bei einer Wahlbeteiligung von 3,67 % (2015) gewählt, um dann ihrer vom italienischen Außenministerium finanzierten Tätigkeit nachzugehen.

Ein anderes Komitee war das CoAsScIt (Comitato Assistenza Scolastica Italiani). Dabei handelte es sich um ebenfalls vom italienischen Außenministerium alimentierte Vereine zur Förderung italienischer Schulkinder im Ausland. Denn zusätzlich zu dem beispielsweise von der nordrhein-westfälischen Landesregierung angebotenen herkunftssprachlichen Unterricht finanzierte der italienische Staat Förderunterricht, dessen Kosten im Millionenbereich lagen. Die Verteilung dieses Geldsegens auf die in NRW lebenden Italiener übernahm irgendwann nach der Jahrtausendwende zum Entsetzen des amtierenden Konsuls ein kleines Trüppchen Kölner connazionali, deren Qualifizierung im Volksschulbereich lag. Der Konsul war ein Mann mit geradezu unbändiger Energie, der in seinem Auftreten einem Rumpelstilzchen ähnelte. Er veranstaltete razziaähnliche Kontrollbesuche der Unterrichtsveranstaltungen und stellte fest, dass der vom Außenministerium so großzügig finanzierte und von dem Komitee organisierte „Unterricht" eher intuitiv und spontan stattfand: ohne Curricula, also Lehrpläne, ohne Namenslisten, ohne

Anwesenheitskontrollen, ohne wirklich qualifiziertes Personal — das sich allerdings unbedingt professore oder zumindest dottore nennen lässt.

Dem connazionale zur Seite stehen sollen auch die sogenannten Patronati. Das sind Sozialträger, die sich naturgemäß um die sozialen Belange und insbesondere um die Rentenangelegenheiten der Auslandsitaliener kümmern sollen. In der Praxis handelt es sich um Niederlassungen der großen italienischen Gewerkschaften, die seit 2001 das Monopol für die Belange der italienischen Rentenversicherung Istituto Nazionale Previdenza Sociale im Ausland haben. Als eingetragene Vereine sind diese Arbeitnehmervertretungen selbst in kleinsten deutschen oder brasilianischen Dörfchen emsig tätig bei der Bearbeitung überraschend zahlreicher Pensionsakten, die in unerklärlichem Widerspruch stehen zu den statistischen Erhebungen, die hingegen einen Schwund italienischer Pensionäre im Ausland anzeigen. Im Juli 2015 titelt die Zeitschrift Panorama: „Lo strano caso dei pensionati fantasma all'estero e dei patronati che ci guadagnano milioni di euro – Die merkwürdige Sache mit den Karteileichen im Ausland und den Patronati, die damit Millionen Euro verdienen."

Darüber hinaus finanziert das Außenministerium Kurse zur „Verbreitung der italienischen Kultur und Sprache im Ausland", italienische Vereine, italienische Presseorgane, die allesamt diesen reichen Zufluss aus der Heimat hauptsächlich zur kontinuierlichen Pflege der Selbstdarstellung und zur ebenso kontinuierlichen Kritik am italienischen Staat und seinen Einrichtungen und Vertretern nutzen.

Das also war das Ambiente meines neuen Arbeitsbereichs: keine klugen Botschafter, keine geistreichen Reden, keine große Politik, keine spannende Pressearbeit, keine wichtigen Übersetzungen, keine Regierungsverhandlungen.

16

Compagnia bella

Von den Mitarbeitern des Konsulats gehörten manche zu den wenigen, höchst privilegierten Einwandererkindern, die quasi einen Sechser im Lotto gewonnen haben, als sie ohne höheren Schulabschluss, Berufsausbildung oder Studium einen sicheren und vergleichsweise hoch bezahlten Posten im Staatsdienst ergattern konnten. Manche vergaßen augenblicklich, dass es die zurückgelassenen Landsleute waren, denen sie ihre raison d'être im Konsulat verdankten. Andere vergaßen es keineswegs und erledigten ihre Arbeit pflichtbewusst, fleißig, höflich und vor allem geräuschlos – weshalb hier leider von ihnen nichts zu hören beziehungsweise zu lesen sein wird.

Bereits Erscheinungsbild und Auftritt mancher Mitarbeiter des Konsulats war anders als erwartet. Kleidung und Haartracht einiger Damen ließen eher den bevorstehenden Besuch einer Diskothek als eine Tätigkeit im Empfangsbereich einer staatlichen Behörde vermuten. Zwar stand in allen Arbeitsverträgen des Außenministeriums eine Passage, die explizit ein dem „decoro dell'ufficio" angemessenes Betragen auch außerhalb des Dienstes forderte, aber abweichendes Verhalten wurde nicht geahndet. Im Konsulat erschienen Mitarbeiterinnen im praktischen Trainingsanzug, in transparentem Top, Hotpants oder schulterfreiem Strandgewand. An heißen Tagen empfing der Notariatsbeamte die Besucher in modischen Craftsman Shorts, Flip Flops und mit Sonnenbrille. Bei den meisten Herren waren wenigstens Pullover und Jeans die Norm.

Der äußeren Nonchalance entsprach die innere Nonchalance in puncto Arbeitsmoral. Der Publikumsverkehr im Konsulat begann um 8 Uhr 30 Uhr mit einem Ansturm der connazionali. Hatten die Massen dann in der sala d'attesa, dem Wartesaal, Platz genommen, mußten viele der Kollegen, die an den Empfangsschaltern arbeiteten, erst einmal eine Pause einlegen. Ein ganzer pollaio, Hühnerhaufen, von Kolleginnen, denen sich Herr Schaf von der Sozialabteilung anschloß, verließ seinen Arbeitsplatz, durchquerte schwatzend den Wartesaal auf dem Weg zum Kaffeewägelchen vor dem Konsulat, wo ausgiebig Caffé, Cappuccino, Cornetti, Ciambelle (ein sehr beliebtes, frittiertes Gebäck in Form eines Rettungsrings=ciambella) verzehrt wurden. Bei schlechtem Wetter wurde das Kaffeekränzchen an die Türe des Personaleingangs verlegt.

Solcherart gestärkt, durchquerte die gackernde Schar anschließend erneut den Wartesaal, um sodann endlich die Schalter zu öffnen und die connazionali zu empfangen. Da sich je nach Charakter und Dienstauffassung unserer Behördenleitung mancher leitende Beamte ebenfalls zu der Gruppe gesellte, waren eventuelle Überlegungen über eine Disziplinierung von vornherein aussichtslos, zumal diese Dienstpflichtverletzung von höchster Stelle mit dem Bedürfnis nach ossigeno verteidigt wurde: Die Angestellten waren um 8 Uhr am Arbeitsplatz eingetroffen, haben die Mäntel ausgezogen, Butterbrote und Wasserflaschen im Schreibtisch untergebracht, Computer hochgefahren und

Drucker eingeschaltet, den Kollegen vom Vorabend erzählt und brauchten nun, nach dreißig Minuten am Arbeitsplatz, dringend Sauerstoff.

Lieber Himmel!

Allerdings waren ohnehin selten alle Mitarbeiter vollzählig auf Posten. Irgendwo im Großraum Köln schien es so eine Figur zu geben, die meine Kinder während der Gymnasialzeiten als Doc Holiday bezeichnet haben, einen dottore vacanze. Krankmeldungen prasselten täglich auf das zuständige Personalbüro ein, manchmal sogar mit vorheriger Ankündigung: „Mi butto malato! – Ich schmeiß mich krank!" (übrigens die beliebteste italienische Formulierung des Ehemannes). Im Personalbüro begann der Tag pünktlich um 8 Uhr 01 mit den Anrufen von Mitarbeiterinnen, die sich quasi auf der Schwelle des Grabes befanden. Entweder hatten sie beim morgendlichen Duschen Brustkrebs ertastet, waren wegen Herzinsuffizienz kollabiert oder liefen Gefahr, das Licht ihres kunstvoll geschminkten Auges zu verlieren. Eine harmlose Blasenentzündung bedurfte ebenso wie eine Kontaktallergie der mehrwöchigen Bettruhe.

Auch die Atmosphäre war im Konsulat vollkommen anders als in der Botschaft. Manche Mitarbeiter, deren gewerkschaftliche Betriebsamkeit ihre intellektuelle Beweglichkeit deutlich überstieg, schürten über Jahrzehnte offen oder verdeckt eine latente Missstimmung unter den Kollegen, und zwar zwischen quelli di sotto (Publikumsverkehr im Parterre) und quelli di sopra (Verwaltung im oberen Stockwerk). Das Gezanke zwischen „denen da unten" und „denen da oben" erinnerte mich unweigerlich an Schulhofgebaren. Als geburtenstarke Jahrgänge nach dem Zweiten Weltkrieg waren wir zu Beginn der Fünfzigerjahre vorübergehend in einem Neubau im Bonner Musikerviertel untergebracht, wo im Wechsel vormittags „die Katholischen", und nachmittags „die Evangelischen" unterrichtet wurden. Waren

Tafeln beschädigt oder Blumenrabatten zertreten, so schrie man sich wechselseitig die Schuld zu.

Dissonanzen entstanden nicht nur vertikal, sondern auch horizontal, also zwischen den Kategorien der Ortskräfte und der entsandten Beamten. Natürlich sind die Vorurteile über die fleißigen, sprachkundigen contrattisti, welche die gesamte Arbeit schultern, und den hochmütigen und hoch bezahlten, aber sprachunkundigen und arbeitsunwilligen römischen Beamten überzeichnet und bilden nicht die Wirklichkeit ab. Aber ein aus Rom entsandter Beamter des gehobenen Dienstes, der in den engen Schalterräumen des Konsulats auf Einrichtung eines eigenen Dienstzimmers besteht und darauf aufmerksam macht, dass seiner Gehaltsgruppe ein Schreibtisch mit acht Beinen zusteht, trägt nicht dazu bei, solche Vorurteile abzubauen, obwohl derartige Vorgaben ein systemimmanentes Phänomen aller Bürokratien sind.

Ein immer wiederkehrendes Thema war das Arbeitspensum. Nach der Jahrtausendwende war tatsächlich für die jeweiligen Angestellten-Kategorien so etwas wie eine Zielvorgabe eingeführt worden. Eine Kollegin glaubte, das ihr auferlegte Pensum nur durch tätige Mithilfe des Ehegatten bewältigen zu können. Der Chef hielt diese Form der Arbeitsbewältigung allerdings nicht für korrekt und verwies den fleißigen Ehemann aus den Konsulatsräumen – zur aufrichtigen Entrüstung anderer Mitarbeiter:

„Ja, was denkt der sich denn, die Familie aus den Büroräumen zu verbannen? Als wir noch Kinder waren, haben wir hier im Konsulat immer gespielt!"

Zu meiner Überraschung wurden fast wöchentlich Personalversammlungen abgehalten, während derer die Kollegen sich über das unerträgliche Arbeitsaufkommen beschwerten, sich gegenseitig beschimpften oder wechselseitig Untätigkeit vorwarfen. Eine Erklärung für diese Atmosphäre habe ich bis heute nicht gefunden – außer der nicht zu leugnenden Tatsache, dass im Konsulat, im Unterschied zu einer Botschaft, mehrheitlich gering qualifizierte Mitarbeiter tätig waren.

So tummelten sich in der Kategorie der entsandten Beamten des „Einfachen Dienstes" mitunter Gestalten, denen weder ein deutscher noch ein italienischer Arbeitgeber der Privatwirtschaft das Ausfegen seiner Werkstatt anvertrauen würde. Ehemalige contrattisti, die eine Planstelle ergattern konnten und folglich als Beamte auch in Rom eingesetzt wurden, berichteten aus der Zentrale, dass manche der circa 4.000 Mitarbeiter des Außenministeriums gar keiner konkreten Tätigkeit nachgingen, sondern mehr oder weniger ratlos durch die Gänge des Ministeriums liefen oder vor Arbeitstischen ohne PC herumsaßen. Als ein solcher Beamter zum ersten Mal ins Ausland versetzt wurde, fiel er angesichts des erheblichen Arbeitsaufkommens in einem relativ großen Konsulat aus allen Wolken. Doch sein Vorgänger beruhigte ihn:

„Reg dich nicht auf, die Arbeit machen hier sowieso die Vertragsangestellten."

Aber das ist Hörensagen. Gesichert ist die Feststellung, dass eine Vielzahl von Personen aufgrund einer Behinderung in den Staatsdienst gelangte. Die politisch korrekte Bezeichnung dieses Umstands ist nicht mehr disabile (behindert) oder handicappato (mit Behinderung), sondern diversamente abile (auf andere Weise geschickt). Mancher Kollege hat sich in der Tat als „auf andere Weise geschickt" erwiesen, beispielsweise wenn es darum ging, vor Gericht von deutschen Behörden Kindergeld einzuklagen, den Steuerwohnsitz nach Bedarf hin und her zu verlegen oder sich um die eigenen Beitragszahlungen für den deutschen Kindergarten zu drücken, indem er das kümmerliche Grundgehalt anstelle des realen Monatsgehalts von mehreren Tausend Euro angab.

Im Falle eines entsandten Beamten des „Einfachen Dienstes" offenbarte sich, dass sein Handicap – Diabetes – nicht die Fähigkeit zum Führen eines Fahrzeuges implizierte. Prompt geriet der betreffende Kollege mit kostbarer Fracht an Bord – nämlich unserer eleganten Ambasciatrice – auf schweren Kollisionskurs zu einer Straßenbahn der Kölner Verkehrsbetriebe. Auch in seinem eigentlichen Arbeitsbereich im Archiv, in dem die Personenakten von über 150.000 italienischen Staatsbürgern untergebracht waren, richtete er Unheil, oder besser gesagt, gar nichts an. Auf seinem ersten und letzten Rundgang durch die Amtsstuben des Konsulats entdeckte ein Missionschef in den Archivräumen im Keller des Gebäudes Berge von Personen-Akten, die der archivista einfach unter einen Tisch geschoben hatte. Danach waren andere, tüchtige Kollegen zusätzlich zu ihrer eigentlichen Arbeit wochenlang damit beschäftigt, den Saustall aufzuräumen. Folgen zog das Verhalten nicht nach sich. Und so frönte der klein gewachsene, früh ergraute Taugenicht, der gern mit Goldkettchen, Lederblouson und engen Jeans zum Dienst antrat, ungestört seiner Lieblingsbeschäftigung: der Belästigung von Frauen. Im Fall der türkischen Reinigungskraft des Konsulats blieb das folgenlos, trotz ihrer Beschwerde bei unserer Verwaltungsabteilung; bei der rumänischen Mitarbeiterin des mobilen Kaffeestandes vor dem Konsulat nicht. Nach der ersten, vergeblichen Warnung verpasste die couragierte junge Frau ihm eine kräftige Ohrfeige. Das Publikum war begeistert und das Männchen erschrocken. Es verzichtete wochenlang auf seinen täglichen caffè.

In der Sozialabteilung öffnete eine Mitarbeiterin nach der Versetzung des Abteilungsleiters einen bis dato weithin unbeachteten Schrank und – Überraschung! – ein ganzer Schwall an Personalausweisen, Pässen, Gesundheitskarten, Führerscheinen, Kreditkarten ergoß sich, teilweise mitsamt Geldbeutel, Handtasche, Rucksack aus unserem „Schrank der Schande" auf den Boden.

Es handelte sich um Gepäckstücke und Ausweise, die italienischen Staatsbürgern auf deutschem Staatsgebiet abhandengekommen waren und welche die deutschen Behörden an das zuständige italienische Konsulat zur Rücksendung an den jeweiligen italienischen Bürger geschickt hatten. Über Jahre hinweg waren all diese Dokumente und Gepäckstücke vom Leiter unserer Sozialabteilung in diesen Schrank gestopft worden, wobei er offensichtlich dem Arbeitsmodell des Kollegen im Archiv gefolgt war. Der Mann war Jahrzehnte zuvor aufgrund einer Behinderung in den Staatsdienst gelangt. Während seiner langen Kölner Dienstjahre hatte er täglich viele Arbeitsstunden damit verbracht, die Kollegen in den verschiedenen Abteilungen des Konsulats aufzusuchen und mit stundenlangen Klagen über das eigene, unerhörte Arbeitsaufkommen von deren eigener Arbeit abzuhalten. Inzwischen war er als ranghöchster Beamter an die Leitung eines anderen Konsulats versetzt worden.

Und jetzt?

Wie geht die Geschichte weiter?

Wie lauten die Vorschriften für ein so ungeheuerliches Dienstvergehen?

Geht es dem Mann nun an den Kragen?

Rückzahlung der Boni?

Entlassung aus dem Staatsdienst?

Kürzung der Pension?

Schimpf und Schande?

Passiert ÜBERHAUPT etwas?

„Sí, certo che succede qualche cosa – Na klar, sicher passiert was!", polterte der schwergewichtige stellvertretende Leiter unserer Dienststelle. „Ich sortiere hier jetzt den ganzen Mist und hätte weiß Gott Wichtigeres zu tun!"

„Und was passiert mit dem Kollegen?"

„Nichts, gar nichts. Das ist sowieso sein letzter Auslandsposten, und außerdem wird er von dieser Arschlöcher-Gewerkschaft geschützt!"

Ein sindacalista! Angehörige dieser Kategorie waren, sind und bleiben in Italien vollkommen unantastbar.

Einem Mitarbeiter im Archiv hatte ein fehlendes Auge die notwendige Punktzahl für die Einstellung eingebracht. Ein ruhiger Mann in schwarzem Anzug und mit langsamen Bewegungen, dessen Italienisch ich meist nicht richtig verstand, der sich aber in seiner Bewerbung um exotische Auslandsposten bei der Personalabteilung des Außenministeriums gründlicher Fremdsprachkenntnisse gerühmt hatte. Er fiel mir insofern auf, als er um die Weihnachts- beziehungsweise Osterzeit herum stets große Mengen der Weihnachtsmänner und Osterhasen davontrug, die ich zu gegebenem Anlass in reichlicher Zahl neben unserem Zeiterfassungssystem bereitstellte – sei es, um die Kollegen ein bisschen aufzumuntern, sei es um ihnen lokales Brauchtum nahezubringen.

Ursprünglich war diese Geste nur als kleines Dankeschön für einzelne Kollegen gedacht gewesen, mit denen ich im Laufe des Jahres viel zusammenarbeitet hatte. Aber über diese Praxis hatte sich ein Herr in leitender Funktion aus unserer Verwaltung beim amtierenden Konsul bitter beklagt. Am Abendbrottisch der Familie waren alle meine Geschichten überaus beliebt, doch die Klage des Verwaltungschefs:

„Ich habe kein Osterhäschen bekommen!" war ein echter Knüller.

Auf Bitten des damaligen Konsuls (den wir im Kapitel über das Rumpelstilzchen kennenlernen werden), der in dem Verwaltungschef eine wertvolle Figur bei seinem sehr pfiffig und überaus sorgfältig arrangierten, internen Gewerkschaftsschach sah, habe ich diese Praxis geändert. Allerdings war ich nicht bereit, dem Mann nun sein persönliches Häschen in die Hand zu drücken. Stattdessen habe ich fortan für sämtliche Mitarbeiter des Konsulats eine ganze Palette an Schokoladenfiguren zu den entsprechenden Feiertagen neben der Stechuhr deponiert, wo sie aber innerhalb kürzester Zeit auf wenig mysteriöse Weise (s.oben) verschwanden.

Formell gerügt wurde der einäugige Kollege jedoch wegen eines anderen, ungeheuerlichen Vergehens, das zu schildern der Konsul sich außerstande sah. Angesichts der dramatischen Andeutungen vermutete ich irgendwas in Richtung runtergelassener Hose. Erst nach meinen hartnäckigen Fragen kam mein Chef sehr umwunden zur Sache:

„Also, es fällt mir wirklich schwer, Ihnen das zu erzählen. Eine Ungeheuerlichkeit, wirklich. Tatsache ist, ich habe den Kerl gestern erwischt, wie er am Rudolfplatz Pfandflaschen aus einem Glascontainer geangelt hat!"

Aha, der Angestellte wollte offenbar sein monatliches Einkommen in Höhe von etwa 7.000 Euro (netto) etwas aufbessern. Das erklärte dann auch das heimliche Hamstern meiner Schokoladenfiguren. Es gibt solche Typen.

„Pfandflaschen. Nun ja. Also, offen gestanden, so richtig dramatisch finde ich das nicht."

Aber in den Augen des Missionschefs war das ein für unsere Behörde derart schädigendes Verhalten, dass er den Beamten tatsächlich umgehend nach Rom zurückbeorderen ließ. Dabei konnte man davon ausgehen, dass niemand in ganz Köln von der konsularischen Tätigkeit des Mannes in unserem Keller wußte.

Ein anderer, durchaus tüchtiger Mitarbeiter schien seine persönliche Vorstellung von Recht und Ordnung nicht nur im häuslichen Umfeld mit Handgreiflichkeiten umzusetzen, denn er trat seinen Dienst bisweilen mit einem blauen Auge an. Auch bei einer Routinekontrolle durch die deutsche Staatsmacht hatte er offenbar nicht lange gefackelt: Eine offizielle Verbalnote des Auswärtige Amtes ersuchte unser Generalkonsulat danach um eine Stellungnahme zu einer körperlichen Attacke unseres Mitarbeiters auf einen deutschen Polizisten im Zuge eben dieser Kontrolle. Als ich das am heimischen Abendbrottisch ziemlich entgeistert erzählte, diagnostizierte der Ehemann lakonisch: „Der

Typ ist im Gehirn offenbar ziemlich kurz verdrahtet: Vermeintliche Provokation – zack – eins auf die Schnauze."

Später schien sich der Raufbold ohnmächtig in einen Rosenkrieg zu verheddern und mehrfach beleidigende, ja sogar bedrohliche Briefe an die „furchtbaren deutschen Richter" zu verschicken. Ein pensionierter Richter vertraute mir damals entsetzt an, dass in diesen Schreiben rhetorisch geschickt Bezüge zwischen den historischen britischen Bombardements auf das nationalsozialistische Deutschland und einem damals aktuellen Anschlag mit sieben Todesopfern im Amtsgericht Euskirchen hergestellt und auf diese Weise beträchtliche Furcht bei den Adressaten verursacht wurde.

Der Strolch war alles andere als dumm und wußte sich zu wehren, wobei er auf kräftige gewerkschaftliche Schützenhilfe vertrauen konnte, die in Italien auch Spitzbuben zuteil wird. Er kam mit einem Tadel davon und konnte weiterhin unbeschwert auf diversen Auslandsposten seinen Dienst versehen, zwar nicht wie gewünscht in Berlin, sondern in einer ehemaligen Sowjetrepublik, vermutlich in compagnia bella.

All diese Episoden und Histörchen verbreiteten sich stets prompt unter unseren Landsleuten. Denn wenn Verschwiegenheit in der Botschaft noch das oberste Gebot gewesen war, so trugen im Konsulat viele Beteiligte oder Unbeteiligte dafür Sorge, dass sämtliche Details aus dem Konsulatsbetrieb über die erwähnten Komitees oder einfach über die Gastronomie in Köln Kalk nach außen getragen wurden.

17

Connazionali

Die Erfindungsgabe und Initiativkraft der Angestellten kam dem Arbeitsplatz im Konsulat selten zugute. Denn wer im Konsulat nachmittags nach den Öffnungszeiten turnusmäßig den Telefondienst versah und das wörtlich nahm – das heißt eingehende Anrufe tatsächlich beantwortete und sorgfältig jede Nummer der auf der Warteliste blinkenden, unbeantworteten Anrufe notierte und umgehend zurückrief – erntete zunächst sprachlose, dann überschwängliche Dankbarkeit. Und er wurde mit einer Flut unterschiedlichster Anliegen und Anrufer konfrontiert, die allesamt unsere Kundschaft ausmachten:

- alte Emigranten, die weder der deutschen noch der italienischen Sprache mächtig waren;

- sizilianische Mütter, die für ihre Söhne das Ehefähigkeitszeugnis(!) beantragen wollten, während diese in Rufweite am Küchentisch oder auf dem Sofa lungerten;

- coole Typen, die während des Shoppings per Handy das Eheaufgebot bestellen wollten;

- hilflose deutsche Zahnärzte, die mit der Lektüre ihres italienischen Immobilien-Steuerbescheides überfordert waren;
- enttäuschte Eisdielenbesitzer, die nach einem verregneten Sommer Kompensationshilfe vom Konsulat erbettelten;
- energische Geschäftsreisende, die auf einem Einschreiten des Konsulats gegen streikbedingte Wartezeiten auf dem Düsseldorfer Flughafen bestanden;
- hoffnungsvolle Schulabbrecher, die für ihren Schritt in die Selbstständigkeit vom Konsulat die Erarbeitung eines Businessplans erwarteten;
- resignierte Eltern leistungsschwacher Bambini, die vom Konsulat resolut kostenlosen Nachhilfe-Unterricht verlangten;
- betagte Witwen, die sich wegen einer Auskunft vormittags umständlich ins Konsulat begeben hatten, um von unserer Empfangsdame auf die telefonische Auskunft am Nachmittag verwiesen zu werden.

Ihnen allen verschlug es zunächst die Sprache, wenn nach tagelangen erfolglosen Versuchen nun am anderen Ende der Leitung nicht mehr das Besetztzeichen oder ein Automat, sondern ein Mensch antwortete. Später, nach einer ausführlichen Erörterung und möglicherweise Lösung des Problems oder zumindest dem glaubwürdigen Versprechen, sich der Sache anzunehmen, kam nach einer Kaskade des Dankes abschließend, mal verhalten zögerlich, mal mit keckem Grinsen in der Stimme, oft die Mutmaßung:

„Ma Lei non é italiana, vero?" Meine Antwort richtete sich nach dem Auftreten des jeweiligen Anrufers. Manch arrogantem oder polemischem Klienten habe ich von Herzen gern widersprochen: „Si sbaglia. Certamente sono cittadina italiana – Natürlich bin ich italienische Staatsbürgerin."

Verblüffend war häufig nicht nur das Anliegen, sondern auch der Auftritt unserer Kundschaft. Auf den Anruf einer ruhigen, bescheidenen und wohlerzogenen Hausfrau, die mit leiser Stimme und einfachen Worten ihr Problem schilderte und Stift und Papier zur Hand hatte, um die Auskunft zu notieren, konnte durchaus eine Landsmännin folgen, deren Wortwahl und Stimmkraft erahnen ließen, welch erbitterte Gefechte die Signora bisher auf dem heimatlichen Fischmarkt erfolgreich bestanden hat. Das Betragen der Männer lag meist irgendwo dazwischen und war von großer sprachlicher wie praktischer Unbeholfenheit geprägt.

Die Verwunderung bestand zuweilen auf beiden Seiten, insbesondere dann, wenn der Anrufer aus seinem persönlichen Erfahrungsschatz im Umgang mit dem Konsulat plauderte und beispielsweise berichtete, dass eine Dame unserer Telefonzentrale – immerhin eine staatliche Behörde – den Anrufer frühmorgens gleich nach der Begrüßung:

„Consolato Generale d'Italia buon giorno" mit der Mitteilung konfrontiert hat: „Ich sage Ihnen gleich, dass ich heute Morgen ausgesprochen schlecht drauf bin."

Und immer wieder Reisepässe, Reisepässe, Reisepässe. Tatsächlich wurde die Arbeit der chronisch unterbesetzten Passabteilung des Konsulats dadurch erschwert, dass viele unserer Landsleute ihren Meldepflichten nicht nachkommen oder ihren Reisepass weder aufmerksam durchlesen noch mit der gebotenen Sorgfalt behandeln, woraus die Mehrheit der Anrufe resultierte:

- Der connazionale hat versäumt, seine Hochzeit, Geburt des Kindes, Scheidung, neue Anschrift mitzuteilen.

– Er hat wenige Tage vor Reiseantritt oder – auch sehr häufig – am Flughafen festgestellt, dass sein Pass abgelaufen ist, der Pass nur für EU-Länder gilt, die Kinder keinen eigenen Pass haben, im Pass der Ehefrau ihr Geburtsname steht.

– Der connazionale hat seine Ausweise nicht mit der ge- eigneten Sorgfalt aufbewahrt, und das Kind hat den Pass mit

Buntstiften bemalt, der Hund hat auf dem Pass herum gebissen, der Pass ist mitsamt der Hose in der Waschmaschine gelandet ...

All diese Anliegen verstopften die Telefonleitungen und E-Mail-Accounts und häuften sich auf den Schreibtischen des Konsulats. Zumal sich unsere connazionali in der Regel viel davon versprachen, ihr Anliegen nicht nur ein Mal und persönlich vorzutragen, sondern sich oft an verschiedene Abteilungen des Konsulats wandten sowie darüber hinaus andere Familienmitglieder oder gerne auch einen Arbeitgeber mit der Sache beauftragten, um ihrem Anliegen Nachdruck zu verleihen. Auf diese Weise potenzierten sich die Anfragen um ein Vielfaches. Die furbetti, also die Schlauberger, wandten sich an das Büro des italienischen Botschafters in Berlin oder an das italienische Außenministerium in Rom, von wo aus der Fall per Telefon oder E-Mail an unser Konsulat, weil territorial zuständig, weitergeleitet wurde.

Das Telefonnetz war überlastet, die Mailboxen quollen über, Kundschaft und Mitarbeiter gerieten an die Grenzen der Belastbarkeit. Nicht selten begann der betreffende connazionale exakt in dieser Situation, wenn er endlich persönlich oder telefonisch eines Konsularmitarbeiters habhaft geworden ist, die jeweilige inneritalienische oder europäische Rechtsvorschrift in einem hocherregten Diskurs grundsätzlich infrage zu stellen. Ein Spektakel von unbegrenzter Spielzeit – mit wechselnden Darstellern und konstanter Thematik.

Dasselbe Bild vermittelten übrigens auch die sämtlich vom italienischen Staat alimentierten Emigrantenblättchen in Deutschland, auf deren Seiten Redakteure und Leser sich gegenseitig in polemischen Attacken auf Konsulate, Konsuln, Konsulatsmitarbeiter, Botschaft, Botschafter und Botschaftsmitarbeiter übertrafen. Dabei verkannten sie völlig die Tatsache, dass Botschaft und Konsulate, zumal innerhalb der Europäischen Union, nicht etwa dazu da sind, die connazionali in allen nur erdenklichen

Lebenslagen zu unterstützen, sondern beispielsweise auch explizit den Auftrag haben, die wirtschaftlichen Beziehungen zum Gastgeberland zu pflegen und zu fördern. Aus diesem Grunde haben wir enorm viel Kraft und Energie in die konstruktive Zusammenarbeit mit der landeseigenen Agentur NRW.INVEST, mit den italienischen Handelskammern in Deutschland, mit den Investitionsförderagenturen der italienischen Regionen und mit den in NRW ansässigen italienischen Unternehmen und italienischen Wissenschaftlern verwendet. Aber das war den meisten connazionali vermutlich schnurzegal. In deren Interpretation hatte beispielsweise die Handelsabteilung eines Konsulats keine handelspolitischen Aufgaben, sondern war dazu da, um Kredite für eigene Investitionen lockerzumachen, Gewerbescheine bei deutschen Behörden zu beantragen, Mietverträge rechtlich zu überprüfen, KFZ-Überführungskennzeichen zu beantragen, Zwistigkeiten zwischen italienischen und deutschen Lieferanten zu regeln oder Protest gegen das eigene schlechte Abschneiden bei einer Prüfung vor der örtlichen Handelskammer oder gegen die bevorzugte Behandlung einer Landsmännin durch den Dozenten eines Deutschkurses der Volkshochschule einzulegen – und am Ende gar die eigene alte Vespa möglichst gewinnbringend dem deutschen Markt zuzuführen. Als der Kollege den italienischen Besitzer der Vespa ironisch nach einer persönlichen Gewinnbeteiligung an dem Geschäft fragte, erkundigte dieser sich ganz sachlich und ohne jede Empörung.

„E quanto sarebbe? – Also, wie viel wäre das denn?"

Um unseren Anrufern die Absurdität mancher Anliegen zu verdeutlichen, habe ich sie oft gefragt:

„An wen sollte sich Ihrer Meinung nach denn der deutsche Bürger aus Hamburg oder Köln wegen der Erledigung dieser Probleme wenden?" Und erntete stets schieres Unverständnis in Bestätigung einer Analyse eines italienischen Generalkonsuls in Stuttgart:

„Unser Generalkonsulat ist die klassische konsularische Vertretung, in welcher die italienische Comunity nach wie vor den absoluten Bezugspunkt mit allumfassender Zuständigkeit sieht und an welche sie sich unter jedweden Umständen und für jedwedes Problem wenden kann. Es fällt den italienischen Kreisen hier immer noch schwer zu begreifen, dass die Wahrung von Rechten und Interessen zuallererst in die Verantwortung des Einzelnen fällt, der sie im Rahmen der institutionellen und rechtlichen Gegebenheiten des Empfangsstaates in die eigene Hand zu nehmen hat."

Denn in bester Tradition dessen, was der Fachmann assistenzialismo (Fürsorgementalität) nennt, sollten aus Sicht der Landeskinder das Konsulat oder Vater Staat dem Bürger in allen persönlichen, rechtlichen und geschäftlichen Lebenslagen beistehen – auch wenn das Kind umgekehrt womöglich nur widerwillig oder gar nicht bereit war, seine Melde-, Wahl- oder Immobiliensteuerpflichten gegenüber dem Vater zu erfüllen.

Nachdem der Cavaliere Berlusconi das Land jedoch in eine wirtschaftlich prekäre Lage mit besonders hoher Jugendarbeitslosigkeit gebracht hatte, verschob sich das Tableau unserer Kundschaft, denn die neue Emigrantengeneration junger gebildeter und gut ausgebildeter Italiener hat ein vollkommen anderes Selbstverständnis und eine moderne Auffassung vom Staat, seinen Einrichtungen und Dienstleistungen.

Die Reisepässe allerdings waren, sind und bleiben das alles überschattende Thema im Konsulat. Zum besseren Verständnis der Problematik muß hier ein wenig ausgeholt werden. Denn es ist so: In Deutschland verfügen die Bürger über den EU-weit gültigen Personalausweis, und Fernreisende beantragen einen Reisepass, der in der Regel nach vier Wochen abholbereit ist. Beide Ausweise sind kostenpflichtig: Personalausweis 28,80 Euro, Reisepass 60,00 Euro. Italienische Personalausweise dagegen kosten 5,61

Euro. Sie haben die Wertigkeit eines Freischwimmerscheins oder Videotheksausweises und bieten sich deshalb – zumindest im Kölner Raum – nachgerade zur Fälschung an. Wie Giovanni de Lorenzo im Gespräch mit Ministerpräsident Conte klagt: „Wir sind das einzige Volk in Europa, das noch mit Personalausweisen aus Papier herumläuft!" (Die Zeit, 03.01.2019). Rechtschaffene Italiener wollen daher unbedingt im Besitz eines Reisepasses sein, um sich als anständige Bürger ausweisen zu können. Und an dieser Stelle machte Vater Staat Kasse, denn er unterschied jahrzehntelang säuberlich zwischen dem Passheft, das seinerzeit 42,50 Euro kostete und lediglich in den EU-Ländern gültig war, und dem mit der Gültigkeitsmarke für alle von der italienischen Regierung anerkannten Länder ausgestatteten Reisepass. Diese Marke kostete damals pro Jahr 40,29 Euro und machte einen Pass mit zehnjähriger Gültigkeit zu einer richtig kostspieligen Sache.

Bis zur Jahrtausendwende wurden die geltenden Vorschriften mit der bewährten precisione elastica umgangen, und zwar in großzügiger Auslegung einer Regelung, der zufolge der emigrato von der Zahlung sämtlicher Passgebühren zu befreien sei. Der „echte Emigrant" war in der gängigen Interpretation ein im Ausland lebender Italiener, der sein Brot mit seiner Hände Arbeit verdiente.

Ja, und was benutzt ein Designer, ein Chirurg, ein Gärtner, ein Architekt, ein Gastronom, ein Installateur, ein Stukkateur, ein Fliesenleger oder ein Gelatiere bei der Ausübung seiner beruflichen Tätigkeit? Richtig. Alle waren Handarbeiter, und nur die ganz Doofen zahlten für ihren Reisepass, der jahrzehntelang ohne große Kontrollen der Personalien und stets am Tag der Beantragung ausgehändigt wurde.

Angesichts klammer Kassen sieht sich jedoch fast jede Behörde zum Umdenken gezwungen. Es ergingen neue, strengere Vorschriften. Pässe nur für EU-Länder wurden nicht mehr ausgestellt, kostenfrei waren sie noch nicht mal für Hartz-IV-Empfänger –

selbst wenn diese ganz und gar mittellos waren, aber dringend zu einer Verlobungsfeier nach Brasilien reisen mußten ....

Zur Kanalisierung und Regulierung des Ansturms unserer utenza wurde ein Online-Terminvergabesystem eingeführt. Bei Vorsprache außerhalb der Terminvergabe wurde nun eine Zusatzgebühr fällig, die Pässe wurden erst nach Überprüfung aller Daten im zentralen Register der im Ausland lebenden Italiener A.I.R.E. und gegebenenfalls nach Rückfrage bei den italienischen Behörden ausgestellt. Um dem ungünstigen Eindruck der Beutelschneiderei bei der eigenen Bevölkerung ein wenig aufzubessern, wurden die Gebühren für den Reisepass erneut geändert und vor allen Dingen in „Beitrag" umbenannt, was der Vermutung Nahrung gibt, dass der italienische Staat durchaus bereit ist, von anderen, hier offenbar von der deutschen GEZ, zu lernen.

In seltener Einigkeit führten die connazionali im Chor lauthals Beschwerde über den ständigen Stau im Konsulat. Doch sie steckten nicht im Stau, sie WAREN der Stau. Und wie andere Staus auch, schwoll auch unserer in den Sommermonaten gewaltig an. Dramatische Szenen spielten sich in dem völlig überfüllten Wartesaal des Konsulats ab: plärrende Kinder, keifende Mütter, brüllende Väter, von denen manche – je nach Bildungsgrad und Temperament – gern handgreiflich wurden, gar mit Mord drohten. Die Pass-Abteilung wurde überrollt, verschob das Prinzip der precisione elastica in weniger Präzision und mehr Elastizität und bearbeitete täglich bis in den späten Abend hinein sämtliche Anträge dieser lauten, wogenden, schwitzenden Flut.

Kaum waren die Sommerferien in NRW zu Ende, kehrte stets feierliche Stille in unseren Wartesaal ein. Keiner unserer Kunden, die uns im nächsten Juni die Bude einrennen würden, schaute im September in seinen Reisepass, und all jene, die für die Monate September, Oktober, November ordentliche Termine vereinbart hatten, glänzten durch Abwesenheit. Ihren Pass hatten sie schon

im Sommersturm ergattert, den Termin zu löschen war ihnen
jedoch zu lästig, neue Termine vergab das ausgebuchte System
deshalb erst für Januar und Februar .... und im Juni sahen wir
uns alle wieder in der sala d'attesa.

18

Die Kunst der Diplomatie

Der Schock, den mein neuer Arbeitsplatz in mir ausgelöst hatte, hielt ziemlich lange an. Den Ehemann betrübte die ganz und gar ungewohnte Lustlosigkeit, mit der ich mich jeden Tag um 7 Uhr in der Frühe auf den Weg machte.

Es war nicht nur die Atmosphäre, die mir zu schaffen machte, sondern auch das Aufgabenfeld. Übersetzungen vertraute man mir nicht an, jeder Angestellte wurstelte sich seine eigenen Texte und Übersetzungen, eine abteilungsübergreifende Zusammenarbeit war unbekannt. Es hat tatsächlich Jahre gedauert, bis alle Kollegen begriffen hatten, dass sie mir völlig gefahrlos sämtliche dienstlichen und auch privaten Übersetzungen anvertrauen konnten – ohne zu riskieren, eines Tages eine wie auch immer geartete Rechnung von mir präsentiert zu bekommen.

Kenntnisse in Politik und Wirtschaft, Presse und Protokoll waren nicht gefragt oder nicht geschätzt – bis später die hohen Anforderungen des Botschafters Puri Purini diesen Bereichen auch in den untergeordneten Konsulaten höchste Priorität sicherten. Bis dahin aber dümpelte ich zwischen der schematischen Beantwortung von Anfragen aus Wirtschaft und Handel dahin. An der von mir zu übersetzenden Standardbeantwortung der Anfragen aus Deutschland oder Italien nach Herstellern bestimmter Produkte im jeweils anderen Land wurde seitens der zuständigen Vize-Konsulin monatelang gefeilt. Dabei verwies sie darin lediglich auf die Zuständigkeit der Italienischen Handelskammer in Frankfurt beziehungsweise der Italienischen Außenhandelsagentur in Düsseldorf. Aber die Wahl der Formulierungen und die Frage der Unterschrift machten meiner Vorgesetzten zu schaffen. Die drei Sätze wurden wieder und wieder verschoben und gedreht, die Unterschrift wieder und wieder geändert: In der ersten Variante sollte die contrattista die unwichtigen Schreiben selbst unterzeichnen. In der zweiten Variante, die einige Wochen später in Kraft trat, unterschrieb die Konsulin selbst, da sie ja die Formulierungsarbeit geleistet hatte. Nach weiteren Wochen wurde entschieden, dass nicht sie, sondern der Generalkonsul unterschreiben und damit die Verantwortung für den Inhalt der Briefe und damit auch für das möglicherweise vorhandene Gefahrenpotenzial für die jeweilige Karriere übernehmen sollte. Dann aber ging der Konsulin wohl auf, dass ihre Arbeitsleistung bei diesem Verfahren gänzlich unsichtbar bliebe. Also erging Weisung, sowohl die Unterschrift der Konsulin als auch des Generalkonsuls auf die Schreiben zu setzen – in dem die Adressaten aufgefordert wurden, sich die erbetene Information an anderer Stelle zu besorgen!

Mein erster Generalkonsul nahm alles hin. Ihn schienen weder Arbeits- noch Verhaltensweisen im Konsulat zu stören. Ich glaube, er war hauptsächlich mit dem Verfassen eines Konsularhandbuches und sehr gutem Essen befasst, oft in Gesellschaft des Kölner Oberbürgermeisters Fritz Schramma. Der Konsul war ein kleiner, dicklicher gutmütiger Mensch, dessen blitzende blaue Augen jedoch die Vermutung zuließen, dass

Gutmütigkeit nicht notwendigerweise Dummheit implizierte. Die Führung des Konsulats überließ er praktisch der Nummer zwei, die – soweit ich mich erinnere – eine Seiteneinsteigerin der diplomatischen Laufbahn war. Hochgewachsen, selbstbewusst, wenig erfahren, wenig beherrscht, wenig attraktiv. Und durchaus willens, die mangelnde Erfahrung durch entschlossenes Auftreten wettzumachen. Beispielsweise mit einem harschen Brief an den Vorstandsvorsitzenden der KölnMesse, worin dieser in rüden Worten aufgefordert wurde, die Platzierungswünsche der italienischen Aussteller auf der Internationalen Möbelmesse zu erfüllen – per Einschreiben mit Rückantwort. Ich habe das von ihr formulierte Schreiben präzise übersetzt und darauf geachtet, es dem Generalkonsul selbst zur Unterschrift vorzulegen. Auf diese Weise konnte ich das Schlimmste verhindern. Ich erklärte ihm leise (die Türen zwischen den Büros des Generalkonsuls, des Sekretariats und der Vize-Konsulin standen meist offen):

„Sehen Sie, Signor Console Generale, diese Formulierungen klingen zumindest in deutscher Sprache so, als seien sie einem Handbuch ‚Wie schaffe ich es, mir die Sympathien aller zu verscherzen?‘ entnommen. Also, ich meine, einen Einschreibebrief mit Rückantwort schickt man hierzulande einem zahlungssäumigen Studenten, aber bestimmt nicht dem Vorstandsvorsitzenden eines großen Unternehmens, jedenfalls nicht, wenn es um ein solches Anliegen geht. So was könnte man eher in einem persönlichen Gespräch vorbringen."

Ich glaube, der Generalkonsul „vergaß" es daraufhin, den Brief zu unterzeichnen, was mir sicher keine Sympathien bei meiner Vorgesetzten eingebracht hat. Also hieß es, durchhalten und den eigenen Kopf möglichst unbenutzt lassen – von wegen sapere aude! Bei der einzigen Diskussion mit der Vorgesetzten habe ich ungläubiges Unverständnis geerntet bei meinem abschließenden Bekenntnis: „Ich weiß, was ich kann, und ich weiß, was ich nicht kann." Oder – nach dem eher philosophischen Kommentar des

Ehemannes – entscheidend für das Leben eines jeden Menschen ist, dass er seinen richtigen Platz findet.

Mein Führungsduo wurde nach der üblichen Zeit versetzt, in die USA beziehungsweise in den Fernen Osten.

19

Nicht nur Gold

Der nächste Konsul trat nicht wirklich verheißungsvoll auf. Grobe Gestalt, grobe Kleidung, etwas unbeholfen in Ausdruck und Auftritt. Stimm- und Körperkraft der Ehefrau boten gute Voraussetzung für einen Auftritt auf der römischen Piazza. Der Mann war in seiner Karriere trotz seines Alters nicht recht vorangekommen; er schrieb die Schuld der Hinterhältigkeit eines höher gestellten Kollegen zu, was ich bezweifle. Den höher gestellten Kollegen kannte ich aus Bonner Zeiten: intelligent, schnell, präzise und effizient, nicht gerade harmoniebedacht, aber korrekt.

Die Gattin unseres neuen Chefs fand schon nach wenigen Wochen in unserer Telefonistin eine kongeniale Gesprächspartnerin, in deren Gesellschaft sie viele Stunden in der Telefonzentrale verbrachte. Nach meiner Einschätzung blieben in der Folge sehr, sehr viele eingehende Anrufe unbeachtet, was völig zu Recht wütende Proteste seitens unserer Kundschaft hervorbrachte.

Ihr Ehemann machte fleißig und rechtschaffen seine Arbeit. Er bereiste unablässig den gesamten Konsularbezirk, ohne Chauffeur und in seinem eigenen, etwas klapprigen US-Ford, den er auch in einem recht eigenen Fahrstil pilotierte. Ich saß oft mit im Wagen, weshalb mir eigentlich eine „Rüttelzulage" zugestanden hätte. Die Forderung nach einer solchen indennità per scuotimenti war in den Siebzigerjahren von den Briefesortierern der italienischen Post erhoben worden, die ihre Arbeit in Zügen verrichteten – ob erfolgreich, weiß ich nicht.

Der Konsul war sich für keine unwichtige Veranstaltung mit unwichtigen Teilnehmern zu schade, rackerte sich durch italienische Elternabende, Emigrantenvereine und italienische Abende, ertrug tapfer die Zwistigkeiten innerhalb des Konsulats und innerhalb der Kölner collettività, blieb unerschrocken auch bei einem erregten und ziemlich lauten Gezanke zwischen der Leiterin unserer Schulabteilung und der Vorsitzenden des Vereins zur Unterstützung italienischer Schulkinder – immerhin im Vorzimmer des Staatssekretärs für Schule und Bildung der nordrhein-westfälischen Landesregierung!

Bei dem Gespräch mit dem Staatssekretär ging es um das Istituto Italo Svevo, eine italienische Schule in Köln. Das Thema oder besser die chronische Finanznot dieser Schule hat meinen Konsulatsalltag bis zur Pensionierung begleitet und regelmäßig hektische und heftige Aktivitäten der jeweiligen Konsuln ausgelöst, welche immer nur von einem einzigen, heißen Gebet beseelt waren:

„Lieber Gott, lass die Schule bitte bloß nicht während meines Mandats untergehen!"

Ein einfacher italienischer Lehrer, den das schlechte Abschneiden italienischer Kinder an deutschen Schulen dauerte, hatte sich das Projekt erst in den Kopf gesetzt und später in die Tat umgesetzt. Die gute Idee war allerdings mit einem Geburtsmangel behaftet: Es fehlte Geld, und zwar schon vor dem Start.

Zwar wurde mit kräftiger Unterstützung unseres Konsulats die Finanzierungszusage und die Anerkennung der jeweils zuständigen deutschen und italienischen Behörden eingeholt. Die NRW-Landesregierung sollte gemäß geltendem Schulgesetz 87 Prozent der Kosten tragen, die italienische Regierung 13 Prozent. Der Betrieb konnte somit beginnen, aber noch existierte kein Schulgebäude. Da ließ sich der Lehrer von einem der renommiertesten Kölner Immobilienmakler die benötigten Räumlichkeiten vermitteln – in einem prachtvollen, großen, sanierten Backsteingebäude, einem ehemaligen Postamt. Die Schule zog mit ihren ersten, wenigen Klassen ein, der Betrieb begann. Der Makler stellte die geleisteten Dienste ordentlich in Rechnung, doch das Lehrerlein dachte nicht im Traum daran, die Rechnung zu begleichen. Auch als ein Gericht ihn zur Zahlung verurteilt hatte – zusammen mit Verzugszinsen, Gerichtskosten usw. war ein Betrag von circa 400.000 Euro aufgelaufen –, machte er sich nicht die geringsten Sorgen, sondern vertraute fest auf die italienische Methode des furbetto, des Schlaumeiers:

„Was will der Typ denn schon machen? Die Schulbänke als Sicherheit nehmen? Ha! Wenn ich das dem Express stecke, kriegt dieser Makler in Köln kein Bein mehr auf die Erde."

O sancta simplicitas! Köln – Kapitale des Klüngels, Heimat von Adenauer, Pferdmenges, Sal. Oppenheim, Neven DuMont! Im Büro des Maklers im feinen Marienburg, in der Pferdmenges-straße(!), bat unser Generalkonsul mit mir als Übersetzerin um Gnade und Nachsicht. Später wurde mit einem SPD-Landtagsabgeordneten und einem neuen Eigentümer des Gebäudes eine Lösung gefunden, in deren Verlauf die Maklerkosten irgendwie in die Miete einfließen sollte. Das genaue Verfahren ist mir bis heute schleierhaft.

Aber von wegen Ende gut, alles gut! Der arme Lehrer starb an einem Herzinfarkt, Schule, Schulleitung und Trägerverein taumelten von Schuljahr zu Schuljahr. Denn der von uns stets so gerühmte politische und gesellschaftliche Wert dieses Vorzeigeprojekts hat das italienische Außenministerium nicht davon abgehalten, den italienischen Beitrag von 13 Prozent der Gesamtkosten im Zuge seiner Sparmaßnahmen nach dem Rasenmäherprinzip von einem Jahr auf das nächste umstandslos zu halbieren und später ganz zu streichen. Die deutsche Seite hingegen hatte den eigenen Beitrag in Höhe von 87 Prozent bei im Voraus berechneter, zunehmender Schüler- und Klassenzahl für die nächsten dreißig Jahre pingelig auf den Cent genau veranschlagt und zahlte ihn auch stets pünktlich.

Jahr für Jahr musste der jeweilige Konsul, mit mir im Schlepptau, bei Banken, Bürgermeistern, Insolvenzverwaltern, Bezirks- und Landesregierung auftreten und um Verständnis, Geduld, Unterstützung, ein politisches Signal, eine politische Lösung bitten. Im Klartext aber wollten wir ganz einfach deutsches Geld für dieses italienische Modell gelungener Integration, diesen Grundstein des Hauses Europa, diesen fiore all'occhiello, Blume im Knopfloch. Und jeder unserer Botschafter, der seinen Antrittsbesuch bei der nordrhein-westfälischen Landesregierung abstattete, bekam von uns ein Papier – Aide Mémoire, Non Paper, Speaking Notes – in die Hand gedrückt und trug das Anliegen mehr oder weniger überzeugend dem jeweiligen Ministerpräsidenten vor. Dieser wiederum sagte stets zu, den zuständigen Kollegen auf das Problem aufmerksam zu machen. Ich habe Grund zu der Vermutung, dass man sich irgendwann diesen Verwaltungsweg sparte und den gebetsmühlenartigen Vortrag einfach vergaß, zumal sich am Sachstand – jedenfalls auf deutscher Seite – nichts geändert hatte und nichts ändern würde: 87 Prozent der Gesamtkosten und kein Cent mehr.

Eine unerfreuliche Sache, eine heiße Kartoffel, die von Konsul zu Konsul weitergereicht wurde.

Durchweg erfreulich waren Publikumsveranstaltungen, die unser Konsulat während der Amtszeit des rechtschaffenen Mannes durchgeführt hat. Manche Idee wurde in meinem Ufficio Commerciale geboren, manche wurde an uns herangetragen, wie 2005 die italienische Partnerschaft bei den Essener Lichtwochen. Das ist eine Art Weihnachtsmarkt, der von der Essener Marketinggesellschaft geplant und finanziert wird – eine erfolgversprechende Sache. Da die Finanzierung gesichert war, brauchte es nur noch eine gute Organisation für das Gelingen der Unternehmung und, in der Diktion des Gesandten Carlo Marsili aus Bonner Zeiten: „Da mangiare, da bere e belle donne". An den schönen Frauen haperte es zwar, aber für Essen, Trinken und sogar Musik war gesorgt. Der vorgeschriebene Dienstweg über Botschaft und Außenministerium war mir arg umständlich erschienen, und so hatte ich direkt vor Ort nach italienischen Partnern gesucht und dank des Internets auch gefunden. Krippenbauer aus Kampanien, Käsehersteller aus Sardinien, Apfelanbauer aus Südtirol, die Musikkapelle Banda Garibaldina aus Poggio Mirteto, Fahnenschwenker aus Florenz, die Banda Musicale della Polizia di Stato, eine Südtiroler Volkstanzgruppe und sardische Mamunthones-Kostümgruppen mussten nur allesamt orchestriert und dirigiert werden. Das war kein leichtes Unterfangen für eine Handelsabteilung, deren einziges Personal eine Übersetzerin war. Aber alle Beteiligten waren mit Herzblut bei der Sache, um ihre prodotti, ihr Brauchtum, ihr Handwerk, ihre Kunst mit berechtigtem Stolz zu präsentieren.

Das Spektakel, das über mehrere Wochen von einem umfangreichen Kulturprogramm unseres Kulturinstituts begleitet wurde, war ein Bombenerfolg, trotz des geringen Umsatzes bei den Verkaufsbuden in der tristen, von Arbeitslosigkeit geprägten Essener Innenstadt. Den stimmungsvollen Auftakt machte ein großartiges Konzert des Orchesters der italienischen Staatspolizei zusammen mit dem Essener Polizeichor mit Werken von Wagner,

Mascagni und Verdi, das die Gäste zu Begeisterungstürmen hinriss. Der Auftritt bestätigte, was ich meinen Gesprächspartnern von Essen Marketing zuvor eindringlich erklärt hatte: dass es sich nämlich mitnichten um eine Art Feuerwehrkapelle handelte, sondern um ein professionelles Orchester, das über die Grenzen Italiens hinaus einen hervorragenden Ruf genießt.

Den Schluss des Konzerts habe ich aber gar nicht mehr mitbekommen, denn kurz vor den Zugaben hatte ich mich dünne, sozusagen die Fuga all'inglese gemacht, um den eigens angereisten Ehemann zu einem nicht minder großartigen Abendessen in einem renommierten Sterne-Lokal zu treffen. Im La Grappa stand ein libanesischer Koch am Herd und ein italienischer Chef im Gastraum, dessen Wände über und über mit Devotionalien, Zigarrenkisten, Nippes, Leuchtern, Fotos, Weinflaschen bedeckt waren. Der Chef, in Polohemd und Shorts, machte die Honneurs, indem er die Gäste über die Tische hinweg miteinander bekannt machte und dabei lautstark die jeweilige dienstliche oder gesellschaftliche Position des betreffenden Gastes rühmte – nicht zum Entzücken aller Beteiligten. Das sechsgängige Menu hat der Ehemann begeistert vertilgt und das Ganze mit einem wertvollen Grappa gekrönt. Einmal in Schwung, hat er zusammen mit der Rechnung gleich die ganze Flasche bezahlt und in höchst fideler Stimmung in seiner Jacketttasche ins Hotel getragen.

Am nächsten Tag wurden die Lichtwochen offiziell eröffnet. Nach den üblichen Reden nahmen die Honoratioren und Beteiligten hintereinander Aufstellung und formierten sich zu einem langen Zug, an dessen Spitze, zur Erheiterung des Ehegatten, die Dolmetscherin zusammen mit dem Oberbürgermeister, dem Landesminister für Europa, dem eigenen Generalkonsul und der polnischen Generalkonsulin als Vertreterin des vorjährigen Partnerlandes durch die Essener Innenstadt marschierte. Gemeinsam trugen sie einen symbolischen Leuchtstab auf dem langen Weg bis zu dem zentralen Festplatz, wo wir auf einem großen, überdachten Podium Aufstellung nahmen. Es kam, wie es kommen musste: Weitere Reden – ein nervliches Highlight für die Dolmetscherin wider Willen – live und laut über Verstärker für ein vielköpfiges Publikum, das WDR Regionalfernsehen und Radio Colonia. Dann endlich wurde die prächtige Weihnachts- beleuchtung in sämtlichen Straßen der Innenstadt eingeschaltet. Beifall, Tusch, Feuerwerk und Feierabend.

Die bunte Beleuchtung des Stadtzentrums zeigte sämtlich Szenen, Bauwerke und Gegenstände mit „typisch" italienischem Erkennungswert. Über die Qualität der Gestaltung der Szenen und auch des Internetauftritts sowie der gedruckten Programmhefte, Flyer usw. hatte es eine längere Auseinandersetzung gegeben, bei der mein Konsul leider früh eingeknickt war. Alle Motive und Bilder, die Assoziationen an Italien wecken sollten, waren geradezu erschreckend schlicht gewählt und gestaltet: Kolosseum, Mandoline, Chianti-Flasche – wie wir es von den Kartons billiger Pizzalieferanten kennen. Und genau das war das Argument der Marktinggesellschaft, das unser Konsul zu meinem Kummer widerspruchslos akzeptiert hat: Die Adressaten seien einfache, eher unbedarfte Bewohner des Ruhrgebiets, die künstlerische Ambitionen gewiss nicht estimieren würden.

Ich vermutete eher, dass der hauseigene Designer nichts anderes als Hausmannskost servieren konnte , die auch unserem rechtschaffenen Konsul durchaus zusagte.

Glanzvoll in mehrfacher Hinsicht war eine andere Großver- anstaltung in Köln im folgenden Jahr. Fairerweise muss ich sagen, dass die Idee dazu die mittlerweile in Fernost amtierende Vize-Konsulin gehabt hatte, die ziemlich treffsicher vermutete, dass italienische Schokolade oder italienischer Schmuck um die Weihnachtszeit ein Publikumsrenner sein könnten. Die Kölner Goldschmiede-Innung war gern zur Zusammenarbeit bereit. Allerdings unter der Bedingung, dass es sich nicht allein um eine

Veranstaltung für den „üblichen Konsulats-Vernissage-Adel", sondern um eine wirkliche Fachausstellung für ein breiteres Publikum handelte. Auch in diesem Fall habe ich mich bei der Suche nach einem italienischen Gegenpart nicht lange mit dem Dienstweg – Botschaft, Außenministerium, Außenhandelsinstitut – aufgehalten, sondern mich selbst auf die Suche gemacht. Im Internet fand ich die Associazione Regionale Romana Orafi, die nicht nur zur Zusammenarbeit bereit, sondern, wie sich zu meiner Freude herausstellte, auch mit reichlich Geld gesegnet war.

Nach fast einjähriger Vorbereitung wurde zur Adventszeit im Römisch-Germanischen Museum eine im Wortsinn glänzende Ausstellung römischer und Kölner Goldschmiede eröffnet. In eleganten, eigens in Rom angefertigten und herbeitransportierten Vitrinen wurden wahrhafte Meisterstücke der Goldschmiedekunst präsentiert, deren Beschreibung ich für den Katalog mühsam übersetzt hatte. Die terminologischen Schwerpunkte meiner Übersetzungen waren in den Achtzigerjahren das Gleichgewicht des Schreckens mit all den es tragenden Waffensystemen und insbesondere den Mittelstreckenraketen, später europapolitische Schwammigkeiten und schließlich konsulartechnisches Vokabular gewesen. Silberlegierungen, Granulationen in Gelbgold, Mandaringranat, Schwarzbrillanten und schwarz rhodiniertes Gold waren für mich Neuland.

Die wirkliche Herausforderung bei der ganzen Unternehmung aber waren für mich weder diese Texte noch die zahllosen Grußworte, Geleitworte, Einführungen und auch nicht die wochenlange Koordinierung von zwanzig italienischen und acht Kölner Goldschmieden und der beteiligten deutschen und italienischen Institutionen, sondern die Übersetzung eines Vortrags von Claudio Franchi, Kunsthistoriker und künstlerischer Direktor der Gold- und Silberschmiede, die den Fischer-Ring von Papst Benedikt XVI. geschaffen hat. Zum Thema „Römisches Tafelsilber zwischen gestern und heute" entwickelte er, ausgehend vom „Gastmahl des Trimalchio", philosophische Gedanken über das Ritual des Essens und seine sozialen Bedeutung. Eine Kölner Konferenzdolmetscherin, und zwar die von mir am höchsten geschätzte Vertreterin ihrer Zunft, sollte nicht nur meine Übersetzung dieses Vortrags vorlesen, sondern auch die vielen Wortbeiträge während der Eröffnung im Römisch- Germanischen Museum und des anschließenden Essens dolmetschen. Über ihren Kommentar zu meiner Übersetzung –"Chapeau!" – habe ich mich mehr gefreut als über die gelungene Veranstaltung.

Zu den vielfältigen Vorbereitungen gehörte auch das Austüfteln einer protokollarisch korrekten Sitzordnung für die 100 platzierten Gäste des glanzvollen Abendessens im Kölner Dom-Hotel mitsamt kunstvoller Beschriftung von 100 weißen Tischkärtchen mit Goldstift. Allein die Suche nach den Tischkärtchen in dieser Menge erforderte meinen Einsatz. Seit dem Umzug von Bundesregierung und Botschaften führen Bonner Geschäfte solch protokollarisches Beiwerk nicht mehr. Köln hatte mit diplomatischen Gewese noch nie viel am Hut. An einem freien Samstag bin ich schließlich in Düsseldorf fündig geworden.

Der ganze Spaß hat den Römischen Goldschmiedeverband beziehungsweise die Handelskammer der Region Latium immerhin 400.000 Euro gekostet, weshalb die Gäste im Dom-Hotel wirklich handverlesen waren und vor dem Betreten des prächtig dekorierten Saals von eigens engagierten Hostessen anhand meiner Liste sorgfältig kontrolliert wurden. Und trotzdem gelang es einer stadtbekannten Fotografin, die aufgrund ihrer Gestalt und ihres Auftretens schwer zu ignorieren ist, sich an die Tafel zu schummeln. Ich war – was selten vorkommt – sprachlos, habe die ungeladene Gästin jedoch aus den Augen verloren, weil mir in diesem Moment der Vorsitzende des römischen Goldschmiedeverbands ein paar arg prächtige, goldene Ohrringe überreichte. Getröstet hat mich allerdings, dass diese Dame nicht nur meine Schranken überwunden hat. Mit einem ähnlich dreistem Auftritt

bei einer Eröffnungsveranstaltung der ANUGA-Nahrungsmittel-
messe hat sie sich den heftigen Zorn sowohl des Protokollchefs
als auch des Vorstandsvorsitzenden der KölnMesse zugezogen.
Aber es gibt Leute, an denen wirklich alles abprallt. Während der
Festveranstaltung zum folgenden italienischen Nationalfeiertag
stand sie – trotz vorheriger und ausdrücklicher Bestätigung, dass
sie nicht eingeladen sei – mitten im Klaviervortrag auf einmal
im Konzertsaal des Italienischen Kulturinstituts.

20

Azzurri und Mafiosi

Weitaus größeren Unterhaltungswert als alle noch so glanzvollen kulturellen Ereignisse hat jedoch allemal der Fußball. Die Unterbringung der italienischen Nationalmannschaft Azzurri in Duisburg während des deutschen Sommermärchens löste 2006 geradezu eine heitere Hysterie aus – auch beim Duisburger Oberbürgermeister Adolf Sauerland, der später bei dem tragischen Verlauf der Love Parade, die auch unser Konsulat noch nachhaltig beschäftigen sollte, eine mehr als unglückliche Figur abgeben würde. Und zu diesem Zeitpunkt wusste man auch noch nicht, dass das Zustandekommen unseres Sommermärchens eher ein Märchen aus Tausendundeiner Nacht war. Das stellte sich erst ein Jahrzehnt später heraus dank der Ermittlungen amerikanischer Richter gegen die Fifa.

Zu den Vorbereitungen in Duisburg empfing ein strahlender Oberbürgermeister meinen rechtschaffenen Generalkonsul und mich zusammen mit seinen Mitarbeitern. In überaus gelöster Stimmung besprachen wir im Rathaus bei Kaffee und belegten

Brötchen Unterbringung, Sicherheit und Begleitprogramm der italienischen Fußballmannschaft. Der enge Kontakt mit Sauerlands Büroleiter, dem Pressechef und dem Sprecher der Duisburger Polizei sollte später noch von großem Nutzen sein, nicht nur nach der Love Parade, sondern auch nach der aufsehenerregenden Ermordung mehrerer N'dranghetisten vor einer Duisburger Pizzeria – was mich einmal mehr darin bestätigt hat, dass nichts über eine nachhaltige Kontaktpflege geht.

Ganz Deutschland im Fußballfieber, das ganze italienische Konsulat natürlich auch. Während ich mich um protokollarische Fragen kümmerte, sorgten sich meine Kollegen auf höchst gewitzte Weise um Freikarten für die Spiele ihrer Nationalhelden: Bei einer Kollegin führte die Ankunft der italienischen Nationalmannschaft sogar zu einer vorübergehenden Genesung während ihrer 443 Tage währenden Dienstunfähigkeit. Sie konnte sich vom Krankenbett aufrappeln, irgendwie das Briefpapier mit dem Briefkopf des Generalkonsulats beschaffen und in einem formellen Schreiben den italienischen Fußballverband umstandslos auffordern, ihr für das nächste Spiel in Kaiserslautern nicht weniger als ein Dutzend Karten zur Verfügung zu stellen. Da kann man nur staunen.

Auch die Gattin unseres Chefs wurde tätig und forderte mich gar auf, ein Treffen ihres Sohnes mit den Goldjungs zu organisieren: „Soltanto una mezz'oretta – Nur ein halbes Stündchen!" Zum allgemeinen Befremden der Kölner Gesellschaft hatte diese Mamma die Gewohnheit, den Teenager zu offiziellen, auch abendlichen, Veranstaltungen mitzunehmen. Der grundsolide und rechtschaffene Konsul hatte meine Reaktion wohl vorausgesehen, denn wohlweislich trug er mir dieses Ansinnen nicht selbst vor. Die Mamma schilderte mir, wie ihr Herz brechen würde, müsste sie dem Sohn – piccolo piccolo – den glühenden Wunsch abschlagen. Mir fehlten die Worte. Ich hatte schon große Mühe gehabt, bei den deutschen Behörden durchzusetzen, dass

die Mannschaft bei ihrer Ankunft am Flughafen vom Generalkonsul begrüßt werden konnte. Die Antwort begann stets mit
den Worten:

„Der DFB will aber ..." Irgendwann habe ich völlig entnervt
– MannMannMann! (frei nach Wachtmeister Schäffer) – geantwortet: „Gestatten Sie mir, Sie darauf aufmerksam zu machen,
dass Sie hier von einer Art FUSSBALLverein sprechen. Mein
Chef aber vertritt die Italienische REPUBLIK!"

Nicht im Traum wäre ich bereit gewesen, den mühsam ge-
wonnenen Respekt dadurch wieder aufs Spiel zu setzen, für eine
dreizehnjährigen Bengel eine dreißigminütige Audienz bei den
italienischen Nationalspielern zu erbitten, die nach ihrer Ankunft,
kostbar in Hogan und Tod's gekleidet, muffig, wort- und grußlos
einen Luxusbus bestiegen, der sie in eines der besten deutschen
Hotels bringen sollte.

Das elegante Hotel gehört übrigens zur Hälfte einem Italiener,
dessen Familienname und Geburtsort in Kalabrien ihn in den
Kreis der Verdächtigten rückten, als wenige Jahre später einige
N'dranghetisten nächtens am allitalienischen Feiertag Ferragosto
in der Duisburger Pizzeria Da Bruno vor angekokelten Heiligenbildchen von verfeindeten Kollegen erschossen wurden. SAT1
oder Degeto hätten sich kein schlichteres Drehbuch ausdenken
können. Unmittelbar nach Bekanntwerden der Tat erlaubten
es mir die in meinem privaten Handy sorgfältig gespeicherten
Kontakte zum Sprecher des Oberbürgermeisters und vor allem
zum Sprecher der Polizei, rasch Informationen zum Sachstand
für das italienische Außenministerium einzuholen und mit den
deutschen Gesprächspartnern über geeignete Schritte, wenigstens
zur öffentlichkeitswirksamen Aufarbeitung, zu beraten.

Nach wenigen Wochen reiste daher eine wichtige offizielle Delegation unter Führung des Staatssekretärs im Außenministerium
Franco Danieli und in Begleitung des äußerst pfiffigen, damaligen

Integrationsministers Armin Laschet an, um den connazionali Trost zuzusprechen und unseren deutschen Freunden und den Hörern des Westdeutschen Rundfunks zu versichern, dass nicht alle Pizzabäcker Mafiosi seien. Der Hotelier nutzte einen Empfang im Rathaus am Duisburger Burgplatz vor Honoratioren und Presse zu einem fulminanten Auftritt zur Verteidigung seiner Ehre gegen die Verdächtigungen des Bundeskriminalamtes, die einzig und allein auf dem Umstand fußten, dass seine Mutter ihn in San Luca „geworfen" habe. Seine Argumentation schien insofern schlüssig, als die diversen Mafia-Organisationen sich nach Erkenntnissen nicht nur der Fachwelt mittlerweile nicht mehr dubioser Gastronomen mit Schiebermütze und lupara bedienen, sondern smarter, mehrsprachiger, gut ausgebildeter junger Männer – vorzugsweise Juristen. Das hat mir ein junger Anwalt bestätigt, der sich in der sardischen Heimat Anheuerungsversuchen zu erwehren hatte.

Wenn sich also ein Anwalt aus einem winzigen sizilianischen Kaff nach NRW aufmacht, um dort eine Kanzlei zu gründen und im Konsulat lautstark und wütend auf Eintragung in die „Liste der zweisprachigen Anwälte" zu bestehen, und zwar unter Angabe seiner Spezialisierungen in den Bereichen wie „Gift- und Sondermüll, Umstrukturierung von Gesellschaften, inländische und internationale Trusts", glaubt sogar die Rheinländerin, eine Nachtigall trapsen zu hören.

Unsere Konsulate können, müssen aber nicht Listen von Freiberuflern anbieten, die der italienischsprachigen Klientel zur Seite stehen können: Übersetzer, Dolmetscher, Ärzte und Rechtsanwälte. Für den Eintrag in diese Listen hatten wir mit Zustimmung des italienischen Außenministeriums folgende Kriterien aufgestellt: Der Kandidat muss bei den lokalen Berufsverbänden zugelassen und im Konsularbezirk ansässig sein sowie natürlich beide Sprachen beherrschen; außerdem darf er nicht vorbestraft sein. Der in seinem Auftreten überraschend aggressive Kandidat jedoch weigerte sich, auch nur ein deutsches Wort zu sprechen. Zudem hatte er seine Anwaltskanzlei außerhalb unseres Konsularbezirks eröffnet. Damit erfüllte er nicht unsere Kriterien. Als ich ihn darauf aufmerksam machte, kündigte er wutentbrannt an, dass er sowohl den Generalkonsul als auch mich mit jeweils individuellen Schadenersatzklagen überziehen werde, wenn wir ihn nicht in unsere Liste eintragen würden, und forderte ein umgehendes, persönliches Treffen mit dem Generalkonsul. Mit Zustimmung meines Chefs habe ich noch am selben Tag die komplette Anwaltsliste vorsichtshalber – zumindest vorübergehend – aus der Website des Konsulats herausgezogen. Bei dem Treffen im Amtszimmer des Generalkonsuls begrüßten wir drei uns wenige Tage später mit ausgesuchter Höflichkeit, und mein pfiffiges Rumpelstilzchen erklärte dem Herrn Avvocato mit strahlendem Lächeln: „Wir haben gar keine Anwaltsliste – Ich 'abe garkein Auto!"

Nach den Duisburger Morden reiste noch eine weitere offizielle Delegation, eine Abordnung des Anti-Mafia-Ausschusses des italienischen Parlaments, in NRW an und führte Gespräche beim Bundesamt für Finanzen, mit Parlamentariern, im Innenministerium, bei Polizei und Staatsanwaltschaft. Herausgekommen ist bei alledem lediglich, dass
– die Landesregierung im Unterschied zu allen entsetzten italienischen Fachleuten „keine Anhaltspunkte dafür sieht, dass der Standort Deutschland eine besondere Attraktivität für eine künftige nationale Ausbreitung der italienischen Organisierten Kriminalität aufweist" (Antworten der Landesregierung NRW auf Parlamentarische Anfragen der Linken vom 30.11.2009 und der SPD vom 23.02.2008);
– italienische Ermittler zum Entsetzen aller deutschen Fachleute unbeschwert Telefonate auch im befreundeten Deutschland abhören.

Damals hatte man in Deutschland noch keine Ahnung von WikiLeaks, Prisma, Tempora, XKeyscore und war entsprechend aufgebracht über die italienischen Abhörpraktiken. Italienische Bürger und Amtsträger wie der erwähnte Botschafter Paolo Fulci oder der italienische Ministerpräsident Bettino Craxi haben sich hingegen nie je Illusionen gemacht über die Robustheit, mit welcher auch die Vereinigten Staaten ihre Interessen zu verteidigen wissen – im Unterschied übrigens zu den vielleicht romantischen Vorstellungen einer Ostdeutschen, die glauben mag, dass man gewisse Dinge unter Freunden einfach nicht tut.

Der erhellt eine Episode aus dem fernen Jahr 1985: Ronald Reagan und Bettino Craxi stritten sich in der notte di Sigonella über einen Vorfall, bei dem vier amerikanische F-14 Tomcat des Flugzeugträgers USS Saratoga eine Boing 737 der Egypt Air abgefangen hatten, die nach der Entführung des Kreuzfahrtschiffes Achille Lauro den Palästinenser Abu Abbas in Sicherheit bringen sollte. Den aber wollten die Amerikaner keinesfalls ungeschoren davonkommen lassen. Die Maschine wurde von den amerikanischen Kampfflugzeugen zur Landung auf der sizilianischen Luftwaffenbasis Sigonella gezwungen, und plötzlich standen amerikanische und italienische Soldaten einander mit gezogenen Waffen gegenüber. Langwierige telefonische Verhandlungen. Sämtliche Gespräche mit dem amerikanischen Präsidenten führte der italienische Ministerpräsident aus seinem Büro im Palazzo Chigi. Für jedes Telefonat mit dem Chef des italienischen Geheimdienstes SISMI und mit seinen eigenen Mitarbeitern hingegen ging Craxi, die Sakkotaschen vollgestopft mit gettoni, zu den öffentlichen Münztelefonen auf der Piazza Colonna.

Ähnliche Vorsichtsmaßnahmen pflegte später der gewiefte Pfälzer.

Und jeder ordentliche Mafioso kommuniziert bis in die modernen Zeiten nach althergebrachter Weise über handgeschriebene Zettelchen, den pizzini.

21

Der Mann vom besten Team

Zu meiner großen Freude fiel mir im Konsulat unversehens die Aufgabe zu, die formellen Antrittsbesuche unserer Botschafter im Bundesland NRW zu planen und vorzubereiten. So ein Programm umfasst Gespräche mit dem Regierungschef, dem Parlamentspräsidenten, dem einen oder anderen Oberbürgermeister, Universitätsrektor und Handelskammerpräsidenten und – so vorhanden – dem Chefredakteur der ortsansässigen Zeitung. Im Detail ist die Gestaltung dieser Besuche weniger politisch als vom Charakter des jeweiligen Gastes geprägt. Und da gibt es enorme Unterschiede.

Als mein achter Botschafter kehrte Silvio Fagiolo nach Deutschland zurück, mit dem ich in den Achtzigerjahren als das „beste Team von Bonn" gearbeitet hatte. Seine Karriere hatte ihn auf große Auslandposten geführt, und er hatte sich einen Namen als einer der Autoren der Maastrichter Verträge gemacht. Wir waren über all die Jahre in Kontakt geblieben, bis wir uns in den Neunzigerjahren bei einem Treffen der Regierungschefs Helmut

Kohl und Romano Prodi im Nato-Saal des Bonner Kanzleramts wiedersahen. In der Lesart des Chefs des Ristorante Il Punto am Bonner Hofgarten wurde von den beiden Regierungschefs im Rahmen dieses Besuchsprogramms an einem Tisch seines Hauses die italienische Teilnahme an der europäischen Einheitswährung ausgehandelt und damit, wie man heute weiß, eine italienische Staatspleite abgewendet. Die Kunde über eine kulinarische Verbundenheit zwischen Kohl und Prodi jedenfalls ist gesichert, denn unser Militärattaché wurde regelmäßig mit der zollfreien Abwicklung vorweihnachtlicher Mortadella-Lieferungen von Bologna nach Bonn betraut. Die Heimatstadt Prodis heißt nicht umsonst La Grassa (die Fette), allerdings auch La Dotta (die Gebildete) und La Rossa (die Rote). Prodi selbst wird in der italienischen Presse als Mortadella bezeichnet, was seine Gegner in der hohen Kammer des italienischen Parlaments 2008 veranlasst hat, den Fall seiner Regierung in einem unerhörten Gelage mit Spumante und Mortadella und unter wüsten Beschimpfungen in der „Osteria Senato" zu feiern.

Im Bonner Kanzleramt hatten bei der Pressekonferenz im Anschluss an die Konsultationen Kohl/Prodi der italienische Delegationschef und ich beieinandergestanden und über den eines Tages fälligen Regierungsumzug von Bonn nach Berlin gesprochen. Bei dieser Gelegenheit hatte ich ihm feierlich ein Versprechen gegeben, das ich zu meiner eigenen Bestürzung knapp 10 Jahre später nicht eingehalten habe, als er zu Beginn des neuen Jahrtausends tatsächlich zum italienischen Botschafter in Berlin ernannt wurde. Zur Begrüßung schickte ich seiner Frau, einer gebürtigen Kölnerin, ein Gebinde mit Schneeglöckchen nach Berlin – was trotz der winterlichen Jahreszeit gar nicht so einfach und auch gar nicht billig war. Umgekehrt schickte mir das Büro des Botschafters regelmäßig per E-Mail seine Redeentwürfe nach Köln, wo sie von mir nach seiner präzisen Anweisung a regola d'arte – also nach allen Regeln der Kunst – ins Deutsche übertragen werden sollten, was ich mit Feuereifer und Begeisterung tat. Aber das war – wie „meine" Gewerkschaftlerin aus den Bonner Anfangsjahren natürlich als Erste erkannte – kein Zustand, der von Dauer sein konnte. Sie veranstaltete einen mächtigen Wind, und ich reiste für zwei Tage nach Berlin, wo der Botschafter mich mit großer Herzlichkeit in seinem Arbeitszimmer mit Dachschräge in dem vorübergehenden Domizil der Botschaft in der Dessauer Straße empfing. Nun ließ sich der Moment nicht mehr hinausschieben, in dem ich Farbe bekennen und ihm gestehen musste, dass ich mein Versprechen brechen, nämlich nicht nach Berlin kommen würde, um mit ihm zusammenzuarbeiten.

Ich weiß nicht, ob in diesem Augenblick die Scham oder der Ärger überwog, jedenfalls hätte ich mich entzweireißen mögen. Aber die häusliche Situation war unverändert. Die heranwachsenden Kinder waren nach dem Abitur im Begriff, die ersten Schritte ins eigene Leben zu machen, der Ehemann war auf der Karriereleiter unterwegs, und beide Großmütter hätten, in ungewohnter Einigkeit, Zeter und Mordio gerufen, wenn ihnen die Tochter und Schwiegertochter für länger als drei Wochen abhandengekommen wäre. Selbst dem Hund hätte es schier das Herz gebrochen, wenn ich die Familie verlassen und nach Berlin gezogen wäre.

Das Argument mit dem Hund habe ich natürlich verschwiegen, obwohl es doch ein italienischer Hund war. Der Botschafter war freundlich und verständnisvoll und keineswegs nachtragend, er schickte mir nur noch besonders wichtige Redetexte zur Übersetzung, die Sache war gegessen.

Umso mehr habe ich mich gefreut, wenn er in „meinem" Revier zu Gast war. Und er war ein ruhiger, kluger und routinierter Gast. Die Begegnungen mit den entsprechenden Persönlichkeiten unseres Bundeslandes absolvierte er mit der unerschütterlichen Gelassenheit eines Menschen, der trotz – oder womöglich wegen

– eines nicht nur politisch überragenden Sachverstandes geradezu bescheiden auftrat. Sein Besuch zur Eröffnungsveranstaltung der weltgrößten Nahrungsmittelmesse ANUGA in Köln beispielsweise gestaltete sich trotz der deutlichen Nervosität meines rechtschaffenen Konsuls ruhig und unaufgeregt. Dessen Aufregung ging allerdings nicht so weit, am Vorabend sein Handy aufzuladen.

Zu früher Morgenstunde war ich schon aus Bad Godesberg nach Köln angereist, stellte mein Auto angesichts der dichten Staus rund um das Messegelände kurzerhand neben einer Baugrube ab und erwartete zusammen mit dem Messe-Protokoll unseren Botschafter auf dem VIP-Parkdeck zur Eröffnungsfeier. Vergebens versuchte ich den Konsul, der den Botschafter vom Flughafen abgeholt hat, per Handy zu erreichen, um ihm Tipps für eine möglichst geschickte Anfahrt zu geben. Das Handy blieb stumm, weil ohne Saft. Sodann stellte sich heraus, dass unserem intellektuellen Botschafter auf dem Weg von Berlin nach Köln so irdische Sachen wie Einladungsschreiben, Einlasskarten und Parkgenehmigungen sämtlich verloren gegangen waren. Da das freundliche Protokoll mich über Jahre hinweg mit einer Zwei-Personen-VIP-Karte ausgestattet hatte, konnten wir die Schleuse sozusagen Huckepack passieren.

Für den Messerundgang nach der feierlichen Eröffnung hatte das Protokoll eine Begegnung unseres Botschafters mit der amtierenden Bundeslandwirtschaftsministerin vorgesehen. Eine minutiöse Planung solcher Rundgänge ist natürlich schwierig, wenn nicht ganz unmöglich. Zwar umschwirrten die Ministerin und unsere Gruppe zahlreiche smarte Security-Männer mit Migrationshintergrund, wichtiger Miene und knarrenden Headsets, die das Zusammentreffen beider Delegationen koordinieren sollten, aber die Ministerin wurde immer wieder aufgehalten, musste Milch trinken, Sardinen kosten, an Kaffee riechen.

Der Botschafter drehte unterdessen gemächlich seine Runden. Mit seiner souveränen Gelassenheit und seiner grauen Haarfülle erinnerte er mich unweigerlich an den wunderbaren Pastore Bergamasco daheim. Er blieb geduldig auf Stand-by, plauderte gedämpft interessiert mit italienischen Ausstellern. Unsere stadtbekannte Fotografin nutzte die Gelegenheit, den Botschafter mit lautem Gebrülle „Ambasciatore, Ambasciatore!!" völlig unplanmäßig zum Stand eines italienischen Kaffee-Anbieters zu locken, um dort exklusive Fotos, vermutlich zu Werbezwecken, zu schießen. Zu meiner Genugtuung hörte ich, wie hinter mir der Vorstandsvorsitzende der KölnMesse seinem Protokollchef knurrend Anweisung gab, diese Dame für alle Zukunft am Betreten des Messegeländes zu hindern.

Endlich rauschte der Ministerschwarm wichtig heran. Es wurden Hände geschüttelt, Fotografen taten ihre Arbeit, und unser Botschafter trug freundlich, leutselig, aber mit präziser Sachkenntnis die Klagen kleiner italienischer Landwirtschaftsbetriebe über die von großen deutschen Lebensmittelkonzernen statuierten Mindestmengen von Pflanzenschutzmittelrückständen in Lebensmitteln vor, die deutlich über den von der EU verordneten Mindestgrenzen lagen.

Für einen ganz kurzen Augenblick hätte der Eindruck entstehen können, dass die Ministerin bei der Thematik womöglich nicht ganz sattelfest war, aber schon Sekunden später fand Renate Künast zur gewohnt freundlich-schnoddrigen Lautstärke zurück.

Dass ich Fagiolo nicht wie versprochen nach Berlin gefolgt bin, war mein zweites Desaster in jahrzehntelanger Dienstzeit und ärgerte mich eigentlich bis zu meinem letzten Arbeitstag. Denn was die Sache noch trauriger machte: Nur wenige Jahre nach dem Ende seiner Dienstzeit in Berlin ist er 2014 völlig unerwartet bei einer politikwissenschaftlichen Tagung in Mailand von uns gegangen – kurz nachdem er seinen Vortrag mit einem Blick auf seine Armbanduhr und den Worten „Ich glaube, meine Zeit ist um" beendet hatte. Mit dem späteren Botschafter und Freund

Michele Valensise war ich mir in aufrichtiger Trauer einig. Wir hatten „un pezzo della nostra vita – einen Teil unseres Lebens" verloren.

22

Ein Rumpelstilzchen in Köln

Nach Ablauf seiner Kölner Amtszeit wurde der rechtschaffene Konsul nach Marseille versetzt und nach vier weiteren Jahren pensioniert. Da fragte mich Botschafter a.D. Ferraris nach den Qualitäten meines ehemaligen Chefs, und ich antwortete aufrichtig: „E' un uomo onesto – ein rechtschaffener Mann." Ein ehrliches und durchaus positives Urteil über einen grundsoliden Mann, wie ich finde. Ferraris fand das offenbar auch, jedenfalls akzeptierte er dessen Bewerbung um einen nicht dotierten Posten in irgendeinem Vorsorgungsverein für Mitarbeiter des italienischen Außenministeriums. Ein paar Wochen später rief er mich entrüstet an:

„Ja, wen haben Sie mir denn da empfohlen? Wie konnten Sie nur so gut über ihn reden? Der Mann ist überhaupt nicht ..." – Suche nach dem passenden deutschen Terminus – „.... nicht spritzig!"

In der Tat, wenn er eines bestimmt nicht war, dann spritzig. Aber fleißig, ehrlich und anständig – eben rechtschaffen.

Dem Nachfolger des rechtschaffenen Mannes fiel zu Beginn seines Mandats gleich als Erstes die heiße Kartoffel der vom Pleitegeier umkreisten Schule Istituto Italo Svevo in den Schoß und begleitete ihn bis zum Ende seiner langen Mission: Gespräche, Verhandlungen, Bitten im Schulministerium, bei der Bezirksregierung, beim Oberbürgermeister, bei Banken. Aber er war ein Mann der Tat, den mehr als alles andere eine latente Aggressivität, insbesondere gegen Unfähigkeit und Unbotmäßigkeit, anzutreiben schien. Und so ruhte er nicht, bis es ihm schließlich gelang, die Leitung der Schule sämtlichen italienischen Händen zu entreißen, welche sich über lange Jahre hinweg tatsächlich als vollkommen überfordert erwiesen hatten. Kurzerhand übertrug er die Verantwortung einer deutschen Stiftung, deren deutsche Geschäftsführerin jedoch auf Betreiben einer unserer „professionellen Emigrantinnen" nach einem knappen Jahr auf dem Altar des Aufsichtsrates geopfert wurde. Wenige Jahre später wurde das gesamte Projekt von meinem letzten Konsul endgültig zu Grabe getragen.

Von seinen vorherigen Posten in Übersee war dem neuen Chef bereits ein furchterregender Ruf vorausgeeilt. Aber nach meinen vielen Jahren an der Bonner Botschaft und den Erfahrungen mit den unterschiedlichen Charakteren meiner Chefs und mannigfaltigen Herausforderungen hatten mich die Gerüchte nicht geschreckt.

Eine Fehleinschätzung, wie sich herausstellen sollte.

Der Mann entpuppte sich als ein veritables Rumpelstilzchen, auch wenn er zweifelsohne sehr helle, umfassend gebildet, hoch qualifiziert, überaus gescheit und — als Neapolitaner – mit einem glänzenden komödiantischen Talent gesegnet war. Zudem verfügte er über ein ausgeprägtes Empfinden für Stil und Eleganz. Einen Kursus „Diplomatisches Verhalten" schien er bei der Ausbildung am Istituto Diplomatico in Rom jedoch versäumt zu haben.

Vielleicht wurden dort auch gar keine Lehrgänge zu Themen wie „nachhaltiges Wirken", „strategisches Denken", „Menschenführung", „Selbstkontrolle" angeboten, welche allerdings geeignet wären, eine italienische Kindererziehung vorteilhaft zu ergänzen.

Zunächst sorgte allein sein furchterregender Ruf dafür, dass kein Mitarbeiter es mehr wagte, sich während der Arbeitszeit an dem so überaus beliebten mobilen Kaffeewägelchen vor dem Konsulat sehen zu lassen. Bravo!

Zudem bestand er unerbittlich auf der strikten Anwendung sämtlicher neuer Vorschriften bei der Ausstellung von Reisepässen. Formlose Ausnahmen für Eilige, Bedürftige, Kranke waren jetzt gänzlich untersagt und wurden nur in begründeten und dokumentierten Fällen gestattet. Ein enormer Wortschwall über die plötzlich lebensgefährlich erkrankte Oma in Italien war also nicht mehr ausreichend, sondern die Dringlichkeit der individuellen Situation musste schriftlich nachgewiesen werden, wobei nur berufs- oder studienbedingte sowie gesundheitliche Umstände anerkannt wurden. Und die diritti d'urgenza in Höhe von 34 Euro wurden rigoros eingefordert. Bravissimo!

„Wo kommen wir denn hin, wenn wir Eilbedürftigkeit anerkennen, nur weil der Antragsteller eine Kreuzfahrt oder einen Urlaubsflug gebucht hat und uns seine Reisetickets vorlegt!"

Unsere connazionali sahen das ganz anders. Es gab Randale im Wartesaal. Die Mitarbeiter der Pass-Abteilung mussten alles ausbaden – täglich.

Die italienische Redaktion des WDR nahm sich des leidigen Themas an und bat um ein Interview über die langwierige Prozedur bei der Ausstellung von Reisepässen in unserem Konsulat. Der Konsul schob die Anfrage an die überforderte Leiterin der Reisepass-Abteilung weiter, die vor Schreck erst mal zehn Tage krank wurde. Die Journalistin insistierte, bis unser Chef schließlich selbst, mit genervter Stimme und eintönigem Duktus, am Telefon einen Passus aus einer eigenen Depesche vorlas, mit welcher er bereits zuvor in bestem Amtsitalienisch ähnliche Beschwerden eines italienischen Abgeordneten widerlegt zu haben glaubte.

Als der Beitrag ausgestrahlt wurde, war aus jedem Satz die Verärgerung über das Konsulat und den Konsul deutlich herauszuhören, nicht nur bei der befragten connazionali, sondern auch bei der Journalistin. Der Konsul zeigte sich erschüttert über diesen „heimtückischen Dolchstoß", und ich versuchte in einem langen und auch etwas lautstarken Wortgefecht, ihm die Ursache für den negativen Tenor der Sendung zu erklären sowie eine weisere Vorgehensweise zu erläutern: Man hätte die Journalistin und den Chefredakteur breitwillig zu einem Gespräch im Arbeitszimmer des Konsuls empfangen und die Leiterin der Pass-Abteilung dazubitten sollen, Espresso servieren, zuhören, erklären, einen Rundgang in der Pass-Abteilung anbieten, ein Gespräch mit den dort arbeitenden Angestellten. Und was sagte mein Konsul am Ende meiner langen Überzeugungsversuche ganz und gar resigniert:

„Va bene, diró alla segretaria di convocare il Redattore Capo." Einbestellen! Seine Sekretärin sollte den Chefredakteur eines öffentlich-rechtlichen deutschen Senders einbestellen! Ich frage mich bis heute, was man den jungen Diplomaten zu Beginn ihrer Laufbahn am römischen Istituto Diplomatico beibringt.

Eines Tages meldete sich in großer Aufregung der Leiter eines großen, internationalen medizinischen Forschungszentrums in Bonn bei uns. Er ist italienischer Staatsbürger, mußte dringend zu einer Fachkonferenz in die USA reisen. Wenig später wurde ein renommierter italienischer Kardiologe – ebenfalls aus Bonn – vorstellig, der eine Fernreise mit der Familie geplant hatte und seinen Reisepass schlicht nicht mehr finden konnte. Beiden wurde geholfen, sie bekamen ihren Pass wegen der besonderen Dringlichkeit außerhalb des Terminvergabesystems. Nach den Richtlinien unseres rigorosen Chefs war das eigentlich nicht in

Ordnung, denn bei einem der beiden Herren handelte es sich ja um eine Vergnügungsreise.

Schwamm drüber.

Aber: Beide Fälle waren ohne Termin abgewickelt worden, und dennoch hatte das Konsulat von keinem der beiden die Dringlichkeitsgebühr erhoben.

Entgeistert habe ich meinen prinzipientreuen Chef gefragt:

„Wie? Die Pass-Abteilung hat die Pässe ohne Dringlichkeitszuschlag ausgehändigt?"

„Ja, was denken Sie denn? Soll ich etwa die Herren Professoren mit einer solchen Lästigkeit behelligen?"

„Dann wird es in Köln aber heißen: Die Freunde des Konsuls müssen also nicht zahlen."

„Aber es sind doch große Persönlichkeiten!"

„Was?"

„Sie leisten doch so viel für unsere Gemeinschaft!"

„Ja, und?"

„Mah ...!"

Zwei Welten.... Wobei gerechterweise gesagt werden muss, dass einer der Ärzte tatsächlich nicht nur den Konsul und seine Familie, sondern alle gesetzlich versicherten Italiener, die in seiner Klinik vorstellig wurden, unentgeltlich behandelte. Dafür ist er völlig zu Recht auf unseren Vorschlag mit dem Verdienstorden der Italienischen Republik ausgezeichnet worden. Aber die diritti d'urgenza hätte man ihm trotzdem abverlangen müssen.

Als weitere Maßnahme ließ unser neuer Chef Räume und Garten der gesamten Anlage unserer Behörde herrichten und in einem Nebenraum seines Büros ein persönliches Bad einrichten. Das war vollkommen in Ordnung, sorgte allerdings angesichts der von Rom genehmigten Kosten für die Bauarbeiten für Unruhe in der collettività, die ja immer pünktlich und gründlich über sämtliche Vorgänge im Konsulat informiert war. Was in diesem

Fall dazu führte, dass ein Mitarbeiter des Konsulats den vollkommen verblüfften Generalkonsul mitten in einer Besprechung mit mehr oder weniger entschuldigenden Worten unterbrach, um das elegante, großräumige Arbeitszimmer mit ein paar Kumpels im Schlepptau zu durchqueren und diesen die potenzielle Baustelle und Verdienstquelle im Nebenraum zu zeigen. Tatsächlich war das Chef-Bad schon viele Jahre zuvor von einem anderen Generalkonsul geplant worden. Der aber hatte es seinerzeit mit den Regeln für Auftragsvergabe, Auftragserfüllung und Auftragsbezahlung nicht so genau genommen. Die Handwerker hatten auf halber Strecke die Weiterarbeit verweigert, der Diplomat, ein Marquis, war nach Rom zurückgekehrt, wo er bis ans Ende seiner Dienstzeit in unverändertem Rang verharrte, ebenso wie das halbfertige Bad in Köln. Der Marquis gereichte der italienischen Diplomatie übrigens nicht zur Ehre. Schon während seiner Kölner Amtszeit ergingen mehrere Anfragen zu seinem Wirken, nicht nur im Zusammenhang mit dem Bad, an das italienische Parlament. Tatsächlich hatte seine Amtsführung sowohl die Kölner Geschäftswelt als auch das Personal des Konsulats und die italienische Comunity empört. Später gab auch das private Gebaren des Herrn Anlass zu Kritik. In Rom kursierten Gerüchte über ein piedino im Verlaufe eines offiziellen Abendessens mit Segolène Royal. Piedino bedeutet ein eher harmloses Füsseln. Die italienische Presse erging sich damals in Mutmaßungen, ob es nun ein piedino oder eine mano morta gewesen sei. Bei der mano morta handelt es sich, wie mir eine Kollegin seinerzeit in der Botschaft – waschechte Römerin – erklärt hatte, um das in den engen und überfüllten Bussen der römischen Verkehrsbetriebe ATAC bei Männern jedweden Alters überaus beliebte Spiel der "toten Hand": Sie stellen sich dicht hinter eine möglichst attraktive, junge Frau und lassen die mano morta hin und her baumeln und wie von ungefähr, allein aufgrund der Erschütterungen des Gefährts, immer wieder am Hinterteil der

Damen entlang streifen. Im Sommer 2018 wurde der Marquis wegen handfester sexueller Belästigung von einem ordentlichen italienischen Gericht verurteilt.

Unser neuer Chef machte sich alsdann daran, concorsi (öffentliche Auswahlverfahren für die Besetzung eines Arbeitsplatzes) zu etablieren, um qualifiziertes Personal für das Konsulat zu gewinnen, denn Unwissenheit, Ungebildetheit, Ungeschicklichkeit empfand er als fast schon körperliche Zumutung.

An vielen dieser Prüfungen hatte ich in Bonn und Köln als Sprachsachverständige der jeweiligen Prüfungskommission teilgenommen. Manchmal schien das Ergebnis, das heißt der vincitore, schon im Vorfeld festzustehen, auch wenn Botschafter Ferraris das seinerzeit bestritten hatte. Es ging dann bisweilen darum, eine rechtschaffene Person unterzubringen, die vorher in einem unsicheren oder gar keinem Arbeitsverhältnis mit der Botschaft beziehungsweise mit dem Konsulat gestanden hatte. Das erschien mir ganz und gar legitim, zumal mir damals die Auswüchse der italienischen concorsi noch völlig unbekannt waren. Später berichteten mir sämtliche Praktikanten, qualifizierte, tüchtige junge Leute, von diesen Auswahlverfahren, bei denen in Italien unweigerlich diejenigen Kandidaten den begehrten Posten ergatterten, die zuweilen unterbelichtet, aber raccomandati waren, also einen hochgestellten Fürsprecher hatten, während talentierte Konkurrenten sich gar zur Auswanderung gezwungen sahen. Diese Usancen führen bis heute immer wieder zu einer aufgeregten und vergeblichen Diskussion über die fuga dei cervelli (Braindrain).

Am frühen Morgen vor der schriftlichen Prüfung, zu der sich mehr als siebzig Kandidaten angemeldet hatten, lief ich ins Büro meines Chefs, um ihm drei von mir ausgewählte Texte samt sorgfältiger Übersetzung zu übergeben. Mit wilder Geste wischte er meine Prüfungstexte vom Tisch. Der Mann traute – bei dieser

Prozedur völlig zu Recht – grundsätzlich niemandem außer seiner Mutter, una santa. Nun ja. Jegliche Erziehungsfähigkeit würde ich der Dame aber rundweg absprechen.

Sodann machte er sich persönlich im Internet auf die Suche nach möglichst anspruchsvollen Texten. Auf meinen Tip hin fand er auf der Website des Europäischen Parlaments seitenlange, ausgesprochen schwierige Reden von Abgeordneten, von denen drei ausgedruckt, kopiert, in Umschläge versiegelt und in die Prüfungsaula getragen wurden. Die Kandidaten waren fassungslos – zumal sie sich keineswegs für einen Übersetzerposten beworben hatten.

Auch im anschließenden mündlichen Gespräch unterzog er die Bewerber einer zwar unparteiischen, aber ungeheuer anspruchsvollen und akribischen Eignungsprüfung – für einen Posten, der lediglich die Fähigkeiten zu einfacher Büroarbeit und ein einigermaßen verbindliches Wesen voraussetzte. Wegen seines sozialen Hochmuts, der sich in eine kaum verhüllte Verachtung für vermeintlich untergebene Mitmenschen im Allgemeinen (und das war die Mehrheit der Menschheit) und deutsche Mitmenschen im Besonderen äußerte, gerieten diese Prüfungen völlig unnötigerweise zu einer grausamen Tortur für die Kandidaten. Viele von denen, die nicht schon nach der schriftlichen Prüfung das Handtuch geschmissen hatten, zogen es spätestens nach dem Gespräch vor, aus dem Verfahren auszusteigen, um bloß nicht mit einem solchen Menschen arbeiten zu müssen – Arbeitslosigkeit hin oder her.

Eine sehr tüchtige, sehr deutsche Kandidatin mit blondem Pferdeschwanz, dunklem Kostüm und weißer Bluse stand zur sprachlosen Überraschung des Kommissionsvorsitzenden sogar mitten im Gespräch auf und verließ ohne ein Wort und mit hochrotem Kopf den Prüfungsraum.

Spitzenpersonal haben wir nicht rekrutieren können. Aber das lag womöglich auch daran, dass ich diskrete Wege fand, den wenigen wirklich brillanten Kandidaten den deutlichen Rat zu geben, Reißaus zu nehmen. Zwar liegen die Gehälter im einfachen und mittleren Dienst des Konsulats und der Botschaft völlig ungerechtfertigt deutlich über dem italienischen und deutschen Durchschnitt. Aber ein gutes Gehalt kann einen intelligenten, akademisch gebildeten Kopf nicht 40 Jahre lang über einfache Tätigkeiten in einem teilweise intriganten Umfeld hinwegtrösten – das vor allen Dingen nicht die geringste Aufstiegsmöglichkeit bietet! Ein hellwacher Deutsch-Italiener, der eine erfolgreiche Lehre bei der Deutschen Bank abgeschlossen hatte; ein intellektueller, in Italien und Deutschland promovierter Germanist; eine exzellente Dolmetscherin vom Bundessprachenamt – jedem von ihnen stand eine gute Karriere in einer deutschen Behörde oder Privatwirtschaft offen. Sie haben meinen Rat angenommen.

Unter dem neuen Konsul erweiterte sich mein Arbeitsbereich. Ich hatte Briefe und Reden zu verfassen, Besuche aller Art aus Italien in NRW zu organisieren und manch heiße Kartoffel zu handhaben. Insbesondere bekam ich nun auch den Auftrag, regelmäßig politische Berichte für die Berliner Botschaft und das römische Außenministerium zu verfertigen. Ich konnte mein Glück kaum fassen und machte mich an sorgfältige und umfassende Recherchen zu politischen und wirtschaftlichen Ereignissen im Bundesland NRW. Mit der Zeit dämmerte mir allerdings, dass die von meinem Chef zu kunstvoll elaborierten Wortgirlanden korrigierten Depeschen hauptsächlich dem Zweck dienen sollten, das Prestige unserer Vertretung und damit unseres Behördenleiters bei den übergeordneten Behörden zu mehren. Und so stürmte der Chef immer wieder frühmorgens in mein Büro, um das Verfassen politischer Berichte einzufordern. Nun ist es aber so, dass die Konsulate nicht über den Tellerrand ihres Konsularbezirks hinausgucken dürfen. Ich hatte mich also strikt auf die Geschehnisse in NRW zu beschränken – eigentlich sogar unter Auslassung der Dortmunder circoscrizione consolare! Meinem Argument, dass im Bundesland aktuell nichts Berichtenswertes passiert sei, war er überhaupt nicht zugänglich. Also habe ich praktisch gedacht und manche Auslandsreisen oder Pressekonferenzen des Ministerpräsidenten, Parlamentsdebatten oder andere Ereignisse einfach umdatiert, das heißt wertvolles Pulver nicht sogleich verschossen, sondern für magere Zeiten in meiner Schublade beziehungsweise im PC aufbewahrt. Auf diese Weise bekam der Mann regelmäßig sein Futter, war zufrieden und hoffte auf eine gute Punktezahl bei seiner Bewertung und demzufolge natürlich auf eine Beförderung. Und weder Berlin noch Rom hätten gemerkt, dass unsere nicht eben weltbewegenden Ereignisse in Wirklichkeit zu einem früheren Zeitpunkt stattgefunden hatten.

Schwieriger war der alltägliche Dialog mit einem Menschen, der zwar über eine überdurchschnittliche Intelligenz, aber geringe Contenance verfügte. Jede Unstimmigkeit führte unweigerlich zu einer lautstarken Eskalation und einer schier ohnmächtigen Verzweiflung darüber, sich selbst oder besser noch das Gegenüber nicht in der Luft zerreißen zu können. Einmal habe ich mitten in einem solchen „Gespräch" den Telefonhörer aufgelegt, ein anderes Mal den Raum verlassen. Ein derartiges Verhalten nach fast vierzig Dienstjahren hat selbst mich ehrlich entsetzt.

Als sich bei nächster Gelegenheit schon beim Betreten des Chefbüros wieder eine Eskalation abzuzeichnen drohte, besann ich mich des weisen Rates, den mir meine Mutter in den ersten Wochen meines Berufslebens mit auf den Weg gegeben hatte: Immer freundlich!

„Lieber Konsul. Ich werde jetzt das Zimmer verlassen und Ihnen unten am Kaffeewägelchen einen Cappuccino und einen Cornetto besorgen. Danach komme ich wieder die Treppe hoch, klopfe an Ihre Türe, betrete den Raum und wünsche Ihnen einen guten Tag. Und dann fangen wir beide den Tag noch mal ganz von vorne an."

Der Mann hatte Sinn für Humor und kam grinsend wieder runter auf den Teppich. Immer hat das aber nicht geklappt.

Denn wenn er einmal richtig in Fahrt war und aufgrund der inneren Chemie schnell an Geschwindigkeit und Vehemenz gewann, konnte ihn nichts und niemand mehr stoppen, bis der echte oder vermeintliche Widersacher vernichtet und das Feld weitflächig verbrannt war. Sempre pronto all'attacco, immer bereit zum Angriff, und durchaus unerschrocken eröffnete er das Feuer prompt und gegen alles und jeden: ungeschickte Mitarbeiter (die geschickten vermochte er nicht zu entdecken), Pressesprecher, Vorstandsvorsitzende, Hoteldirektoren, Putzkräfte, Handwerker, Taxifahrer, Generalsekretäre, Anwälte, Wissenschaftler. Nicht nur seine eigenen Kollegen, sondern auch die Diplomaten anderer Länder konnten in sein Schussfeld geraten, und einmal erteilte er dem gesamten in NRW versammelten Konsularkorps eine groß angelegte Lektion. Alle Beteiligten, einschließlich des Protokolls der Staatskanzlei, waren vollkommen perplex über den undiplomatischen Furor ihres Kollegen, und mich erreichte mal wieder vertraulich ein sonntäglicher Anruf einer Kollegin der Staatskanzlei auf meiner Privatleitung:

„Ja, warum macht der denn bloß so ein Fass auf?"

Weil er jedes Fass aufmacht, an dem er vorbeikommt.

Was war geschehen? Während seiner fast siebenjährigen Dienstzeit hatte unser Generalkonsul nur sehr selten Einladungen der anderen Konsuln, die sämtlich in der Landeshauptstadt Düsseldorf ansässig sind, wahrgenommen. Die Anlässe waren anspruchslos, die Gastgeber uninteressant, die Gäste ungebildet, die Speisen ungenießbar, die Anreise lästig. Nun führte der Zufall unseren Mann beim stets glamourösen Neujahrsempfang der Kölner Industrie- und Handelskammer an den Tisch des griechischen Kollegen. Man sprach über einen ungewöhnlichen

Vorfall in Konsularkreisen, der auch in der regionalen Presse Aufsehen erregt und über den ich meinem Chef berichtet hatte: An Silvester war seine polnische Kollegin abgereist, nachdem sie sich geweigert hatte, zu Beginn des neuen Jahres die prächtige Residenz im eleganten Stadtteil Köln Marienburg gegen eine Büroetage am Kölner Mediapark zu tauschen. Die Dame war vor Ort politisch und kulturell emsig und beliebt gewesen. Aus diesem Grunde hatte man ihr Jahre zuvor das Amt des Doyen (Dekan) des konsularischen Korps übertragen – vollkommen unbemerkt von unserem Chef, der Mitteilungen des konsularischen Korps nicht zu beachten pflegte und deshalb überhaupt nicht mitbekommen hatte, dass man bei dieser Entscheidung das allgemein gängige Kriterium des Dienstalters für die Ernennung zum Doyen außer Acht gelassen hatte. Nach der überhasteten Abreise der polnischen Generalkonsulin, die von ihrer Regierung tout court aus dem diplomatischen Dienst entlassen worden war, galt es nun, einen neuen Doyen zu ernennen.

Der listige griechische Generalkonsul sprach seinen italienischen Kollegen bei dem Empfang in Köln scheinbar vollkommen arglos darauf an, dass gerüchteweise bereits der türkische Kollege für das Amt auserwählt worden sei. Natürlich hat er bei unserem Mann auf die richtige Taste gedrückt:

„Was, der Türke? Ja, aber wieso DAS denn? ICH bin doch der dienstälteste Generalkonsul und damit der Doyen!" „UNglaublich! Nun, ich würde den Posten ja nicht übernehmen wollen" (viel zu viel Arbeit, ständige Präsenz in Düsseldorf), „sondern an den nächsten dienstältesten Kollegen weitergeben. Aber gefragt werden MUSS ich! Schon aus Prinzip! UNGLAUBLICH!"

Der nächste dienstälteste Kollege war der Grieche.

Es entwickelte sich eine wochenlange Korrespondenz über die Staatskanzlei und sämtliche in NRW akkreditierten Generalkonsulate und Konsulate. Unser Chef war nicht willens, irgendeinen der vom Vize Doyen unterbreiteten Vorschläge auch nur zu überdenken und bestand hartnäckig auf dem Prozedere:

1. eine förmliche Vollversammlung aller Konsuln,
2. die Ernennung des dienstältesten Konsuls;
3. bei Verzicht die Ernennung des nächst Dienstältesten und so weiter.

Natürlich hatte er im Prinzip recht, aber Diplomatie ist nicht unbedingt die Kunst des Rechthabens. Inzwischen hatten sich diverse Konsuln miteinander zerstritten, der amerikanische Konsul, dem kurz zuvor bei seinem Antrittsbesuch in unserem Hause als Einzigem die Ehre eines Espresso zuteil geworden war, drückte namens seiner Regierung seine Unterstützung für den türkischen Kollegen (Überraschung!) aus und drängte auf eine formlose Einigung per E-Mail oder Telefon; der türkische Konsul ließ verlauten, die Diskussion habe ihm gar gesundheitlich zugesetzt; der griechische Konsul gab sich friedfertig und gar nicht am Amt interessiert; der spanische Konsul legte Wert auf die Persönlichkeit, welche das Amt auszufüllen hätte; der Schweizer Konsul bekundete sein Missfallen über die ganze Debatte, der russische Konsul nutzte die Gelegenheit für einen Hieb in Richtung USA, indem er den rechtlichen und nicht politischen Charakter des Verfahrens betonte und sich dagegen verwahrte, dass Kollegen ihre Stimme im Namen ihrer Regierung abgäben, der japanische Konsul erklärte förmlich seine Unterstützung für den türkischen Kollegen.

Die Versammlung fand statt, die dienstältesten Konsuln von Italien, Griechenland, Marokko, Türkei (gleich zweimal – sowohl der türkische Generalkonsul in Köln und der in Düsseldorf), Großbritannien, Japan und Russland verzichten in dieser Reihenfolge nacheinander auf das Amt, der Niederländer nahm die Wahl an – viel Lärm um nichts.

Eigentlich nahm mein Chef für sich und und alle Neapolitaner in Anspruch, die Absichten des Gegenübers bereits zu kennen, bevor das Gegenüber sie überhaupt zu Ende gedacht hat. In jenen Tagen aber ist ihm, vermutlich im Unterschied zu allen anderen Beteiligten, garnicht der Gedanke gekommen, dass er sich von dem listenreichen Griechen, der seinem türkischen Erbfeind wohl einfach eins auswischen wollte, womöglich hatte übertölpeln lassen. Freunde macht man sich so allerdings nicht.

Dabei war mein Konsul in den seltenen Momenten der Entspanntheit ein ungemein geistreicher, humorvoller und sarkastischer Gesprächspartner mit beträchtlichem Unterhaltungswert, der sogar ein gerüttelt Maß an Empathie bekunden konnte. Und er legte – im Unterschied zu seinem Vorgänger und seinem Nachfolger – großen Wert auf Stil und Form, wie ich spätestens bei einem offiziellen Essen in den Räumen unseres Kulturinstituts feststellen konnte.

Das Personal eines italienischen Gastronoms der gehobenen Klasse hatte einen Schulraum in ein Speisezimmer umfunktioniert, mit langen, weißen Tischtüchern, feinem Porzellan, Gläsern, Besteck und einem schweren, silbernen Tafelaufsatz, den mein Chef zusammen mit einer antiken silbernen Zuckerdose eigens aus seinem privaten Haushalt herbeigeschafft hatte. Wir nahmen Platz: der Präsident der italienischen Handelskammer für Deutschland, sein frisch ernannter Delegierter für NRW, ein oder zwei italienische Unternehmer, Anwälte und noch einige Gäste, an die ich mich nicht mehr erinnere. Servicepersonal war nicht in Sicht, wir schenkten uns Mineralwasser ein, Small Talk. Wir warteten – allerdings nicht nur auf das Servicepersonal, sondern vor allem auf den Gastgeber.

Nur seine Stimme drang in enormer Lautstärke aus der Eingangshalle des Kulturinstituts bis zu uns. Er brüllte in unbändigem Zorn; wir verstanden durch die gottseidank geschlossene Türe nichts, lächelten, tranken Mineralwasser, plauderten. Nach mehr als dreißig Minuten wurde die Sache wirklich peinlich, ich entschuldigte mich bei unseren Gästen, verließ den Speisesaal und stieß in der Eingangshalle auf den hochroten, schwer atmenden Konsul (die Brüllerei hatte ihn sehr angestrengt), der nur „scarpe di ginnastica – Sportschuhe" – keuchte. Ich rannte weiter und fand in der Küche eine völlig aufgelöste, schluchzende deutsche Kellnerin mit sauberer weißer Bluse, langer schwarzer Schürze, unter der ein paar weiße Turnschuhe hervorlugten. Neben ihr ein dicker, zornentbrannter italienischer Koch mit hoher weißer Haube und sehr bekleckerter Berufskleidung. Das junge Mädchen weigerte sich beharrlich und unwiderruflich, die Küche zu verlassen. Der Koch war wütend und wollte dem Konsul eins überbraten. Ich überredete ihn mit Engelszungen, nicht den Konsul zu verhauen, sondern die Speisen vorzubereiten und auch den Service zu übernehmen und lief wieder in den Speisesaal, wo Gäste und Gastgeber weiterhin Mineralwasser tranken.

Das Essen startete mit mehr als fünfundvierzig Minuten Verspätung. Die drei Gänge wurden nicht elegant von einer ausgebildeten Servicekraft, sondern ziemlich ungeschickt von dem dicken Koch ohne Mütze und in schmutziger weißer Jacke serviert. Er ließ mich nicht aus den Augen, und so konnte ich ihm schweigend die jeweiligen Kommandos (von links servieren; Teller abräumen; Wein nachschenken) vermitteln. Plötzlich funkelte mich mein Chef mit bösen Blicken an, und es dauerte eine ganze Weile, bis ich den Grund des neuerlichen, glücklicherweise schweigenden Zorns erfasst hatte: Ich hatte zugelassen, dass eine Plastikflasche auf dem Tisch stand.

Auch unsere Feiern zum Nationalfeiertag am 2. Juni, die in den vorherigen Jahren eher den Charakter eines Volks- oder Familienfestes hatten, gerieten nun überaus förmlich. Es wurde ein präzises Protokoll erstellt. Die Festgesellschaft musste sich im großen Saal des Kulturinstituts versammeln, der Generalkonsul nahm Aufstellung auf der Bühne, die Leiterin des Kulturinstituts gab Regieanweisungen:

„Es spricht der Generalkonsul"; „Bitte erheben Sie sich" (bei der Nationalhymne); „Bitte nehmen Sie wieder Platz"; förmliche Begrüßungen in italienischer und deutscher Sprache und Ordensverleihungen – unter anderen an den immer noch amtierenden Vorsitzenden der Bonner Deutsch-italienischen Dante-Alighieri—Gesellschaft, den am Telefon abzuwimmeln seinerzeit eine meiner ersten und vordringlichsten Aufgaben in der Botschaft gewesen war. Und jetzt verstand ich meinen allerersten Chef zu Bonner Zeiten.

Dem nunmehr hochbetagten Mann sollte, wie einer ganzen Reihe weiterer Personen, mit ein paar kurzen Sätzen seitens des Generalkonsuls ein Orden als Dank und Anerkennung für seine Verdienste um die deutsch-italienische Freundschaft um den Hals gehängt werden. Der inzwischen pensionierte Lehrer hatte zu dem festlichen Anlass jedoch eine ganze Schar gleichermaßen hochbetagter Herrschaften aus Ippendorf und Bad Godesberg mitgebracht und die Gelegenheit seines Dankes genutzt, um die schriftliche Begründung aller in seinem bisherigen, langen Leben erfahrenen Würdigungen und Auszeichnungen wortwörtlich, mit stockender und brüchiger Stimme vorzulesen.

Das Publikum, das stehend und in Erwartung von Häppchen und Prosecco bereits vier Ansprachen, einen circa dreißigminütigen Film zum hundertfünfzigjährigen Bestehen der Einheit Italiens sowie die ausführlichen Erläuterungen eines italienischen Herrn, der irgendwie in die Finanzierung oder Entstehung des Films involviert gewesen war, hatte über sich ergehen lassen, ergriff nun mehr oder weniger unauffällig die Flucht. Als das Licht im stickigen Theatersaal des Italienischen Kulturinstituts endlich wieder anging, hatte sich die Temperatur der Häppchen und des Weins der frühsommerlichen Hitze der Kölner Innenstadt angepasst, und die Reihen der Stehenden waren deutlich gelichtet.

Die Vertreter der Stadt, von Bezirks- und Landesregierung sowie Staatsminister Werner Hoyer aus dem Auswärtigen Amt, der uns in alter Verbundenheit die Ehre seiner Teilnahme erwiesen hatte, waren verschwunden. Nur die wackeren connazionali in Begleitung der herausgeputzten consorte (Ehefrau oder – wörtlich und viel schöner, wie ich finde – Schicksalsgefährtin) hatten im Bewusstsein ihrer italianità und in landsmannschaftlicher Verbundenheit und Vorfreude auf das gesellige Beisammensein durchgehalten.

Im folgenden Jahr hat die örtliche Tageszeitung ausführlich über die 40-Jahr-Feier eben jener Società Dante Alighieri im Bonner Rathaus berichtet, an der auch der Konsul in Vertretung des Botschafters teilgenommen hatte, der zu diesem Anlass nicht aus Berlin angereist war. Tatsächlich galt und gilt die Aufmerksamkeit der Botschaft und Konsulate weniger solchen Grüppchen Italien-begeisterter deutscher Rentner und deren sehnsuchtsvollen Diavorträgen über das Land mit den blühenden Zitronen als vielmehr der aktiven Förderung von Kontakten zwischen deutschen und italienischen Wissenschaftlern, Unternehmern, Kulturschaffenden. Der Konsul hat mir nachher erzählt, dass auch der Bonner Oberbürgermeister eine Tapetentüre in dem Rokoko-Bau benutzt hat, um sich recht bald aus dem Staub zu machen.

23

Schluß mit lustig

Mein neunter Botschafter war Antonio Puri Purini, der Verfasser der oben zitierten Wutdepesche über die italienische Politik für die Auslandsitaliener. Ihn konnte ich wenige Monate vor seinem Dienstantritt in Berlin anlässlich der Verleihung des Karlspreises an den italienischen Staatspräsidenten Carlo Azeglio Ciampi erstmals in Augenschein nehmen. Drei Jahre zuvor hatte das Karlspreis-Kuratorium den Preis, der traditionell jedes Jahr an Christi Himmelfahrt übergeben wird, kurioserweise dem Euro zugesprochen, und Ciampi hatte die Laudatio sprechen dürfen. Offenbar hatte unser Präsident Gefallen an der Sache gefunden, denn nun wollte er unbedingt selbst den Preis bekommen. Also hatte der damalige Botschafter Fagiolo in den folgenden Jahren mehrfach und hartnäckig das Feld in Aachen beackert, bis sich das Kuratorium der Stiftung Internationaler Karlspreis zu Aachen endlich bereitfand, die ersehnte Auszeichnung an Ciampi zu verleihen.

Wenige Wochen vor der feierlichen Preisübergabe reiste die Vorbereitungsdelegation des Präsidialamtes an. Immerhin dreißig Personen trafen auf dem Militärflughafen Geilenkirchen ein, um von dort nach Aachen weiterzufahren. Sowas ging in der Regel unerwartet zügig vonstatten, jedenfalls wenn die Sondermaschine, üblicherweise mit mehreren Stunden Verspätung, eingetroffen war. Die Autos standen am Rollfeld bereit, die Gäste stiegen die Gangway herab, verteilten sich auf die Autos, die Kolonne fuhr im hohen Tempo, angeführt von einem Fahrzeug der Bundeswehr, zum Ausgang des militärischen Geländes.

Mich sollte ein Fahrer unseres Konsulats in dem altersschwachen, konsulatseigenen Fiat Marea nach Aachen chauffieren. Auch der Kollege war fortgeschrittenen Alters, und ihn plagten die gesundheitlichen Probleme von Männern fortgeschrittenen Alters. Die Verrichtung zog sich hin, die Kolonne brauste vorbei, und wir hatten das Nachsehen. Nun war der Kollege, ein Vertreter der Kategorie des „Einfachen Dienstes", zwar als Bürobote und Fahrer eingestellt worden, aber nicht zum Führen eines Fahrzeugs geeignet. Das Merkmal teilte er mit einigen seiner Kollegen. Ein Bürobote und Fahrer brachte es später durch die eigenwillige Fahrweise sogar fertig, beim Transport des italienischen Botschafters und des italienischen Generalkonsuls vom Kölner Flughafen zur Kölner Innenstadt von der Autobahnpolizei wegen Verdachts auf Trunkenheit am Steuer angehalten zu werden.

In Geilenkirchen nun umklammerte mein Chauffeur das Steuerrad fest mit beiden Armen, die Nase dicht dahinter, und starrte konzentriert auf die neblige Straße. Landkarten hatte er nicht, Orientierungssinn auch nicht, Navigationsgeräte kannte man noch nicht. Wir fuhren über Stock und Stein, über holländische Felder und belgische Dörfer, an Windmühlen vorbei, bis wir irgendwann, eher zufällig, auf Aachen stießen.

Auf dem Vorplatz des Aachener Rathauses wartete mein Generalkonsul bereits händeringend auf mich, da ich die Gespräche zwischen der deutschen und der italienischen Vorausdelegation, die sich schon eine ganze Weile gegenübersaßen, dolmetschen sollte. In dieser Situation hatte ich gar keine Chance, vorweg nervös oder unsicher zu werden: Man schleuste mich in den großen Saal, schob mir einen Stuhl in die Knie und ein Mikrophon vor den Mund, und noch während ich versuchte, meinen Mantel aufzuknöpfen, übertrug ich die Worte des Aachener Oberbürgermeisters ins Italienische.

Solche Vorbereitungen sind eine komplizierte, ziemlich technische Angelegenheit, bei der verschiedene Fachleute zusammenarbeiten sollen. Die Feuerwehrleute kommen zu Wort, der Leibarzt des Präsidenten, die Beauftragte des Aachener Domkapitels, die Mitarbeiter des Oberbürgermeisters, die Protokollbeamten der Stadt, die Pressereferenten der Stadt und des Staatspräsidenten, die Kollegen der italienischen Botschaft in Berlin, die Beamten des italienischen Außenministeriums – wobei zu unterscheiden ist zwischen den Beamten des Länderreferats und des Protokolls. Letztere sind die schwierigsten.

Das reichlich präpotente Auftreten des römischen Protokollchefs, Botschafter Giuseppe Balboni Acqua, der kurz vor seiner Pensionierung stand und deshalb nichts mehr zu verlieren hatte oder einfach einer déformation professionelle erlegen war, bereitete mir ungeahnte Peinlichkeiten. Zumal ich damals noch nicht wußte, dass er nicht der einzige italienische Diplomat ist, der mit einem derart undiplomatischen Talent gesegnet ist.

Höhepunkt dieser Vorbereitungen, die immer auf der Kippe standen, in ein zänkisches battibecco auszuarten, waren die Gespräche im Aachener Dom. Unsere gesamte Vorausdelegation war schon fast den ganzen Apriltag lang bei bitterkaltem Wind – im leichten Babour-Sommermäntelchen (der Protokollchef), im tintenblauen Cool-Wool-Janard-Kostüm (ich) – über das regennasse Kopfsteinpflaster der Aachener Innenstadt hin und her gerannt, um alle Örtlichkeiten genau zu inspizieren und mit allen jeweils Verantwortlichen konkrete Absprachen zu treffen: Aula Carolina, Rathaus, Krönungssaal, Katschhof, Hotel Quellenhof.

Der Protokollchef gab sich mit vielem unzufrieden und verlangte unter anderem vom Hoteldirektor kategorisch, aber vergeblich die Ausquartierung der holländischen Königin, des spanischen Königs und des Bundespräsidenten, um Platz zu schaffen für die zu erwartende zweiundsechzigköpfige italienische Präsidentendelegation.

Im zugigen Dom kam es fast zum Eklat. Unserem Protokollchef passte die Platzierung des italienischen Präsidenten im Chorgestühl des Doms nicht. Traditionell sitzen dort, zusammen mit den geladenen Staatspräsidenten und Königen(!), die Preisträger: gegenüber den Reihen der Gläubigen im Domschiff und hinter dem die Messe zelebrierenden Bischof. Erstes Argument unseres Protokollchefs war, dass der prächtige, 1215 vom Staufer Friedrich II. eigenhändig zugenagelte Sarkophag Karls des Großen dem Präsidenten den freien Blick auf das Geschehen im Dom versperren könnte. Es erging wortwörtlich die barsche Anweisung:

„Devono togliere 'sta cassa – Die Kiste muss weg!"

Nicht nur mir, auch den Vertretern von Domverwaltung, Domkapitel, Dombauleitung blieb buchstäblich die Spucke weg. Ich versuchte gar nicht erst, den gereizten Ton aus meiner Stimme zu nehmen, als ich unserem Protokollchef die kategorische Antwort des Assistenten des Dompropstes übersetzte.

Unser Mann griff zu einem anderen Argument. Der Ehre des Präsidenten eines großen katholischen Landes sei abträglich, dass ihm der die Messe zelebrierende Bischof den Rücken zuwende. Angesichts der zuvor ins Spiel gebrachten Alternative, die „Kiste" wegzuschaffen, beeilte sich die deutsche Seite, einen Kompromiss zu finden. Der italienische Staatspräsident und seine Frau würden nicht mit den anderen Ehrengästen im Chor, sondern zusammen mit den Gläubigen im Kirchenraum und damit vor dem Bischof platziert werden. Die italienische Seite stimmte Gott sei Dank zu, aber nur unter einer Bedingung: Die beiden Stühle müssten noch ein ganz klein wenig vor die erste Stuhlreihe gesetzt werden, um die beiden illustren Gäste von der Masse der Gläubigen sichtbar abzuheben. Viele Jahre später habe ich erfahren, dass der Protokollchef von der Botschaft in Berlin außerdem allen Ernstes gefordert hatte, dafür Sorge zu tragen, dass die sechzigminütige Messe um vierzig Minuten gekürzt werde. Aber dieses Ansinnen haben die Berliner Kollegen gar nicht erst an die deutsche Seite übermittelt.

Nach seiner Pensionierung wurde dem Protokollchef übrigens von Außenminister Franco Frattini der Vorsitz einer Kommission für die Wahrung italienischer Interessen im Post-Gaddafi-Libyen übertragen. Im Dialog mit den Wüstensöhnen war der forsche Auftritt des Mannes womöglich angebracht.

Unsere Rückfahrt von Aachen nach Köln gestaltete sich fast so schwierig wie die Hinfahrt, wobei nun aber der Konsul mit im Wagen saß. Unser Fiat wollte einfach nicht anspringen. Also stiegen Konsul und ich aus, und wir machten uns daran, die malade autovettura di rappresentanza mit vereinten Kräften zu schieben, während der talentierte Chauffeur am Steuer saß. Irgendwie hatte die Situation in meinen Augen symbolhaften Charakter: die contrattista und der Chef strengten sich an, der Chauffeur ruhte sich mehr oder weniger aus, und unser Repräsentationsfahrzeug war ebenso malade wie unsere Staatsfinanzen. Wegen der stets klammen Finanzlage des Konsulats konnte das Fahrzeug auch nicht repariert werden. Und so streikte bei der nächsten Reise nach Aachen, drei Wochen später anläßlich der Preisverleihung, der Richtungsanzeiger unseres Dienstwagens, so dass jeweils der Chauffeur oder ich mit Armbewegungen aus dem Seitenfenster unsere Fahrrichtung anzeigen mußten.

Am Vorabend des großen Ereignisses füllte sich das Foyer des feinen Hotel Quellenhof mit zahlreichen Gästen in Abendkleidung.

Von hier würde man zum festlichen Diner in der Aula Carolina fahren, die während des Jahres ganz profan als Turnhalle genutzt wurde. Unter den Gästen waren auch unser Botschafter Fagiolo und seine deutsche Frau, welche die Gelegenheit nutzte, um mir noch einmal persönlich für die Schneeglöckchen zu danken, sowie Umberto Vattani in seiner neuen Eigenschaft als Ständiger Vertreter Italiens bei der EU in Brüssel. Die Begrüßung fiel ganz besonders herzlich aus: schließlich hatte er mir den Posten in Köln verschafft, und ich hatte ihm im Gegenzug – ziemlich leichtfertig, wie sich im Laufe vieler Jahre noch herausstellen sollte – ein lebenslanges Übersetzungs-Abonnement versprochen. Beim Auftritt von EZB-Chef Wim Duisenberg, weithin erkennbar an der Masse ungebändigter weißer Haare, flüsterte er mir verächtlich zu: „Sembra una pecora – Wie ein Schaf sieht der aus," um sich sogleich sogleich grinsend über den fast kahlen Schädel zu fahren.

Plötzlich erhob sich über dem gepflegten Stimmengemurmel der feinen Gesellschaft im Foyer die helle, sich fast überschlagende Stimme unseres jungen Vizekonsuls. Mit krebsrotem Kopf protestierte der schmale, junge Mann dagegen, vom Protokoll nicht zum offiziellen Diner in der Aula Carolina geladen zu sein. Einer seiner älteren und ranghöheren Kollegen von der Berliner Botschaft, der wie wir alle später den gesamten Abend bei Automatenkaffee und Zigaretten in der Garderobe verbrachte und viele Jahre später mein letzter Botschafter werden sollte, kommentierte den Auftritt des Trotzkopfs ziemlich cool:

„Unsere Aufgabe ist es, Probleme zu lösen, nicht, sie zu schaffen."

Das brachte den jungen Mann aber keineswegs zur Raison. Erst als ich ihm ein paar Tage später nach unserer Rückkehr nach Köln erklärte, dass ein solcher Aufritt coram publico seine weitere Karriere um ein paar Jahre verzögern könne, erschrak er zutiefst. Tatsächlich habe ich neben vielen hoch gebildeten, extrem lern- und arbeitseifrigen Botschaftssekretären, die sich willig der teilweise harten Schule ihrer teilweise brillanten Lehrmeister unterwarfen, auch junge Diplomaten erlebt, deren Berufsauffassung sich essentiell darin äußerte, dass sie, wie unser Vizekonsul, auf der ihnen protokollarisch – tatsächlich oder vermeintlich – zustehenden Behandlung bestanden und beispielsweise Freunde und Verwandte in unserem Dienstwagen chauffieren ließen. Der junge Mann achtete darüber hinaus ständig auf den korrekten Abstand zwischen Hemdmanschette und Anzugärmel und tat ansonsten hauptsächlich nichts.

Wenige Minuten nach diesem Auftritt rauschte die Wagenkolonne der italienischen Delegation die Auffahrt zum Hotel Quellenhof herauf. Hinter mehreren Polizeimotorrädern der schwere Maybach mit unserem Präsidenten und dahinter eine ganze Kolonne dunkler Mercedes Limousinen mit den Mitgliedern der zweiundsechzigköpfigen Delegation und der deutschen Begleitung. Dicht hinter dem betagten, ziemlich klein gewachsenen Präsidenten Carlo Azeglio Ciampi betrat ein furioser Rotschopf, elegant in Chanel gekleidet, das Hotel, knallte eine gewaltige, nach meiner sachkundigen Einschätzung sauteure Handtasche zusammen mit einem Manuskript auf den Empfangstresen und rief lauthals:

„Questo testo non lo leggerò. Escluso. Assolutamente. Fatto con i piedi – Das werde ich nicht vorlesen. Auf keinen Fall. Absolut nicht. Eine hundsmiserable Übersetzung."

Das also ist eine Kollegin. So also tritt man als Dolmetscherin auf! Ich war beeindruckt – und vollkommen ihrer Meinung. Die aus Rom vorab gelieferte deutsche Übersetzung der Rede, die der Präsident am nächsten Tag im Krönungssaal des Aachener Rathauses halten sollte, war in der Tat schlecht, handwerklich miserabel zusammengeschustert. Das italienische Außenministerium hatte den eigenen Sprachendienst Jahre zuvor abgeschafft und, wie mir unser Botschafter anvertraute, an Mitarbeiter des römischen Goethe Instituts – neudeutsch – outgesourct.

Die Übersetzung hatte mir am Morgen der aus Berlin angereiste Pressechef der Botschaft vorgelegt mit der Bitte, „ein wenig über den deutschen Text zu schauen" und dabei unter gar keinen Umständen mehr als Interpunktions- oder Tippfehler zu korrigieren. Schließlich kam der Text aus Rom – Roma locuta! –, das heißt niemand, aber wirklich niemand würde es wagen, ihn zu verändern. Schon gar nicht ohne sorgfältige Gegenkontrolle und Genehmigung seitens des Pressechefs, des Gesandten, des Botschafters und natürlich Roms.

Professionals, wie der Ehemann solche Leute mit ironischem Ton zu nennen pflegt, plagt solche Ehrfurcht nicht, wenn es um das eigene Metier geht. Und als solche verstand ich mich selbst und den Rotschopf auch. Ich stellte mich ihr freundlich vor und versicherte, die deutsche Übersetzung sei von mir am Vormittag bereits vollständig überarbeitet worden. Und ich sei sicher, dass sie mit der neuen Fassung vollkommen zufrieden sein werde. Das war sie.

Als ich mich nach dem Gespräch umdrehte, um in unseren Delegationssaal zu eilen und die neue Textversion für die Kollegin auszudrucken, trat ich einem soignierten und attraktiven Herrn fortgeschrittenen Alters beinahe auf die Füße, der unser Gespräch offenbar mit angehört hatte. Er schaute mir nur kurz und kommentarlos in die Augen (seine hellbraun, meine hellgrün) und wanderte dann schweigend und mit ernster Miene in der Lobby des Hotels umher. Nach Aussehen, Outfit und Habitus zu urteilen, schien es sich um einen feinen, britischen oder norddeutschen Hotelgast zu handeln, vielleicht ein Londoner Bankier oder hanseatischer Reeder. Nicht im Traum wäre ich darauf gekommen, dass er ein Mitglied unserer Delegation sein könnte.

Antonio Puri Purini war seinerzeit noch außenpolitischer Berater des Staatspräsidenten, aber man wußte bereits von seiner bevorstehenden Ernennung zum italienischen Botschafter in Deutschland. Ihm eilte ein Ruf wie Donnerhall voraus. Die Mitarbeiter des Präsidialamtes, mit denen ich in den zwei Tagen im Hotel Quellenhof den italienischen Delegationsraum teilte, beließen es, offenbar reichlich eingeschüchtert, bei vagen Andeutungen, die allerdings nichts Gutes verhießen. Eines schien klar zu sein: Mit dem Amtsantritt des neuen Botschafters würde definitiv Schluss sein mit dem beschaulichen Dasein im lustigen Köln, wo sich Konsulat und Konsuln stets fern der „heidnischen Berliner Steppe" gewähnt hatten, die nicht nur dem rheinisch-katholischen Konrad Adenauer zeitlebens fremd geblieben war. Fortan wurden wir von preußischer Hand regiert.

Wir hatten es mit einem Diplomaten wie aus dem Buche zu tun – wieder ein vero signore, dazu luzide, kompetent, konzise und elegant, aber in seinem politischen Selbstbewusstsein und in seiner Professionalität absolut unerbittlich. Wer sich von dem weichen österreichischen Akzent, der das perfekte Deutsch des Botschafters so charmant färbte, täuschen ließ, beging einen verhängnisvollen Fehler. Gefangene machte dieser Mann nicht. Unzulänglichkeiten wurden messerscharf diagnostiziert und aktenkundig gemacht, was zwar nicht bei den verachteten Amtsträgern seines Landes, wohl aber bei seinesgleichen das Todesurteil für die jeweilige Karriere war. Angestellte blieben ungeschoren, satisfaktionsfähig waren nur Beamte der leitenden Laufbahn. Wer gewissenhaft, effizient und klug seine Arbeit machte, hatte jedoch nichts zu befürchten.

Da waren meine langjährigen Erfahrungen als Mehrzweckwaffe einer großen Botschaft richtig nützlich. Meine Aufgabe war es, die häufigen Besuche des Botschafters fantasievoll zu gestalten und absolut wasserdicht zu planen. Ich habe interessante und hochrangige Gesprächspartner ausgewählt und bis zur Zusage

geknetet, zusammen mit unserem Chauffeur die jeweiligen Stre-
ckenabschnitte mehrfach abgefahren und sie unter Berechnung
eventueller Staus und Baustellen mit Zeit- und Kilometerangabe
in das operative Besuchsprogramm eingetragen. Das circa achtzig
Seiten umfassende Informationsmaterial über das Bundesland,
die Scheda Nordreno Vestfalia, wurde von mir präzise und in
ästhetisch ansprechender Form zusammengestellt und jeweils
auf den aktuellen Stand der politischen, wirtschaftlichen, kulturellen Daten und Entwicklungen gebracht, unter besonderer
Berücksichtigung der Beziehungen zwischen dem Bundesland
und Italien und der Gegebenheiten unserer collettività.

Die Ankündigung des Besuchs nicht nur unseres gefürchteten Botschafters, sondern zeitgleich auch des italienischen
Landwirtschaftsministers in Köln zur Eröffnung der ANUGA
erzeugte große Nervosität in unserem Konsulat. Im Bemühen
um eine absolut sichere Planung rannte ich mit dem Generalkonsul im Schlepptau am Vortag der Eröffnungsfeier über das
gesamte, riesige Messegelände, um den präzisen Parcours unserer
Delegation auszukundschaften. Ein schwieriges Unterfangen,
denn in allen Hallen wurde gesägt, gehämmert, gebaut und
getragen und gemacht. Abgesehen davon, dass wir bei allen
italienischen Ausstellern gänzlich unerwünscht waren, erwies
sich dieser Vorlauf auch strategisch als völlig nutzlos. Denn
nach der Eröffnung waren Hallen und Stände gar nicht mehr
wiederzuerkennen. Und während wir über Sperrholzwände,
Weinkisten, Stromkabel und Leitern stolperten, hatten im hek-
tischen Wechsel ich den Protokollchef der KölnMesse und der
Konsul den Botschafter am Ohr:

Es ging um die Planung einer kurzen Begegnung zwischen
dem italienischen Landwirtschaftsminister Gianni Alemanno
und dem deutschen Wirtschaftsminister Wolfgang Clement im
Rahmen der Eröffnung der Messe. Unserem Botschafter passte
der für das Treffen von deutscher Seite vorgeschlagene Zeitpunkt

nicht. Für die italienische Seite hatte der Auftritt unseres Ministers vor italienischen Ausstellern und Verbänden mitsamt Presse und Fernsehkameras wegen der heimatlichen Berichterstattung Priorität. Nach mehreren, ziemlich erregten Telefonaten wurde das Treffen zwischen Alemanno und Clement schließlich von unserer Seite einfach aus dem Programm geschmissen, weil die deutsche Seite nicht auf unsere terminlichen Vorschläge eingehen wollte oder konnte. Damit haben wir uns beim Bundeswirtschaftsministerium und bei der KölnMesse keine Freunde gemacht. Gianni Alemanno konnte später den Sessel des Bürgermeisters von Rom erklimmen und wurde 2019 wegen Korruption verurteilt, denn caput mundi war jetzt mafia capitale (Petra Reski). Wolfgang Clement entfaltete seinen Tatendrang anderweitig und ging dabei der Unterstützung seiner eigenen Partei verlustig.

Am nächsten Tag war unser internes Besuchsprogramm minutiös erstellt. Wir standen frühmorgens allesamt aufgereiht an der Rollbahn des Köln-Bonner Flughafens (militärischer Teil), um die Staatsmaschine des Landwirtschaftsministers mit seiner dreißigköpfigen Delegation und begleitenden Pressevertretern zu empfangen. Aus Berlin waren am Vorabend nicht nur unser „preußischer" Botschafter, sondern auch der Leiter und zwei Botschaftssekretäre der Handelsabteilung angereist. Der Handelsattaché, ein erfahrener Diplomat mit dem in diesen Kreisen häufigen, langen aristokratischen Namen, schien sich neben unserem gefürchteten Botschafter wie ein Schulbub zu fühlen. Das Flugzeug rollte aus, dem Handelsattaché fiel eine Akte aus der Hand, ein stürmischer Herbstwind blies die Blätter in alle Richtungen. Der Handelsattaché rannte hinter seinen Papieren hinterher, die vielköpfige Delegation trabte die Gangway herunter und auf uns zu, und mittendrin, kregel und mobil wie eh und je: „Questa era una colonna dell'Ambasciata! – Sie war eine tragende Kraft unserer Botschaft!" Tausendsassa Vattani. Der Ruhestand war seine Sache nicht, und so hatte er inzwischen die Herrschaft über das Imperium des italienischen Außenhandelsinstituts an sich gezogen, um in gewohnter Weise und in großem Maßstab italienische Waren, Menschen und Gelder weltweit zu bewegen.

Die Delegation verteilte sich wie üblich rasch auf die zahlreichen Limousinen. Ein großer, klimatisierter Bus in elegantem Schwarz, den die in Düsseldorf ansässige Niederlassung des Italienischen Instituts für Außenhandel angemietet hatte, stand für die mitreisende Presse bereit, die wiederum ich zu begleiten hatte. Und wieder hatte ich das Nachsehen und kam zu spät. Unser luxuriöses Gefährt erwies sich als zu groß, um eine enge Unterführung vor der Messezufahrt zu passieren. Wir mussten den Bus verlassen und zu Fuß zur Eröffnung der Messe hasten. Trotz unserer Verspätung rollte das Programm minutiös ab, und zur vom Minister gewünschten schönen Pressepräsentation waren wir alle vollzählig auf Posten.

Kurz darauf richtete unser gefürchteter Botschafter das Wort an mich und unterbreitete mir zu meiner großen Überraschung mit charmanter Gestik und gewinnenden Lächeln den Vorschlag, sein Sekretariat an der Berliner Botschaft zu übernehmen. Déja vu! Mittlerweile aber hatte ich gelernt, wie man selbst solch unerwarteten Ehrungen höflich entkommt. Ich schwafelte vage etwas von unendlichem Bedauern, mit welchem ich mich gezwungen sähe, das überaus ehrenvolle Angebot aus familiären Gründen abzulehnen.

Uns wurde ein Lob der Exzellenz hinterbracht: „Das Kölner Konsulat funktioniert wie ein Schweizer Uhrwerk!" Eine solche Nachricht schaffte eine entspannte und dankbare Atmosphäre im Konsulat – jedenfalls bis zu dem Moment, da uns ein neuerlicher Besuch des Botschafters angekündigt wurde. Denn prinzipiell herrschte während seiner Amtszeit unter den italienischen Diplomaten im Land das Champignon-Prinzip: den Kopf so weit wie möglich unten halten, damit er nicht unversehens hinweggemäht wurde. Während seiner vierjährigen Amtszeit besuchte

Puri Purini ungefähr ein halbes Dutzend Mal unseren Konsularbezirk, zum Schrecken der jeweils amtierenden Generalkonsuln,
drei in Charakter und Arbeitsweise völlig unterschiedliche
Männer, welche aber eine große Furcht vor dem Herrn einte,
die auch durchaus begründet war.

24

Eine Tragödie in Duisburg

Über die Jahrzehnte meines Berufslebens hinweg habe ich Kontakte stets fleißig gesammelt und in der ruhigen Zeit zwischen Weihnachten und Neujahr regelmäßig aktualisiert. Mein PC beherbergte deshalb ein wertvolles Gut von über 1.000 Kontakten – welches das altersschwache Gerät eines Tages nach leisem Knistern, brenzligem Geruch und mittellautem PUFF zu meinem hellen Entsetzen mit ins Grab genommen hat. Irgendwie war im Konsulat für die Wartung und die Erneuerung unserer Bürotechnik nie genug Geld da.

In den folgenden Tagen war ich damit beschäftigt, alle Daten wieder mühsam zu rekonstruieren, und zudem fest entschlossen, auf eigene Kosten einen neuen Rechner für meinen Arbeitsplatz zu erwerben. Dank des Eingreifens des Generalkonsuls schaffte es unsere Verwaltung dann doch irgendwie, mir einen neuen Rechner zur Verfügung zu stellen, und bei Aldi habe ich aus eigenem Portefeuille den gleichfalls notwendigen neuen Bildschirm gekauft.

Ebenso schmerzhaft war einige Monate später der Verlust meines etwas zerbeulten, von der trendbewussten Familie milde belächelten Nokia-Handys. Es hatte für mich einen unschätzbaren Wert, denn auch dort waren nicht nur private Kontakte gespeichert, sondern der Bonner Staatsschutz, der Integrationsbeauftragte des Landes NRW, der Krisenstabs des Innenministeriums, die Flugbereitschaft am Militärflughafen Köln/Wahn, eine Vielzahl persönlicher Referenten sowie der amtierende und die ehemaligen italienischen Botschafter.

Das armselige Nokia war mir im Konsulat vom Schreibtisch geklaut worden. Wie sich dank des angeborenen Scharfsinns und der flinken Beobachtungsgabe sowie des enormen Bekanntenkreises unserer kleinen, stimmgewaltigen Empfangsdame herausstellte, gehörte der Übeltäter zu unserer Kundschaft: ein ihr bekannter italienischer drogato aus Köln Kalk, der zuvor offenbar vergeblich versucht hatte, die eher bescheidenen Kunstdruckimitate von den Wänden des Konsulats zu stehlen und es sodann in einem unbeobachteten Augenblick geschafft hatte, sich in die eigentlich gesicherte Bel Etage des Konsulats zu schleichen und mein Handy zu entwenden. Glück im Unglück: Eine neue, cognacfarbene 800-Euro-Comtesse-Handtasche aus der Serie „When Angels travel", darin ein cognacfarbenes 300-Euro-Comtesse-Portemonnaie mit 500 frisch aus dem Bankautomaten gezogenen Euro hat er übersehen.

In meiner Not, die wertvollen Telefonnummern wiederzuerlangen, habe ich mein Handy nicht sofort gesperrt, sondern angerufen. Und was passierte? Es antwortete ein Kollege des drogato, allerdings deutscher Nationalität, der behauptete, das Handy sei sein Eigentum, da er es soeben für 30 Euro auf dem Neumarkt erstanden habe.

„Und was glauben Sie, wer Sie gerade anruft und mit Ihnen sprechen will?"

„Äh .... wie? Normal, ey!"

Meine Versuche, ihn mit einer 50-Euro-Prämie ins Konsulat zu locken, waren vergebens. Also blieb mir nichts anderes übrig, als in den folgenden Wochen aus Notizbüchern, E-Mailkorrespondenzen, Besuchsprogrammen und anderen dienstlichen und privaten Unterlagen mühsam mein persönliches Telefonbuch zu rekonstruieren, sodass es mir am späten Abend des 24. Juli 2010 wieder von großem Nutzen war.

Eine laue Nacht im Hochsommer, im Garten eines italienischen Kollegen, Einwanderer der zweiten Generation, mit dem ordentlich erlernten Beruf eines Schlossers, nun mit einem white collar ausgestattet im Konsulat tätig, drei tüchtige Kinder, die im Unterschied zu den vielen Sprösslingen unserer connazionali nicht nur erfolgreich eine deutsche Schule, sondern anschließend auch eine ordentliche Lehre als Krankenschwester, Schornsteinfeger(!) und Kosmetikerin absolviert und sodann eine reguläre Berufstätigkeit aufgenommen haben; eine gleichermaßen tüchtige Mamma, die das gesamte, fantastische Repertoire der italienischen Hausfrau rauf und runter kochen kann: hausgemachtes tuorturo (ein neapolitanisches Brot mit Speck, Salami und Parmesan), melanzane con acciughe e capperi, finocchi, peperoni, carciofi alla griglia, costolette d'agnello, pollo al rosmarino, macedonia di frutta; dazu Wein, Bier, Fassbrause. Unter den Gästen auch einer der aus Rom entsandten Kollegen, die in den Abendstunden und am Wochenende rufbereit waren oder rufbereit sein sollten. Ihn erreichte über unser Außenministerium der verzweifelte Hilferuf einer Mutter aus Brescia, deren Tochter zur Love Parade nach Duisburg gefahren war.

Über das Festnetz waren in jener Nacht weder Polizei, Feuerwehr, Presseabteilung noch das Büro des Oberbürgermeisters erreichbar. Aber im Besitz der contrattista befanden sich ja seit dem Aufenthalt der italienischen Fußballnationalmannschaft in Duisburg anlässlich der WM Dutzende von Mobilnummern

Duisburger Ansprechpartner – sorgfältig rekonstruiert und auch im neuen Handy gespeichert. Also machte man sich zu später Stunde auf den Weg in das Duisburger Chaos von Feuerwehr, Polizei, Presse, Angehörigen und konnte in den frühen Morgenstunden dank ebendieser direkten Kontakte die traurige Nachricht vom Tode der jungen Frau empfangen und nach Rom übermitteln.

Die Aufarbeitung beziehungsweise fehlende Aufarbeitung der Tragödie sollte dem amtierenden Konsul und seinem Nachfolger Pein bereiten, und zwar nicht wegen der durchaus vorhandenen, persönlichen Anteilnahme, sondern wegen der drängenden Appelle, welche die politisch rührige Mutter der jungen Frau an den italienischen Botschafter, den italienischen Staatspräsidenten und an die Ministerpräsidentin des Landes NRW richtete. Die Landesmutter zeigte zwar große Anteilnahme am Kummer der betroffenen Familien, legte aber ausgesprochen wenig „Tat-Kraft" (in Anlehnung an einen Wahlslogan von Hannelore Kraft, die sich gern als Malocherin darstellte) bei der politischen Aufarbeitung des Unglücks an den Tag. Die Bitte der italienischen Mutter um Einrichtung eines parlamentarischen Untersuchungsausschusses wurde mit ausgesprochen fadenscheinigen und eher haltlosen Begründungen abgelehnt. Zweimal wurden wir beim Justizminister von NRW vorstellig, um – sehr diplomatisch – unser „Vertrauen in die Verlässlichkeit der deutschen Justiz auszusprechen".

25

Ein ganz großes Tier

Botschafter Antonio Puri Purini wurde 2005 zu seiner persönlichen Überraschung und Verärgerung noch vor den anstehenden Bundestagswahlen – für deren Beobachtung und Kommentierung er sich unentbehrlich gehalten hatte und denen tatsächlich der Machtwechsel von Gerhard Schröder zu Angela Merkel folgte – unerwartet ins Abseits befördert. Seinen Ärger darüber brachte Professor Michael Stürmer in einem Kommentar in der Tageszeitung Die Welt zum Ausdruck, der natürlich dazu gedacht war, dem in der Berliner Gesellschaft überaus beliebten Vertreter Italiens zu weiterem Ruhme zu gereichen. Allerdings waren die Formulierungen eher dazu angetan, den Nachfolger schon vor dessen Eintreffen in Berlin zu beschädigen. Das fand ich nicht in Ordnung, zumal mein zehnter Botschafter Michele Valensise – uno dei big, eines von den ganz großen Tieren, wie ihn die italienische Presse nannte – nicht nur ein Freund aus Bonner Tagen war, sondern auch ein exzellenter Diplomat, der eine solche Herabwürdigung noch vor seinem Amtsantritt nicht verdient hatte. Auf meinen Protest hätte der renommierte Leitartikler natürlich keinen Pfifferling gegeben. Also habe ich dem in Deutschland immer noch notorischen Botschafter a.D. Ferraris vorgeschlagen, bei der Zeitung Die Welt vorstellig zu werden, und ihm den vorformulierten Leserbrief gleich mitgeschickt. Da Ferraris selbst allergrößte Wertschätzung für den neuen Botschafter hegte, wurde er prompt tätig. Prof. Stürmer hat ihm zwar geantwortet, aber ansonsten hat die ganze Aktion natürlich überhaupt nichts bewirkt – nur jedem von uns dreien eine leise, innere Befriedigung verschafft.

Der treue Kolumnist hatte übrigens wenige Jahre später Anlass, sich, wiederum in der Zeitung Die Welt, von seinem „Freund Antonio" zu verabschieden, dessen unerwarteter Tod uns alle überrascht hatte. Dem ungewöhnlichen Abschiedsgruß für den beliebten Botschafter folgte – gleichermaßen ungewöhnlich – eine gemeinsame Trauerbekundung in der Frankfurter Allgemeinen Zeitung von weiteren Freunden des verstorbenen Botschafters, die allesamt zur Crème der Berliner Republik zählten.

Schon zu Beginn seiner Karriere als sehr junger Diplomat in Bonn hatte Michele Valensise einen ganz außergewöhnlich zielstrebigen und ehrgeizigen Eindruck gemacht. Das konnte ich spätestens daran erkennen, dass er – knapp zwei Jahre jünger als ich – sich immer ausgesprochen zackig vor meinem Schreibtisch im Dachgeschoß aufbaute, um mir mit ernster Miene und forschem Kommando eine Verbalnote oder dergleichen zum Übersetzen zu geben: „Subito, urgentissimo, importantissimo!" Als sich diese Szene wöchentlich, wenn nicht sogar täglich wiederholte, bin ich herausgeplatzt:

„Was glauben Sie eigentlich, wie ich reagiere, wenn Sie mal mit was wirklich Wichtigem ankommen?"

Lustig fand er das, glaube ich, nicht. Gemocht haben wir uns trotzdem. Dreißig Jahre später habe ich ihm zu seiner Ernennung zum Botschafter in Berlin eine E-Mail mit dem knappen Text: „Sehr unprotokollarisch: Hurra!" geschickt. Minuten später kam die Antwort von der anderen Seite des Erdballs: „Sehr unprotokollarisch: Ich freue mich riesig auf Deutschland."

Bei einer Reise nach Bonn anlässlich des Tags der Deutschen Einheit frischte er Erinnerungen an die alten Bonner Zeiten auf. Ich fühlte mich hochgeehrt, dass er eine Lücke in seinem offiziellen Besuchsprogramm nutzte, um unserem „weißen Haus" in Plittersdorf einen privaten Besuch abzustatten. Am Vortag hatte ich als Willkommensgruß eine kleine, aber kostbare Flasche deutschen Weißweins in seinem Hotelzimmer deponieren lassen.

Denn hielten sich in „meinem" Konsularbezirk Gäste auf, mit denen mich eine gute Zusammenarbeit verband, habe ich in ihren Hotelzimmern je nach Jahreszeit Osterhasen oder Weihnachtsmänner, Bildbände über das Rheintal, Weine von der Ahr deponiert. Solche kleinen Gesten erfreuen und schaffen eine freundliche Atmosphäre.

Am Nachmittag des Tags der Deutschen Einheit, dessen zentrale Feierlichkeiten in jenem Jahr in Bonn stattfinden sollten, stand ich neben meinem sauber gewaschenen und blank polierten Saab-Cabrio in mildem Sonnenschein, der die Wälder des Siebengebirges in herbstlichen Farben leuchten ließ, vor dem Portal des Rheinhotels Dreesen bereit, um unseren höchsten Chef zum Tee abzuholen. Er kam strahlend durch die Drehtüre und drückte mir fröhlich meine eigene Weinflasche in die Hand:

„Den haben die mir hier aufs Zimmer gestellt, und Blumen für Sie konnte ich am heutigen Feiertag nicht auftreiben. Deshalb: Bitte sehr!"

Alles außer einem freudigen „Dankeschön, Ambasciatore!" hätte nur Peinlichkeit erzeugt.

Bei ostfriesischem Tee in feinstem Limoges-Porzellan, das vorher und nachher im Schrank herumstand, und hausgemachten Vanillekipferl brachte mein oberster Chef es zur Verblüffung des Ehemannes fertig, vor einem mehrgängigen Abendessen bei der Godesberger Lindenwirtin Aennchen die komplette Silberschale mit den Plätzchen zu verdrücken und mir dabei zwar überaus geschickt einen vollständigen Situationsbericht über Konsulat, Konsularbezirk und Konsul zu entlocken. Aber nicht ein einziges Wort über das private Gebaren meines Rumpelstilzchen-Chefs, wozu beispielsweise die Teilnahme am Christopher Streets Day in angemessenem Outfit zählte. Am Nachmittag waren wir noch guter Dinge. Der Ehemann freute sich über das Interesse des hohen Gastes an seiner BSA-Maschine, die Ehefrau freute sich über die Gelegenheit, dem hohen Gast ihre Bitte um einen im Wortsinn diplomatischen Konsul vorzutragen, der Botschafter freute sich über die Plätzchen.

Eine knappe Stunde später sah das ganz anders aus. Es ergab sich die dritte, richtig schwere gaffe meines Berufslebens. Ich Esel hatte die schriftlichen Einladungskarten p.m. (pour mémoire) für das Essen selbst ausgefüllt, anstatt diese Arbeit dem Sekretariat zu übertragen, und an den entscheidenden Stellen – der aufmerksame Leser ahnt schon, dass es jetzt um Zahlen geht – Datum und Uhrzeit falsch angegeben. Ein Gast kam überhaupt nicht an jenem Abend, ein anderer erst eine volle Stunde später und zeigte dem Botschafter zu seiner Rechtfertigung triumphierend die von mir beschriftete Karte ... Was für eine Katastrophe!

Um meine Zerknirschung glaubhaft zu machen, übermittelte ich meinem Botschafter noch am selben Abend per SMS den Kommentar seines neuen BSA-Freundes zu meiner Zerknirschung.

„Seit dem umgekippten Rotwein vor dreißig Jahren in der Residenz habe ich dich nie wieder so entsetzt gesehen."

Seine Reaktion war wie immer souverän.

„Keine Sorge. Der Rotwein war schlimmer."

Zum Bonner Klimadialog der Vereinten Nationen reiste Valensise erneut aus Berlin an. Auf dem Petersberg legten wir einen glänzenden Auftritt all'italiana hin.

In jenen Jahren war Berlusconi italienischer Ministerpräsident. Getreu seiner Strategie, die nach seinem Bekunden unansehnlichen Vertreterinnen der gegnerischen Parteien durch bellezza zu besiegen, hatte der Cavaliere ausschließlich hübsche junge Mädchen auf Parlaments- und Regierungssitze gehievt, üblicherweise ehemalige modelle oder veline (laut dem Zingarelli ist eine velina „eine junge Fernsehquiz-Assistentin, die sich während der Sendung spärlich bekleidet zeigt".) Der Fall von Stefania Prestigiacomo als Ministerin für Umwelt-, Landschafts- und Meeresschutz war insofern außergewöhnlich, als die Dame zuvor nicht im Showgeschäft, sondern als Jungunternehmerin in Sizilien tätig gewesen war und sogar ein Hochschulstudium absolviert hatte. Aber die Standardkriterien – jung, schön, lange Beine und lange Haare – erfüllte sie problemlos.

Die Vorbereitungen für ihre Teilnahme an der Klimaschutzkonferenz waren weniger aufwendig als üblich, denn die Ministerin reiste mit einer lediglich zwölfköpfigen Delegation an, und das Programm hatte nicht das italienische Ministerium, sondern das Klimaschutzsekretariat der Organisatoren der Vereinten Nationen erstellt. Trotzdem ergab sich wegen unserer Teilnehmerzahl kurz vor Konferenzbeginn eine kritische Situation.

Am Vorabend war die Ministerin aus Peking kommend, wo sie an der Eröffnung der Olympischen Spiele teilgenommen hatte, in Frankfurt eingetroffen. Das Frankfurter Generalkonsulat hatte sie mitsamt Delegation standesgemäß empfangen, nach Königswinter transportiert und uns übergeben: territoriale Zuständigkeiten eben. Für den Abend war vom Ministerbüro vorab explizit ein zwangloses Abendessen gefordert. Nach einer für den Ehemann sehr erfreulichen praktischen Sondierung des Terrains rund um das Siebengebirge schlug ich die Weinstube Altes Fährhaus vor und hatte die Karte mit den rustikalen Speisen übersetzt per E-Mail nach Peking geschickt: Weinbergschnecken, Leberknödelsuppe, Pfälzer Saumagen, Wiener Schnitzel, Weine von Robert Weil und Schloss Reinhartshausen. Es erging umgehend Weisung, die entsprechende Anzahl an Plätzen zu reservieren und die italienische Speisekarte zu vervielfältigen. Tatsächlich habe ich bei vielen offiziellen und privaten Gelegenheiten festgestellt, dass meine connazionali eine bodenständige deutsche Küche ungemein schätzen.

Nach ihrer Ankunft am späten Abend aber war die schöne Ministerin, mit langen blonden Haaren, engen Jeans und stylischer Woolrich Daunenjacke, müde. Die gesamte Delegation verteilte sich blitzschnell auf die Hotelzimmer, und ich stand allein vor der Weinstube. Nicht zum ersten Mal fiel mir die undankbare Aufgabe zu, die vorbereitete Tafel zu stornieren.

Am nächsten Morgen versammelten wir uns in der hellen Maisonne, welche die letzten Nebelschwaden vom Berggipfel vertrieb, vor dem Portal des Steigenberger Hotels auf dem Petersberg. Zusammen mit meinem Botschafter und meinem Generalkonsul verteilten wir die unterschiedlich farbigen Ausweise, die das Protokoll am Vortag für jedes Delegationsmitglied ausgehändigt hatte. Verblüffung, Ratlosigkeit, Empörung:

„Was? Nur vier rote Zutrittskarten zum Konferenzsaal? 1 + 3? Die Ministerin soll allein gelassen werden mit dem Botschafter und zwei Beratern?! Und wenn sie sich nun zu einer Materie äußern muss, die nur einer der anderen Berater beherrscht?!"

Entsetzen, Protest, Worte, Worte, Worte. An dieser Stelle gilt mein expliziter Dank meinem Botschafter, der vor der versammelten Mannschaft die Überzeugung äußerte, dass niemand außer der contrattista in der Lage sein würde, das Problem zu lösen.

Tatsächlich erwiesen sich nun meine in den Vorjahren unter dem Personal des Hotels verteilten Weihnachtspräsente als nützliche Investition. Wir veranstalteten problemlos eine ziemliche Konfusion mit ziemlich vielen, laut schwatzenden Italienern genau auf der Schwelle des Hotels, das von außen durch den Staatsschutz und von innen vom Protokoll überwacht wurde, damit wirklich nicht mehr als 1 + 3 Personen pro Teilnehmerland das Hotel betraten. Mit der diskreten Hilfe der wohlgesinnten Empfangsdamen gelang es, die restlichen Delegationsmitglieder über eine Seitentreppe in den Frühstückssaal im Souterrain des Hotels zu schleusen, wo ich sie zum Bleiben vergattern musste. Denn hätte ein Delegationsmitglied auch nur für Minuten das Hotel verlassen, wäre ihm fortan der Zugang zur gesamten Anlage verwehrt worden. Anhand der Delegationsliste, die mir ein freundlicher US-Kollege zur Verfügung stellte, konnte ich später die vielköpfige Crew der Ministerin davon überzeugen, dass lediglich der russische und der amerikanische Delegierte im Saal von drei Personen assistiert wurden, während alle anderen Minister sich mit zwei Personen begnügten. Niemand benötigte ein zwölfköpfiges Beraterteam.

Der Rest des Tages verlief ohne weitere Zwischenfälle. Am frühen Abend ein Umtrunk in der „Big Animal Bar" des Steigenberger Hotels, anschließend das offizielle Abendessen für die gesamte Delegation. Gastgeber war der Veranstalter, sodass ich protokollarisch Feierabend hatte. Ich konnte bei einem schönen Abendessen mit dem Ehemann und den Kindern meinen runden Geburtstag feiern, zu dem mir Valensise schon im frühen Morgennebel formvollendet mit einem sehr großen, bunten Blumenstrauß gratuliert hatte.

Im jahrhundertealten Gasthaus der Lindenwirtin Aennchen am Fuße der Godesburg – das später im Zuge der Arabisierung Bad Godesbergs in morgenländische Hände fiel – hatte der Sohn sich zu Studentenzeiten ein Zubrot und beträchtliche kulinarische und önologische Kenntnisse erworben, weshalb der Umgangston mit dem Personal ziemlich vertraut war. Zwischen Vorspeise und Hauptgang raunzte der Chefkellner meine Kinder an:

„Hat denn eurer Mutter eigentlich keiner beigebracht, dass man bei Tisch nicht ständig mit dem Handy hantiert?!"

Der Mann hatte vollkommen recht, aber offenbar nie in einem italienischen Ambiente gelebt oder gearbeitet. Bis zum Dessert hatte ich im Wechsel Generalkonsul und Protokollchef am Ohr, weil die gesamte Truppe noch am selben Abend außerplanmäßig abreisen musste. Denn für den nächsten Morgen war überraschend eine Abstimmung in der italienischen Abgeordnetenkammer angesetzt worden, bei der für die Fraktion der Forza Italia des Cavaliere offenbar jede Stimme zählte. Ich gab mein ganzes organisatorisches und protokollarisches Können, um Chauffeure, Protokollbeamte, Offiziere in Köln-Wahn fernmündlich zu steuern. Trotzdem bekam ich am Folgetag einen heftigen Rüffel vom Rumpelstilzchen: Ich hätte sofort nach Köln-Wahn fahren und die Abreise persönlich überwachen sollen, denn der Fahrer des Kleinbusses hatte die Delegation samt Gepäck nicht direkt am Rollfeld, sondern schon kurz hinter der Zufahrts-Schranke ausgeladen. Ich meine heute noch, dass eine einfache Handbewegung in Richtung Rollfeld die Situation hätte klären können.

Dank unseres tüchtigen Botschafters und seiner kongenialen Ehefrau wurde die Berliner Botschaft in jenen Jahren zum echten „Society-Spielplatz" für Empfänge, festliche Abendessen, Flying Dinners, Symposien und Konzerte, wo nach einhelliger Einschätzung des Boulevards auch eine sagenhafte „Hugo-Boss-Nacht" als „aufwendigste Party der Berlinale" durch den Blätterwald gerauscht war.

Valensises Mandat war von allzu kurzer Dauer. Der Mann ist nicht nur klug und erfahren, sondern auch wachsam, unaufgeregt und insbesondere mit einer sehr feinen Antenne für politische Entwicklungen ausgestattet sowie innenpolitisch und diplomatisch außerordentlich gut vernetzt. Und so wurde er, der Deutschland auf vielfältige Weise verbunden ist, in einer politischen Phase, da sich im Zuge der Euro-Krise in Italien – durchaus wohlwollend gefördert vom Cavaliere – eine antideutsche Stimmung zusammenbraute, zum Generalsekretär der Farnesina ernannt: eben uno dei big, dessen Kreise später nicht einmal die junge Außenministerin Federica Mogherini zu stören vermochte.

Um ihm anlässlich seines Abschieds aus Deutschland die Ehre zu erweisen, bin ich seinerzeit für wenige Stunden zu einem Empfang nach Berlin geflogen. Zum ersten Mal konnte ich nun unsere Botschaft wirklich in Augenschein nehmen, was bei meinem kurzen Besuch anläßlich der feierlichen Eröffnung viele Jahre zuvor nicht möglich gewesen war. Welch ein Unterschied zu den bescheidenen Godesberger Zeiten! Ich stand vor einem kolossalen, flamingofarbenen Bau im Tiergarten, und kein Stöckchen zwischen den Portalen erleichterte den Zutritt zu einem der, wie die lokale Presse meinte, „schönsten Arbeitsplätze Berlins". Eine gewaltige Türe aus massivem Holz, ein hochtechnisches Guckloch, eine glänzende Klingel aus schwerem Messing; stattliche Carabinieri im vollen Putz und mit würdevoller Miene öffneten, der Besucher verharrte in einer Sicherheitsschleuse, welche den Namen auch verdiente, bis er von einem Bediensteten abgeholt und durch weitläufige Gänge und prunkvolle Säle geführt wurde.

Zum ersten Mal sah ich in den vergleichsweise schlichten Büroräumen auch die vielen Kollegen, mit denen ich seit Jahren im eifrigen E-Mail- und Telefonkontakt gestanden hatte: adrette, tüchtige Angestellte und Diplomaten, die ausgesprochen energische Ambasciatrice, die bereits eine erfolgreiche Berufskarriere als Kommunikationsmanagerin hinter sich hatte. Die junge Frau war selbstbewusst, gertenschlank und in aktuelle Kreationen der großen italienischen Modehäuser gewandet sowie mit der für Italienerinnen zwischen sechzehn und sechzig offenbar unerlässlichen taillenlangen Haarpracht ausgestattet. Die attraktive Lebensgefährtin des Gesandten, sexy, schmale Taille und High Heels, stellte sich als Botschaftsrätin für Presse vor.

Andere Zeiten. Ganz und gar andere Zeiten! Und wieder brach schmerzlich die nur notdürftig verheilte Wunde auf, die das Jahr 1999 in meinem Herzen hinterlassen hatte: Wie sehr vermisste ich meinen Arbeitsplatz in der Botschaft!

Wenige Woche nach der Abreise von Valensise erwarteten wir im Herbst den Besuch des Nachfolgers, meines elften Botschafters, in Köln. Vor seiner Ankunft hinterlegte ich im feinen Hotel Excelsior Ernst als Willkommensgruss einen wundervollen Bildband über „Legendäre Reisen durch Deutschland" als eine etwas euphemistische Vorbereitung auf das, was ihn in den nächsten Jahren erwarten würde. Ich bekam ein handgeschriebenes Dankeschön aus Berlin, und bei seiner nächsten Visite in Köln begrüßten wir uns vor einem Essen im Petrarca Saal des Italienischen Kulturinstituts. Elio Menzione ist das, was in der Diktion anderer Generationen unter der Bezeichnung „voll der coole Typ" läuft: eine für italienische Diplomaten ungewöhnliche Erscheinung mit kragenlangem, silbergrauem Haar und ebensolcher, sauber gestutzter Barttracht; Stupsnase, dunkle Augen unter dichten Brauen, tiefe Stimme. Ein ruhiger Mann mit ruhigen Bewegungen. Er spricht ein makelloses Deutsch und hegt eine große Leidenschaft für Kirchenbauten und exzellentes Essen. Mein Konsul flüsterte mir zu, dass er mich zwar sehr gern zu dem Essen mit dem Botschafter hinzu bitten würde, dies aber nicht möglich sei wegen zu erwartender kritischer Reaktionen seitens der Gewerkschaften und/oder des „gehobenen" Personals im Konsulat.

In der Weihnachtszeit kündigte mir die Berliner Botschaft einen privaten Besuch unseres neuen Chefs im Rheinland an, der ohne Ehefrau in Berlin akkreditiert war:

„Du sollst den Botschafter am Samstag in Bonn begleiten. Am besten holst Du sie morgens um 11 Uhr am Hotel Königshof ab."

„Wie jetzt? Wen: sie?"

„Den Botschafter und Frau X."

„Was denn für eine Frau X? Wer ist das überhaupt?"

„Seine Freundin??!"

„Aber ich dachte…, naja, hier in Köln sind alle schwul."

„Hier nicht."

„Ach so."

Weder der Ehemann noch die Gefährtin des Botschafters waren begeistert bei der Aussicht, einen privaten Abend mit Botschafts/Konsularpersonal zu verbringen. Aber der Abend im Restaurant Cigale in der Bonner Innenstadt blieb uns allen in bester Erinnerung und war tatsächlich der Beginn einer schönen Freundschaft. Die Lebensgefährtin unseres Botschafters schmiss alle meine über Jahrzehnte gepflegten Vorstellungen und Vorurteile der Ambasciatrice über den Haufen: eine über die Maßen liebenswerte, unkonventionelle, impulsive Frau, schlank, lange silberne Locken, leuchtend rote Lippen, farbenfrohe Kleidung und vor allem ein umwerfendes Lachen. Allesamt waren wir gegenseitig hin und weg. Der Abend wollte gar kein Ende nehmen, die Erzählungen auf Italienisch, Deutsch und Englisch nahmen kein Ende, ebensowenig das Lachen, Essen, Trinken. Menzione schenkte immer wieder großzügig mein Weinglas nach und ermuntert mich zu weiteren Erzählungen – und bekam zu seinem großen Vergnügen an diesem Abend quasi eine mündliche Kurzfassung des vorliegenden Büchleins.

Am nächsten Tag besuchten wir gemeinsam die ehemalige italienische Residenz am Rhein, die nach dem Regierungs- und Botschaftsumzug in die Hände eines überaus erfolgreichen

Meinungsforschers übergegangen war. Unser Botschafter war vollkommen sprachlos angesichts der im Vergleich zu dem prächtigen Berliner Botschaftsgebäude äußerst bescheidenen Räumlichkeiten: „Ja, wie wurden denn hier Abendessen veranstaltet?" Nun ja, im Speisesaal konnten gerade mal 18 Personen untergebracht werden – was mir aber damals, als ich hier noch meine Auftritte als Dolmetscherin durchlitt, völlig ausreichte.

Während des Gesprächs entstand die Idee, am Tor vor dem Gelände auf Kosten unseres Botschafters eine Messingtafel in Erinnerung an die Zeit anzubringen, als sie das Heim der italienischen Botschafter in Bonn war. Wer den Vorschlag aufgebracht hat, weiß ich nicht. Eine Godesberg Firma wurde beauftragt, ein Mitarbeiter schaute sich die Örtlichkeiten an, der Entwurf der Inschrift wurde per Email zwischen Bonn und Berlin abgesprochen. Das fertige Messingschild allerdings gefiel dem Hausherrn nicht, es mußte ein neues, kleineres Schild angefertigt werden. Menzione übernahm wie vereinbart die Kosten für das fertige Schild. Die Kosten für das falsche Schild übernahm die contrattista, auch wenn sie vermutlich über das kleinste Haushaltsbudget aller Beteiligten verfügte. Die kleine Messingtafel ist mittlerweile, da nie gepflegt, schwärzlich verwittert und kaum noch lesbar.

Nach dem Besuch in der Residenz eine kurze Kaffeepause in unserem eigenen Haus, wo der Ehemann ziemlich stolz seinen prächtig geschmückten 4-Meter-Christbaum und noch stolzer seine aktuellen Projekte zeigte: handmade knives in allen Größen und Varianten, ein geschnitztes Pferdchen, ein handgearbeitetes Schachbrett mit kleinen grünen und grauen Fliesen sowie sorgfältig lackierten grünen und grauen Zinnfiguren.

Während der vergleichsweise kurzen Amtszeit von Menzione sind wir uns noch zweimal bei dienstlichen Anlässen begegnet. Rumpelstilzchen hatte inzwischen seine Hoffnungen auf eine bevorstehende Beförderung aufgegeben und hielt an seinen

Reiseplänen zu einem privaten Besuch in Rom fest, obwohl uns die Ankunft des Botschafters anläßlich der Anuga-Messe angekündigt worden war. Zu Beginn seiner Amtszeit in Köln allerdings war dem Generalkonsul das Messe-Ereignis mit der Anreise des jeweiligen Botschafters und meist auch des zuständigen italienischen Ministers oder Staatssekretärs noch dermaßen wichtig erschienen, dass er mir einmal einen Urlaub im September untersagte, denn meine Abwesenheit bis zu drei Wochen vor der Veranstaltung erschien ihm für die umfassenden und akkuraten Vorbereitungen absolut inakzeptabel. Das damals in Ostuni angemietete Ferienhaus konnten wir auf den sehr kalten März vorverlegen, die Flüge gingen allerdings ersatzlos verloren. Die Abwesenheit des Konsuls einige Jahre später beim Besuch des Botschafters in unserem Konsularbezirk war aber eher ungewöhnlich, denn jeder Diplomat erhofft sich am Ende eines jeden Jahres seiner Dienstzeit eine möglichst positive Bewertung durch den jeweiligen Vorsetzen, d.h. also durch den Botschafter – Voraussetzung für eine weitere Beförderung. Heute ist das offenbar anders, wie mir Kollegen aus dem Kölner Generalkonsulat berichten.

Bei seiner Ankunft wurde Menzione also nicht vom Generalkonsul, sondern vom Vizekonsul und der contrattista empfangen. Unsere mäßig talentierte Chauffeuse hatte sich aus diesem Anlass in einen eleganten hellgrauen Anzug geworfen und lief, anstatt beim Wagen zu warten, mit uns in die Ankunftshalle des Flughafens, wo sie dem sichtlich verdutzten Botschafter einen herzhaften Kuss auf die Wange drückte. Üblicher Messerundgang, den unser Botschafter mit der Ausstrahlung eines unerschütterlichen Profis absolvierte, der in allen möglichen Winkeln der Erde unter allen möglichen Außenministern mit souveräner Professionalität sein Amt versehen hatte. Die Messe hatte uns wie immer einen jungen Security Mitarbeiter mit nordafrikanischem Migrationshintergrund zur Seite gestellt, der mit dem üblichen knarrenden Headset ausgestattet war und mit überaus wichtiger Gestik andere Besucher beiseite scheuchte, quasi als Wegbereiter eines Großwesirs oder zumindest eines Recep Tayyip Erdogan. Unserem Botschafter war solch ein Auftritt außerordentlich peinlich, und er bat den jungen Mann nach einem kurzen, leise auf Französisch geführten Gespräch freundlich um einen etwas diskreteren Auftritt. Bei den Ausstellern rief er allerdings selbst leichten Unwillen hervor, denn es stellte sich heraus, dass unser Ehrengast außer einem Frühstück aus tropischen Früchten bis zum Abendbrot nichts zu essen pflegte, was den Besuch bei einer Nahrungsmittelmesse reichlich steril gestaltet. Um so größer die Freude an einem Stand für italienischen Espresso, der nämlich bereitwillig entgegen genommen wurde.

Zur Verleihung des Mercurio Preises der Deutsch-italienischen Wirtschaftsgesellschaft in Düsseldorf erwarteten wir unsere Exzellenz erneut in NRW: Generalkonsul, Direktor des italienischen Kulturinstituts, eine Kollegin der Handelsabteilung und ich standen brav am Düsseldorfer Flughafen und begleiteten den Botschafter, jeweils eifrig schwatzend, während der Wartezeit bis zur Veranstaltung bei einem Spaziergang – zur nächstgelegenen Kirche, die er sich vermutlich lieber allein und in Ruhe hätte ansehen wollen. Im Gegensatz zu manchen seiner Kollegen zog Menzione es stets vor, wenn kein Aufhebens um seine Person gemacht wurde und er ruhig und friedlich seine Wege ziehen konnte, wobei ihn stets eine gewisse Melancholie umwehte.

Elio Menzione wurde nach kurzer Amtszeit in Berlin quasi mit dem Glockenschlag seines 65. Geburtstags aus Rom abberufen bzw. in den Ruhestand versetzt, was Bedauern auslöste, bei ihm selbst, bei uns, bei vielen italienischen und deutschen Freunden. Auch zu seinem Abschied hatte ich eine reichlich komplizierte Reise nach Berlin gebucht über die Bayerische

Oberlandbahn und Air Berlin. Aber daraus wurde nichts: Ich verbrachte den Tag im Bett mit Grippe und Blick auf einen total verregneten Tegernsee.

26

Der apokalyptische Reiter

In welch desaströsem Zustand befanden sich nach der Jahrtausendwende die „jahrhundertealten, freundschaftlichen Bande und politischen, wirtschaftlichen und kulturellen Verflechtungen unserer beiden Länder", die ich in unzähligen Reden und Briefen meiner vielen Botschafter und Konsuln gerühmt hatte! Nach der ersten Amtszeit von 252 Tagen des Cavaliere, laut Corriere della Sera der „Cavaliere dell'apocalisse", an der Spitze einer italienischen Regierung zu Beginn der Neunzigerjahre, erlebte Europa ungläubig ein ganzes Jahrzehnt mit weiteren Berlusconi-Regierungen. Die unprotokollarischen Eskapaden des Medienunternehmers auf dem ungewohnten internationalen Parkett, die teilweise wüsten Ausfälle seiner Koalitionspartner von der Lega Nord boten der deutschen Presse einmal mehr Gelegenheit, über den Italiener an sich und über sein Verhältnis zu Deutschland nachzusinnen. Und immer gelangte der Sinnende zu dem altbekannten Schluss: Die Deutschen lieben die Italiener, aber sie respektieren sie nicht. Die Italiener respektieren die

Deutschen, aber sie lieben sie nicht – obwohl die Deutschen, wie Der Spiegel betonte, doch alles getan haben, um ein bisschen italienisch zu sein: italienische Kochkurse belegt, Studienreisen nach Venedig gemacht, Anzüge von Armani gekauft!

Seinerzeit in der Botschaft hatten wir tatsächlich geglaubt, dass es nach dem Spiegel-Titelbild mit Spaghetti und Pistole aus den Siebzigerjahren keine Steigerung mehr geben könnte. Es gab sie – damals und leider auch sehr viel später. Eine polemische Vorlage bot die ausfällige Reaktion des italienischen Regierungschefs nach einer kritischen Wortmeldung des damaligen SPD-Abgeordneten und späteren Hoffnungsträgers der SPD Martin Schulz im Europäischen Parlament. Für die sollte der Deutsche dem Italiener eigentlich dankbar sein, lieferte sie ihm doch vermutlich eine Basis für seine spätere, kurze Karriere:

„In Italien wird gerade ein Film über ein KZ gedreht. Sie eignen sich perfekt für die Rolle des Kapò," so Berlusconi zu Schulz.

Gegen die aufbrandende Empörung verteidigte der Vertreter der Lega Nord Stefano Stefani die „scherzhafte Bemerkung bar jeder Bösartigkeit" seines Ministerpräsidenten als Erwiderung auf die Äußerungen eines Mannes, der „vermutlich mit Wettrülpsen nach großen Mengen Bier und Pommes frites aufgewachsen" sei und überhaupt zu jenen „stereotypen Blondköpfen" gehöre, die „in ihrem hypernationalistischen Stolz lärmend unsere Strände heimsuchen". Der Mann war seinerzeit Staatssekretär für Fremdenverkehr.

Der deutsche Regierungssprecher Bela Anders kommentierte, es handele sich hier „um eine Pauschalbeleidigung gegenüber allen Deutschen, die gerne in Italien Urlaub machen". Der italienische Koalitionspartner Gianfranco Fini von der postfaschistischen Partei Alleanza Nazionale erklärte den Staatssekretär Stefani zum Idioten, der deutsche Bundeskanzler Schröder sagte seinen Sommerurlaub in Positano ab, der italienische Regierungschef Berlusconi kommentierte, dies sei nun schade für den Herrn

Bundeskanzler selbst, der Staatssekretär für Fremdenverkehr trat zurück, und Der Spiegel schrieb:

„Das große Sommertheater. O Italien"

Ungefähr zehn Jahre später war es wieder das Hamburger Nachrichtenmagazin, das mit einer Karikatur Berlusconis aufmachte, als venezianischer Gondoliere mit jungen Damen an Bord:

„Ciao Bella: Vom Niedergang des schönsten Landes der Welt."

Das grinsende Schweigen, mit dem Merkel und Sarkozy sodann im Herbst 2011 in Brüssel vor der Weltpresse Fragen nach der Verlässlichkeit der italienischen Finanzpolitik quittierten, besiegelte den politischen Untergang des enfant terrible.

Es war ein symptomatisches Grinsen. Exakt dieselbe Reaktion hatte schon zuvor unsere Planungen eines Besuchs des Cavaliere in Bonn begleitet. Denn wenn nach Wilhelm Hennis die Stärke eines Gemeinwesens von drei Faktoren abhängt – der Kraft der Institutionen, der Qualität des politischen Personals, der Tugend der Bürger – dann hatten wir schon damals echt schlechte Karten.

Als uns der Besuch des italienischen Ministerpräsidenten in Bonn angekündigt wurde, waren selbst ungeübte Zeitungsleser über die ausschweifenden Abende des Regierungschefs in Gesellschaft der olgettine informiert (so hießen die jungen Prostituierten, die praktischerweise allesamt in Appartements des Cavaliere in der Mailänder Via Olgetta untergebracht waren und ihm im Schwarzen Jahr 2012 Privatkosten in Höhe von 250 Millionen Euro an Gehältern, Unterhalts-, Anwalts-, Prozesskosten und Schweigegeld verursacht haben sollen). Weltweit verfolgte das Publikum fassungslos und mit wohligem Entsetzen, wie sich die Abgeordneten im italienischen Parlament als Hanswurst, Kasperlefigur und Sklaven beschimpften und wie Gegner und Mitstreiter des taumelnden Cavaliere sich im Theater dieser Suizidaldemokratie selbst am Tag nach der Herabstufung Italiens durch die

Ratingagentur Standard & Poor's auf miserables BBB-Niveau erbitterte Gefechte lieferten. Die „Suizialdemokratie" ist eine Wortschöpfung der Frankfurter Allgemeinen Zeitung, deren Diagnose später vom Corriere della Sera geteilt wurde. Berlusconi eilte somit auch in Bonn ein wenig staatsmännischer Ruf voraus.

Besuche von Staatspräsidenten, Regierungschefs und Ministern ebenso wie Gipfelkonferenzen schnüren sich entlang minutiös festgelegter Regeln des Protokolls, die eigentlich nicht den geringsten Spielraum und nur sehr selten das Aufblitzen kapriziöser Extravaganzen zulassen. Bei solchen Gelegenheiten laufen nicht nur Botschaften, sondern auch Konsulate mit höchstmöglicher Drehzahl, alle Kräfte – oder zumindest die „nützlichen Elemente" – werden eingespannt, jeder bemüht sich, an seinem Platz größtmögliche Effizienz an den Tag zu legen.

Im Kölner Konsulat zuständig für Presse, Politik, Handel und Protokoll, befand ich mich bei den Vorbereitungen für den Besuch von Berlusconi in dichten Verhandlungen insbesondere mit dem deutschen Protokoll, das auch die mehr oder weniger eindrucksvolle Ausgestaltung polizeilicher Eskorten präzise festlegte, das heißt die Anzahl der Kradfahrer – nach rheinischer Diktion „weiße Mäuse" –, der Sicherungsfahrzeuge usw.

Darüber hinaus entscheidet, völlig losgelöst von den protokollarischen Vorschriften des Auswärtigen Amtes, den machtbewussten Vorgaben eines Gastes und dem prestigefördernden Wunschdenken eines Missionschef allein das Bundeskriminalamt über die Sicherheitslage und die daraus folgenden Maßnahmen zum Personenschutz des jeweiligen Gastes. Das ist italienischen Gesprächspartnern gerade auf hoher Ebene nur sehr schwer vermittelbar. Im deutschen Fernsehen rasen in italienischen Krimis oder Dokumentarberichten über die Mafia ständig jede Menge dunkelblauer Alfa Romeos mit Blaulicht, Sirene, Motorradeskorte über den Bildschirm. Das ist wirklichkeitsnah. So sind es unsere italienischen Gäste von daheim gewöhnt, und so möchten sie auch in Deutschland auftreten. Es war mir seinerzeit auch nicht möglich gewesen, dem Präsidenten des römischen Goldschmiedeverbands glaubhaft zu vermitteln, dass die Kölner Polizei mitnichten daran dachte, für Schutz und Bewachung der im Römisch-Germanischen Museum ausgestellten Kostbarkeiten zu sorgen – obwohl doch der Polizeipräsident Gast bei der Ausstellungseröffnung und dem anschließenden Gala-Diner war! Bei meinen Erklärungen hatte der Mann mich angeschaut, als würde ich von den Gepflogenheiten eines anderen Sterns berichten. Ich bin ziemlich sicher, dass er mir kein Wort geglaubt und vermutet hat, ich sei einfach zu dämlich, dem Polizeipräsidenten die ganz und gar offensichtliche Notwendigkeit darzulegen. Und noch viel, viel schwerer waren solche Regeln der Begleitmannschaft des italienischen Ministerpräsidenten zu vermitteln. Denn der kam 2009 nicht als Regierungschef, sondern als Parteivorsitzender anlässlich eines Treffens der Europäischen Volkspartei im Plenarsaal des alten Bundeshauses an den Rhein.

Dieser Umstand an sich war eigentlich schon ein Politikum. Denn viele Jahre zuvor, als Helmut Kohl kurz vor seiner Wahlniederlage 1998 stand, wollte der bereits im Ruhestand befindliche ehemalige italienische Minister, Ministerpräsident und Staatspräsident Francesco Cossiga an den Rhein reisen, um den deutschen Christdemokraten davon zu überzeugen, dass die Gruppe des Wählervereins Forza Italia in der christdemokratischen Fraktion EVP des Europaparlaments nichts zu suchen habe – nicht zuletzt auch deswegen, weil er in ihr völlig zu Recht eine Konkurrenz für seine Formation Unione Democratica per la Repubblica vermutete. Cossiga war außer sich vor Empörung, als das Büro des Herrn Bundeskanzlers ihm mitteilte, dass sich ein Gespräch aus „terminlichen Gründen" nicht einrichten lasse. Der düpierte Sarde, der sich im Laufe der Jahre immer mehr darin gefiel, mit seinen gefürchteten Einlassungen zu politischen

Themen alle Welt vor den Kopf zu stoßen, schoss eine Salve nach der anderen ab:

„Der deutsche Botschafter hat mich mit einem drittklassigen Politiker verwechselt!"

„Als ich Verhandlungen über Mittelstreckenraketen führte und mit allen Ehren in Bonn empfangen wurde, stand Herr Dr. Kohl in der zweiten oder dritten Reihe an, um mir die Hand geben zu dürfen!"

„Ich habe schon über die Entspannung zwischen Ost und West verhandelt, als sich Herr Dr. Kohl noch um die Fischereirechte in Rheinland-Pfalz kümmerte!"

Der Gescholtene jedoch beförderte völlig ungerührt und nachdrücklich gemeinsam mit dem spanischen Ministerpräsidenten José María Aznar die Aufnahme eben jener Abgeordneten von Forza Italia in die Straßburger Fraktion der EVP, die er als Bollwerk gegen den bedrohlich einsetzenden linken Sog in Europa verstand.

Seinerzeit hatten auch wir, wie ich mich vage zu erinnern glaube, dazu beigetragen, dass Forza Italia innerhalb des Europäischen Parlaments schließlich in die Fraktion der Europäischen Volkspartei aufgenommen wurde. Botschafter Enzo Perlot hatte deshalb mit mir im Schlepptau beim Vorsitzenden der CDU/CSU-Fraktion Wolfgang Schäuble vorgesprochen – nach einer entsprechenden Aufforderung aus Rom, die jedoch nach meiner ganz persönlichen Einschätzung die deutliche Handschrift von Umberto Vattani trug, der zu jener Zeit die Ständige Vertretung Italiens in Brüssel leitete.

Damals freilich ahnten weder Helmut Kohl noch Wolfgang Schäuble, dass ihr so gewonnener Verbündeter Silvio Berlusconi Jahrzehnte später einen Europawahlkampf mangels politischen Gehalts mit antideutschen Attacken auf niedrigstem Niveau bestreiten würde. Selbst die Bild-Zeitung richtete an den italienischen Ministerpräsidenten einen Ratschlag von geradezu staatstragender Weisheit:

„Einfach mal die Klappe halten."

Und noch weniger ahnten wir allesamt, dass die Attacken des sogenannten Cavaliere Jahrzehnte später vom schillernden Führungspersonal der Lega und der 5-Sterne-Bewegung noch übertroffen werden sollten.

An der Bonner Versammlung der Europäischen Volksparteien nahm der Cavaliere also als Parteivorsitzender und nicht als Regierungschef teil, und so waren die Vorbereitungen schon in rein technischer Hinsicht völlig anders als beispielsweise bei dem vorherigen Besuch des italienischen Staatspräsidenten in Aachen. Und anders waren sie eben auch in atmosphärischer Hinsicht. Die bloße Erwähnung des Namens unseres hohen Gastes zauberte ein sattes Grinsen auf das Gesicht sämtlicher Gesprächspartner: beim distinguierten Protokoll, beim robusten Personenschutz, beim feinen Steigenberger Hotel Petersberg.

Wieder traf eine Vorausdelegation ein, nicht ganz so umfangreich wie beim Besuch des Staatspräsidenten Ciampi, aber immerhin zwei Dutzend Personen. Das waren die Arbeitstiere, die richtige Leistung für ihr Gehalt erbringen. Bei den offiziellen Delegationen gab es stets eine gewisse Anzahl an schnöseligen Damen und Herren, die bis zum Erscheinen der jeweiligen Hauptperson elegant und arrogant in der jeweiligen Hotellobby herumwuselten, um sich dann dem Gefolge anzuschließen, ohne auch nur ansatzweise einen eigenen Aufgabenbereich erkennen zu lassen. Die Vorausdelegation leitete der Protokollchef des Ministerpräsidenten. Der Mann war ein echter Profi: nüchtern, präzise, effizient – im Unterschied zu seinem Kollegen im Amt des Staatspräsidenten, den ich ja in Aachen kennengelernt hatte.

Das Treffen mit dem Protokollchef des Präsidialamtes Palazzo Chigi fand an einem frühen, kalten Dezembermorgen im eigens eingerichteten Konferenzsaal des Hotels Petersberg hoch über dem grau und trübe dahinfließenden Rhein statt. Ich legte dem Mann ziemlich stolz mein Programm für den bevorstehenden Besuch vor. Das zuverlässige Schweizer Uhrwerk wollte schließlich zeigen, was ein Konsulat in der Provinz draufhat. Jede technische Einzelheit war minutiös vermerkt, sämtliche Mobilnummern aller involvierten Institutionen und Personen einschließlich des Offiziers vom Dienst am Militärflughafen waren verzeichnet, jede Strecke mit Kilometern und durchschnittlicher Fahrtzeit angegeben, die Anfahrtswege für die umliegenden Krankenhäuser auf farbigen Karten ausgedruckt, die diensthabenden Ärzte waren ebenso verzeichnet wie die Apotheken im Umkreis, und auch das gesonderte Programm für die Delegationsmitglieder mit Speisenfolge im Restaurant Zur Lese war detailliert aufgeführt.

Ein Blick, zuckende Mundwinkel und ein geraunztes:

„Was sind das denn für Zeitangaben?!"

Natürlich! Wie hätte es auch anders sein können! Ich habe die Uhrzeiten mit nicht immer sicherer Kommasetzung manchmal in Minuten, manchmal in Stunden angegeben.

Aber spätestens als eine der angereisten Sekretärinnen mich als Stifter der kleinen, weihnachtlich rot-grün gebundenen Willkommenspäckchen mit Dominosteinen, Spekulatius und Printen in den jeweiligen Hotelzimmern der Delegation identifiziert hatte, herrschte zumindest in unseren Arbeitsräumen im Hotel Petersberg Sonnenschein. Beim gemeinsamen Probeessen im Restaurant der 1787 am Rheinufer gegründeten Lese- und Erholungsgesellschaft ließ der Delegationschef sich gegenüber der contrattista sogar zu einer vertraulichen Bemerkung über den Charakter meines Konsuls hinreißen. Aber mit seiner Enthüllung verriet er mir ja nun wirklich kein Geheimnis. Mein Rumpelstilzchen hatte es am Vortag sogar fertiggebracht, den Restaurantbesitzer zur Weißglut zu treiben. Der betagte, tüchtige und friedfertige Mann wollte all sein beträchtliches gastronomisches Können unter Beweis stellen, um die Begleitdelegation des Ministerpräsidenten seines Heimatlandes zu beeindrucken. Aber wie sah die Menü-Auswahl aus, die der Konsul – der sich für einen Gourmet mit erlesener Zunge hielt, der vergeblich seinesgleichen sucht – als italienischer Gastgeber für unsere italienische Delegation ausgewählt hatte:

Melone con Prosciutto

Saltimbocca

Tiramisù

Und dann sprach Rom! Und Rom (das heißt der Protokollchef und Leiter der Vorausdelegation) bestimmte nach dem Probe-essen, bei dem jedes Mitglied der Gruppe drei verschiedene Gänge bestellt und somit von circa fünfzig Gerichten gekostet hatte, eine ganz andere Speisenfolge:

Lachstartar an Salatbukett und Croutons

Steinpilzcreme mit Schaumhaube und
knusprigem Speck und gebratenem Steinpilz

Lammhüfte mit Rosmarinsauce, Schalotten,
Balsamico und Mohnspätzle

Tiramisù, Crème brûlée, Mango-Sorbet

Passionsfrucht, Schokoladenraviolo mit Ricotta

Das ist ein Menü!

Im Hotel haben wir unterdessen nach präziser Maßgabe aus Rom einen Konferenzraum eingerichtet. Dafür wurden zwei gesonderte IDD Leitungen gelegt sowie zwei Fax-, zwei Kopiergeräte, fünf Personal Computer mit Internetanschluß über ADSL-Leitung, zwei Farb-Laserdrucker sowie ein Aktenvernichter herbeigeschafft. Die Suite des Regierungschefs wurde für die eine Übernachtung gemäß der Anweisungen „mit separater

Telefonleitung, zwölf kleinen und zwölf mittleren Handtüchern, drei Badehandtüchern, drei Bettdecken, frischem Obstkorb und diversen Tees" ausgestattet – wobei ich nicht wenige Kommentare über die mögliche Verwendung der insgesamt 27 Handtücher zu hören bekam. Ein Dutzend Limousinen mit Chauffeur wurden angemietet, und mit der Polizei führten wir lange, hartnäckige, aber vergebliche Diskussionen über einen möglichst umfangreichen und vor allem sichtbaren Begleitschutz: In stundenlangen Verhandlungen beharrten die italienischen Sicherheitsbeamten auf äußerst massiven Schutzmaßnahmen. Ihnen schwebte vermutlich ein Auftritt vor, wie er seinerzeit Luciano Violante zuteil geworden war.

Aber in dem Punkt lagen deutsches Protokoll und Bundeskriminalamt vollständig auf einer Linie. Für das Protokoll kam der Mann als Parteivorsitzender und nicht als Staatsgast; für das Bundeskriminalamt lag – im Unterschied eben zu Luciano Violante – keine besondere Gefährdung der Person vor, also waren keine besonderen Schutzmaßnahmen vonnöten. Einzige Zugeständnisse waren zwei Beamte und ein Schäferhund, die des nachts durch den Wald unterhalb des Hotels über den Petersberg streifen sollten, sowie die viabilità: Auf den Fahrten würde ein Polizeifahrzeug vor dem Präsidenten herfahren. Ich muss gestehen, dass ich mich in diese Verhandlungen nicht mit besonderer Verve hineingekniet hatte. Aber zum Abschluss der Gespräche mit der Sektion Personen- und Objektschutz im Bonner Polizeipräsidium konnte ich mir eine Frage nicht verkneifen:

„Und wenn nun der französische Staatspräsident Nicolas Sarkozy zur EVP Sitzung anreisen würde? Keine Polizei-Eskorte, kein Begleitfahrzeug mit Blaulicht? Kein Dutzend Kradfahrer?"

Betretene Gesichter, leichtes Zögern, schelmisches Lächeln: „Aber der kommt ja nicht."

Und dann erwiesen sich all die vielfältigen Vorbereitungen als vollkommen vergebens. Der Signor Presidente, der im Vergleich zu seinem ersten Besuch in Bonn gealtert, kleiner und fülliger wirkt, traf nicht planmäßig am Vorabend, sondern erst am Konferenztag selbst ein und reiste früher als vorgesehen nach Brüssel weiter. Gleich nach seiner Ankunft hatte er unter dicker Schminke seinen dicken Auftritt vor den Kollegen der Europäischen Volkspartei im Neuen Plenarsaal am Rheinufer. Er nutzte auch diese Gelegenheit wie daheim in Italien für die bekannten Tiraden gegen die ihn verfolgenden, bösen kommunistischen Richter. Seine ehrenwerten Kollegen wurden aus ihrem ganz offensichtlichen Unbehagen durch eines der seichten Witzchen erlöst, die er auch bei Regierungskonferenzen einzuflechten pflegte. Erleichtertes Gelächter, auch seitens der Kanzlerin.

Anschließend stapfte er wortlos, mit gebeugtem Rücken und finsterer Miene wichtig auf und ab und hin und her, was ungewollt komisch aussah, weil der ganze Hofstaat sich wie ein Schwarm Guppys in einer gleichförmigen Woge mit ihm auf und ab und hin und her bewegte, immer in Erwartung einer Äußerung, einer Weisung, einer Befindlichkeit. Der Spuk hatte ein Ende, als die Wagen der italienischen Kolonne vorfuhren und die Delegationsmitglieder hineinsprangen. Wegen der verspäteten Anreise wurde die aufwendig ausgestattete Suite im Hotel Petersberg nicht benötigt, und wegen der verfrühten Abreise kam es auch nicht zu dem für die Delegation aufwendig vorbereiteten Essen im Restaurant Zur Lese. Der italienische Wirt unterließ es höflich, uns die entstandenen Kosten in Rechnung zu stellen, und bat lediglich um ein freundliches Schreiben unseres Generalkonsuls, der als Gastgeber das Essen in Auftrag gegeben hatte und die Kosten hätte tragen müssen. Er hat den Brief nie bekommen.

Mit seiner ganz persönlichen Interpretation von italianità prägte Berlusconi zur Bestürzung Europas zwei Dekaden lang nicht nur das italienische Fernsehprogramm, das bis an die Grenze des Schwachsinns reduziert wurde, sondern auch die Politik, die Regierung, das ganze schöne, lebendige, tüchtige Land, das mit all seinem Potenzial und der Kraft seiner Unternehmen womöglich glänzend dastünde und Finanzkrisen unbeschadet verkraftete, würde es nicht geplagt von einer präpotenten Obrigkeit – Selbstversorgung in der Politik, Besitzstandswahrung der Gewerkschaften, selbstgefällige Bürokratie –, gegen welche die Bevölkerung seit Jahrhunderten ein tiefes, anarchisches Misstrauen hegt.

Aber wie sagt der Ehemann: „Jeder hat die Ehefrau, die er verdient." Und ebenso hat ein Volk die Regierung, die es wählt – und gleichfalls verdient. Bevor sich die italienischen Wähler den Heilsbringern von Lega und 5-Sterne in die Arme warfen, haben sie immerhin auch mehrfach Berlusconi gewählt, der in seinem Leben all das getan hat, was viele Italiener vielleicht auch gern täten: sich sein Brot als junger Mensch mit lustigem Mandolinengeklimpfer und Gesang auf Kreuzfahrtschiffen verdienen, sodann irgendwie einen Haufen Geld verdienen, dabei tüchtig Steuern hinterziehen, sich insbesondere um Gesetze nicht scheren, zwischendurch mit jungen Mädchen ins Bett steigen, eine Menge Spaß haben – insomma fare il furbo e bella figura – den Schlauberger machen und zugleich eine gute Figur abgeben.

Wobei wir ehrlich sein und unserer deutschen Seele eingestehen sollten, dass der italienische Bürger sich hier nur um Nuancen vom deutschen Bürger abhebt. Denn mögen täte dieser schon wollen, aber dürfen würde er sich nicht getraun – allerdings vermutlich weniger aus moralischen Beweggründen, sondern wegen einer vorsichtigeren Risikoanalyse. Tatsächlich können wir davon ausgehen, dass „Das italienische Desaster" (Perry Anderson, Edition Suhrkamp digital) nicht als Ausnahme zu betrachten ist, sondern die Probleme Europas lediglich in einer besonders konzentrierten Form aufzeigt. Kohl, Chirac und

Sarkozy stehen dem italienischen Kollegen ebenso wenig nach wie Zumwinkel, Hoeneß und Schwarzer.

Hierzulande mag der Berufswunsch schlichter Mädchen zum Kummer der Eltern Spielerfrau lauten, sein italienisches Äquivalent liegt ungefähr bei der erwähnten velina – mit stolzer Billigung mancher Eltern, die allerdings aus allen Wolken fielen, als die Presse über das Phänomen des babysquillo in der italienischen Hauptstadt berichtete, einem Call(squillo)-Girlring minderjähriger Schulmädchen (Baby) aus dem eleganten Parioli-Viertel, die sich nachmittags als Lolitine ein Zubrot zum Taschengeld verdienen, um sich mit standesüblichen Accessoires von Louis Vuitton oder Gucci ausstatten zu können.

Scharen des vom Cavaliere bevorzugten Frauentyps, dessen „Schönheitsideal und Eleganzmaßstäbe dem deutschen Zuschauer" nach Claudius Seidl „letztlich unverständlich bleiben müssen", gewannen nach erfolgreich bestandenen Miss-Wahlen in Pozzuoli oder Prüfungen im Dschungelcamp-Format die Aufmerksamkeit des Chefs und bevölkerten fortan als Papi-Girls nicht nur dessen eigenes Wohnzimmer und über sämtliche privaten und staatlichen Fernsehkanäle die Wohnzimmer aller anderen Italiener, sondern zunehmend auch alle möglichen Bereiche der Politik, wo die Damen belohnt wurden, nachdem sie dem Cavaliere welchen Job auch immer besorgt hatten. Den Übergang vom Unterhaltungs- ins politische Fach markierte oft ein neuer Haarschnitt. Die Gesichter mit den hohen Wangenknochen und aufgeblasenen Lippen umrahmte dann nicht mehr die taillenlange, wilde, lockende Mähne, sondern ein adretter, glatter, kinnlanger Haarschnitt.

Solche Exemplare, von der deutschen Presse staunend als „edelpornoattraktive Kabinettsmitglieder" bezeichnet, bereisten auch Nordrhein-Westfalen. In den Bonner Jahren hatte zu meinem persönlichen wertvollen patrimonio ein dick gefüllter Ordner mit Lebensläufen unzähliger italienischer und deutscher Politiker gehört, jeweils in deutscher und italienischer Version, die bei Bedarf hervorgeholt und nach ein paar Telefonanrufen auf den neuesten Stand gebracht werden konnten.

Als sich die Ministerin für Fremdenverkehr Michela Vittoria Brambilla zum Gespräch in der Düsseldorfer Staatskanzlei ankündigte, brauchte es dafür nur wenige Klicks im Internet. Ich schickte dem deutschen Staatssekretär per E-Mail einen Link, wo er nicht nur die Information fand, dass die Dame 1986 als Miss Eleganza Emilia Teilnehmerin des Wettbewerbs Miss Italia gewesen war, sondern auch Fotos und Videos aus TV-Gesprächen, die es dem deutschen Gesprächspartner angeraten erscheinen ließen, sich eher für eine „Basic-Instinct"-Situation als für ein Fachgespräch zu präparieren.

Die Berlusconi-Jahre bereiteten uns im Kölner Konsulat immer wieder gewisse Pein. Das konnte ich spätestens an der Renitenz merken, mit der sich beispielsweise die sozialdemokratische Ministerpräsidentin von Nordrhein-Westfalen dem offiziellen Antrittsbesuch unseres Botschafters verweigerte, während der Cavaliere Regierungschef war. Auch unter dem Einsatz sämtlicher Talente der arma multiuso kam nur ein eher verschämtes Treffen mit Hannelore Kraft in der Landesvertretung in Berlin und nicht in der Staatskanzlei in Düsseldorf zustande, zu dem es auch unüblicherweise und trotz einer Nachfrage meinerseits keine Pressemitteilung gab. Wenigstens war es gelungen, die protokollarisch niedrigere Alternative – ein Treffen mit der für Europa zuständigen Ministerin – abzuwehren.

Aber vielleicht ist das auch eine übertrieben politische Interpretation für das Verhalten der Landesregierung. Im überaus zähflüssigen Umgang mit manchen Büros der NRW-Regierung und manchen Büros der Kölner Stadtverwaltung bin ich gegen Ende meines Berufslebens zu der Einsicht gelangt, dass oft nicht politischer Wille, sondern womöglich Dilettantismus das Verhalten bestimmen kann – wenn beispielsweise die Terminplanung im Leitungsbüro eines Ministeriums in den Händen einer Teilzeitkraft liegt, die sich über acht Wochen hinweg außerstande sieht, das Erscheinen der Ministerin bei einer Veranstaltung zu- oder abzusagen. Toppen konnte das nur das Amt der Kölner Oberbürgermeisterin. Auf die Bitte um einen Termin für einen Antrittsbesuch erklärte das Protokoll, dass nach voraussichtlich dreimonatiger Wartezeit zunächst eine erste Reaktion, aber nicht etwa der Terminvorschlag zu erwarten sei. Es wurden dann vier Monate .... „Ach, Köln!" betitelte die Frankfurter Allgemeine am 26.03.2017 das Bild des „Klüngeldämons": „ .... der zeigt, dass nichts so qualvoll ist wie das Leiden an sich selbst ...."

Mit seinem zweifelhaften Ruhm hatte Berlusconi es als Cavaliere ja bis in die deutschen Zeitungen geschafft, aber die Vorliebe der italienischen Presse für Synonyme und Kryptonyme machte und macht es Nichteingeweihten mitunter wirklich schwer, die Berichterstattung vor Ort zu verfolgen. So habe ich für die Identifizierung von il trota (die Forelle, in unserem Zusammenhang aber besser mit Karpfen oder Dumpfbacke zu übersetzen) als den tumben Sohn des Parteiführers Umberto Bossi der Lega Nord, welcher seinerseits „il Senatur" genannt wird, eine ganze Weile gebraucht. Der Spross hatte diesen Spottnamen erhalten, nachdem ihn sein Vater als delfino, also Dauphin, bezeichnet hatte. Der alles andere als vielversprechende Dauphin hat das Abitur im vierten Anlauf geschafft, hernach für 77.000 Euro einen Bachelor an der privaten Kristal University in Tirana erworben und wurde sodann zum Abgeordneten ins lombardische Regionalparlament befördert. Die Karriere fand allerdings ein jähes Ende, als er unglücklicherweise gerade in den Jahren der Sparpolitik con le mani nella marmellata, mit den Fingern im Marmeladentopf erwischt wurde, konkret bei der Veruntreuung von Parteigeldern. Die Presse berichtete begeistert über die „fröhlichen Spesen" in Höhe von 15.757,21 Euro in einem Zeitraum von zwei Jahren, die der einundzwanzigjährige Regionalabgeordnete, welcher von 58 Plenarsitzungen 51 geschwänzt hatte, zusätzlich zu seiner Aufwandsentschädigung als Abgeordneter in Höhe von monatlich 11.000 Euro abgerechnet hatte: unter anderem für Zigaretten, Videospiele, Cafébesuche, Energydrinks, Smartphone, Kopfhörer, PC. Einige Jahre später musste sich der missratene Spross des „Senaturs" zusammen mit einer jungen und bildhübschen Abgeordneten des Lombardischen Regionalparlaments, die zugleich als persönliche Dentalhygienikerin des Ministerpräsidenten Berlusconi fungierte und sich ihrerseits 19.651,96 Euro hatte erstatten lassen, wegen der Veruntreuung von Staatsgeldern vor einem Mailänder Gericht verantworten.

Kurz vor seinem Abtritt von der politischen Bühne sorgte der Cavaliere noch für einen handfesten Skandal in den deutsch-italienischen Beziehungen. Mittels der stets bestens über den Inhalt von Telefonaten wichtiger Persönlichkeiten informierten italienischen Presse sickerte durch, dass der italienische Ministerpräsident in einem Telefonat mit dem zwielichtigen Unternehmer Giampaolo Tarantino, welcher dem Regierungschef Mädchen für seine ausschweifenden Parties zugeführt haben soll, seine deutsche Kollegin ausgesprochen unkavalleresk als culona inchiavabile (unfickbarer Fettarsch) bezeichnet hatte.

In seinem Bericht über diesen ungeheuerlichen Vorgang zitierte Der Spiegel (38/2011) unseren ehemaligen Botschafter Antonio Puri Purini, der bis zu seinem Tod auch als Edelfeder zu deutsch-italienischen Themen gefragt war:

„Der ehemalige Botschafter Italiens in Berlin .... setzt nun auf Berlusconis Rücktritt. Oft schon musste Puri Purini wegen dessen Schmierenkomödien vermitteln und die Deutschen von der Ernsthaftigkeit seiner Landsleute überzeugen. ‚Früher‘, sagt

Puri Purini, ‚wären wegen solcher Worte Kriege geführt worden‘. Er sieht in ihnen nur einen weiteren Beleg für den armseligen Überlebenskampf eines Mannes, der politisch längst erledigt ist und sich nur noch am Staatsamt festklammert, weil es ihn vor Prozessen schütze. ‚Das ist keine Opera buffa mehr, sondern eine hausgemachte Tragödie‘, sagt er. ‚Wer wird nach diesen Gerüchten Italien noch die Hand reichen, die es so bitter nötig hat in der dramatischen Wirtschaftslage‘? Puri Purini hofft, dass irgendwann in Rom wieder Politik gemacht wird.“

Unserem preußischen Botschafter blieb wenigstens ein Innenminister Matteo Salvini erspart, den es im Herbst 2018 nach eigenem Bekunden „einen Scheißdreck“ interessierte, wenn die EU Einwände gegen den geplanten italienischen Haushalt mit einer Neuverschuldung von 2,4 Prozent des Bruttoinlandsprodukts haben sollte.

Die deftige Wortwahl sowohl Salvinis als auch Berlusconis ist übrigens geeignet, einen deutlichen Unterschied zwischen dem Sprachgebrauch von Italienern und Deutschen zu erläutern. Die umgangssprachlich ungemein populäre Bezeichnung für Testikel, coglioni, findet in allen möglichen Zusammenhängen Verwendung. Während der fast einzige gebräuchliche deutsche Kraftausdruck bekanntlich genderneutral ist, bedienen sich die Italiener – und zwar alle Italiener und Italienerinnen, auch die Exzellenzen – einer an ausgesprochen deftigen Konnotationen mit Sexualorganen überaus reichen Sprache. Die gängige Reaktion auf wohlfeile Ratschläge Unbeteiligter beispielsweise lautet: So’ tutti bravi a fare i froci con il culo degli altri (wörtlich: „Mit anderer Leute Arsch ist gut Schwulsein“ oder etwas feiner: „It is easy to be brave from a safe distance“).

So was hatte mir am Dolmetscher Institut in der Heidelberger Plöck allerdings keiner beigebracht. Und nach der deutlich indignierten Reaktion meines allersten Chefs auf meine

Verwendung des Wortes casino war es mir wenige Wochen nach meiner Einstellung plötzlich ratsam erschienen, die Bedeutung mancher in der Botschaft aufgeschnappter Termini vor der Übernahme in den eigenen Sprachschatz vorsichtshalber zuerst im Wörterbuch nachzuschlagen. Denn casino bedeutet nicht, wie von mir vermutet, Chaos/Konfusion, sondern Puff.

27

Besuche aus der Heimat

Trotz der Bemühungen des italienischen Außenministeriums um Bündelung und Kanalisierung aller außenpolitischen Aktivitäten italienischer Gebietskörperschaften entwickelten zahlreiche italienische Provinz-, Stadt- und Regionalverwaltungen gern eigene Aktivitäten jenseits der Landesgrenze, wobei Nordrhein-Westfalen noch zu den weniger exotischen Destinationen zählte. Die Betreuung der Reisenden fiel üblicherweise in die Zuständigkeit der konsularischen und diplomatischen Vertretungen des Heimatlandes. Und natürlich bedurften solch rege und kostenaufwendige Reisetätigkeiten einer mehr oder weniger fundierten Begründung. Immer wieder wurde die Unterstützung unseres Generalkonsulats beispielsweise bei dem Bemühen erbeten, heimatliche Produkte wie Haselnusslikör, Olivenöl, Mandelplätzchen, Orangen, Rotwein, Kartoffelchips auf den deutschen Markt zu bringen. Vorzüglich geeignetes Forum für derartige Anliegen sind gerade in NRW die international renommierten Fachmessen von Köln, Düsseldorf und Essen, was wir in Beantwortung der

Anfragen aus Enna, Cagliari, Bari, Messina, Massafra, Genua, Matera, Neapel stets eindrucksvoll darlegten, ohne damit die Anreise von vielköpfigen Delegationen mit Ehegatten und einem Tross von Mitarbeitern zu mehrtägigen Aufenthalten in Kölner 5-Sterne-Hotels verhindern zu können. Am Ende kam oftmals nicht mehr dabei heraus als eine circa dreistündige Präsentation heimischer Produkte vor drei bis vier in Köln ansässigen italienischen Gastronomen oder Großhändlern.

Eine arbeits- und kostenintensive Veranstaltungsreihe der Region Kampanien unter dem Label Campania Terra Felix – die nach jahrzehntelanger illegaler Müllablagerungen und Kontamination mittlerweile als die alles andere als glückliche Terra dei Fuochi oder auch als Dreieck des Todes firmiert – fand 2010 in Köln statt. An Workshops, Gala-Diner, Pressekonferenz und Degustationen nahm stets dasselbe halbe Dutzend Teilnehmer aus dem üblichen Klientelbecken des Konsulats teil. Keiner unter ihnen bedurfte der Dienste der von mir so geschätzten deutschen Dolmetscherin, die ihre Arbeit mit hoher Professionalität und gegen hohes Honorar erledigte. Denn es handelte sich bei den Gästen durchweg um Italiener, nämlich die von dem amtierenden Rumpelstilzchen stets bevorzugt geladenen Dignitäten beziehungsweise rappresentanti istituzionali, die quasi ihre eigenen Gäste waren: die vielköpfige Delegation aus Kampanien, die Vertreter des Generalkonsulats und der italienischen Handelskammer in Deutschland als Organisator und schließlich, als geladene Gäste, die übliche Handvoll Kölner italienischer Gastronomen und Großhändler. Diese Praxis hat niemand Geringeres als der italienische Manager und Unternehmer Luca de Montezemolo moniert, der nach eigenen Worten in China und andernorts in der Welt immer wieder auf Vertreter von italienischen Regionen und Provinzen stieß, „die dort waren, um unter sich Abendessen zu organisieren".

Ein besonderes Erlebnis aus der Kategorie Besucher wurde mir an einem Weihnachtstag zuteil, und das kam so: Der 2006 im Ausland mit 8.546 Stimmen der Auslandsitaliener als strahlender Sieger der Berlusconi-Liste Forza Italia gewählte Abgeordnete Massimo Romagnoli hatte unserem Konsulat kurz vor den Weihnachtstagen per Fax die bündige Aufforderung zukommen lassen, für einen italienischen Sprudelwasserhersteller umgehend ein persönliches Gespräch mit Alain Caparros zu vermitteln, dem Vorstandsvorsitzenden eines der größten deutschen Lebensmittelvertreibers REWE.

Der hat uns was gehustet.

Aber die Konsuln fürchten nichts so sehr wie eine parlamentarische Anfrage aus Italien zu Vorgängen in ihrem Amtsbezirk. Dank eines Jahrzehnte zurückliegenden Rendezvous mit einem WISO-Studenten der Kölner Uni, der inzwischen zum Vorstandsmitglied des Konzerns aufgestiegen war, gelang es mir nach hartnäckigen Bemühungen schließlich, einen Gesprächstermin zu arrangieren. Zwar nicht mit dem obersten Chef, sondern mit jenem Vorstandsmitglied. Am 2. Weihnachtstag.

Der Abgeordnete, der Mineralwasserproduzent und dessen Vertriebschef landeten mit einem Privatflugzeug aus Rom kommend in Köln und wurden von unserem klapprigen Dienstwagen und unserem mäßig talentierten Chauffeur und mir abgeholt. Und nun ergab sich ein Szenario, das ich niemandem ausführlich zu schildern brauche, der den Film „Topas" kennt und dort die Szene, in der die amerikanische Delegation darauf besteht, dass die von Michel Piccoli gespielte Figur aus der französischen Delegation ausgeschlossen wird. In der Firmenzentrale im Schatten des Kölner Doms standen sich eine ansehnliche deutsche und eine relativ kleine italienische Delegation gegenüber. Der italienische Unternehmer forderte mich auf, dem Vorstandsmitglied des deutschen Konzerns mitzuteilen, dass außer dem Vorstandsmitglied und dem Leiter der Rechtsabteilung alle weiteren Mitarbeiter des deutschen Unternehmens den Raum zu verlassen hätten. Der italienische Abgeordnete stand mit drohendem Grinsen schweigend daneben.

Meine Schwierigkeiten mit der Rolle des Dolmetschers wurde um eine weitere Facette bereichert, denn in dieser Situation bestand mein Hauptproblem darin, sachlich und ernst zu gucken und zu sprechen und in keiner Weise einen Hinweis darauf zu geben, dass mir der Auftritt meiner „Freunde der italienischen Oper" eines Billy Wilder würdig vorkam. Falls die deutschen Gesprächspartner auch so empfanden, zeigten sie es nicht, sondern führten ein durchaus sachliches Gespräch, das zu gar nichts führte.

Zweck des Besuchs der italienischen Delegation war es nach Angaben des Sprudelwasserfabrikanten gewesen, den Vorstand des deutschen Konzerns auf die seines Erachtens erwiesene Korruption im Bereich der Produktion oder Distribution o.ä. von Pfandflaschen aufmerksam zu machen.

Übrigens machte der so überaus selbstbewusste Massimo Romagnoli nach seinem Ausscheiden aus dem italienischen Parlament als Waffenhändler von sich reden. Die rumänische Nachrichtenagentur Mediafax meldete einige Jahre später, wiederum kurz vor Weihnachten, dass der ehemalige Abgeordnete auf Ersuchen der New Yorker Staatsanwaltschaft im montenegrinischen Podgorica zusammen mit zwei rumänischen Spießgesellen festgenommen worden sei, darunter der „Generaldirektor für spezielle Probleme sowie Waffenkontrolle- und Verifizierung" der rumänischen Regierung. „L'uomo giusto al posto giusto – Der richtige Mann am richtigen Ort", wie der Corriere della Sera genüßlich kommentierte. Tatsächlich hatten sich Agenten der amerikanischen Drug Enforcement Agency als Beauftragte der kolumbianischen FARC getarnt, um bei unserem ehemaligen Abgeordneten diverse Artillerieraketensysteme, Flugzeugabwehrraketen und ähnlich großformatige Geräte zu bestellen. Die Agenten hatten unserem Mann erklärt, dass diese Waffen von der FARC dringend benötigt würden, um US-amerikanische Hubschrauber abzuschießen ....

Aus dem rumänischen Kerker richtete Romagnoli nach seiner Verhaftung flehentliche Appelle an den italienischen Außenminister und bat darum, wegen der eigentlich vollkommen haltlosen Vorwürfe in Italien vor Gericht gestellt zu werden. Aber inzwischen hatte sich das politische Blatt in Italien gewendet. Auf eine parlamentarische Anfrage zu seinem Fall antwortete der Justizminister Andrea Orlando exakt nach einem Jahr, als der Mann bereits an die Vereinigten Staaten ausgeliefert worden war.

Doch italienische Politiker haben mindestens so viele Leben wie Katzen. Ebenso wie Meisterjongleur Berlusconi betrat auch Romagnoli im Jahre 2018, nach Verbüßung seiner Haftstrafe in den USA wegen Waffenhandels und terroristischer Umtriebe, wieder die politische Bühne des Landes und präsentierte sich mit dem Slogan Coming back! zu den Parlamentswahlen im März. Sein vielversprechendes Argument für eine erneute Wahl als Abgeordneter der Auslandsitaliener war die Ankündigung, wirksame Maßnahmen zu ergreifen gegen die mangelhafte konsularische und diplomatische Betreuung italienischer Bürger im Ausland, die auch er nach seiner Verhaftung in Montenegro erfahren habe: Da alle 4 Millionen Italiener im Ausland prinzipiell davon überzeugt sind, dass Vater Staat nicht genug für sie tut, wäre eigentlich ein Wahlerfolg zu erwarten gewesen. Zwar wurde ihm kurz vor den Parlamentswahlen noch der Karnevalsorden der Kölner Prinzengarde verliehen, aber für den Einzug ins italienische Parlament reichten die Stimmen nicht aus.

Auch Berlusconi inszenierte nach Verurteilung und Verbüßung einer Bewährungsstrafe und einem umfassendem Lifting ein mirakulöses Comeback: Rieccolo – Er ist wieder da! Doch auch ihm war kein Erfolg beschert. Die neuen und nun schon wieder alten politischen Formationen Italiens brachen wieder einmal zusammen, 5- Sterne und Lega bildeten die neue italienische Regierung. Und Old Europe schaut wieder mal mit ungläubigem Entsetzen zu: „Il peggio non é mai morto – Schlimmer gehts nimmer?" Oh doch!

Nach der weltweiten Finanzkrise war die Anreise der italienischen Regierungsdelegation zur nächsten ANUGA-Messe in Köln mittlerweile von Austerität geprägt. Die Delegation des Staatssekretärs Giuseppe Castiglione aus dem Landwirtschaftsministerium, gegen den vor und nach dem Besuch die Staatsanwaltschaft von Catania unter anderem wegen des Verdachts gekaufter Wählerstimmen ermittelte, reiste nicht dreißigköpfig, sondern dreiköpfig an und nicht mit Staatsmaschine, sondern im Billigflieger.

Das geplante Gala-Essen fiel aus, stattdessen wurde der hohe Gast von unserem Generalkonsul eher widerwillig in dem hochklassigen Kölner Gastronomiebetrieb La Vita bewirtet, dessen Besitzer aus demselben sizilianischen Kaff stammte wie der Staatssekretär selbst und auch der Fahrer unseres Konsulats. Zum Entsetzen des auf Stil und Standesunterschiede stets sehr bedachten Generalkonsuls begrüßte sich die ganze Bande ausgelassen, tafelte ausgiebig auf seine Kosten bis in die tiefe Nacht, völlig ohne jedes Protokoll, ohne Placement am Tisch, ohne vorher sorgfältig geplante, exquisite Speisenfolge (Prosciutto e Melone, Saltimbocca, Tiramisù), sondern in einem Durcheinander aus eingelegten Calamaretti, bretonischen Austern, schwarzen Trüffeln, rohem Thunfisch, wildem Safranfenchel, teurem Loup de Mer und viel, viel .... Kornschnaps.

Am nächsten Morgen wurde der müde Staatssekretär von der KölnMesse protokollgerecht im VIP-Club empfangen, aber niemand hatte daran gedacht, einen Dolmetscher zu engagieren, denn keiner war auf die Idee gekommen, dass der Staatsmann zwar einige sizilianische Dialekte, nicht aber eine Begrüßung in englischer Sprache verstehen und erwidern konnte. Üblicher Messerundgang, keinerlei Verwunderung angesichts der schäbigen Büdchen, mit denen sich die sizilianische Heimat präsentierte: Verkleidungen im Jaffakistenlook aus unbearbeitetem Sperrholz, Firmenaufschriften in farbigen Fotokopien miserabler Qualität, bisweilen ein einziger, rostiger Kühlschrank, in dem sich einsam eine knallbunte Cassata langsam um sich selbst drehte. Die durchaus schlüssige Erklärung lieferte ein Insider unter der Hand: „Jeder von den Ausstellern mußte der Mafia derart viel bezahlen, um überhaupt teilnehmen zu können, dass für die Ausstattung der Stände einfach kein Geld mehr übrig war." Aha.

Übrigens habe ich bei einem späteren Besuch der Internationalen Pflanzenmesse IPM in Essen, ebenfalls im Gefolge eines italienischen Staatssekretärs, völlig verblüfft angesichts der hier überraschend prächtigen Präsentation sizilianischer Hersteller mit erstklassiger Verköstigung potenzieller Pflanzenkäufer, frisch gepresstem Saft köstlicher sizilianischer Orangen und kostbarstem, luftgetrocknetem Schinken, über die elendigliche Präsenz Siziliens auf der ANUGA berichtet und von einem anderen Insider die Erklärung bekommen: „Das hier IST die Mafia". Oh.

Bei seinem ANUGA Besuch war Staatssekretär Castiglione allerdings hellwach angesichts des „Italian Sounding". Das ist die Vermarktung vermeintlich italienischer Produkte, wenn also beispielsweise niederländische Tomatenbauern ihre Erzeugnisse mit italienischem Fähnchen und der Aufschrift „San Mazzano" präsentieren. Tatsächlich forderte der Staatssekretär rigoros eine vollständige Kennzeichnungspflicht nicht nur für landwirtschaftliche Produkte, sondern auch für weiterverarbeitete Nahrungsmittel, und zwar für die gesamte Kette vom Hersteller zum Verbraucher. Er vertrat damit sowohl den italienischen Produzenten als auch den italienischen Verbraucher, der im Unterschied zum deutschen Schnäppchenjäger gern bereit ist, für gutes Essen gutes Geld zu zahlen, und es überhaupt nicht schätzt, wenn Schweine aus dänischer Massenproduktion in Parma zu prosciutto di parma umgearbeitet werden. Sowas hat schon dazu geführt, dass der italienische Verband der Landwirtschaftlichen Betriebe Coldiretti die Brennerautobahn blockierte und dabei 27 Prozent falsch deklarierte, nicht italienische Waren aufstöberte.

Nach dem Messerundgang großes Mittagessen im Pavillon des Verbandes Gusto Italia, danach ein weiteres Essen mit viel Fleisch und viel Rotwein im Pavillon des Simmenthal-Konsortiums. Dort bot der Juniorchef des Konsortiums unserem Staatssekretär an, ihn mit dem Firmenjet standesgemäß nach Italien fliegen zu lassen – ein Angebot, das man nicht ablehnen kann. Aber das Flugzeug war noch nicht startklar, also noch mehr Wein und noch mehr Fleisch.

Die Mitarbeiterinnen des Staatssekretärs mussten sowieso mit dem für den späten Abend gebuchten Billigflug vorliebnehmen. Deshalb sorgte sich unser Rumpelstilzchen, dass er mit den beiden Damen bis zu deren Abreise ausharren müsste, was zwar höflich, aber ermüdend und zudem eigentlich nicht protokollkonform wäre, da die Damen niederen Ranges waren. Im Minutentakt wies er seine Sekretärin im Konsulat telefonisch an, jede nur denkbare frühere Zug- und Flugverbindung zu finden. („Der will Euch loswerden." „Klar, das haben wir schon begriffen.") Die Damen lehnten höflich ab, sie würden bis zum geplanten Abflug lieber auf der Schildergasse shoppen gehen und gaben sich mit unserer autovettura di rappresentanza samt Fahrer zufrieden – zur grenzenlosen Erleichterung des erschöpften Konsuls.

Geschafft.

Nach Rom zurückgekehrt, formulierte eine der Kolleginnen, der ich ein Päckchen Printen für ihre Mitarbeiter hinterhergeschickt hatte, weil sie auf der Messe vergeblich nach Mitbringseln gesucht hatte, eine überaus schmeichelhafte E-Mail:

„Carissima, nel ringraziare di cuore per la piacevole accoglienza e l'impagabile assistenza durante la nostra permanenza a Colonia .... Meine Liebe, zusammen mit meinen herzlichen Dank für den angenehmen Empfang und die unbezahlbare Unterstützung während unseres Aufenthaltes in Köln möchte ich Dir meine ganz besondere Wertschätzung und Zuneigung aussprechen. Du bist außerordentlich. Mich hat beeindruckt, mit welcher Ernsthaftigkeit, Leichtigkeit und Ironie Du Situationen zu meistern weißt. Mein Kompliment und meine guten Wünsche für Deine weitere Arbeit sowie ein ganz besonderer Dank für die kleine Aufmerksamkeit."

Ein schönes Beispiel für die emsige Reisetätigkeit italienischer Amtsträger bietet auch der in der Schweiz mit 3005 Stimmen der Auslandsitaliener in den Senat gewählte ehemalige Gastarbeiter Antonio Razzi, welcher sich nach dem Amtsantritt von Donald Trump berufen fühlte, nicht weniger als den Weltfrieden zu retten:

„Ich reise nach Nordkorea, um die aufgebrachten Gemüter und die ganze Welt zu beruhigen. Um Frieden zu schaffen, bin ich bereit, mich selbst zu opfern – als menschliches Schutzschild. Mein lieber Freund Donald, kümmere du dich um deinen eigenen Scheiß ...."

Der Mann, seinerzeit immerhin Vorsitzender des Auswärtigen Ausschusses des Senats und Träger des italienischen Verdienstordens, war schon Jahre zuvor in die italienischen Schlagzeilen geraten, allerdings nicht wegen seiner Reisetätigkeit, sondern wegen eines verdeckt im Parlament gedrehten Videos. Darin ist zu sehen und zu hören, wie er einen Parteifreund bequasselt, gemeinsam mit ihm die Fronten zu wechseln: von den Saubermännern der Partei Italia dei Valori ins Berlusconi-Lager Forza Italia, um den Cavaliere vor einem Misstrauensvotum zu retten. Das interessierte Publikum konnte somit im O-Ton der Argumentation des Parlamentariers folgen. Im Falle einer Niederlage des Cavaliere käme es zu Neuwahlen, und da würden ihm selbst und vermutlich auch dem Kumpel wegen der verkürzten Legislaturperiode noch einige Tage für den Pensionsanspruch fehlen. Und es sei durchaus möglich, dass Berlusconi sich den Parteiwechsel ein schönes Sümmchen kosten lassen würde, eine Million sei sicher drin. Und schließlich seien alle Kollegen sowieso Gangster, die nichts als ihre eigenen Interessen im Sinne haben. Gesagt, getan: Die Rente des Senators war damit gesichert, ebenso wie – bis zur nächsten Wahl – sein italienisches Mandat der Forza Italia, und die Hypothek seines Hauses in den Abruzzen war auch getilgt.

Und während das Hamburger Nachrichtenmagazin sich verblüfft fragte, „warum zum Teufel 181 der wendigsten Parlamentarier der Welt" in der damaligen Legislaturperiode ihre Fraktion gewechselt haben, antwortete unser Senator auf die Vorhaltungen eines Reporters, ob er denn nicht selbst glaube, mit dem Parteiwechsel einen Verrat begangen zu haben, vor laufender Kamera empört: „Che tradimento? – Wieso Verrat? Und was ist mit all den anderen?" Womit er die durchaus kohärente Linie seiner Argumentation bekräftigte.

28

Knöllchen und andere Mißverständnisse

Der von allen – Personal, collettività, womöglich auch von der Staatskanzlei – freudig erwartete Nachfolger unseres Rumpelstilzchens präsentierte sich am 27. Dezember im Konsulat, und ich glaubte, wie weiland Hans Apel vor laufender Kamera, mich tritt ein Pferd: Dieses Weihnachtspräsent war es wert, geradezu mit Aplomb begrüßt zu werden. Ein schlanker, eleganter Mann mit raspelkurzen, leicht ergrauten Haaren und höflichen Umgangsformen. Auf angenehm ruhige, sanfte Art schickte er sich an, unser Konsulat vollkommen umzukrempeln und effizient zu gestalten.

Im Vatikan beendete ein neuer Papst „den Karneval" und schickte sich an, die katholische Kirche zu reformieren.

Im Palazzo Chigi warf sich ein junger florentiner Bürgermeister in die madre di tutte le battaglie, in die Mutter aller Schlachten, und kündigte an, die italienische Bürokratie zu entrosten.

In Berlin betrat mit Pietro Benassi mein letzter Botschafter die Bühne, mit grauem Strubbelkopf und einem Eastpack-Rucksack über der Schulter.

Was?!

Im Laufe von vierzig Jahren habe ich nun wirklich so ziemlich alles erlebt. Aber katholische Kirche und Reformieren, italienische Bürokratie und Entrosten? Botschafter und Rucksack? Kölner Konsulat und Effizienz? Was waren denn das für Konnotationen? Sollte mich kurz vor der Pensionierung das spannendste Kapitel meiner Geschichte erwarten?

Im Konsulat wurde die Notariatsabteilung abgeschafft, die Pass-Abteilung personell aufgestockt, um den connazionali die verhassten Wartezeiten zu ersparen; es wurde eine telefonische Hotline eingerichtet, über welche das Konsulat – zumindest theoretisch – immer erreichbar sein sollte.

Abgeschafft wurde auch eine „rheinische Lösung" bei der Handhabung der Strafzettel des Ordnungsamtes. Seit Jahrzehnten waren in bewährter Praxis diese Knöllchen, die unsere Angestellten verpasst bekamen, wenn sie ihre privaten Fahrzeuge ohne gebührenpflichtige Parkscheine vor unserem Konsulat abgestellt hatten, mit Hinweis auf die konsularische Tätigkeit der Konsulatsangestellten an das Kölner Ordnungsamt zurückgeschickt, wo man sie einfach vernichtete.

Unser neuer, politisch korrekter Chef wollte auch hier Ordnung schaffen und wandte sich mit einem offiziellen Schreiben an die Stadtspitze, in dem er darum bat, seinen Angestellten künftig erst gar keine Verwarnungen auszustellen, um auf diese Weise die nicht ganz koschere Praxis zu beenden.

Überraschung!

Der Stadtdirektor fiel aus allen Wolken, der betreffende Sachbearbeiter im Ordnungsamt entging nur knapp einer Disziplinarstrafe wegen gesetzwidrigen Handelns zum Schaden seiner eigenen Behörde, der Leiter des Straßenverkehrsamtes informierte sich beim Auswärtigen Amt in Berlin genauestens über die Regelungen der Immunität für konsularische Beamte und Angestellte. Tatsächlich unterscheiden die Wiener Abkommen über die diplomatischen und über die konsularischen Beziehungen sehr säuberlich die verschiedenen Kategorien entsandter Beamter und deren eventuelle Immunität bei ordnungs- oder strafrechtlicher Verfolgung. In keinem Fall jedoch genießen Ortskräfte, also das vor Ort per Arbeitsvertrag angestellte Personal, irgendeine Immunität. Fortan mussten mit Ausnahme des Generalkonsuls und seines Stellvertreters alle Mitarbeiter 4 Euro täglich für das Parken bezahlen.

Die Empörung des Personals gegenüber dem Konsul war entsprechend groß. Merkwürdigerweise sahen unsere sonst so regen Gewerkschaftler keinerlei Notwendigkeit, hier tätig zu werden, um im Interesse der Angestellten eine Lösung für deren neues und beträchtliches finanzielles Problem zu finden.

Die Empörung des Konsuls gegenüber der Stadt Köln war noch viel größer. Ich weiß gar nicht mehr, wie viele Gespräche wir in den folgenden Monaten und Jahren mit der Stadtverwaltung führten, um das Problem zu lösen. Jedes Mal führte mein Chef als wichtigstes Argument an:

„Aber mein Personal hält mich ja für naiv!"

Damit, so bedeutete mir der Chef des Straßenverkehrsamts, liege das Personal womöglich nicht ganz falsch.

Sodann bestand unser Chef rigoros darauf, sich bei der Ministerpräsidentin persönlich vorzustellen, um ihr sein Akkreditierungsschreiben zu überreichen. Nun mag es auf Bundesebene Usus sein, dass die Exzellenzen ihre lettere credenziali dem Herrn Bundespräsidenten persönlich überreichen. Die Praxis in Nordrhein-Westfalen jedoch war anders und beim Konsularkorps hinlänglich bekannt: Vorstellung bei dem für Europapolitik zuständigen Regierungsmitglied im Range eines Ministers oder Staatssekretärs.

Nach einem längeren Wortwechsel mit meinem Chef, so ausführlich wie ergebnislos, erging ein Schreiben an die Ministerpräsidentin, in dem unser Generalkonsul um einen Termin bat. Die Antwort ließ einige Tage auf sich warten, was prompt für Misstrauen und Verärgerung sorgte. Eine Unhöflichkeit? Eine Brüskierung? Ein Akt politischer Demonstration? Gegen den Vertreter Italiens? Gegen die italienische Regierung? Gegen Italien? Als die Antwort schließlich eintraf, war der Verdruss noch größer.

„Bitte stellen Sie sich bei der zuständigen Ministerin für Europa- und Bundespolitik vor!"

Unser wundervolles Weihnachtsgeschenk erwies sich bei der täglichen Arbeit als schwierig, auch im organisatorischen Bereich. Der Leiter unserer Behörde besaß weder Taschen- noch Tischkalender, hatte kein Notizbuch und noch nicht mal einen virtuellen Kalender im Smartphone. Er vergaß Termine, Visitenkarten, Handy, Dossiers. Probleme entstanden auch im zwischenmenschlichen Bereich. Nonkonformismus jedweder Art und von jedweder Seite erntete zunächst totale Verständnislosigkeit und dann – wie im Falle der Stadt Köln und der Ministerpräsidentin – höchste Empörung. Auch jede Form vermeintlicher Insubordination versetzte den Diplomaten in Zorneswallungen, von denen er bisweilen selbst zu hoffen schien, dass sie vorübergehender Natur sein mochten: „Forse mi passa – Vielleicht vergeht mir der Zorn ja wieder" geradeso als hätte er nicht den geringsten Einfluss auf seine eigenen Verhaltensweisen. Ein gewisses Gefahrenpotenzial erkannte der Ehemann lange vor mir. Eine überraschende und überaus herzliche SMS, in der mein neuer Chef am Ostersonntag alles in einem vorangegangenen Disput Gesagte – darunter auch die später wiederholte Androhung einer Strafversetzung innerhalb des Konsulats — zurücknahm und sich als zerknirschter Missetäter präsentierte, las ich mit großer Erleichterung dem Ehemann vor:

„Guck mal! Gott sei Dank!"

Der knappe Kommentar:

„Solche Menschen sind gefährlich."

Tatsächlich konnte aus dem sanften, liebenswürdigen Menschen bisweilen eine schier unbezähmbare, hilflose Wut hervorbrechen.

Mit seinem für einen Diplomaten eher schlicht strukturierten Weltbild hatte der gute Mensch beispielsweise die lokalen Schurken gleich nach seinem Amtsantritt ausgemacht. Das waren – neben dem Kölner Stadtdirektor – der russische Konsul (wegen der Ukraine-Politik) und die Deutsche Bank (wegen der Zinspolitik). Die Bösewichter wurden mit Missachtung gestraft, was aber vermutlich keiner von ihnen je bemerkte.

Bei der Sache mit der Deutschen Bank war ich unmittelbarer Zeuge der allmählichen Verfertigung des Gedankens beim Reden meines Diplomaten. Der Filialleiter des Bankhauses war ins Generalkonsulat einbestellt worden, weil der Konsul einen gänzlich unüblichen hohen Zinssatz für das zeitweilige Guthaben auf dem Girokonto des Konsulats aushandeln wollte. Der Bankangestellte leierte im höflichen Geschäftston den Sachverhalt herunter, aufgrund dessen alle Bankinstitute sich an den von der Europäischen Zentralbank vorgegebenen Leitzinsen orientierten, welche aktuell wegen der wirtschaftlichen und finanziellen Misere der südlichen Euroländer sehr niedrig seien, sodass in absehbarer Zeit nicht auszuschließen sei, dass Bankinstitute für die Einlagerung von Geldern negative Zinsen erheben würden. Mit zornbebender Stimme erwiderte unser Diplomat, dass allein die Signora Merkel schuld an dieser Misere sei und dass gerade Deutschland perfiderweise Kapital aus dem Elend der Mittelmeerstaaten schlage, dass als Folge der Merkel'schen Politik viele junge Italiener sich zur Auswanderung gezwungen sähen und wenig ausländisches Kapital in Italien investiert werde.

Mit dieser erschütternd eigenwilligen Interpretation aller Finanz- und Wirtschaftsprobleme Italiens folgte er übrigens einer Lesart, die nicht nur sämtliche Presseorgane, sondern auch alle politischen Parteien Italiens in seltener Einmütigkeit bis heute verbindet.

Der Filialleiter versuchte diplomatisch, die Stimmung ein wenig zu entspannen, und verwies mit einem jovialen Lächeln auf die Zuständigkeiten des Signore Mario Draghi der Europäischen Zentralbank, welcher angekündigt habe, to do what it takes, um die maroden Finanzen der Euro-Mittelmeerländer zu stützen. Daraufhin beendete mein Konsul mit hochrotem Kopf abrupt das Gespräch, indem er dem Herrn den Handschlag verweigerte, den Rücken zudrehte, den Raum verließ und Weisung gab, den Namen des Bankangestellten von der Einladungsliste des Konsulats zu streichen.

An jenem Tag war die Stimmung ohnehin schon schwer aufgeladen gewesen, denn am Vormittag hatten wir die Absage der Ministerpräsidentin auf unsere Einladung zum Nationalfeiertag am 2. Juni erhalten:

„Ma chi credono di essere quelli nella Cancelleria di Stato? I Principi dell'Europa? –Ja, was glauben die in der Staatskanzlei denn, wer sie sind? Die Fürsten Europas?" Unser Chef erteilte sogleich Weisung, eine harsche Antwort zu formulieren.

Was war denn nun schon wieder passiert?

Unsere Einladungen zum Empfang anlässlich des Nationalfeiertages waren wegen mangelnder interner Organisation nur knapp drei Wochen vor dem Anlass verschickt worden, was nicht nur in Deutschland geradezu als Unhöflichkeit angesehen werden kann. Darüber hinaus hatte unser Konsul die Ministerpräsidentin aber auch noch gebeten, auf der Veranstaltung persönlich das Wort zu ergreifen und den Beitrag ihres Bundeslandes zur Mailänder Expo 2015 zu erläutern.

Vergeblich hatte ich versucht, meinen Chef davon zu überzeugen, dass – wie beim Antrittsbesuch – nicht die Regierungschefin, sondern die Ministerin für Europa unsere Ansprechpartnerin sein sollte.

„Nein, die Regeln des Protokolls erfordern, dass ich an die Ministerpräsidentin schreibe! ICH schreibe der MINISTER-PRÄSIDENTIN, dass sie das Wort ergreifen MUSS. So sehen es die Anweisungen aus Rom vor. Und wenn ROM A sagt, dürfen wir nicht B machen! Lernen Sie das!"

Den kausalen Zusammenhang zwischen Nicht-Zustimmung und Tretmine hatte ich zu dem Zeitpunkt immer noch nicht begriffen, und so brachte ich zahlreiche und, wie mir schien, stichhaltige Einwände vor:

- Die Ministerpräsidentin wird langsam sauer werden, weil sie uns schon einmal an die Europaministerin hat verweisen müssen;

- die Europaministerin wird sich übergangen fühlen und ihrerseits sauer werden;

- nicht jede Anweisung aus Rom, die weltweit an sämtliche italienischen Vertretungen verschickt worden ist, ist von jeder einzelnen gleichermaßen wörtlich zu nehmen: Unsere Berliner oder Washingtoner Botschaft würden ja schwerlich darauf bestehen, das Pendant auf nationaler Ebene – nämlich die Bundeskanzlerin oder den US-Präsidenten – einzuladen, um am italienischen Nationalfeiertag über die Präsenz des eigenen Landes bei der Expo in Mailand zu sprechen.

Nichts zu machen.

Nach zwei kostbaren Wochen traf die neuerliche Antwort der Ministerpräsidentin ein, die den Generalkonsul in knappen Worten auf die zuständige Europaministerin verwies; diese wiederum zeigte sich außerstande (und vermutlich nicht willens), den Besuch zu unserem Nationalfeiertag innerhalb der nun sehr kurzen Zeitspanne einzuplanen. Man möge mit einem Abteilungsleiter der Düsseldorfer Staatskanzlei vorliebnehmen.

Der Leiter der Europa-Abteilung war ein überaus kompetenter und engagierter Beamter, der mir einmal während der Feiertage zwischen Weihnachten und Neujahr für eine Depesche nach Rom mit einer Flut von Daten und Informationen wertvolle Munitionshilfe über den hohen politischen und wirtschaftlichen Stellenwert des Landes NRW geliefert hatte. Er kam dann auch höflich zu unserem Fest und sprach ein paar höfliche Worte über Europa, über die deutsch-italienische Freundschaft und über den NRW-Pavillon bei der Expo in Mailand.

Auch im immerwährenden Disput unseres Konsulats mit der italienischen Presse wusste sich unser Konsul gegen eine unbotmäßige Vertreterin von Radio Colonia auf sehr eigene Weise zu wehren. Er griff auf eine äußerst raffinierte Taktik zurück. Seine Form der Rache – nämlich die Verschleppung einer Interviewanfrage – nannte er sana burocrazia. Das vorhersehbare Resultat folgte prompt: Der Radiobericht schilderte ausführlich die Probleme im und mit dem italienischen Generalkonsulat. Wiederum war unser Chef zutiefst erschüttert und persönlich gekränkt, und die Journalistin wurde zur persona non grata.

Die Lage wurde schwieriger. Es gab unerwartete Zusammenstöße. Die Arbeitsatmosphäre verschlechterte sich zunehmend. Unter den Kollegen kamen nostalgische Erinnerungen hoch: „Bei Rumpelstilzchen wusste wenigstens jeder, woran er war!" Und Rumpelstilzchen konnte zwar im Gegensatz zu unserem neuen guten Chef bösartig sein, hatte aber den unschätzbaren Wert eines blitzschnellen Verstandes.

Ich überlegte ernsthaft, das Feld vorzeitig zu räumen und einfach Reißaus zu nehmen. Inzwischen änderte die Regierung von Matteo Renzi im Zuge einer rigorosen Sparpolitik aber wiederholt irgendwelche Gesetze, unter anderem die zur Pensionsgrenze und damit auch die Laufzeit meines Arbeitsvertrages, so dass dieser vom Außenministerium wieder und wieder verlängert wurde.

Was tun? Kündigen – nach vierzig Dienstjahren? Ich war zutiefst verzweifelt. Und dann kam zum ersten Mal in meinem Leben ein Zusammenbruch.

Die Situation war vollkommen surreal. Bei der Vorbereitung einer kleinen Ansprache des Konsuls anlässlich einer Veranstaltung einer UN-Agentur in Bonn erbat ich am Vortag, einem Freitag, von den Organisatoren Informationsmaterial zum Anlass des Ereignisses. Dabei erfuhr ich, dass unser Chef am Samstag nicht nur zu der Veranstaltung im UN-Gebäude, sondern auch zu einem Vorempfang im Bonner Rathaus erwartet wurde, der allerdings im Tagesprogramm seines Sekretariats nicht vermerkt war. Ich eilte sogleich, um den Chef darauf aufmerksam zu machen und ihm das geänderte Programm für den folgenden Tag samt Redetext auszuhändigen. Nein, erklärte der Konsul mir, er könne jetzt weder die Unterlagen entgegennehmen noch über das Programm sprechen. Er sei erst vor wenigen Tagen sehr erkältet gewesen, fühle sich jetzt überlastet, da am Abend zuvor bei einem Empfang, und müsse die Mittagspause wie auch den restlichen Nachmittag und Abend nutzen, um sich zu erholen. Er wies mich an, ihm die Unterlagen nicht augenblicklich zu übergeben, sondern ihm per E-Mail zu schicken, die er am folgenden Vormittag – Samstag – lesen würde. Versprochen!

Na denn.

Am Samstagabend, als der Empfang im Bonner Rathaus mitsamt Oberbürgermeister und offenbar ohne Konsul schon im vollen Gange war, erreichte mich auf meinem Handy der Anruf des Chefs aus seinem Dienstzimmer in Köln. Er habe den Vormittag zur Entspannung genutzt und nicht sein Büro im Konsulat, sondern ein Gartencenter aufgesucht. E-Mails habe er keine gelesen und sehe deshalb gerade erst, dass die contrattista ganz und gar eigenmächtig sein Programm geändert habe. Jetzt sei es natürlich unmöglich, noch rechtzeitig zum Vorempfang im Bonner Rathaus einzutreffen.

Drammatico! Catastrofe! Che figura!

Die Empörung über meine fehlende Teamfähigkeit und meinen „Alleingang" hielt bis zum Montagnachmittag an. Allein um seinen Zorn immer wieder entladen zu können, ließ mein Chef sogar den so lange erwarteten Termin zum Antrittsbesuch beim Kölner Oberbürgermeister sausen. Er saß in meinem Arbeitszimmer und erregte sich immer wieder von Neuem über meine Eigenmächtigkeit, drohte mit einer Versetzung innerhalb des Konsulats: Bei einer einzigen weiteren Unbotmäßigkeit werde er mir per Dienstanordnung die Leitung der Sozialabteilung übertragen (bedürftige Familien, Sorgerechtsstreitigkeiten, Drogenfreaks auf dem Heimweg von Holland, armselig verendete mittellose connazionali). Mir gingen die Worte aus.

Tags drauf der Koller: Ich saß im Chefbüro und war zu keinem Gespräch in der Lage. Bevor ich auch nur den Mund öffnen konnte, um sachlich die kommenden Termine zu erörtern, kamen mir die Tränen. Ich brach ab, suchte ein Taschentuch, machte den nächsten Versuch. Und wieder brach mir die Stimme weg. Ich drehte mich zur Seite, schloss die Augen, konzentrierte mich und schaffte endlich den nächsten Anlauf, mit wackeliger Stimme, die Augen fest auf das vor mir liegende Arbeitsbuch gerichtet. Mein Chef war vergleichsweise entspannt und fragte durchaus versöhnlich:

„Ma qual'è il Suo problema? – Aber was haben Sie denn bloß? Immer noch wegen dieser Sache am Samstag? Ach, wenn Sie wüssten, welchen Mist ich schon gebaut habe! Machen Sie sich bloß keine Gedanken!"

Was??

Mothers little helpers halfen in den nächsten Tagen und Monaten auch mir. Ich entschuldigte mich bei den Organisatoren in Bonn für meinen Fehler – „Was denn für ein internes Abstimmungsproblem? Der Konsul hatte uns doch schon vor Wochen persönlich per E-Mail seine Teilnahme am Empfang des Bonner OB's zugesagt?!" – und besann mich des Rates meiner Mutter in den ersten Tagen meines Berufslebens: „Immer freundlich!" sowie des in dieser Situation vielleicht noch passenderen Rates eines Winston Churchill: „If you're going through hell, keep going!" Also die Zähne ganz, ganz feste zusammenbeißen.

Im Herbst war ich schließlich so weit, dass ich die Ausfälle zwar nicht vergessen, aber verzeihen konnte. Es entstand langsam eine konstruktive und gedeihliche Arbeitsatmosphäre, die fast herzlich und am Ende sogar freundschaftlich wurde.

In den folgenden Monaten und Jahren erfüllte der Mann ausgesprochen erfolgreich seine Mission als Vertreter Italiens im Konsularbezirk mit unermüdlichem Fleiß, großer Zugeneigtheit zu Menschen und Problemen, einem überraschenden Sinn für Humor und erfreute sich im Laufe der Zeit wachsender Beliebtheit sowohl bei unseren connazionali als auch bei den deutschen Gastgebern. Mit seinem Fiat 500 – der einen durchaus charmanten Auftritt garantierte und Italiens Sparbeteuerungen wirkungsvoll belegte – fuhren wir zusammen kreuz und quer durch NRW und besuchten Minister, Oberbürgermeister, Handelskammerpräsidenten, Chefredakteure, Messegeschäftsführer, italienische Vereinsvorsitzende und italienische Unternehmensführer und knüpften hervorragende Kontakte, die sich in allerlei erfolgreichen Initiativen niederschlugen.

Ein immerwährendes, aber vergleichsweise geringfügiges Problem war der Mangel an Stil, den der Vorgänger hingegen so sorgsam gepflegt hatte. Eine feierliche Ordensverleihung für einen hochverdienten italienischen Arzt und Wissenschaftler der Universität Aachen, der internationales Renommee erlangt hatte. Die praktischen Vorbereitungen traf der Lebensgefährte meines Chefs, ein unwahrscheinlich sympathischer junger Typ, schöner römischer Kopf, etwas pummelig, überaus umgänglich, in Turnschuhen, T-Shirt und Baggys unterwegs. Kurz vor der abendlichen Veranstaltung kam er schwerbeladen im Konsulat an und baute im von mir sorgfältig aufgeräumten Chefbüro No-Name-Tüten mit Erdnussflips und Kartoffelchips auf, Plastiktellerchen und -gäbelchen für die von der kasachischen Haushälterin des Chefs vorbereiteten Salate, Plastiktrinkbecher, 4 Flaschen Wein, 4 Flaschen Sekt jeweils vollkommen unterschiedlicher und eher dubioser Provenienz, mehrere 1,5-Liter-Wasserflaschen, No-Name-Cola. Ich war vollkommen entsetzt, traute mich aber nicht, den Chef selbst auf das Problem anzusprechen, denn nach den unguten Erfahrungen fürchtete ich Eruptionen mit unkalkulierbaren Folgen. Also schickte ich der neben mir stehenden Sekretärin diskret eine SMS mit der Bitte, das Problem irgendwie zu klären. Sie ist nicht nur eine kluge Frau und promovierte Sinologin, sondern vor allem äußerst robust. Wenig später tauchte der junge Mann in meinem Arbeitszimmer auf und erbat freundlich grinsend Nachhilfeunterricht in Sachen Stil und Protokoll. Den bekam er bereitwillig und ausführlich und rannte sogleich wieder los, um neue Einkäufe zu tätigen. Noch am selben Abend erreichte mich per SMS sein aufrichtiger Dank für meine wertvollen Anweisungen: Bei den Gästen der feierlichen Ordensverleihung, die der italienische Professor aus Aachen mitgebracht hatte, habe es sich um „gente elegantissima, addirittura con la pelliccia ermellino – hochelegante Leute, sogar mit einem Hermelinpelz!" gehandelt.

Unvergessen bleibt ein Antrittsbesuch bei der Landesregierung. In Düsseldorf reichte unser Gesprächspartner im Ministerrang meinem Chef zum Ende des Gesprächs ein Blatt Papier mit dem Namen eines italienischen Bürgers, dem das Konsulat die Ausstellung eines Reisepasses verweigere. Der Minister erläuterte das Anliegen mit der jovialen Anmerkung, er sei schließlich nicht nur Amtsträger, sondern auch Mandatsträger im Wahlkreis Duisburg und somit dem Wähler verpflichtet.

Der Konsul grübelte während der Rückfahrt nach Köln darüber nach, wieso ein italienischer Bürger einen deutschen Politiker auf Landesebene hat wählen können. Dabei hat der ihn mit Sicherheit nicht gewählt, denn EU-Bürger dürfen ihre Stimme zwar bei Kommunalwahlen, nicht aber bei Landtags- oder Bundestagswahlen abgeben. Vermutlich handelte es sich bei dem italienischen Bürger nicht um einen Wähler, sondern um den Freund eines Freundes eines italienischen Gastronomen. Viele deutsche Mitbürger, gemeine ebenso wie hochgestellte, lieben es, wenn sie von „ihrem Italiener" als Stammgast herzlichst mit „Ciao Dottore!" und Handschlag empfangen werden. Und ebenso wie weiland EU-Kommissar Günther Oettinger zu seinen Stuttgarter Zeiten hat sich vermutlich auch der NRW-Minister von seinem Lieblingsitaliener vor den Karren spannen lassen.

Mir erschien eher das Anliegen des „Wählers" wunderlich: Die Verweigerung der Ausstellung eines Reisepasses musste gravierende Gründe haben. Und in der Tat: Unser italienischer Verbindungsmann im Hauptquartier der deutschen Zollkriminalpolizei bestätigte uns, dass der betreffende Landsmann bereits mehrfach rechtskräftig verurteilt worden war – und zwar nicht nur in Italien, sondern auch in Deutschland. Hochpeinliche Situation. Sollte man dem Minister sagen, dass sein Kumpel ein Schwerverbrecher ist? Brachte man den deutschen Politiker damit in eine kompromittierende Situation? Oder warnte der dann womöglich seinen italienischen Freund? Der Kollege von der Guardia di Finanza, ganz ein Mann der Praxis, schlug vor, den Delinquenten zur vermeintlichen Aushändigung seines Reisepasses ins Konsulat einzubestellen und dort von einem bewaffneten squadra mobile verhaften zu lassen. Den Konsul aber mangelte es insbesondere an cojones, und so packte ihn das blanke Entsetzen bei der Vorstellung eines mobilen Einsatzkommandos in unserem

Wartesaal. Der Minister wurde ungeduldig und forderte über sein Büro Auskunft über unser Tun. Ich ließ ihm auf Weisung des Konsuls eine sorgfältig formulierte, völlig nichtssagende knappe Antwort zukommen und fragte außerdem – ohne Weisung des Konsuls – meinen Kontaktmann für internationale Beziehungen im Ministerium: „Ja, hat der Herr Minister Ihnen denn gesagt, um welchen Wähler es sich handelt? Ich meine, haben Sie den Namen im eigenen Hause vorher überprüft, bevor der Minister dem Konsul das Anliegen vorgetragen hat?"

„Nein, keine Ahnung, unser Haus war nicht befasst."

Aha.

Der Minister ließ jedoch nicht locker. Die Abstände zwischen den Anrufen seines Büros wurden immer kürzer. Meine Antworten auf der Basis der vom Konsul vorgegebenen Sprachregelung immer verquaster. Schließlich wurde mir die Sache zu blöd. Ich schmiss alle Weisungen des Konsuls über Bord und kehrte zu meiner altbewährten Taktik zurück: klare Kante. Also gab ich dem Ministerbüro meine Mobilnummer und bat um Rückruf durch den Minister persönlich. Keine zwei Stunden später – ich saß in einem Gespräch – rief der Minister aus seinem privaten PKW über sein privates Handy an. Ich verließ mein Büro, lief ins Freie und erklärte den Sachverhalt. Klappe zu.

Die zweitausendste Wiederkehr des Geburtstags der Kölner Stadtmutter „Agrippina – Kaiserin aus Köln" gab Anlass zu einer neuerlichen Zusammenarbeit mit dem Römisch-Germanischen Museum. Unser Konsul hatte der Stadt Köln eine gemeinsame Ausstellung zu diesem Anlass vorgeschlagen, die vom Museum gern aufgegriffen wurde. Glanzpunkt der Ausstellung sollte eine überlebensgroße Statue der Kaiserin aus schwarzem Basalt sein. Dazu erläuterte das Museum:

„Das Kunstwerk hatte man wohl bald nach dem durch Nero initiierten Mord an der Kaiserin Agrippina in viele Teile zerschlagen. 1885 wurden die Fragmente in eine mittelalterliche Mauer verbaut aufgefunden. Der Kopf gelangte in die Ny Carlsberg Glyptothek in Kopenhagen. Auch der Rumpf konnte aus Fragmenten wieder zusammengesetzt werden und wird bei den Kapitolinischen Museen in Rom aufbewahrt."

In Köln sollten nun nach fast zweitausend Jahren Körper und Kopf der Statue erstmals wieder vereint werden. Begeisterung allenthalben. Die vom Museum erarbeitete Ratsvorlage wurde vom Rat der Stadt Köln gebilligt, Konsul und Chef des italienischen Kulturinstituts erreichten vom italienischen Außenministerium eine Beteiligung an der Finanzierung, ich bemühte mich um eine politisch würdige Einbettung des Ereignisses und konnte den NRW-Minister für Europaangelegenheiten für die Teilnahme an der Pressekonferenz gewinnen.

Nachdem Verhandlungen und Gespräche aller Beteiligten von Januar bis Oktober recht weit gediehen waren, lancierte die Leitung der römischen Musei Capitolini weniger als drei Wochen vor der für Ende November geplanten feierlichen Eröffnung einen verblüffenden Coup, von dessen Genialität man in Rom vermutlich vollkommen überzeugt war. Angesichts des prominenten Exponats, das man wegen des anstehenden Heiligen Jahres eigentlich überhaupt nicht hätte ausleihen dürfen (welches aber in Wirklichkeit jahrelang in einem abgelegenen Depot des italienischen Museums unbeachtet sein Dasein gefristet hatte), forderte man, dass nach der Kölner Ausstellung nicht nur die „römische" Statue, sondern quasi als Kompensation für die eigene Großzügigkeit auch der „dänische" Kopf für eine eigene Ausstellung nach Rom geschickt werden solle – wobei allerdings das deutsche Museum sämtliche zusätzliche Versicherungs- und Transportkosten für die Realisierung der Ausstellung in Rom zu tragen habe.

Ich konnte der Leitung des deutschen Museums glaubhaft versichern, dass mein guter Konsul angesichts dieser reichlich albanisch anmutenden Zockerei seitens des italienischen Museums buchstäblich nach Luft geschnappt hatte.

Nach der dreisten Forderung aus Rom entwickelte sich zwischen Museum, Kulturinstitut und Außenministerium bis zur Eröffnung der Ausstellung ein veritables Hütchenspiel, bei dem Angebote, Finanzierungsanfragen, EU-konforme Ausschreibungen und Vertragsklauseln hin und her geschoben wurden und die rheinische und die italienische Mentalität einander komplementär ergänzten, sodass das Projekt schließlich realisiert werden konnte.

Gefehlt hat bei der glanzvollen Eröffnung mit Hunderten von geladenen Gästen, unserem Berliner Botschafter Pietro Benassi und Vertretern der Landesregierung allerdings die amtierende Stadtmutter, die sich in einer Videobotschaft an die Festgesellschaft launig als direkte Nachfahrin der Agrippina bezeichnete. Die neu gewählte Kölner Oberbürgermeisterin Henriette Reker, die gerade ihr Amt angetreten hatte, sah sich außerstande, eine Sitzung des Stadtrates für dreißig Minuten unbeaufsichtigt und vor allem unbeeinflusst zu lassen: Sie war mit der Unterstützung einer merkwürdigen Konstellation von CDU, Bündnis 90/Die Grünen und FDP in ihr Amt gewählt worden und wollte offenbar nicht riskieren, die bunte Mischung während einer Ratssitzung sich selbst oder der oppositionellen SPD zu überlassen – was für den Kenner Kölner Verhältnisse durchaus nachvollziehbar ist.

Aber damit war die ganze Agrippina-Episode noch nicht zu Ende. Der Haushaltsplan des italienischen Außenministeriums sieht, wie erwähnt, beträchtliche Summen für Italiener im Ausland vor, mit denen kulturelle Veranstaltungen finanziert werden sollen, die geeignet sind, die in der Fremde lebenden connazionali zu erbauen und ihre kulturelle und emotionale Bindung an die Heimat zu festigen.

Einen Teil dieser Gelder hatten wir in jenem Jahr darauf verwandt, einen sogenannten Maestro zu engagieren, der – dicklich, ein wenig schmierig, enorm weißes, großes Gebiss, verschwitzte Haare – mit einem tragbaren Piano anreiste, um in Remscheid, Mettmann und Krefeld jeweils im lokalen Gemeindesaal der katholischen Pfarrei vor circa dreißig Landsleuten le vere canzoni italiane zum Besten zu geben.

Das Jahr neigte sich dem Ende zu, im Haushalt waren noch 1.000 Euro übrig, also entstand die gute Idee, den connazionali nach der leichten Unterhaltung des Maestro ein kulturell wertvolles Angebot zu unterbreiten: Ich wurde beauftragt, mit dem Römisch-Germanischen Museum die Konditionen für einen kostenlosen Besuch unserer Landsleute der Agrippina-Ausstellung auszuhandeln. Der Verwaltungschef des Museums schickte uns den Text einer Vereinbarung, in der auf ungefähr zehn Zeilen erklärt wurde, dass das Museum italienischen Bürgern bis zum Jahresende kostenlosen Zugang zur Ausstellung gewährt und im Gegenzug vom Konsulat 1.000 Euro erhält.

Aber er hat nicht mit unserer Verwaltung gerechnet: Oh nein, sooo nicht! Die junge Leiterin unserer Buchhaltung, etwas erratisch im Kleidungsstil, aber bombensicher in Pflichterfüllung und Bürokratie, war total in ihrem Element. Mit einer stets etwas zu lauten, leicht kippenden Stimme erläuterte sie in rasendem Redefluss das verwaltungstechnisch und juristisch korrekte Vorgehen. Zu diesem Zwecke hatte sie sich auch eigens mit einem Fachmann ins Benehmen gesetzt, der seit einigen Monaten tageweise auf dem Sofa im Büro unseres stellvertretenden Konsuls herumsaß. Der junge Mann – hautenge Hosen und äußerst knappes Jackett, modisch dunkle Brille, kleines Bärtchen über der aufgeworfenen Oberlippe, die seinem Gesicht einen leicht debilen Ausdruck verlieh – hatte merkwürdigerweise unsere Stellenausschreibung eines Arbeitsdirektors für anstehende Renovierungsarbeiten im Konsulat und Kulturinstitut gewonnen. Als erste Diensthandlung hatte er einen Antrag auf Baugenehmigung für eine Umzäunung des Areals von Kulturinstitut und Konsulat bei der Stadt Köln eingereicht – per E-Mail und mit einer ausgesprochen minimalistischen Zeichnung der geplanten Umzäunung, ohne Angaben des Flurstücks oder irgendwelcher Maße. Der Antrag wurde zurückgewiesen. Später verschreckte er offenbar sämtliche ortsansässige Fachunternehmen, sodass die Durchführung der Arbeiten zur Sicherung des Konsulats einem bulgarischen und einem marokkanischen Unternehmen anvertraut wurde. Arbeitsweise und Auftritt des „Arbeitsdirektors" weckten in mir ernste Zweifel an seiner beruflichen Eignung, und ich erkundigte mich vorsichtig, ob er möglicherweise der einzige Kandidat gewesen sei, der sich bei der Ausschreibung gemeldet habe.

Oh nein, keineswegs! Und nein, viel Erfahrung habe er gewiss nicht, Deutsch spreche er leider auch nicht, und deutsche Bauvorschriften seien ihm gänzlich unbekannt. Aktuell lebe er in Berlin, wo er seit längerer Zeit versuche, beruflich Fuß zu fassen, aber sein Vater habe schon so viele Aufträge für das italienische Außenministerium durchgeführt ...

Ach so.

Dieser versierte Fachmann also hatte unserer Verwaltungsleiterin seinen qualifizierten Rat zukommen lassen und sie in ihrer Forderung bestärkt, dass es eines ganz und gar wasserdichten Vertrags mit dem Museum bedurfte. Ein vielseitiges Monstrum kam zustande, welches das Konsulat von der Verantwortung „für jedwede Schuld, Schaden oder Schadenersatz für Personen oder Gegenstände" befreite. Das Museum verpflichtete sich, „die in Italien geltenden Vorschriften zu beachten": Ein deutsches Museum sollte sich verpflichten, sämtliche in Italien geltenden Gesetze und Vorschriften nicht nur zu kennen, sondern auch noch zu beachten!

Es nimmt nicht wunder, dass manche weltweit operierende Unternehmen Italien wegen solcher byzantinischer Bestimmungen von ihren Ausschreibungen ausschließen.

Aber damit nicht genug. Unsere Verwaltung forderte vom Museum allen Ernstes, von allen italienischen Besuchern Fotokopien der Reisepässe einzuholen sowie eine von jedem italienischen Besucher auszufüllende und zu unterzeichnende Erklärung, in der er das Konsulat von jeder Verantwortung und Haftung für eventuelle Schäden materieller oder körperlicher Natur freisprach.

Ich gab unseren Fachleuten zu bedenken: „Wer soll denn diese Formalitäten am Eingang des Museums erledigen – für möglicherweise Hunderte von connazionali, die in einer langen Schlange zusammen mit deutschen, japanischen und amerikanischen Besuchern am Eingang anstehen? Die Kassiererin? Die Garderobenfrau? Die Reinigungskraft an der Besuchertoilette? Der Rentner an der Einlasskontrolle?" Man verzichtete auf die Fotokopien der Reisepässe.

Auf unseren seitenlangen Vertragsentwurf reagierte das deutsche Museum geradezu charmant: „Wir können ja mit dem Heiligen Bürokratius etwas anfangen. Übertreiben sollte man jedoch nicht." Der reduzierte Vertrag wurde ausgefertigt, in zwei Originalen, auf jeder Seite paraphiert und mit dem timbro tondo versehen. Der timbro tondo ist das runde Dienstsiegel, das im Unterschied zu irgendwelchen anderen Stempeln hoheitliche Funktion hat.

Später machte mich das Museum – zu Recht etwas maliziös – darauf aufmerksam, dass unser Konsulat im eigenen Paragraphen-Wust eine Eventualität nicht bedacht hatte, nämlich den Fall, dass ein italienischer Staatsbürger in Begleitung seines nicht-italienischen Ehegatten Einlass begehren könnte. Die deutsche Seite hat aber gern ein Auge zugedrückt.

Im Unterschied zum Vorgänger besuchte unser guter Mensch aus Köln nun auch in jedem Jahr die Gedenkfeier für die Opfer der Love Parade. Und nicht nur das. Nach seiner ersten Begegnung mit der Mutter des italienischen Opfers an einem der Love-Parade-Jahrestage verfasste er spätabends eigenhändig einen zwei Seiten langen, flammenden Appell an die Landesregierung, den er in einer förmlichen Demarche mit einigen Kollegen, deren Landsleute ebenfalls Opfer des schrecklichen Geschehens in Duisburg geworden waren, in einem gemeinsamen, eindrucksvollen Schritt dem Justizminister vorlegen wollte. Angesichts des überaus schwülstigen Stils — „ungesunde Rachegelüste, brennendes Dürsten nach Gerechtigkeit" — strich ich den Text auf eine halbe, äußerst sachlich formulierte Seite zusammen und legte ihn mit dem Titel „Non Paper" meinem Chef vor. Ein „Non Paper" ist die protokollarisch niedrigste Stufe eines diplomatischen Schrittes. Der Chef aber beharrte darauf, seine eigene, sehr elaborierte und höchst emotionale Version des Textes seinen Kollegen der Niederlande, Spaniens, Bosnien-Herzegowinas und der Volksrepublik China zur gemeinsamen Unterschrift vorzulegen – mit vorhersehbarem Ergebnis: Keiner seiner Kollegen wollte sich der Initiative anschließen.

Mit dem Vertreter des chinesischen Konsuls führte ich ein längeres Gespräch zu der Thematik, aus dem ich eine gewisse Erheiterung herauszuhören glaubte angesichts unserer Einladung, der Vertreter der Volksrepublik China möge sich unserer Initiative anschließen und von der deutschen Justiz in einer diplomatischen Demarche Tatkraft, Transparenz und Gerechtigkeit fordern.

Eine Unternehmung, die sozusagen Protokollgeschichte schreiben sollte, begann mit der Ankündigung einer Reisegruppe des Senats der Italienischen Republik.

Über höchste Kanäle erreichte uns die Bitte italienischer Parlamentarierinnen um ein offizielles Fachgespräch bei der Kölner Oberbürgermeisterin Henriette Reker zur Thematik „Immigrazione e tutela del genere – Einwanderung und Schutz der Geschlechter".

Die neue Oberbürgermeisterin, die der Stadt den dringend benötigten Neuanfang bescheren sollte, war über die Landesgrenzen hinaus bekannt geworden, weil sich am Vorabend der Wahl ein Kölner Bürger mit einem Messer auf sie gestürzt hatte, um auf diese Weise seinen Unmut über die zunehmenden Flüchtlingsströme kundzutun, für deren Unterbringung in der Domstadt sie als Sozialdezernentin verantwortlich war. Auch die Berichterstattung über die Ereignisse, die wenige Monate nach dem Amtsantritt von Frau Reker in der Silvesternacht 2015 Köln zum Synonym für ein Umdenken – zumindest bei der Bevölkerung – in der Flüchtlingspolitik gemacht hatten, sorgten für Schlagzeilen in der ganzen Welt. Also dachte ich, den pfiffigen italienischen Politikerinnen ginge es um eine höchst pressewirksame Begegnung mit der inzwischen weltweit bekannten Politikerin auf weltweit bekanntem Terrain: Köln.

Merkwürdig bei der ganzen Sache war jedoch das überaus geheimnisvolle Vorgehen. Angefangen hatte alles mit einer ungewöhnlich vagen Anfrage von der Berliner Botschaft:

„Stellt mal bitte fest, ob die OB offizielle Termine mit ausländischen Gästen am 4. Februar hat. Irgendwas mit Frauen. Oder so."

„Also der 4. Februar ist Weiberfastnacht. Das Programm heißt Frauen und Feiern. Noch Fragen?"

„Nein, um Karneval geht es nicht, es geht um offizielle Termine."

„An Weiberfastnacht? In Köln? Totaler Blödsinn. Was soll das denn? Warum wollt ihr das wissen? Und wer genau will das überhaupt wissen?"

„Oh nein, bitte keine Namen nennen, eine Anfrage aus Kreisen der Parlamentspräsidentin. Wir wissen nicht mehr und sollen auch nicht mehr wissen und wollen es auch nicht wissen, und ihr sollt schon gar nichts wissen: Höchste Diskretion bitte!"

Oha.

Ich fragte beim Büro der Oberbürgermeisterin nach, beim Büro für Internationale Beziehungen, beim Protokoll, bei sämtlichen Frauenvereinigungen, Frauenverbänden, Frauenforen, sogar bei der Redaktion der Zeitschrift Emma, die übrigens als Einzige nicht geantwortet hat. Alle anderen bestätigten mir, dass für den genannten Termin keine Veranstaltung geplant war, außer natürlich Weiberfastnacht! Über die „Stille Post" ging die Auskunft von mir an den Konsul, vom Konsul an den Kollegen der Botschaft, vom rangniedrigen Kollegen an den Gesandten der Botschaft und dann an den mysteriösen Fragesteller im italienischen Abgeordnetenhaus und dessen Vorgesetzte.

Einige Tage später kam über dieselbe Kommunikationskette dieselbe Frage wieder zurück:

„Könnt ihr noch mal nachfragen, ob die OB am 4. Februar nicht doch offizielle Termine hat. Vielleicht mit ausländischen Gästinnen?"

Man kommt sich schon reichlich blöd vor. Ich entschuldigte mich beim Büro der OB, beim Büro für Internationale Beziehungen, beim Protokoll, bei den Frauenverbänden. Von einem der Letzteren kam die vermeintliche Aufklärung:

„Nein, am 4. Februar ist immer noch nichts geplant, aber am 4. März wird der Internationale Welt-Frauentag in Köln veranstaltet."

Natürlich, DAS war die Lösung! Das Datum war falsch übermittelt worden!

Die Nachricht wurde über die lange Kommunikationskette nach Rom übermittelt, und Ruhe war im Karton – bis zehn Tage vor dem ominösen 4. Februar. Aus Berlin erreichte uns am späten Freitagabend mit höchster Dringlichkeit die Kopie eines offiziellen Schreibens des Präsidenten des italienischen Senats Pietro Grasso an den italienischen Außenminister, in dem er den Minister darum ersuchte, dem Außenministerium und der Berliner Botschaft Weisung zu erteilen, für den 4. Februar einen offiziellen Besuch einer Gruppe von Parlamentarierinnen bei der Kölner Oberbürgermeisterin zu organisieren. Ziemlich ungewöhnlich, denn die Betreuung parlamentarischer Delegationen aus dem Heimatland fallen in die üblichen Aufgaben der diplomatischen und konsularischen Vertretungen im Ausland, zu deren Erfüllung es nie je einer formellen Aufforderung seitens der Staatsspitze bedarf.

Das Protokoll der Stadt Köln aber reagierte mittlerweile gar nicht mehr herzlich und auch nicht mehr protokollarisch korrekt, sondern eher pampig und griff zu einem scherzhaften Vergleich, der selbst einem Hauptschüler die Absurdität des Anliegens deutlich machen würde:

„Die Anfrage ist so, als würde der Bürgermeister von Venedig, Sindaco Luigi Brugnaro, am 15. Januar gebeten, am 24. Januar, dem Tag der Eröffnung der Festa Veneziana, eine Delegation des Deutschen Bundestags zu empfangen, um mit dieser über Probleme des Hochwasserschutzes und der Gebäudekonservierung zu sprechen."

Später kam raus (irgendwann kommt immer alles raus), dass es bei dem ganzen, von den Berliner Kollegen und der „diplomatischen" Beraterin des Parlamentspräsidiums überaus dilettantisch inszenierten Manöver lediglich darum gegangen war, einem Trüppchen italienischer Parlamentarierinnen eine Karnevalsreise an den Rhein zu organisieren. Zu diesem Zweck waren die geheiligten Staatsspitzen ebenso wie die italienische Botschaft in Berlin, das italienische Generalkonsulat in Köln und die Büros der Kölner Stadtverwaltung instrumentalisiert worden. Das Fachgespräch war lediglich vorgeschoben, um die Kosten der Vergnügungsreise auf den italienischen Staat abzuwälzen.

Dabei wäre das Anliegen, nach meiner bewährten Methode der klaren Kante frühzeitig und offen vorgetragen, in Köln bereitwillig angenommen und reibungslos umgesetzt worden. Schließlich findet sich nirgendwo in der Republik so viel Verständnis für die Nöte eines Karnevalisten wie in Köln.

Man hätte meinen können, dass die Regierung des Rasenden Renzi, der angetreten war, um die alten Praktiken und die alten

Politiker allesamt zu „verschrotten", solchen Mätzchen mittlerweile einen Riegel vorgeschoben hätte. Aber die furbetti, die Schlauberger und Schlitzohren, sterben vermutlich nie aus. Mir persönlich jedenfalls lieferte dieser vollkommen sorglose Umgang mit Staatsgeldern nach vielen Jahren eine valide Bestätigung für den Tipp, den mir mein allererster Chef gleich nach meiner Einstellung gegeben hatte:

Bloß keine Steuern in Italien zahlen!

Gegen Ende der Amtszeit des guten Konsuls ergab sich noch eine schöne Pointe. Drei Tage lang war ich in NRW unterwegs mit unserem obersten Dienstherrn, meinem zwölften und letzten Botschafter Pietro Benassi, dem Mann mit grauem Strubbelhaar auf dem Kopf und Eastpak-Rucksack auf der Schulter, dessen lockere Umgangsformen den unbefangenen Beobachter über seine hervorragenden Fähigkeiten hinwegtäuschen mochten. Gespräche in der Staatskanzlei, mit dem Düsseldorfer Oberbürgermeister, in der Chefredaktion des Handelsblatts, mit dem Befehlshaber und den italienischen Militärs auf dem Nato-Stützpunkt Geilenkirchen, mit den Leitern der UN-Agenturen in Bonn und den dort arbeitenden Italienern, feierliche Verleihung des deutsch-italienischen Mercurio Wirtschaftspreises in Düsseldorf, ein beinahe glanzvolles Abendessen mit den Spitzen unserer collettività in einem leerstehenden Saal unseres Generalkonsulats. Für die grausige Fünfzigerjahre-Grundschule-Beleuchtung hatte ich eigenhändig formschönen Ersatz gekauft und darüber hinaus für den Abend einen exzellenten Cateringservice engagiert. Im Laufe der Veranstaltung erlöste ich unseren Botschafter mehrfach aus der Umklammerung arrivierter italienischer Wissenschaftlerinnen, die wie zwei Waldspechte auf den armen Mann einhackten, indem ich ein dringendes Telefonat vortäuschte und ihn zu einer befreienden Zigarette vor die Türe lotste.

Viele Termine, viele Gespräche, viele Handy-Fotos für den Twitter Account der Botschaft, alles bestens organisiert, inhaltlich und protokollarisch. Meine beiden Chefs waren hochzufrieden und heiter entspannt. Im kleinen Fiat des Generalkonsuls saßen Konsul und Exzellenz – entgegen aller protokollarischen Regeln – vorne im Wagen. Normalerweise sollte neben dem Chauffeur der valet sitzen, das wäre ein – nicht vorhandener – Diener, dahinter die wichtige Persönlichkeit. Aber angesichts der Sparmaßnahmen der italienischen Regierung und der kaputten macchina di rappresentanza als auch der Unzulänglichkeiten der Chauffeure unseres Konsulats pilotierte der Konsul seinen privaten Wagen selbst, neben ihm der Botschafter, im Fond die contrattista.

Da drehte sich Pietro Benassi auf einmal zu mir um und machte mir, wie vor ihm Fagiolo und Puri Purini, ein Angebot, das man eigentlich nicht ablehnen kann – mit einer durchaus verlockenden und vor allem sehr überzeugenden Strategie:

„Hör mal, ich brauche dringend eine gute Kraft in meinem Sekretariat in Berlin." (Herrje, schon wieder: Sekretärin!!??) „Wie wäre es, wenn du irgendwie einen Streit vom Zaun brichst mit dem Konsul, was weiß ich, sag einfach, er habe dir eine Arbeit zugewiesen, die nicht deinem Niveau, deiner Gehaltskategorie entspricht, irgendwas halt. Du weigerst dich jedenfalls, es kommt zum Streit, zum Eklat. Und um eine juristische Auseinandersetzung zu vermeiden, hole ich dich nach Berlin an die Botschaft in mein Sekretariat. Na, was sagst du dazu?"

Halleluja!

Ein richtig gutes Angebot, denn Benassi war dabei, der italienischen Vertretung in der alten und neuen Hauptstadt eine phänomenale Präsenz zu verschaffen. Die Vorstellung, für ihn zu arbeiten, war ungeheuer verlockend.

Ich betrachtete den Hinterkopf des armen Konsuls, der mit vermutlich hochgespitzten Ohren dem Gespräch lauschte, dabei mehr oder weniger sicher den Anweisungen seines Navigationsgerätes folgte und wahrscheinlich starr vor Entsetzen auf meine Antwort wartete. Denn vor dem Botschafter sind alle unsere noch so temperamentvollen und streitlustigen Konsuln absolut kusch.

Nein, ich erzählte meinem Botschafter nichts davon, dass dieser Konsul mich gekränkt, beschuldigt und mir tatsächlich mit einer vollkommen vertragswidrigen Versetzung gedroht hatte. Eine Situation, die exakt dem Szenario entsprach, das der ahnungslose Botschafter soeben fröhlich gezeichnet hatte. Nichts davon sagte ich.

Wir lachten alle herzlich über den gelungenen Scherz und setzten den Weg nach Meckenheim bei Bonn fort, wo unsere Exzellenz das italienische Unternehmen Elettronica GmbH besichtigen wollte, das hochentwickelte Technologie für den Einsatz in AWACS-Flugzeugen der Nato, Geländewagen der Bundeswehr und Streifenwagen der deutschen Polizei entwickelt und produziert.

Denn merke: Nicht alle Italiener in Deutschland sind Pizza-bäcker!

Wenige Jahre später überreichte Botschafter Benassi – als seine letzte Amtshandlung in der Bundesrepublik Deutschland, bevor er, dem Himmel oder wem auch immer sei Dank, sein nicht nur für Italien segensreiches Wirken als Diplomatischer Berater des Ministerpräsidenten Giuseppe Conte entfalteten konnte – der Pensionärin einen italienischen Orden als Anerkennung für ihre jahrzehntelangen Dienste für patria und connazionali. Zusammen mit Ehemann und Sohn war ich überhastet aus der alten in die neue Hauptstadt geflogen und präsentierte meiner Familie viele neue und alte Kollegen und den imposanten Bau der neuen alten italienischen Botschaft in Berlin. Kein Vergleich zu dem – in der Diktion des Sohnes – schrabbeligen – Gebäude meiner Anfangsjahre in der Godesberger Karl-Finkelnburg-Stra-ße. Es war ein wunderbarer, heiterer und bewegender Moment des Wiedersehens und der Freude. Und ein letztes Mal sah ich mich in der verhassten Rolle der Dolmetscherin wider Willen, denn nun musste ich für meine Familie die Ansprache Seiner Exzellenz - „Per favore, due frasi soltanto – Bitte! Nur zwei Sätze!" – halblaut übersetzen. Es wurden natürlich mehr als nur zwei Sätze, und zugegen waren nicht nur Botschafter und Familie, sondern ein konsistentes Publikum. Durch die Dolmetscherei bekam ich inhaltlich nicht wirklich alles mit, wohl aber den Tenor der Ansprache, der eher witzig als feierlich war.

Applaus, Überreichung des Cavaliere-Ordens, Spumante, baci und abbracci, foto di famiglia, ein letzter Dank und Kuss für einen der wirklich großen italienischen Botschafter und seine wunderbare Ambasciatrice, schnelles, exquisites Mittagessen im Bocca di Bacco, kurzer Gang über den Gendarmenmarkt, Rückflug nach Bonn.

Daheim springt der bergamasker Hirtenhund minutenlang buchstäblich im Sechseck vor Freude über die Heimkehr seiner Herde, und das stets geplagte Herz des Ehemanns springt nach diesem Tag komplett aus dem Rhythmus:

„Aber das war es mir nun wirklich wert, mein Cavaliere!"

29

Vento nuovo

Ein neuer Wind erfasste Italien. Über die italienische Presse verfolgte ich aus der Ferne ungläubig staunend völlig neue Entwicklungen in Italien, auch zum Thema Personalführung: Im Januar 2016 erließ die strenge Regierung des *rottamatore*, des Verschrotters Matteo Renzi, eine Richtlinie gegen die *fannulloni*, die Nichtstuer. Zuvor hatten in Presse und Netzwerken Berichte über diese notorischen Faulenzer im öffentlichen Dienst für Empörung gesorgt:

An Silvester 2015, dem Tag mit dem größten Müllaufkommen in den Straßen, hatten in Neapel gut 200 *spazzini* (rheinisch und nicht politisch korrekt: Kehrmännchen) eine ärztliche Arbeitsunfähigkeitsbescheinigung vorgelegt und nicht den Mülldienst verrichtet, der in der kampanischen Metropole zu den teuersten von ganz Italien zählt.

Im sizilianischen Enna hatten sich 20 Prozent der städtischen Bediensteten krankgemeldet, als eine Richtlinie über das Rotieren innerhalb der Stadtverwaltung in Kraft trat, mithilfe derer man dem Entstehen mafiöser Strukturen durch allzu enge Verwachsung mit dem jeweiligen Aufgabenbereich der Angestellten entgegenwirken wollte.

Im ligurischen San Remo waren dreiundvierzig Nichtstuer vom Dienst suspendiert worden, die sich gar nicht erst krankgemeldet hatten, sondern nach dem Betätigen der Stechuhr für sich und einige Kumpels einfach nach Hause gegangen waren. Unter ihnen einige, die für die im Vorjahr geleisteten „hervorragenden Dienste" einen Bonus zwischen 550 Euro und 2.300 Euro bezogen hatten.

Der Renner im Netz war das Video eines Wachmannes, der von seiner eigenen Videoüberwachung dabei gefilmt worden war, als er in bequemen Schlappen, Achselhemd und Shorts aus der im Amtsgebäude gelegenen Dienstwohnung zur Stechuhr tappt, seine Karte durchzieht und sich wieder in sein Appartement verzieht.

Derartige Episoden machten für den forschen Renzi ein rigoroses Eingreifen des Staates gegen die furbetti del cartellino, die Schauberger von der Stechuhr, zwingend erforderlich, und so kam es zum „Dekret gegen die Nichtstuer und das Phänomen der Abwesenheit", in Italien allgemein bekannt unter dem Stichwort assenteismo.

Und sie bewegt sich doch – la burocrazia, la Repubblica, l'Italia! Evviva!

Der neue Wind gelangte kurz vor meiner Pensionierung sogar bis zu unserem Konsulat und bewirkte eine großartige Vorstellung des unermesslichen Schatzes italienischen Bühnenpotentials im und vor dem Konsulatsgebäude.

Hauptdarstellerin der Tragikomödie, in deren Genuss nicht nur unsere gesamte Belegschaft, sondern auch der allgemeine Publikumsverkehr unserer Behörde und zahlreiche Passanten gelangten, war eine langjährige Vertragskollegin fortgeschrittenen Alters, schlank, modisch in den Achtzigerjahren verhaftet, mit langer blondierter Haarmähne, die bei jedem Satz mit koketter Kopfbewegung nach hinten geschüttelt wurde. Im Konsulat war sie stets eilig unterwegs mit vielen kleinen, nervösen Schritten. Ihr Aufgabenbereich war mir nicht ganz klar, irgendwas in der Personenstandsabteilung, die sich mit der Registrierung von Geburten, Scheidungen, Todesfällen, Fragen der Staatsangehörigkeit, Eheaufgeboten usw. befasst. Jedenfalls hatte sich herausgestellt, dass die Dame im Vorfeld des Urlaubs einer Kollegin, deren Vertretung sie über zwei Wochen hinweg hätte übernehmen sollen, vom heimischen PC deren online-Termin-Potenzial ausgesprochen pfiffig mit erfundenen Kunden blockiert hatte, um sich auf diese Weise das zusätzliche Arbeitsaufkommen und die lästige Kundschaft vom Hals zu halten. Ein junger, technologisch versierter Kollege derselben Abteilung war ihr auf die Schliche gekommen und hatte den Betrug der Leitung unserer Dienststelle gemeldet. Als die Kollegin später aus einem kurzen Urlaub zurückkehrte, den sie – wie seit Jahrzehnten üblich – mittels Arbeitsunfähigkeitsbescheinigung ein wenig verlängert hatte, fand sie in ihrem privaten Briefkasten ein Einschreiben des Generalkonsuls mit einer förmlichen Rüge wegen ihres Fehlverhaltens.

Drammatico! Schreiend, schluchzend, Trost suchend bei langjährigen, gleichgesinnten Kolleginnen, brach das arme schwarze Schaf zusammen. Wie offenbar in Italien in solchen und ähnlichen Fällen üblich, wurde von den langjährigen, gleichgesinnten Kolleginnen sofort eine ambulanza angefordert. Notarzt und Sanitäter verfrachteten die Patientin auf einen Rollstuhl und fuhren sie mit Sauerstoffmaske zum Krankenwagen. Da kam der junge IT-Kollege des Wegs. Die schwerkranke Kollegin raffte sich mühsam aus dem Rollstuhl hoch, riss die Sauerstoffmaske vom Antlitz und stieß mit brechender Stimme hervor:

„Traditore! Verme! – Verräter! Elender Wurm!"

Ganz, ganz großes Theater. Die harte und konsequente Reaktion der formellen Meldung unserer Dienststellenleitung an so ziemlich alle möglichen übergeordneten Behörden – und davon gibt es viele – hat mich, offen gestanden, überrascht, denn über Jahrzehnte hinweg und bei vielen anderen Kollegen und Verfehlungen war die Reaktion aller meiner Chefs, mit Ausnahme von Botschafter Ferraris, entweder gar keine oder eher milde gewesen. Grund für diese Wende war offenbar tatsächlich der vento nuovo aus Rom mit vielen neuen, harten Vorschriften, die unter anderem besagen, dass ein Vorgesetzter zur Rechenschaft gezogen und bestraft wird, wenn ihm Vergehen bekannt sind, er sie aber nicht ahndet; oder der Vorsatz und somit die kriminelle Energie, welche der Verfehlung zugrunde lag. In unserem Fall war wohl auch der Umstand berücksichtigt worden, dass die Kollegin über Jahrzehnte hinweg weniger durch ihre Arbeitsleistung als durch ständiges Lamentieren und regelmäßige Urlaubsver-längerungen in Form von Krankschreibungen aufgefallen war.

Doch das Beste kam – wie immer – zum Schluss: Nicht die Missetäterin, sondern der Missionschef wurde zunächst vom übergeordneten Außenministerium gerügt:

– Gewiss, er habe sich strikt an die Regeln gehalten, aber die Maßnahme sei unverhältnismäßig;

– natürlich sei sein Vorgehen korrekt, aber ein negatives Echo in der Presse oder unerwünschte Reaktionen von Seiten der Gewerkschaften seien nicht auszuschließen;

– selbstverständlich müssten auch die neuen Vorschriften eingehalten und befolgt werden, aber doch nicht so! Zumal die Angestellte sich doch praktisch ein ganzes Leben lang für den Dienst am Vaterland aufgeopfert habe.

Es wurde tatsächlich das Wort sacrificata verwendet!

Der gute Mensch in Köln blieb standhaft und hat mich ehrlich überrascht und nachhaltig beeindruckt.

Verfehlungen und Missstände gibt es vermutlich bei den Behörden aller Länder, aber ich habe nur Erfahrungen in der Verwaltung des italienischen Staates gesammelt und kann deshalb nur über diese berichten.

Erst als Pensionärin lernte ich, die Tücken einer deutschen Kommunalverwaltung zu fürchten.

Epilog

Ein flaches, großes Landhaus in den provençalischen Bergen, hoch oberhalb von St. Tropez, wo vierundvierzig Jahre zuvor unsere schwere Aicetan II während des schicksalhaften Segeltörns direkt am Quai Jean Jaurès vor Anker gelegen hatte, vis-à-vis des Cafés mit den roten Stühlen, damals Chez Tante Anna, heute Sénéquier, damals Fischer und Segler in Jeans und T-Shirt beim Rosé, heute goldbehängte Damen und rotbehoste Herren beim Champagner.

Über die Berge weht ein frischer Wind, der die auch im Juni schon gleißende Sonne erträglich macht. Ich sitze im schattigen Zimmer an meinem Manuskript, schaue vom Rechner hoch über den leuchtend blauen Swimmingpool hinweg auf die fernen Berge und bin entsetzt. Also jetzt nicht eiskalter Schweiß, blitzende Lichter im Hinterkopf oder so was, wie in einem Krimi, sondern einfach nur Entsetzen – und Sorge.

Der vento nuovo hat sich zur Burrasca entwickelt: „Italien zerstört sich selbst", titelt – wie immer provokant – Der Spiegel über die neue Regierung Italiens der rechten Lega und der politisch irrlichternden 5 Sterne. Der Beobachter in Deutschland kann sich des Eindrucks nicht erwehren, dass mit Salvini und Di Maio zwei Nichtsnutze das Beste aus dem mißlichen Umstand gemacht haben, nie je in ihrem Leben eine geregelte Arbeit gefunden zu haben. Diese Protagonisten lassen kräftig Dampf ab gegen Deutschland, gegen Brüssel, gegen das Diktat der Märkte. Brüssel und Deutschland schießen zurück, die Wellen der Empörung überschlagen sich, man versteht sich gegenseitig gern und gründlich falsch, redet bestenfalls aneinander vorbei. In der Presse und in den Social Media wird mächtig gezündelt, als das Schiff der deutschen Nicht-Regierungsorganisation Sea-Watch nach zweiwöchiger Wartezeit trotz gegenteiliger Anordnungen des italienischen Innenministers Matteo Salvini mit 42 Migranten in den Hafen von Lampedusa einläuft und die Schiffsführerin Carola Rackete festgenommen wird.

Der Bundespräsident erklärt, man könne „von Italien erwarten, dass man mit einem solchen Fall anders umgeht". Die F.A.Z. sieht die Deutschen „auf dem besten Weg…, Italiens schlimmste Feinde zu werden". Konstantin Wecker fühlt sich bemüßigt, Carola Rackete mit niemand geringerem als Sophie Scholl zu vergleichen. Die Sea-Watch e.V. freut sich über einen Spendenzulauf von über einer Million Euro und Matteo Salvini über eine gewaltige Steigerung seiner Popularitätswerte.

Ach, Deutschland!

Über dieses Buch

Die Autorin hat dreiundvierzig Berufsjahre in diplomatischen und konsularischen Vertretungen Italiens in Deutschland verbracht. Während dieser Zeit sieht sie zwölf Botschafter und zahlreiche Konsuln kommen und gehen, lernt ihre Stärken, Schwächen und Eigenheiten kennen und wird im Umgang mit ihnen selbst zur Diplomatin. Mit gesundem Menschenverstand, Standvermögen, unerschütterlichem Humor und einem weisen Ehemann an der Seite begegnet die studierte Übersetzerin den Herausforderungen ihres Jobs als contrattista mit Verve und Sportsgeist.

Flessibilità, so erfährt sie gleich am Anfang ihrer Karriere, ist das Zauberwort italienischer Wesensart, und wie genau diese Flexibilität sich praktisch äußert, bekommt sie bald zu spüren:

- Arbeitsvertrag bei Dienstantritt: Fehlanzeige.
- Pünktliche Gehaltszahlungen: Pingelige Deutsche.
- Steuern zahlen: bloß nicht!

Die tatkräftige Übersetzerin erwirbt sich mit ihrer „monströsen Effizienz" bald einen Ruf als „Mehrzweckwaffe" und wird oft eingesetzt, wo es brennt. Sie bewegt sich mit Geschick auf politischem und diplomatischem Parkett, knüpft klug Kontakte und baut sich im Laufe der Jahre ein wertvolles Netzwerk auf. Sie avanciert nicht nur zur Vertrauten mancher Chefs, sondern auch zu deren Pressebeauftragten, Briefeschreiberin und auch zur Dolmetscherin wider Willen. Bei aller Liebe für ihren Job verzweifelt sie dennoch hin und wieder an der italienischen Mentalität – und Logik. Das Handtuch werfen kommt jedoch auch in den schwierigsten Situationen nicht infrage.

Neben Übersetzen, Dolmetschen, Vermitteln und Organisieren kann Inge Adams vor allem eines – Geschichten erzählen:

• von Bundesaußenminister Genscher, der sie ins Schwitzen bringt, weil sie um ein Haar die Pointe seiner Erzählung über die Begegnung mit dem chinesischen Sportminister im Rahmen der Ping-Pong-Diplomatie vermasselt;

• von den Vorbereitungen zur Verleihung des Karlspreises an den italienischen Staatspräsidenten, in deren Verlauf sie die Forderung des italienischen Protokollchefs zu übersetzen hat, man solle die Kiste im Aachener Dom wegschaffen, womit der heilige Karlsschrein gemeint ist;

• von der Arbeit in der Presseabteilung der Botschaft, wo sie lernt, Texte nicht nur zu übersetzen, sondern bei Bedarf auch zu „(ver)fälschen", beispielsweise wenn Giulio Andreotti als Mafioso bezeichnet wird oder Bundeskanzler Helmut Schmidt mit norddeutscher Schnauze Witze über italienische Panzer mit einem Vorwärts- und drei Rückwärtsgängen erzählt;

• von der offiziell beharrlich geleugneten Existenz mafiöser Strukturen in Nordrhein-Westfalen, wo ´Ndranghetisti sich nächtens vor angekokelten Heiligenbildchen massakrieren.